Éric Marchal

Éric Marchal est né en 1963 et vit à Vittel. Son premier roman, *Influenza*, paru en deux tomes (*Les Ombres du ciel*, 2009 ; *Les Lumières de Géhenne*, 2010), a reçu le prix Carrefour Savoirs 2009. Il est également l'auteur des livres *Le Soleil sous la soie* (2011, Prix Léopold 2011 ; Prix Victor Hugo 2010 ; Grand Prix de l'Académie nationale de pharmacie 2012), *La Part de l'aube* (2013, Prix Montesquieu 2014), *Là où rêvent les étoiles* (2016), *Les Heures indociles* (2018) et *Villa Imago* (2019). Tous ses ouvrages ont paru aux Éditions Anne Carrière et sont repris chez Pocket. En 2019, il a reçu le Prix du salon Saint-Maur en poche pour l'ensemble de son œuvre. En 2021, *Les Filles du chœur* paraît chez le même éditeur et ouvre sa nouvelle trilogie, *Le Soleil suivant*.

LE SOLEIL SUIVANT

*

Les Filles du chœur

ÉGALEMENT CHEZ POCKET

INFLUENZA

1. LES OMBRES DU CIEL
2. LES LUMIÈRES DE GÉHENNE

LE SOLEIL SUIVANT

1. LES FILLES DU CHŒUR

LE SOLEIL SOUS LA SOIE
LA PART DE L'AUBE
LÀ OÙ RÊVENT LES ÉTOILES
LES HEURES INDOCILES
VILLA IMAGO

ÉRIC MARCHAL

LE SOLEIL SUIVANT

*

Les Filles du chœur

ÉDITIONS ANNE CARRIÈRE

Publié sous la direction de Nicolas Cluzeau

MIXTE
Papier issu de sources responsables
FSC® C003309

L'éditeur de cet ouvrage s'engage dans une démarche de certification FSC® qui contribue à la préservation des forêts pour les générations futures.

Pour en savoir plus :
www.editis.com/engagement-rse/

En pages 10-11 : Plan de la Ville de Venise,
par Jacques-Nicolas Bellin, cartographe (1700-1799)
Source : © Bibliothèque nationale de France,
département Cartes et plans, GEDD-2987 (5200)

ISBN : 978-2-266-32678-0
Dépôt légal : mai 2022

À E. & R.,
à H. & B.

« Laisse parler ton cœur, interroge les visages, n'écoute pas les langues. »

Umberto Eco, *Le Nom de la Rose*

Nord
Canal des Reformés
Bersaglio
Canal de S. Alvise
Canal de Misericordia
Canal de S. Jerome
Canal Regio
Sacca della Misericordia
5
6
Pte de S. Aiope
Canal de Job
Canal du Rosier
Grand Canal
Canal de Ste Claire
Grand Canal
Canal S. André
Canal des Pensées
Pointe de Ste Marthe
Canal de l'Ange Raphael
Canal S. Sebastien
Canal de S. Trovaso
Place des Batteaux de la Giudeca
Canal des Pierres
1
Canal de Boulange
Pe de S Biasio
CANAL della GIU
Canal du Petit Pont
Canal du Long Pont
Canal de la Croix
I. Lambarde
La Giudecca ou l'Isle des Juif

Plan de la ville de Venise (XVIIIe siècle) par Jacques-Nicolas Bellin

1 Institution des Incurables
2 Institution de la Pietà
3 Basilique Saint-Marc
4 Palais des Doges
5 Ghetto Nuovo
6 Ghetto Vecchio

Avertissement

Les principaux personnages de ce roman sont imaginaires ou librement inspirés de personnages ayant existé. L'intrigue est fictive mais emprunte des éléments historiques peu connus ou oubliés.

CHAPITRE 1

Constantinople, 1665

Il est là, devant mes yeux. Il existe. Mon vieil Asim, mon fidèle serviteur, avait raison. Paix à son âme. La recherche en fut presque trop facile. Cinq cents ans à m'attendre ! Le manuscrit a l'air neuf, comme si l'encre de la dernière phrase venait à peine de sécher. Et pourtant, il a résisté aux incendies, aux sacs des croisés, au temps, à l'humidité. Par la fenêtre ouverte, j'entends la ville s'éveiller, joyeuse et dense, j'entends les couleurs et les odeurs du Levant, qui resteront à jamais associées à ma découverte. Je feuillette les pages et tout ce que j'y vois me semble incroyable. Plus aucun organe n'échappera à notre connaissance, plus aucune maladie ne résistera à cette nouvelle médecine. Notre dogme est mort et moi, Francesco Elvigo, médecin de l'ambassade de la république de Venise à Constantinople, je jure devant Dieu de consacrer le restant de mon existence à la traduction et à la diffusion du savoir de ce Codex Quanum.

Venise, 14 février 1713

1

La goutte ambrée du soleil couchant se diluait lentement dans la lagune, recouvrant les flots du Grand Canal d'un rideau de taffetas moiré. Adossé à la balustrade du pont qui surplombait une des veines d'eau perfusant la ville, l'homme habillé d'une *bauta* regardait le ballet silencieux des gondoles qui déposaient leurs occupants devant les Incurabili. L'institution, qui regroupait hôpital, orphelinat et école de musique, était une des Charités les plus prestigieuses de la cité. Une dizaine d'embarcations aux cabines de serge noire, bringuebalées par les vagues et le vent, attendaient qu'un des trois accès au quai se libère, tournant et retournant comme de gros bourdons silencieux sous les mains expertes des bateliers. Les invités débarquaient avec l'élégance de ceux pour qui rues et canaux n'étaient qu'une seule et même matière, sur laquelle ils déambulaient avec aisance depuis leur enfance. Seul un arlequin aux pièces de tissu bariolées rehaussées d'ornements dorés perdit l'équilibre et manqua de tomber au moment de quitter la gondole. Son bonnet blanc orné d'une queue de renard chuta dans le canal et lui fut rapporté prestement par le gondolier qui redoubla d'obséquiosité. Un des deux scaramouches qui l'accompagnaient, tout de noir vêtus, lui tendit son chapeau à plume et se coiffa du bonnet mouillé. La scène amusa l'homme à la *bauta* qui en conclut que l'arlequin était un étranger et qu'il occupait des fonctions importantes, sans doute un ambassadeur ou un prince de sang voyageant *incognito*. Les trois personnages de la commedia dell'arte s'engouffrèrent dans l'entrée principale de l'hôpital, à côté de laquelle une affiche annonçait le caractère privé du concert à venir.

Le crépuscule avait imposé ses couleurs et les gondoles se faisaient plus rares. L'homme à la *bauta* fourra la main dans la poche gauche de son gilet et serra l'objet métallique qui s'y trouvait. Il respira profondément. Il venait enfin de comprendre pourquoi le déguisement, qu'il portait pour la première fois, était le costume favori de la noblesse vénitienne : suffisamment couvrant pour garantir une totale discrétion et assez ample pour être supporté des heures durant. Le mantelet de dentelle de soie noire lui couvrait la tête et descendait jusqu'aux épaules, encadrant la *larva*, masque blanc si caractéristique, qui s'élargissait sous son immense nez, permettant à son porteur de respirer, parler et boire à son aise. Le déguisement le gênait moins que la peur qui commençait à sourdre. Il la chassa d'une pensée revêche. Il n'avait pas le choix, l'occasion était unique et ne se reproduirait pas de sitôt. Tout le monde était réuni dans l'église de l'hôpital.

Il enfonça son tricorne, qui maintenait la *larva*, et quitta le pont au moment où les cloches des Incurabili annonçaient la première heure de la nuit.

2

Marie serra le manche de son violon et sourit à sa voisine, qui détourna le regard. Toutes les filles étaient tendues et le silence, qui nimbait la pièce depuis que chacune avait accordé son instrument, en attestait. Elle regarda son archet, une pièce en bois de serpent sculptée de cannelures, et l'approcha de son nez pour sentir l'odeur de la colophane – la cire qui enduisait l'étroit ruban de crins avait sur elle un effet apaisant. Elle joua avec, lui faisant décrire des cercles en l'air avant de s'arrêter devant le regard courroucé de la prieure, une ancienne maître de chœur de vingt ans son aînée, qui la sermonna d'un simple rappel :

— Maria Dalla Viola !

Ne jamais contrarier une prieure… Marie l'avait appris dès son arrivée à l'école de musique de la Pietà, l'autre grande institution de Venise, à l'âge de onze ans, et s'y était toujours conformée. Elle baissa les yeux en signe d'allégeance et se concentra sur l'instrument, qui faisait sa fierté. Il avait été acheté en novembre par son maître de musique au luthier Guarneri, de Crémone, pour vingt ducats. Le montant de la somme avait été pour Marie la révélation de son importance aux yeux des autres. Pour la première fois, elle n'était plus considérée comme un poids pour ses tuteurs mais comme une soliste de la plus prestigieuse école de la Sérénissime, courtisée et appréciée au point d'avoir son propre violon. Mais il était trop tard. Marie était nerveuse et cela n'avait rien à voir avec le concert.

La prieure vérifia que toutes les instrumentistes étaient présentes et alluma la mèche d'une lanterne dont elle referma la vitre de corne.

— Les musiciennes, suivez-moi !

Les bâtiments des Incurabili entouraient l'édifice religieux, érigé au centre de la cour intérieure. Le groupe traversa une galerie qui donnait directement à l'étage de l'église où un balcon, tout en bois, avait été bâti pour l'occasion au-dessus de l'entrée principale. Les choristes attendaient au même niveau dans deux tribunes latérales qui se faisaient face au centre de l'église. Les trois plates-formes étaient entourées de hautes jalousies en fer forgé. Les instrumentistes prirent place alors qu'au niveau inférieur l'assistance, apercevant les formes éthérées derrière les grilles des balustrades, manifestait sa satisfaction par un murmure d'aise. Marie s'assit au milieu de la rangée et lança une œillade discrète vers l'arrière de leur tribune où avaient pris place l'arlequin et les deux scaramouches, honneur rare accordé aux dignitaires étrangers.

— Encore un souverain venu en secret admirer la beauté des anges, lui chuchota une violoniste qui l'avait rejointe.

Apollonia et elle partageaient la même chambre, les mêmes rêves et les bijoux qu'elles cachaient sous leurs robes à chaque sortie. La sélection de son amie comme premier violon de l'orchestre avait rassuré Marie. Apollonia était aussi la seule à tenir tête à la prieure et à l'administration de la Pietà, quand la cause lui semblait juste. Mais Marie allait devoir quitter leur dortoir pour une chambre séparée, privilège des solistes.

— Tu crois que ce prince est là pour moi ? demanda Apollonia tout en vérifiant une dernière fois la tension de ses cordes.

Marie la regarda avec tant d'insistance qu'Apollonia crut bon de se justifier :

— Eh, je plaisante, ne t'inquiète pas, je ne suis pas près d'être mariée !

L'arlequin était impassible. Marie savait pourtant qu'il ne regardait qu'elle. Elle eut honte de trahir son amie et s'en voulut de ne pas l'avoir avertie. Mais il était trop tard pour reculer. Elle fixa les arabesques en fer forgé qui les séparaient de l'assistance et du monde extérieur : elle allait enfin quitter sa cage dorée.

3

Alvise Pisani ne boudait pas son plaisir. Il avait gagné son pari : organiser le premier concert réunissant les meilleurs choristes et instrumentistes des hôpitaux de la Pietà et des Incurabili. Voir les deux écoles de musique les plus illustres de la Sérénissime – et, il en était persuadé, d'Europe – réunies sous la même bannière était un événement unique. Impensable, même, quelques mois auparavant, mais l'ambitieux patricien, élu président de la Pietà par le collège des gouverneurs de l'institution, rassemblant les plus généreux donateurs, avait mis tout le poids politique et économique de sa famille dans la balance pour vaincre les oppositions habituelles.

Habillé de son *tabarro*[1] de velours rouge à boutons dorés et d'une *bauta* en dentelle de Burano, Pisani savourait son triomphe et observait, grâce à son discret

1. Cape vénitienne.

miroir à main, l'orchestre qui se préparait dans son dos. Autour de lui, tous les représentants des institutions de charité et des puissantes familles de la République, des ambassadeurs et toute la noblesse d'Europe qui s'était précipitée dès que la nouvelle avait paru dans les gazettes de cour. Les demandes d'invitation auraient pu remplir trois églises comme celle des Incurabili. Elles auraient pu remplir la basilique Saint-Marc. Dès le lendemain, *Pallade Veneta* titrerait sur l'immense succès de cet événement, et lui, Alvise Pisani, ferait savoir que des concerts publics allaient être organisés à la fin du Carême avec la même formation. Il avait l'accord de Carlo Grimani, le président des Incurabili. Les recettes seraient partagées entre les deux hôpitaux, pour le plus grand bien des pauvres, la gloire de Dieu et celle de son plus zélé représentant dans la lagune.

Pisani reconnut le gouverneur Giuseppe Dolfin dans son déguisement si peu discret de médecin, à la collerette blanche, au bonnet de notaire et au demi-masque ne couvrant que le nez. Son plaisir en fut décuplé. Non seulement Dolfin confirmait son manque de goût et son absence de raffinement, mais l'homme, responsable du budget de la Pietà, s'était opposé à son idée et avait essayé d'entraîner plusieurs autres gouverneurs avec lui, jugeant ces manifestations contraires à l'éthique de l'établissement. *Ce citoyen de seconde classe restera à jamais un rustre sans réussite, j'y veillerai*, se dit Alvise pour clore sa pensée.

Les deux maîtres de musique vinrent saluer la première rangée avant de faire signe aux *maestri* de la battue de se tenir prêtes à frapper le rythme. Le choix de chaque musicienne avait fait l'objet d'intenses négociations entre les dirigeants des deux Charités. Il n'y avait eu qu'une répétition, que tous avaient estimée suffisante au vu de la qualité des interprètes. Le maître de musique de la Pietà était un ecclésiastique à la chevelure de feu et au doigté de violoniste exceptionnel et inventif, dont Pisani aimait à rappeler qu'il avait été le premier à découvrir le talent. La gloire d'un musicien faisait aussi celle de son protecteur.

— Notre prêtre roux va commencer par *La Stravaganza*, souffla Pisani à son voisin. Le premier concerto. Il vient juste d'en terminer la composition, assena-t-il comme une arme imparable.

Chaque *maestro* allait faire jouer quatre de ses œuvres les plus récentes. Le concert était aussi une bataille pour la domination musicale de la république des Arts. La victoire de la Pietà ne faisait aucun doute pour Pisani.

— Ils sont prêts ! proclama-t-il, apercevant dans son miroir la main levée de la *maestra* de la battue.

L'homme à la *bauta*, qui se tenait au-dessous de la nouvelle tribune, quitta l'église.

4

Azlan ouvrit sa trousse de chirurgien et choisit les instruments qu'il étala méticuleusement sur la table : scalpel, rugine, trépan, tirefond. Il hésita sur le méningophilax et décida de le ranger ; il aimait surtout l'utiliser en raison de la tête d'aigle ornant le manche, sculptée par un artisan lorrain pour servir d'arête à sa main. L'outil était un cadeau de maître Déruet, qui lui avait tout appris. *Ne jamais utiliser un instrument par plaisir. Pas de geste inutile ni orgueilleux*, songea-t-il en déposant une tenaille incisive au bout de la rangée de matériel. Il déplia deux feuilles du meilleur papier, qu'il avait fait venir d'un moulin de Fabriano, et fit un essai de plume dont il jugea les traits suffisamment fins et précis. Il aurait à noter tous les détails et à dessiner tout ce qu'il découvrirait lors de son intervention. Azlan alluma plusieurs bougies de cire et les ajouta à celles qui se consumaient dans les grands candélabres à dix branches qu'il avait disposés en demi-cercle autour de la table. Aucun détail ne devait lui échapper.

Il enleva les bandes de tissu qui recouvraient ses paumes à la manière de mitaines. Jamais il ne dérogeait à son rituel. Les mains du chirurgien étaient son outil le plus précieux. À trente-trois ans, il avait déjà près de vingt ans de pratique, ce qu'il avait caché en arrivant à la Sérénissime quatre mois plus tôt. Les gouverneurs l'auraient pris pour un fanfaron. Il avait besoin de s'établir à Venise et devait se montrer discret.

Il entrebâilla le rideau qui obturait la fenêtre : devant lui, à moins de trois mètres, la façade de l'église se détachait sur la nuit par les dizaines d'ouvertures d'où s'échappaient les lumières des cierges et le bourdonnement rassurant de la foule. Il était seul dans les locaux des Incurabili et n'avait plus qu'à attendre la musique pour agir. La pièce était une annexe de l'entrepôt du linge et servait aussi à stocker le bois de chauffage, mais les réserves, en cette fin d'hiver rude, étaient aussi basses que le prix en était élevé. Il crut entendre des pas dans le couloir, vérifia que la porte était bien fermée à clé et roula de la charpie sous le panneau afin d'occulter la lumière. Il ne pouvait échouer si près du but.

Son patient était arrivé une semaine plus tôt à bord d'un bateau de commerce en provenance du Levant. Ses symptômes correspondaient en tout point à ce qu'Azlan espérait rencontrer depuis son arrivée chez les Incurables. Il avait une chance unique d'en apprendre plus sur cette maladie inconnue : l'homme, dont le cadavre encore chaud trônait sur la table, était un miracle du ciel.

Les premiers coups d'archet retentirent.

5

Conformément aux instructions reçues, le gondolier avait amarré son embarcation dans le canal des Tourelles, devant une placette depuis laquelle on pouvait accéder à l'arrière du bâtiment des Incurabili. Son commanditaire et ses invités viendraient le retrouver à la sortie du concert dont quelques notes volaient jusqu'à lui par-dessus les toitures aux cheminées champignons. Il tritura le morceau de queue de renard qui lui était resté en main lorsqu'il avait tendu son couvre-chef à l'arlequin. Lui et ses acolytes étaient français, du moins avaient-ils parlé français à l'aller, comme le faisait une grande partie de la noblesse européenne lorsqu'elle voyageait *incognito*. Peu importait d'où ils venaient, ils avaient payé en ducats une belle somme, générosité qui incluait la discrétion absolue du batelier.

— Ces étrangers, tous pareils, soliloqua-t-il, debout à la proue, à mâcher une chique de tabac dont il cracha un morceau dans l'eau. Même déguisés, ils ont peur que tout le monde les reconnaisse. Mais sous une *bauta* on ne pourrait pas différencier une nonne d'un ambassadeur !

Il ricana à sa propre blague et à la crédulité de son client : sa fidélité à la Sérénissime serait toujours plus forte que le prix de son silence. Dès sa course finie, il irait à la boutique de jeux sous les Vieilles Procuraties, très fréquentée par les étrangers, dépenser quelques sous et glaner ragots et informations sur son arlequin de client. Puis, une fois rentré, il les consignerait dans une lettre qu'il déposerait le lendemain dans la *Bocca di leone*[1] du palais des Doges. Scarpion le considérait comme un devoir et la République encourageait ses confidents.

L'air était saturé d'une humidité qui oscillait entre brouillard et pluie. Le gondolier caressa la coque en bois qu'il avait graissée de suif noir le matin même et s'abrita sous le *felze*, épaisse couverture de serge noire tendue au-dessus d'un ais matelassé. Pendant la course, un des scaramouches l'avait comparé à un cercueil et Scarpion avait compris les paroles. L'offense avait été rude, il aimait plus que tout sa barque, dans laquelle il avait passé la plus grande partie de sa vie dès l'âge de onze ans. Il décida d'oublier la rancœur qu'il sentait monter en lui comme une marée forte. Scarpion se signa pour se protéger du mauvais sort – le seul cercueil qu'il avait transporté dans sa gondole était celui de son

---

1. Ces « gueules de lion » étaient des boîtes aux lettres utilisées pour les dénonciations, qui devaient être signées.

père – et déballa deux *frittelle*, les premières de l'année, que sa femme avait préparées pour le carnaval d'hiver. La pâte sucrée et moelleuse le réconcilia instantanément avec sa bonhomie habituelle et il en partagea les miettes avec un pigeon qui s'était posé sur le fer rayé de la proue.

Les chœurs réunis dans l'église entamèrent le second mouvement avec une grâce qui lui fit venir les larmes aux yeux. Il avait ordre de ne pas quitter son embarcation et de se tenir prêt à partir à tout instant ; il pria Dieu que ce ne fût pas avant la fin du concert.

6

Situé à l'arrière de l'oreille droite et parfaitement sphérique, le trou avait un diamètre de trois pouces et demi. Azlan avait pelé la dure-mère et décollé la pie-mère avec une minutie d'anatomiste. Le lobe temporal semblait sain. Le chirurgien approcha un candélabre et entreprit de dessiner minutieusement la zone qu'il avait mise au jour. Lorsque l'homme avait été amené aux Incurables, il avait déclaré avoir quarante ans et travailler à son compte dans le commerce des tissus. Pendant plusieurs années, il n'avait pas prêté attention à ses symptômes, avant qu'ils ne s'aggravent. Il avait alors consulté maintes fois à Constantinople, puis à Venise, lors d'une escale précédente. Azlan fixa son visage dont la roseur avait quitté les téguments deux heures auparavant. Les jours précédents, le chirurgien avait passé beaucoup de temps avec lui, afin de comprendre, et avait noté la moindre de ses remarques :

les premières migraines, les tintements violents, puis les éblouissements, les bourdonnements incessants, faiblesse et somnolence, une marche hésitante et la vue qui s'était éteinte peu à peu. Personne, à part Azlan, n'avait déjà observé de telles manifestations. Les médecins avaient conclu à un épaississement du suc nerveux et à une sensibilité dépravée des membranes du cerveau, qu'ils avaient décidé de traiter par des bains tièdes, des frictions sèches et des lavements d'eau pure, jusqu'à ce que le patient s'échoue définitivement sur la table d'une annexe de l'hôpital un soir de concert.

Le chirurgien fit une pause et se porta à la fenêtre, qu'il entrouvrit pour entendre la musique. Les chœurs interprétaient un Gloria et, pendant un instant, il oublia le macchabée, son combat et le contexte de sa présence, pour écouter simplement la beauté du monde s'échapper des cordes et des voix.

Une intuition le rattrapa et Azlan reprit l'examen. Il effectua mentalement les gestes qu'il voulait réaliser afin de vérifier son hypothèse. Dehors, la musique s'était amplifiée et le concerto touchait à sa fin. Les coups d'archet étaient devenus frénétiques, et le chirurgien battait la mesure tout en réfléchissant à l'explication qu'il aurait à donner sur ce qui ne devait pas apparaître comme une autopsie interdite. Il avait agrandi le trou dans le crâne et, d'un coup de tenaille, s'approcha de la nuque.

Un bruit sourd lui parvint du dehors, semblable au grognement d'un animal géant réveillé dans son sommeil. La musique se tut, recouverte d'une gangue de silence ; quelques secondes de sidération pendant lesquelles des gouttes de poussière contournèrent le rideau pour venir s'étaler dans la pièce. Puis les cris jaillirent du néant. Les cris de la foule. Ceux des musiciennes.

Azlan posa ses instruments et se pencha à la fenêtre. Les spectateurs se répandaient hors de l'église dans des hurlements incessants. Il n'y avait ni flammes ni fumée. L'édifice semblait indifférent à la panique de ses occupants. La pénombre empêchait de voir le moindre détail.

Le chirurgien hésita et considéra son patient décalotté allongé sur la table. Il constituait son seul espoir de comprendre. Dehors, quelqu'un appelait au secours. Azlan jura, fourra tous ses instruments dans sa trousse ainsi que ses feuilles, arracha le rideau, en recouvrit l'homme et sortit. Les flammes des bougies vacillèrent avant de retrouver leur droiture indolente.

Dans le couloir, il croisa l'homme en *bauta* qui quittait la bibliothèque et manqua de le percuter. La cour ressemblait aux quais du port un jour d'embarquement, bondée de monde s'agitant en tous sens. Des serviteurs apportaient brandons et lanternes, perfusant la place d'une lumière hâve. Devant l'entrée de l'église, le président Grimani distribuait ordres et consignes. Il héla Azlan par d'amples gestes du bras, faisant voleter la manche ajourée de son costume d'où dépassait sa main gantée tenant un masque d'oiseau au bec cassé.

— Cornelli ! Dieu soit loué, venez avec moi !

— Que s'est-il passé ?

— Venez, vite !

Azlan comprit sitôt la porte franchie : la nouvelle tribune, qui supportait l'orchestre, s'était effondrée.

Les deux poutres porteuses avaient cédé et l'immense balcon avait basculé vers l'avant comme une trappe de grenier, projetant les instrumentistes sur les derniers rangs des spectateurs.

— J'ai envoyé quérir tous les soignants de la ville ! cria le président pour couvrir le brouhaha.

Sa voix et ses gestes, tout en excitation saccadée, trahissaient son angoisse. Autour d'eux plusieurs dizaines de blessés étaient assis ou étendus, principalement des musiciennes, reconnaissables à l'uniforme bleu ou rouge des deux institutions, tandis que d'autres se traînaient vers le cloître, aidés par les plus valides. Azlan fut impressionné par le calme qui régnait à l'intérieur, au regard de l'agitation dans la cour. La douleur était contenue dans les gémissements ou les pleurs étouffés qui s'élevaient de partout. Les secours mettraient du temps à arriver en raison de la situation excentrée des Incurables. Il devait agir sans attendre.

7

Grimani l'avait suivi à l'extérieur.

Azlan s'était emparé d'une chaise et avait grimpé dessus, les mains en porte-voix :

— J'ai besoin de l'aide de tous ! Nous allons soigner les blessés à l'intérieur ! cria-t-il. Antonina et Cecilia, allez chercher tous les baumes et vulnéraires de la pharmacie, des bandes, de la charpie ! ajouta-t-il à l'intention des deux infirmières qui accouraient. Et du laudanum !

À peine entré dans l'église, il fut tiré par la manche ; Alvise Pisani se présenta à lui. Son calme contrastait avec l'agitation du président Grimani qui parcourait le cloître comme un oiseau affolé. Pisani proposa l'aide de son chirurgien, présent au concert, qu'il cherchait des yeux tout en parlant.

— Là, au niveau de l'abside, c'est le Villotti agenouillé auprès de deux de nos filles, ajouta-t-il en montrant l'homme déguisé en paysan.

— J'aurais aussi besoin de quatre personnes valides pour m'aider à tenir les blessés pendant les soins, monsieur Pisani.

— Je vous les envoie de suite. Et vous pouvez me compter parmi eux.

Azlan parcourut la nef jonchée de chaises retournées tout en considérant l'état des blessés qu'il croisait, afin d'établir un premier tri sommaire.

— Maître…, commença-t-il, parvenu près du chirurgien.

L'homme se retourna, le visage blême et crispé par la douleur : un bout de bois, long et pointu comme une dague, avait transpercé son avant-bras gauche. Il guidait une rescapée dans les soins à prodiguer à une musicienne. Ils se comprirent d'un regard. Son état n'était pas critique et Azlan viendrait le lui retirer plus tard.

Il fit se regrouper au centre de l'église ceux qui pouvaient marcher. Alvise était revenu avec plusieurs hommes. Tous s'étaient débarrassés de leurs déguisements et le gouverneur dispensait ordres ou réconfort à tout le monde alentour.

La première blessée qu'il secourut était une jeune violoniste de la Pietà. Le chirurgien avait repéré la quantité croissante de sang sur le sol et l'état de faiblesse de l'instrumentiste. Antonina et Cecilia l'ayant rejoint avec le matériel, il lui fit boire du laudanum avant de la questionner :

— Comment vous appelez-vous ?

— Maria Dalla Viola.

Marie ne s'était rendu compte de rien. Le plancher s'était dérobé sous elle, elle s'était sentie aspirée vers le sol puis avait percuté plusieurs dos, rebondi et terminé sa course folle en glissant jusqu'à un des piliers de l'allée centrale. Elle tenait encore fermement son archet en main lorsqu'elle avait repris connaissance.

— Il est cassé, c'est ça ? demanda-t-elle alors que le chirurgien examinait sa jambe ensanglantée.

— Oui, mais la fracture est nette.

— Je voulais parler de mon violon. Il est cassé ?

— Je n'en sais rien, mademoiselle.

— Il a beaucoup de valeur, vous savez.

— Vous en avez encore plus, répliqua Azlan tout en indiquant aux aides où se placer.

L'hémorragie provenait d'une fracture ouverte du tibia dont une des pointes avait entaillé les chairs. L'artère n'avait pas été touchée. Le chirurgien débarrassa la plaie de petits fragments d'os et d'une esquille qu'il coupa sans que la blessée réagisse. D'un geste de la main, il demanda aux deux hommes présents de lui maintenir les bras et le tronc.

— Extension, dit-il simplement à Antonina et Cecilia.

De constitution robuste, les deux infirmières avaient l'habitude de servir d'assistantes lors d'opérations. Elles immobilisèrent la jambe au-dessus et au-dessous de la fracture. La jeune femme gémit d'une voix alanguie par le laudanum.

— Maintenant, Marie, parlez-moi de la personne que vous aimez le plus au monde, invita Azlan.

Au moment où la blessée ouvrait la bouche, le chirurgien fit un discret signe de tête aux deux infirmières. Cecilia, qui tenait la cheville, tira sur le membre de toutes ses forces, tandis qu'Antonina maintenait la cuisse. Azlan rentra les deux parties de l'os dans la plaie sans pouvoir réduire la cassure. La douleur avait fortement contracté les muscles et empêchait la réunion du tibia.

— J'ai mal, je vous en prie, arrêtez ! hurla Marie. Arrêtez !

— Nous avons presque fini. Pensez à quelqu'un que vous détestez, à tout le mal que vous voulez lui faire et criez tout votre saoul !

La violoniste hurla de colère et de douleur, faisant se détourner le regard des autres blessés qui n'en menaient pas large. Azlan réussit à rassembler les deux parties de l'os en faisant attention de ne pas léser les nerfs ni les muscles voisins.

— C'est fini, dit-il, afin que les aides desserrent leur emprise.

Marie sanglotait. Le chirurgien roula une bande imbibée de baume vulnéraire autour de la fracture, ajouta des compresses et deux éclisses de bois, avant de laisser Cecilia parachever les bandages. Le tout n'avait duré que cinq minutes, mais Azlan était inquiet. Il avait identifié sept cas à traiter d'urgence et ne pourrait en soigner que trois ou quatre avant l'arrivée des secours. Marie pleurait sans pouvoir se retenir.

— Tout va bien, vous êtes tirée d'affaire, la rassura-t-il. C'est la douleur ?

La jeune violoniste ne répondit pas. Elle avait levé les yeux vers l'étage où, à l'arrière de la tribune qui s'était effondrée, trônaient les chaises vides qu'avaient occupées l'arlequin et ses scaramouches. Son rêve d'évasion s'était brisé en même temps que sa jambe.

8

Scarpion avait quitté sa gondole et faisait les cent pas au campiello al Incurabili. Le bruit en provenance de l'église et, plus encore, les cris de la foule lui étaient parvenus et l'avaient inquiété. Il ne devait pas quitter son poste mais, poussé par la curiosité, il s'éloignait à chaque fois de quelques pas de plus, tendant le bras afin d'éclairer de sa lanterne le moindre recoin des ruelles ténébreuses. Derrière les murs épais de l'enceinte des Incurables, le brouhaha ne cessait pas. Il revint à son bateau et observa en direction de la Giudecca. Sur le canal, les points lumineux n'avaient pas leur indolence habituelle. Il ne voyait pas l'agitation mais il la ressentait. La panique le gagna. Scarpion défit le cordage qui retenait l'embarcation et cala sa rame dans un des mors de la *forcola*[1]. Un sifflement le rappela à l'ordre.

Le premier scaramouche lui fit signe d'attendre pendant que l'autre soutenait l'arlequin qui boitait bas. Son habit était déchiré en plusieurs endroits, comme s'ils avaient rencontré un loup ou les Sacripants de Cannaregio. Il s'assit sous le *felze* noir pendant que

1. Sorte de fourche sur laquelle vient s'appuyer la rame.

les deux hommes de main gratifiaient Scarpion de « *dài ! dài !* », comme l'eût fait un cocher avec son attelage. D'une poussée du pied, le gondolier éloigna son embarcation du quai et rama en direction du canal de la Giudecca.

— Vous alliez partir sans nous ?

Scarpion fut surpris par l'italien correct de la question. Il bafouilla une dénégation en prenant soin de mal articuler pour ne pas être compris. L'homme s'était posté à l'avant mais ne quittait pas le gondolier des yeux. Il avait enlevé son masque afin de lui montrer qu'ils ne craignaient pas les indicateurs de la Sérénissime. Le message était clair.

— Où va-t-on ? demanda Scarpion sans le regarder en face.

L'homme lui tendit une carte.

— On longe l'île de la Giudecca, puis San Georgio Maggiore et on s'arrête avant la pointe Sant'Antonio, à l'endroit indiqué par la croix.

— Je ne vais pas aussi loin la nuit. Mon embarcation est trop petite et le trafic est dangereux.

Autour d'eux, des centaines de points lumineux tanguaient au gré des flots, gondoles en course ou navires stationnés dans les chenaux, comme autant d'étoiles tombées dans la lagune. Le ciel était clair. Le scaramouche lui reprit le papier et déposa une bourse à ses pieds.

— Quelque chose me dit que vous allez faire une exception, monsieur Polpeta.

L'appeler par son nom était un second avertissement. Ils avaient abordé Scarpion en fin d'après-midi sur un quai du rio di Palazzo, juste avant d'embarquer, et n'avaient aucune raison de connaître son patronyme.

Sauf si leur choix n'était pas dû au hasard. Ils voulaient l'effrayer et avaient réussi.

Le garde du corps rejoignit les autres sous la toile de tente. Une conversation animée s'engagea dans une langue qu'il ne connaissait pas. Scarpion donna un coup de rame vigoureux :

— Nous y serons dans trente minutes, messieurs.

9

Cecilia posa ses doigts sur le cou d'une musicienne de la Pietà. La femme la plus âgée de l'orchestre s'était évanouie.

— Son cœur bat, confirma-t-elle.

Azlan sortit un scalpel de sa trousse et incisa la face intérieure de la cuisse droite sur quatre pouces. Il évacua le sang en partie coagulé, nettoya la plaie et réduisit sans l'aide de baudrier une fracture située près de l'articulation du genou, le tout en moins de trois minutes. Le chirurgien des Incurabili, assis non loin, admirait la vitesse d'exécution d'Azlan, alors que la douleur devenue intense l'empêchait à présent d'aider à soigner autour de lui. Lui-même n'aurait jamais osé pratiquer une extension sur un membre tuméfié – ce qu'aucun traité ne recommandait –, ni travailler sans appareillage sur l'os le plus difficile à réduire en raison de la puissance des muscles de la cuisse.

— Où avez-vous appris la chirurgie, mon ami ? lança-t-il en se traînant vers Azlan.

— Sur les champs de bataille, répondit ce dernier sans relever la tête. J'ai commencé par deux ans de guerre.

L'homme eut une moue admirative.

— J'ai eu quelques années de bataillon moi aussi, Cassano, Turin. Mais il n'y a pas que ça. Votre italien est milanais et votre accent français. D'où tenez-vous votre technique ?

— Je vous le raconterai en vous soignant, répondit Azlan en levant les yeux vers lui. Et je vous donnerai mon secret pour le fémur, ajouta-t-il en lui montrant une fiole vide.

Azlan appela Antonina pour effectuer le bandage et traversa l'allée pour se diriger vers la blessée suivante, une *profitienti*[1] des Incurables qu'il connaissait pour l'avoir soignée de cals aux articulations des doigts. Elle avait plusieurs plaies superficielles au visage et tremblait en tenant ses mains sur son habit déchiré et ensanglanté au niveau du ventre. Une fille du chœur lui avait apporté une couverture et la réconfortait en fredonnant une chanson, collée contre son amie. Elle s'arrêta et recula lorsque Azlan commença à ausculter la blessée.

— Non, continuez, lui demanda-t-il, ne vous arrêtez pas. Chantez.

Le chirurgien se tourna vers Alvise, qui le suivait comme son ombre mais était proche de défaillir.

— Pouvez-vous rassembler toutes les choristes valides ?

— Mais… oui, que voulez-vous faire ?

— Demandez-leur de chanter. Qu'elles interprètent les airs prévus ce soir. Ça sera bénéfique pour tout le monde.

Le gouverneur acquiesça, ravi de répondre à la seule demande qu'il se sentait capable de satisfaire.

---

1. Confirmée, seconde classe d'instrumentiste avant les solistes.

Azlan n'aimait pas ce qu'il allait découvrir sous le tissu déchiré de la musicienne. Il suspectait une large plaie abdominale et devrait user de suture, ce qui le retarderait considérablement pour les autres soins. La jeune femme ne tremblait plus, mais sa peau était d'une pâleur extrême.

— Je vais vous aider, chuchota une voix.

L'inconnu à la *bauta* qu'il avait failli heurter dans le couloir s'était agenouillé à sa gauche.

— Vous êtes chirurgien ?

— Médecin, répondit-il en soulevant le vêtement. Je sais manier fil et aiguille, ajouta-t-il devant l'hésitation d'Azlan.

Plus loin, une femme s'était évanouie sous la douleur de son épaule luxée. On l'appelait à l'aide d'un peu partout.

— Je suspecte une éviscération, insista Azlan.

— Je peux m'en sortir, mais il me faut plus de lumière.

— Apportez des bougies et des chandelles ! cria Azlan. Et enlevez votre masque, monsieur.

L'homme défit sa cape et ôta ses gants. Il garda sa *larva*.

— Permettez que je ne réponde pas à toutes vos demandes. J'ai besoin de charpie, d'une aiguille courbe et d'un fil double. Bien ciré.

10

Le prêtre roux avait installé une dizaine de filles du chœur au niveau de l'autel. La circonstance exigeait un chant liturgique. Après une prière qu'il avait voulu partager avec l'assemblée, il avait battu la mesure et lancé son *Stabat Mater*. Toute activité avait cessé pendant les premières mesures où l'émotion était palpable dans la voix des chanteuses, puis la musique avait joué son rôle de baume, comme Azlan l'avait espéré.

Cecilia surveillait discrètement l'inconnu à la *bauta* qui n'avait pas exagéré ses compétences et se révéla vite complémentaire d'Azlan. Il avait refermé la plaie abdominale plus proprement que bien des soignants, d'un geste ferme mais délicat, sans risquer de déchirer les lèvres, puis s'était attelé à recoudre les plaies les plus profondes des cas que le chirurgien lui signalait.

L'infirmière fit un détour par les réserves pour prendre les dernières bandes en stock. Il n'y avait plus de charpie. Un alcool de raisin avait remplacé le laudanum. Heureusement, en provenance du nord de la ville, les chirurgiens des Mendicanti et des Derelitti avaient été aperçus traversant le Grand Canal.

Cecilia franchit le cloître désert où de nombreux masques et quelques déguisements jonchaient le sol. À l'intérieur de l'église se mélangeaient les couleurs des robes rouges et bleues, la douleur des corps abîmés et la douceur réconfortante des chanteuses.

Elle trouva Azlan qui auscultait un hobereau turinois. L'homme avait parcouru plus de cent lieues pour assister au concert. Il s'était assis au milieu de la dernière rangée pour être au plus près de l'orchestre et avait reçu de plein fouet le corps éjecté d'une musicienne qui l'avait projeté sur le spectateur devant lui. Sa mâchoire inférieure formait un angle improbable avec le reste de son crâne, et l'absorption de grappa avait été compliquée mais salutaire afin de calmer la souffrance intolérable due à la luxation.

Cecilia brandit deux gros linges dont Azlan s'enveloppa les pouces. Il fit signe à l'aide qui se tenait derrière le blessé de maintenir fermement la tête contre sa propre poitrine. L'homme, que la rasade d'alcool avait assommé, se laissa faire comme un pantin de carnaval.

Azlan introduisit ses pouces gantés jusqu'aux molaires supérieures et appliqua ses autres doigts sur la mâchoire luxée. D'un mouvement sec, il repoussa les condyles dans leurs cavités et retira promptement ses mains. Dans un réflexe, le blessé serra les dents mais ne put mordre que l'extrémité du gros linge, tout en jurant dans un dialecte piémontais, les yeux mi-clos et l'esprit embrumé.

— Maître, venez vite, je suis inquiet ! intervint Alvise Pisani, alors que le chirurgien faisait adosser le patient contre un mur. Il s'agit de mon ami, Lorenzo Mazzetti. Une des plus respectables familles de Venise, ajouta-t-il.

Mazzetti était un des gouverneurs de l'hôpital des Derelitti, établissement dont l'étoile pâlissait depuis une décennie face au prestige de la Pietà et des Incurabili. Il avait aidé à prodiguer les premiers soins avant de se sentir soudainement faible et de perdre connaissance.

— Je ne comprends pas, il était situé loin de l'accident, près du pilier nord de l'église, insista Alvise.

— Voyez-vous quelque chose d'anormal autour de ce pilier ? demanda le chirurgien tout en découvrant l'abdomen du blessé.

Le gouverneur fit la liste des objets éparpillés : des chaises tombées, une statue cassée de la Vierge Marie, des morceaux de poutre…

— Et de la ferraille épaisse, sans doute des pièces de la jalousie.

— Pouvez-vous m'aider à le retourner ? l'interrompit Azlan qui venait de palper sa nuque.

Il prit son scalpel afin de découper la veste du blessé au niveau du col puis de la déchirer jusqu'au bas du dos, sous le regard consterné de Pisani.

— Peut-être aurions-nous pu prendre plus de précautions…

Azlan découvrit les épaules et pointa une bosse à la base de la nuque avant de répondre :

— Plus de précautions pour le vêtement ou pour la survie de votre ami ?

— Qu'est-ce que c'est ?

— Luxation d'une vertèbre cervicale. Sans fracture apparente, dit-il en la tâtant délicatement. Je dois la réduire.

— Maître, Lorenzo Mazzetti est un des hommes les plus respectés de la Sérénissime, lâcha Alvise. Je suggère que nous attendions l'arrivée de son médecin personnel. Soit dit sans aucun préjugé sur la qualité de vos soins, bien entendu.

— À votre guise. Sachez juste qu'actuellement sa moelle épinière est comprimée. S'il est soigné dans la nuit ou demain matin, il sera trop tard, et votre ami n'aura plus l'usage d'aucun de ses membres.

— Voilà qui est fâcheux !

— Toutefois, si je me suis trompé dans mon diagnostic, la manipulation que je vais effectuer aura le même effet.

— Voilà qui est regrettable !

— Maintenant, à vous de décider, dites-moi si vous m'autorisez à le soigner. D'autres blessés m'attendent.

Le chirurgien avait parlé avec autorité. Les filles entamèrent le quatrième mouvement du *Stabat Mater*. Tout parut soudain si irréel au gouverneur Pisani. Il acquiesça avec dépit. Les deux hommes allongèrent Lorenzo Mazzetti, puis Azlan s'agenouilla au niveau de ses épaules. Il coinça la tête du blessé entre ses genoux, la saisit entre ses mains, tira doucement et la manœuvra des deux côtés. Aucun doute, aucune hésitation ne transparaissait dans ses gestes, aucune émotion, le chirurgien faisait preuve d'un calme qui terrifia le Vénitien. Au bout de trois manœuvres, un craquement sec indiqua que la vertèbre avait repris sa place naturelle.

— Posez un emplâtre de camphre sur sa nuque, indiqua Azlan à Cecilia. Restez près de lui jusqu'à son réveil et vérifiez qu'il retrouve la sensation de tous ses membres. Vous avez pris la bonne décision, gouverneur.

Pisani ne répondit pas. Si Mazzetti était resté paralysé, il n'aurait pas hésité à accuser le chirurgien et à le faire jeter en prison. Mais, pour l'heure, il lui vouait une reconnaissance éternelle.

Une clameur retentit autour d'eux : les secours venaient d'arriver.

11

Le navire était une frégate. Sa masse sombre se découpait telle une montagne devant la frêle embarcation. Le pont ainsi que les chambres des niveaux inférieurs étaient tous éclairés. Alors qu'ils étaient encore à plus de cent toises du bateau, le scaramouche avait désigné à Scarpion cette étoile qui brillait plus que les autres. Le gondolier avait dû redoubler d'énergie quand le vent s'était levé dans cette partie moins protégée de la lagune.

Une chaloupe de six rameurs vint à leur rencontre. La manœuvre d'arrimage fut délicate et Scarpion se démena comme un beau diable, hurlant ordres et contrordres afin de préserver le verni de sa coque, dans l'indifférence générale. L'arlequin, dont la cheville avait doublé de volume, fut transporté de bras en bras. Le premier scaramouche lança une pièce d'un ducat au gondolier en guise de dédommagement, sans un mot de remerciement. Scarpion l'attrapa au vol tout en tenant sa rame d'une main. Il regarda la chaloupe s'éloigner, hésita à s'approcher et décida de revenir le lendemain afin de voir le nom du vaisseau et les couleurs du pavillon.

Le batelier n'aimait pas ce qu'il venait de vivre. Il avait, certes, gagné en une soirée autant qu'en six mois de courses, mais il trouvait offensant ce silence facilement acheté par des étrangers qui ne pouvaient être des amis de la Sérénissime. L'argent servirait à faire tailler une *forcola* neuve dans un noyer centenaire, à ses dimensions, dans l'atelier de maître Carli, puisque les mors actuels étaient usés et que le bois de cerisier s'était fendu l'hiver précédent. Il pourrait aussi acheter un fer de proue, le sien avait été rayé dans un accrochage avec un gondolier débutant, un des fils Zonzi, qui avait refusé de reconnaître son erreur et de le faire réparer. Il pourrait toujours jouer quelques pièces au *Ridotto* sans attirer l'attention des aigrefins et des profiteurs de tout poil et payer des tournées au *Lion*, plus discret que le *Café de Cicio* et où la serveuse ne refuserait pas ses avances. Enfin, il achèterait de la viande et des œufs frais même en semaine et un châle en dentelle de Burano à sa femme pour se faire pardonner sa rudesse des soirs d'ivresse et ses infidélités répétées.

Il s'aperçut qu'il tenait encore le ducat dans son poing crispé sur le manche de la rame. Rien de tout le bien que procurerait cet argent ne pourrait effacer l'attitude de ses clients qui auraient affaire à la *Bocca di leone*.

Tout à ses pensées, il passa au sud de la pointe de la douane et s'engagea sur le canal de la Giudecca. Scarpion habitait côté nord, dans le quartier du Cannaregio, à l'endroit même où il était né et où son père et ses aïeux avaient exercé depuis deux siècles le métier de gondolier. Ce même père lui avait transmis les quatre drapeaux qu'il avait gagnés lors des régates du Carnaval, trophées qui, ajoutés aux siens, faisaient l'honneur de sa famille, et de lui un des hommes les plus respectés de la corporation. Lorsqu'il s'aperçut de son erreur, il décida de longer la rive jusqu'à l'hôpital des Incurables.

12

Deux charrettes à bras étaient stationnées devant l'entrée principale. Une musicienne à la robe bleue déchirée était assise sur l'une, la jambe droite entièrement recouverte d'un bandage, alors qu'une autre était portée par deux cernides[1] jusqu'à la seconde.

Scarpion amarra son embarcation, prit sa lanterne qui tirait ses derniers feux et pénétra dans le cloître au moment où les deux voitures à brancard quittaient les lieux.

— Vous venez chercher quelqu'un ?

Le gondolier dévisagea l'homme à la chemise marquée de sang qui se lavait les mains dans un seau. Azlan venait de soigner le dernier blessé, un employé de l'hôpital qui s'était rendu à l'étage et avait chuté avec les restes instables du balcon.

— J'avais un client présent au concert, dit-il en balayant du regard le spectacle de désolation autour de lui.

— Nous avons une liste des blessés affichée sur la porte ; il n'y a aucun décès à déplorer, grâce à Dieu, confirma le chirurgien.

Scarpion se signa trois fois.

— Grâce à Dieu, murmura-t-il à son tour.

Il comprit la cause de la blessure de son arlequin, mais pas la raison qui l'avait poussé à fuir. La nouvelle du drame devait déjà avoir fait le tour de la lagune, il aurait plus d'informations en traînant sous les arcades des Vieilles Procuraties.

Azlan le suivit des yeux jusqu'à ce qu'il quitte l'église. La tension retombait peu à peu, mais le chirurgien avait encore tous ses sens en éveil et son instinct lui recommandait de se méfier du gondolier dont il avait mémorisé le visage.

---

1. Miliciens vénitiens.

Le médecin à la *bauta*, seul à avoir gardé son masque, posait des points de suture au bras du chirurgien de la Pietà ; plus loin, les infirmières bandaient les derniers blessés ; le président Grimani s'était assis sur une chaise à l'entrée et se désolait, la tête entre les mains, en compagnie de l'envoyé du doge ; Alvise Pisani et le prêtre roux félicitaient les filles du chœur qui avaient accompagné les soins de leurs chants. Azlan rassembla ses outils, les essuya et les fourra dans sa trousse. Il passait mentalement en revue ses interventions tout en s'interrogeant sur ce qu'il pourrait améliorer. Le feu de l'action provoquait toujours en lui une excitation qu'il avait ensuite du mal à apaiser. Cecilia le tira de ses pensées.

— Je voulais vous remercier, maître. J'ai beaucoup appris ce soir à vos côtés.

— Sans vous et Antonina, je n'y serais pas arrivé. Vous avez été essentielles.

L'infirmière n'avait pas été accueillante à son arrivée, quatre mois auparavant, pas plus que le reste du personnel à qui l'on avait imposé ce soignant étranger auprès de leur titulaire. Toutes sortes de rumeurs avaient circulé sur son compte jusqu'à ce que tout le monde s'apprivoise, mais les raisons de sa présence à Venise leur demeuraient inconnues. Quiconque voulait progresser en chirurgie se formait à Padoue. Venise ne possédait même pas d'université de médecine.

— Je n'ai jamais vu de chirurgien travailler aussi vite avec autant de dextérité, ajouta-t-elle.

— Je dois tout à mon maître. Personne ne pourra jamais l'égaler.

Azlan était toujours mal à l'aise avec les compliments et avait répondu sans regarder l'infirmière. Cecilia sembla hésiter et jeta un coup d'œil à la ronde.

— Quand je suis allée chercher la grappa dans la réserve, il y avait ce patient mort au début de l'après-midi…

— Je peux tout vous expliquer, coupa-t-il sans se départir de son calme.

13

Grimani était perplexe. Le doge, prévenu de l'événement, avait sollicité son conseiller, le Grand Inquisiteur, afin de faire la lumière sur cet écroulement exceptionnel. L'église serait fermée jusqu'à nouvel ordre et des enquêteurs viendraient identifier la cause du drame. L'Inquisition était une nouvelle bien pire pour la fréquentation des futurs concerts aux Incurabili que l'accident lui-même. Grimani tenta de plaider sa cause auprès du conseiller, dont les lèvres pincées lui faisaient perdre toute assurance : l'impassibilité lui tenait lieu de masque et le plissement des commissures semblait être le summum de chaleur humaine qu'il était capable de produire.

— Je vous assure que tout a été fait dans les règles, répéta Grimani, dont le souffle court traduisait l'émotion.

— Nous le saurons rapidement. Des lettres nous avaient prévenus d'un risque de malfaçon, révéla-t-il.

— Mais… pourquoi ne le dire que maintenant ?

— S'il fallait tenir compte de tout ce qui s'écrit… Vous étiez le maître d'œuvre du chantier et, à ce titre, le mieux placé pour vous en assurer. N'ayez pas d'inquiétude. Si vous n'avez rien à vous reprocher, nous trouverons ce qui s'est passé. Au moins, votre système de soins a bien fonctionné, ajouta-t-il en montrant d'une main paresseuse Cecilia et Azlan en pleine discussion.

Grimani tenta de se dépêtrer de l'abîme de perplexité dans lequel son interlocuteur l'avait jeté, mais des notes de musique surgirent du chœur et toute activité cessa : le prêtre roux avait retrouvé le violon de Marie et improvisait un solo, emporté par l'émotion de l'instant. Ses doigts parcouraient la touche à une vitesse inégalée, frôlant parfois l'archet en une danse envoûtante, sans faiblir, faisant jaillir des sons au rythme haletant. Personne n'avait jamais entendu un tel enchaînement de virtuosité. Le violon riait, le violon pleurait, il exultait. Chacun retenait son souffle. Antonina priait. Apollonia, qui était revenue avec les filles du chœur pour chanter, essuya une larme. La dernière note résonnait encore lorsque le gouverneur Pisani félicita son maître de musique.

— Maria Dalla Viola pourra jouer dès demain : il est intact ! annonça le prêtre roux.

14

L'explication entre Cecilia et Azlan avait été interrompue par la musique et aucun d'eux ne voulait la reprendre. Les justifications du chirurgien n'avaient pas convaincu l'infirmière, mais elle comprenait l'impérieuse envie d'aller explorer l'intérieur des corps, malgré la restriction officielle à un cadavre par semestre. Elle s'occuperait de l'enterrement de cet étranger qui n'avait aucune famille dans la Sérénissime et n'avait pas eu le temps de laisser d'indications sur ses proches. Azlan se sentit soudain rattrapé par la fatigue et l'abattement : l'échec de son autopsie écourtée occulta la force du moment qu'ils venaient de vivre et barra son front d'une ride soucieuse. L'infirmière s'en aperçut.

— Savez-vous ce que je trouve le plus incroyable, dans cette soirée ? dit-elle en empoignant les deux bouteilles de grappa restantes. Que vous ayez fait chanter les filles pendant les soins.

— Ça n'est pas exceptionnel, j'ai déjà assisté à une telle scène, il y a bien longtemps, pendant une bataille. Cela semble calmer la peur des blessés.

— Non, je pensais au fait qu'elles ont chanté sans être cachées par des rideaux de fer. C'est la première fois. C'est encore plus beau. Tenez, pour vous, dit-elle en lui tendant une des bouteilles de vin.

— Nous la boirons ensemble. Mais d'abord, je dois m'entretenir avec notre médecin inconnu, j'ai mille questions à lui poser.

— Il vient de partir, maître.

Azlan jaillit sur le quai, faisant sursauter un *codega* et son chien qui s'étaient assis contre la façade de l'hôpital dans l'attente d'un client à éclairer.

— Ma lanterne pour un bout de chemin ? demanda l'adolescent tonsuré aux cheveux hirsutes.

Azlan tenta de distinguer une ombre dans la noirceur de la rue avant de s'approcher de lui :

— As-tu vu un noble en *bauta* sortir d'ici il y a quelques minutes ?

— Peut-être, m'sieur.

— Comment ça, peut-être ? L'as-tu vu, oui ou non ?

— Ça dépend, m'sieur, répondit le gamin en tendant une main noire de crasse.

Le garçon, qui s'attendait à recevoir une taloche pour son impertinence, était sur la défensive, mâchoires serrées. Ses yeux clignaient nerveusement.

— Tu n'as rien à craindre, le rassura Azlan. Je ne te ferai pas de mal. Mais je n'ai pas d'argent sur moi. Je dois le retrouver, c'est un médecin.

— Vous êtes malade, m'sieur ? questionna le *codega* en reculant ostensiblement.

— Je suis chirurgien et je travaille ici.

— Alors je peux vous faire confiance, vous me paierez demain, annonça-t-il avant de lui indiquer de le suivre.

Azlan s'exécuta. Le gamin marchait avec assurance tout en promenant sa lanterne devant lui en fonction des irrégularités du sol.

— Il est parti vers la pointe de Santa Marta, indiqua-t-il, et il a tourné après le chantier des bateaux. Je sais par où il va passer. Vous pouvez me faire confiance, j'ai l'habitude. On va prendre un raccourci !

Le garçon obliqua dans une ruelle si sombre que même la lumière de sa lampe semblait étouffée par l'obscurité. L'odeur de salpêtre et de moisissure sur les murs séparés d'une demi-toise était prégnante. Ils dérangèrent une famille de rats qui couinèrent à leur passage et firent aboyer le chien du *codega*, un aboiement paresseux et désabusé, à l'image de l'animal, qui n'avait pas de nom et déambulait autour d'eux en feignant l'indifférence. Ils débouchèrent sur le rio de San

Trovaso, qu'ils longèrent vers le nord et traversèrent au second pont. Le gamin avançait d'un pas assuré, sans précipitation, observant chaque intersection, surveillant le moindre mouvement autour d'eux alors qu'ils n'avaient rencontré âme qui vive.

— Arrête-toi !

Azlan le retint par le bras. Le corniaud, qui avait pris de l'avance, les attendait en lapant l'eau d'une flaque.

— Quoi, m'sieur ?

— Ça fait cinq minutes qu'on avance dans ce dédale, on ne le retrouvera jamais, il a pu prendre une dizaine de directions. Tu ne sais pas où il est et tu me fais marcher juste pour toucher une course.

Le garçon fit une mimique outrée, de la façon exagérée dont les enfants imitent les adultes.

— Je connais mon affaire, m'sieur, c'que vous me dites là, c'est pas juste ! maugréa-t-il en tapant du pied. Je suis un *codega*, pas un voleur !

— Je m'excuse, petit. Maintenant, on rentre aux Incurables.

— Non, dit le gamin en reprenant son chemin. Venez ! Cet homme-là, il est comme tous les nobles en *bauta*. Ils ont des beaux souliers bien vernis et ils ne veulent pas les abîmer. Alors, ils prennent que les grandes rues, celles avec des pavés, bien droites, pas les *vicoli* en terre pleins de bestioles. Et, lui, croyez-moi, j'ai bien repéré ses souliers, ils valaient plus cher que toutes les chausses de la boutique de Pepo Rinaldi ! Je l'ai vu tourner vers le canal des Ermites et j'vous parie ma course qu'il va passer par le campo San Barnaba.

15

La silhouette longiligne se découpait en sombre sur la pierre claire de l'église, tandis que la lune gibbeuse, filtrée par un tulle de nuages, éclairait péniblement la placette. L'homme à la *bauta* s'était arrêté près d'un pilier de l'édifice à l'allure de temple grec. Ses mains nues parcouraient les plaques qui recouvraient la façade de briques. Sa recherche terminée, il remit ses gants et remarqua seulement alors le chien qui reniflait le sol à côté de lui. Il lui flatta le flanc et, se retournant pour emprunter le pont attenant, se retrouva face au chirurgien des Incurables accompagné d'un *codega* à l'air triomphant qui levait sa lanterne aussi haut que ses bras le lui permettaient.

— Je vous cherchais, dit Azlan.

L'homme avait enfoui ses mains sous sa cape et adopté une position de méfiance.

— Excusez mon arrivée quelque peu cavalière, mais je n'ai pas eu le temps de vous remercier de votre aide, monsieur, expliqua le chirurgien.

— Je n'ai fait que mon devoir, maître.

— Nous vous sommes tous très reconnaissants.

— Je vous en remercie mais je dois me retirer maintenant, répliqua l'homme à la voix feutrée.

Il tenta de passer mais Azlan s'interposa :

— Attendez, je voudrais m'entretenir avec vous. Les points que vous utilisez, je n'en ai jamais vu de tels. J'aimerais profiter de votre technique. Pouvons-nous nous revoir ?

— Certainement. Je viendrai à l'occasion aux Incurables.

— Je ne me suis même pas présenté : maître Cornelli, chirurgien auprès de Son Altesse le duc Léopold de Lorraine. À qui ai-je l'honneur ?

L'homme tenta de se dérober par surprise. Mais, dans un réflexe, Azlan lui agrippa l'épaule. Le geste releva le tricorne du médecin. La *larva*, qui n'était maintenue que par le chapeau, tomba au sol. Le chirurgien demeura interdit devant le visage qu'il découvrit.

— Ben ça alors ! jura le *codega*.

Profitant de la surprise, l'inconnu grimpa sur le pont avant de s'enfoncer dans la pénombre d'une ruelle.

— Mince, ben ça alors ! répéta le garçon. Je fais quoi ? demanda-t-il, prêt à le suivre.

— Rien. Nous en avons assez pour la journée. Quel est ton prénom ?

— Piero.

— Viens, Piero, rentrons, je vais te payer ta course. Et soigner tes poux.

Il ramassa la *larva* d'où se dégageait un parfum capiteux, mélange de violette et de lilas. Jamais il n'oublierait ce visage. L'inconnu était une femme.

CHAPITRE 2

Padoue, 1678

Ils sont là. Ils sont tous là. Les citramontains, professeurs de l'université et étudiants vénitiens, mais aussi les ultramontains, des représentants du continent entier, médecins, anatomistes, chirurgiens, successeurs de Vésale et de Fallope, dont les fantômes hantent encore ces bancs. Devant eux, je vais révéler les plus grands mystères de la médecine tels qu'Ibn al-Nâsim les a percés à jour. Demain, plus rien ne résistera à la médecine telle que nous la pratiquerons, et Dieu n'aura plus que des vieillards à rappeler auprès de lui.

J'ai choisi une lecture expliquant le fonctionnement du système circulatoire, aidé en cela par les découvertes de William Harvey, que Padoue abrita étudiant ; j'ai choisi de révéler un traitement de la variole par injection de la maladie elle-même, que les esprits brillants et ouverts qui m'entourent sont en mesure de comprendre et d'apprécier. Il est temps. Je suis prêt. Aujourd'hui est le jour de la Révélation.

Venise, février 1713

16

Les portes du Ghetto Nuovo s'ouvrirent au huitième coup de la *marangona*, le bourdon du campanile de Saint-Marc. Sarah s'était assise sur une des marches du quai, en contrebas du pont, là où un soleil laiteux dispensait une lumière précieuse. Le petit groupe qui patientait eut un bruissement de satisfaction et se dispersa sur la place. Sarah attendit que le tintement des clés du gardien se soit tu avant d'y pénétrer à son tour. Elle devait éviter l'homme, qui la connaissait et l'aurait dénoncée sans hésitation : aucun juif n'était censé se trouver hors du Ghetto pendant sa fermeture de nuit. Qui plus est sans sa coiffe jaune.

Elle pénétra sur le *campo*, qui grouillait déjà d'activité, et flâna par plaisir devant les étals d'ustensiles usagés, de boutons, de crabes de la lagune et de fruits de saison. Une boutique d'étoffes s'était installée, tenue par un ashkénaze levantin, où la qualité des vêtements de seconde main faisait affluer une clientèle en provenance de toute la ville et des autres îles. Une file s'était formée devant le Banco Rosso, composée de Vénitiens de toutes conditions venus demander un prêt sur gages qui leur serait accordé sans retenue. La place était une des plus grandes du quartier du Cannaregio, et son centre avait été investi par les enfants que les mères pouvaient facilement surveiller.

Sarah louait un appartement dans un des rares immeubles à ne pas avoir connu une inflation du nombre d'étages en raison de la pénurie de place dans le Ghetto. Son voisin Iseppo, assis près de la porte d'entrée, la salua d'un bonjour jovial. Iseppo passait ses journées à commenter la vie de la communauté et les nouvelles de la Sérénissime avec son habituel compère, l'apprenti barbier.

— Notre propriétaire est venu, lui signala-t-il. Les loyers vont encore augmenter ! La faute à la guerre contre les Turcs. Paraît-il, conclut-il en se grattant la joue. Les caisses sont vides.

Sarah lui sourit sans répondre et se réfugia chez elle. Engager la conversation avec son affable voisin était une activité dont la fin n'était jamais garantie et elle se sentait épuisée. Elle jeta son sac dans l'entrée et se jaugea devant le miroir posé contre un mur, abandonné par le locataire précédent lors de son départ précipité. Elle défit son chignon pour rendre leur liberté à ses cheveux qui ondulèrent sur ses épaules comme des vagues sur une côte sauvage. Elle haussa les sourcils devant son visage aux pommettes saillantes et aux traits fins et épurés, qui ne semblait jamais refléter ce que son corps éprouvait. Ses yeux exprimaient une douceur moqueuse et sa peau n'était jamais marquée par les épreuves, à tel point qu'enfant, elle avait failli mourir à plusieurs reprises alors que sa mère croyait exagérés les maux dont elle se plaignait. À chaque fois son père l'avait sauvée.

— Où étais-tu, Sarah ?

Iseppo était entré sans toquer et lorgnait son sac en cuir entrouvert.

— Tu n'as pas passé la nuit dans le Ghetto, assura-t-il. Tu n'étais pas chez toi.

— Combien de fois t'ai-je dit…, commença-t-elle, le cœur battant sous l'effet de la surprise.

Elle soupira et eut un geste d'impuissance. Il était vain de le réprimander. Iseppo n'en faisait qu'à sa tête. Mais Sarah ne pouvait lui en vouloir : elle était comme lui.

— Cela ne te regarde pas, dit-elle en refermant le sac avant de le poser sur le lit.

— Un jour, les Exécuteurs vont débarquer et on apprendra que tu as eu une aventure malheureuse avec un chrétien !

— Un jour, les sbires[1] de l'Inquisition vont débarquer et couper ta langue bien pendue !

La trêve intervint sous la forme d'un long silence. Iseppo regardait par la fenêtre la vie s'écouler, tout en tapotant son ventre généreux.

— La Sérénissime nous saigne à blanc. On est écrasés de dettes. On parle d'un million de ducats, dit-il soudain.

— Et alors ? Cet argent, nous l'empruntons aux grandes familles chrétiennes. Elles n'ont aucun intérêt à la banqueroute de la communauté. Leur sort est lié au nôtre, argua Sarah en laissant échapper un bâillement. Je suis fatiguée, ajouta-t-elle pour clore la conversation.

— Justement, dit son ami avant de sortir sur le palier.

Il revint avec un baquet d'eau.

— J'ai pensé que tu aurais envie de te laver. Elle est encore chaude.

— Je t'en remercie grandement, dit-elle en relevant le col de sa chemise qui avait glissé et découvert son

1. Nom donné aux hommes de la police secrète de Venise.

épaule nue, attirant le regard d'Iseppo. Maintenant, tu dois partir.

L'homme lui fit encore la morale et elle dut le pousser vers la porte après lui avoir promis d'être prudente.

Une fois seule, Sarah fit une longue ablution et enfila des vêtements propres qui lui firent autant de bien qu'une nuit de sommeil dans un vrai lit. Ragaillardie, elle alluma un feu sur les cendres qui encombraient l'âtre, tira de son sac une feuille imprimée et installa son écritoire devant la cheminée. Elle lut le texte attentivement, plusieurs fois, en copia certains passages puis jeta l'original dans le foyer. Elle resta pensive un long moment, bien après que la flamme eut retrouvé son calme, avant de prendre un flacon de teinture noire, un pinceau et de s'installer devant la fenêtre. Elle releva jupe et jupons, découvrant sa peau diaphane au grain fin. Plusieurs lignes de phrases avaient été tracées sur toute la longueur de sa cuisse gauche. Sur sa cuisse droite, elle ajouta une figure qu'elle peignit avec soin et laissa la teinture sécher, pendant qu'au-dehors une averse chassait marchands et acheteurs vers les étals protégés. Sarah aimait cette place où elle avait grandi et d'où elle avait vue sur les toits de Cannaregio. Elle vérifia que la teinture avait séché et rajusta ses vêtements. Le dessin représentait une silhouette coiffée d'un turban tenant en main un cœur vivant.

17

— Fadaises que tout cela ! Venise n'est pas en train de s'engloutir !

Tous les samedis, depuis son arrivée, Azlan se rendait sur la Terre Ferme. Le trajet durait une heure et demie, dans une gondole à deux rameurs qu'il partageait avec Domenico Filiasi, un Tessinois de la Confédération des XIII Cantons, amateur de science et amoureux de la ville qu'il s'était mis en tête de sauver des eaux.

— Mais il y a un exhaussement du fond de la lagune, pour sûr ! D'après mes calculs, il est monté de huit pieds en quatre cents ans ! Ce n'est pas la ville qui coule, c'est le fond qui s'élève !

À chaque traversée, Filiasi détaillait une partie de son grand projet, avec la même ardeur que s'il s'était trouvé devant le Conseil des Dix, jouant des mains, battant des pieds, remuant sur son siège et faisant tanguer l'embarcation que les gondoliers stabilisaient avec dextérité, habitués aux envolées lyriques de celui qu'ils appelaient « *il professore* ».

Assis sous le *felze*, Azlan profitait de la vue depuis les ouvertures pratiquées sur les côtés de la toile, pendant que Filiasi retrouvait son souffle et ses idées, et qu'une mouette blanche accompagnait la gondole de ses battements d'ailes nonchalants.

— Voyez, reprit le Tessinois en tendant le bras vers la rive ouest, faisant fuir l'oiseau, ils ont déplacé l'embouchure de la Brenta de Brondolo à Fusina. Erreur, grave erreur ! Il faut l'éloigner de la lagune, sinon nous courons à la catastrophe ! L'exhaussement, vous dis-je, l'exhaussement va noyer notre joyau !

Sur ces paroles, *il professore*, qui n'avait jamais eu le moindre titre universitaire, s'enfonça dans une profonde réflexion jusqu'à Mestre, terme du trajet. La gondole les déposa sur le quai et Azlan salua son compagnon de voyage, qui préférait habiter ailleurs, puisque les autorités avaient refusé de déclencher son plan de sauvetage de la cité.

Les villes de la Terre Ferme offraient un contraste saisissant pour quiconque revenait d'un séjour à Venise. À Mestre, la rue principale, coupée en deux par le canal, était large et aérée et accueillait des carrosses avec attelage ainsi que des carrioles tirées par des ânes ou des bœufs. Richement arboré, le bourg ne comptait qu'une centaine de maisons, pour partie les résidences secondaires des aristocrates de la lagune, qui se peuplaient ou se vidaient au fil des saisons. Azlan pénétra dans une villa de Palladio en retrait du canal, un palais du maître de la Renaissance au frontispice décoré de colonnes à l'antique devant lequel l'attendait un serviteur en livrée.

Son hôte, Vettore Visconti, bien qu'issu d'une ancienne famille du Milanais, contemptrice de la Sérénissime, n'avait pas suivi le chemin des siens, ayant préféré les arts à la politique et au commerce. Le lien familial qui l'unissait à Azlan de Cornelli était ténu, mais il l'accueillait à chaque fois comme s'il avait été son propre fils.

— Ils t'attendent à la cuisine, dit-il après le rituel des effusions.

L'office avait été transformé en salle de soins. Deux serviteurs aux manches relevées se tenaient devant une épaisse table, bras croisés, cordes de marine en main, alors qu'une seconde table avait été retournée sur la première. Linges et bandages étaient empilés sur une chaise près d'une bassine d'eau fraîche.

— Qui avons-nous comme patient aujourd'hui ? demanda Azlan en ouvrant son sac.

Les deux aides s'écartèrent : derrière eux se tenait assis un jeune homme aux yeux enveloppés d'une membrane rouge.

18

À la mi-journée, Sarah se rendit à la synagogue du Levantin. Le sanctuaire du premier étage était ouvert mais désert. Elle aimait l'endroit pour l'avoir fréquenté depuis son enfance et pour l'atmosphère rassurante et chaleureuse que dégageaient les boiseries cirées et les rideaux d'un rouge pourpre.

Elle s'enferma dans la petite salle d'étude, située sous le toit, dont elle possédait la clé, et déplaça le banc sur lequel elle avait l'habitude de s'asseoir pour travailler, au milieu de la rangée de gauche, découvrant ainsi une ligne de cabochons noirs. L'un d'eux avait été placé dans une position différente, brisant la symétrie de l'ensemble. À l'aide d'une spatule à amygdales, Sarah le déboîta et mit au jour une plaque métallique qui recelait une cache. Elle en sortit un coffre en plomb richement ornementé qui ne possédait pas de serrure apparente. Elle l'ouvrit en manipulant le mécanisme masqué et en sortit une liasse de feuillets qu'elle lut en s'adossant au banc. Les comptes rendus médicaux de son père étaient son plus précieux trésor.

Une voix résonna dans l'escalier qui menait à l'étude, une voix rocailleuse à l'accent traînant. Le rabbin Satchi était de retour. Sarah enfouit le coffret, posa la plaque par-dessus et remboîta le cabochon au moment où la clenche s'agitait en vain sur le mentonnet. Elle tira le banc, les clés tintèrent et la porte s'ouvrit sur un quinquagénaire aux yeux ronds et à la barbe fournie.

— Ah…, dit-il simplement dans un mélange d'étonnement et d'intérêt. Je voulais justement te voir.

Il rajusta son chapeau, fit demi-tour et demanda aux élèves qui montaient pour la leçon d'hébreu de revenir une heure plus tard. Sarah s'était assise sur le banc et l'attendait, le visage éclairé par le rai de lumière poudrée qui pénétrait par une des deux lucarnes ovales de la pièce.

Moisè Satchi fut frappé de sa ressemblance avec sa mère : même port, même regard bravache, même détermination irréductible qui faisait que chaque conversation pouvait se transformer en âpre bataille. Il en avait fait maintes fois l'expérience : Sarah contestait, arguments à l'appui, tout ce qu'il avait tenté de lui enseigner du Talmud. Le rabbin avait fini par abandonner, la conjurant seulement de ne pas finir marrane[1]. Face à elle, une petite défaite était déjà une grande victoire.

— J'espère ne pas avoir perturbé tes cours, dit-elle pour s'excuser.

— Ne t'inquiète pas, ils n'ont aucune motivation. La moitié d'entre eux va oublier de revenir. Si tu savais comme ces classes sont mornes depuis que tu n'y es plus !

— Pourquoi voulais-tu me voir ? demanda-t-elle afin d'écourter la conversation.

1. Juif converti de force à la religion catholique mais qui reste fidèle à sa foi.

Le rabbin était coutumier de sermons interminables dans lesquels il noyait ses morales.

— Je suis inquiet pour toi. Nous sommes inquiets…

— Que t'a dit Iseppo ?

Elle s'était levée. Sarah était d'une taille supérieure à la moyenne et dominait la plupart des hommes d'une tête.

— Ce n'est pas seulement lui. Tu n'as aucune autorisation pour passer la nuit hors du Ghetto. Souviens-toi du jeune Abraham, le fils Fonega, ils l'ont emprisonné pour l'exemple.

— Tu ne me demandes pas ce que j'ai fait cette nuit ?

— Je n'ai pas envie de savoir, seul Lui peut te juger ! s'effraya le rabbin en levant les yeux au ciel.

— Selon toi, si une jeune femme se promène seule la nuit, ce ne peut être que pour des raisons licencieuses ?

— Évidemment ! Comment s'appelle ce garçon ? Est-ce que je le connais ?

La réponse de Moisè la rassura : si l'homme le plus informé du Ghetto n'y voyait que luxure, personne à Venise ne la soupçonnerait d'une autre activité.

— Je croyais que tu n'avais pas envie de savoir, s'amusa-t-elle.

— Je ne veux pas savoir ce qui s'est passé, je veux juste savoir qui a osé te toucher ! s'enhardit le rabbin.

L'image du chirurgien des Incurables et de son expression de surprise s'imposa à elle.

— Je ne connais même pas son nom, affirma-t-elle en ébauchant un sourire.

— *Oy vaï*[1] *!* Mais qu'as-tu fait, quel déshonneur ! geignit le rabbin en manquant de perdre son couvre-chef.

— Je peux te jurer que je n'ai enfreint aucun des six cent treize *mitzvot* de notre religion. J'ai respecté tous les commandements.

— Comment peux-tu jurer…

— Comment peux-tu douter de moi, Moisè, de la fille de Diane et d'Isaac Koppio ?

La repartie calma le rabbin Satchi qui s'assit sur le banc, épuisé par la joute.

— Je suis ta seule famille depuis la mort de tes parents. J'ai pensé à eux, à leur réputation, à la réputation de la communauté. Pardonne-moi, *gattina*.

— Il y a longtemps que je ne suis plus un chaton, vieil homme, sourit-elle en s'asseyant à côté de lui. Et tu viens d'enfreindre une *mitzvah*, ajouta-t-elle en faisant tomber son chapeau.

Satchi concéda un sourire et joua avec son couvre-chef avant de le remettre. Sarah le prit par l'épaule et ils restèrent longtemps assis et silencieux.

— Ma nièce Giulia va avoir besoin de toi. La délivrance est prévue pour juin, mais elle est déjà alitée. Elle se plaint de douleurs, tu devrais aller la voir. Ses parents n'avaient confiance qu'en Isaac, ils ne veulent pas prévenir le docteur Mauro, mais toi, c'est différent.

Isaac Koppio n'avait pas seulement sauvé à plusieurs reprises la vie de sa fille. Il lui avait appris à décrire les symptômes avec les mots de la médecine, lui avait expliqué les maladies et leurs remèdes, et inculqué comment

1. « Quel malheur ! »

réparer les corps et coudre les peaux. Il l'avait initiée à la philosophie telle qu'on l'enseignait à la faculté de médecine de Padoue. Il lui avait transmis toute sa connaissance, qu'elle avait intégrée et enrichie. Et surtout, il lui avait révélé son plus grand secret, auquel elle avait décidé de consacrer son existence.

19

La cuisinière, réquisitionnée, sortit les linges qu'elle avait mis à bouillir dans une grande marmite en les enroulant autour d'un bâton. Elle les essora à la main et les déposa dans une bassine en attendant les instructions. Le chirurgien avait été clair sur la maladie de son neveu : son infirmité, qu'il avait qualifiée d'un nom imprononçable avant de le traduire par « œil de lièvre », n'avait rien de diabolique et était due à un renversement des paupières supérieures qui laissaient apparaître une conjonctive rouge et gonflée. Le pauvre garçon en était atteint depuis qu'il avait achevé sa croissance, ce qui lui avait valu de nombreuses moqueries et un refus d'admission aux ordres sacrés, en plus de l'impossibilité de fermer les paupières pour dormir. La proposition du chirurgien avait été accueillie avec enthousiasme par la cuisinière, laquelle, avant même son neveu, avait répondu « oui » pour l'opération.

Le patient avait les mains et les chevilles liées aux pieds de la table retournée. Un des aides s'était installé à califourchon sur lui tandis que l'autre lui maintenait la tête par l'arrière. Le laudanum faisait son effet, sa voix était empesée et ses paroles incompréhensibles. Visconti en profita pour s'éclipser, impressionné par les lames de scalpel qu'Azlan venait de déposer à côté de lui. Le chirurgien défit les bandes qui protégeaient ses mains, manie qu'il tenait de son maître, et les lava longuement à l'eau fraîche dans la bassine tout en réfléchissant à la conduite à tenir.

Il n'aimait pas l'opération classique qui consistait à inciser la paupière sur sa périphérie sans atteindre le muscle et à remplir la plaie de charpie afin de compter sur la cicatrisation pour empêcher le retournement. Les échecs de cette pratique étaient légion. La pensée de l'inconnue à la *bauta* le traversa. Il n'arrivait pas à s'en défaire, elle s'imposait à lui aux moments les plus inattendus. Qui était-elle ? Qu'aurait-elle fait pour ce garçon ? Il chassa cette question pour se concentrer sur le cas, mais une évidence s'était insinuée en lui : il devait renouveler la technique classique.

Azlan se massa les mains devant le feu de l'âtre afin d'éprouver le maximum de sensations dans les doigts, pendant que tous se demandaient s'il hésitait à opérer, sauf le garçon qui s'était endormi, découvrant une bande de sclère blanche sous ses paupières retournées. Sa tante se signa afin de chasser le mauvais sort. La maison était sous la protection de saint Ambroise, dont une statuette trônait dans une niche du vestibule, mais deux précautions valaient mieux qu'une.

Azlan choisit un bistouri étroit ; il avait décidé de diminuer la protubérance du côté de la surface interne des paupières. Les deux aides prirent leur place, le chirurgien vérifia que la conscience de son patient était altérée puis entama une portion de la membrane qui faisait saillie entre la paupière et le globe.

Le bandage chaud à l'odeur de térébenthine acheva de tirer le garçon des brumes opioïdes du laudanum. Il toucha le tissu qui recouvrait ses yeux.

— Tout s'est bien passé, indiqua Azlan.

— Je vais guérir ?

— Je vous le dirai dans une semaine. Votre tante changera vos pansements tous les jours. N'oubliez pas pour le collyre, blanc d'œuf, camphre et huile de rosat, ajouta-t-il à l'adresse de la cuisinière qui dodelina à l'énoncé de chaque ingrédient.

Elle l'écrasa dans ses bras pour le remercier avant de lancer :

— Maintenant, je peux m'occuper de ma poularde !

Ils prirent un déjeuner léger, puis Azlan s'isola dans la chambre qui lui était dédiée à chacune de ses venues. Sous couvert de ses consultations à la villa, il pouvait rédiger des lettres que son hôte se chargeait d'envoyer à Rosa de Cornelli, cousine par alliance des Visconti, sans que la Sérénissime, qui surveillait tous les étrangers de Venise, les intercepte.

Ma très chère Rosa…

La pointe de la plume crissa sur le papier en délivrant des caractères fins et serrés, ordonnés dans des lignes aérées. Azlan lui décrivit l'accident du concert, sa vie quotidienne aux Incurables, le marché aux poissons de la lagune, les premières fêtes publiques du Carnaval, ainsi que tous les détails que relatent les voyageurs dans leurs échanges épistolaires. Il rappela à Rosa leur fuite de Nancy en 1703 et leur long séjour dans le Milanais, où il avait appris l'italien chez les parents de Vettore Visconti, avant de lui transmettre les bons souvenirs de son hôte. Il ne prit pas la peine de relire les deux feuillets, referma le flacon d'encre et en sortit un second, plus petit, de sa trousse de chirurgien. Il huma le liquide incolore à l'odeur âcre qu'il contenait et y plongea une nouvelle plume. Lorsqu'il commença à écrire, entre les lignes de sa lettre à Rosa, aucun caractère n'apparut. Azlan était concentré et répliqua mot pour mot les phrases qu'il avait préparées mentalement.

Mon très cher Nicolas,
Ma position de chirurgien aux Incurabili nous a enfin souri et j'ai pu identifier un cas qui correspondait parfaitement au nôtre, y compris les tremblements et les syncopes. Bien que je n'aie malheureusement pas pu mener l'autopsie à terme, j'ai toutefois remarqué une anomalie au niveau du cortex : des petites taches brunes sur la partie antéropostérieure de la substance blanche, dont j'ai fait une représentation à la fin de cette lettre. Tous ces résultats peuvent te sembler de peu d'importance au regard des efforts déployés, mais je suis convaincu que nous aurons bientôt d'autres cas identiques ; le commerce de Venise est ouvert sur le monde et cet hôpital est le meilleur endroit où se trouver pour avancer dans la compréhension de cette maladie inconnue qui nous touche. Je progresse aussi dans notre recherche de l'Œuvre. Il est une histoire qui fait scandale chez les anatomistes et médecins de Padoue, qu'ils doivent à leur consul à Smyrne. Ce médecin aurait obtenu une guérison de la variole par une insertion

volontaire de la maladie, en pratiquant un dépôt de pus dans une plaie. Ce n'est pas le côté incroyable de cette nouvelle qui a attiré mon attention. Mais il se dit que ce traitement révolutionnaire proviendrait d'un livre ancien qui en contient de nombreux autres. Ton ami avait raison, Nicolas : le Codex existe bien.

Azlan avait utilisé les trois quarts de l'encre sympathique pour sa missive. Il vida le reste dans une boule de charpie qui lui avait servi pour l'opération. Il ne voulait pas risquer de la garder dans sa chambre aux Incurables et en fabriquerait de nouveau pour son prochain passage à Mestre. La pharmacie de l'hôpital possédait en stock de grandes quantités d'acide acétique et d'oxyde de plomb, et personne ne s'était aperçu des prélèvements qu'il effectuait depuis son arrivée. La recette lui venait d'un apothicaire de Nancy, qui l'avait utilisée pendant des années pour communiquer avec le duc Léopold, sans que l'occupant français s'en doute. L'encre ne se révélait pas à la chaleur mais par pression avec un papier imbibé d'une autre solution, dont seul le duc et maître Déruet possédaient la composition.

Dans sa lettre, Azlan n'avait pas mentionné la femme à la *bauta*, sa connaissance de la médecine et de points de suture inconnus des chirurgiens. Mais, au fil de l'écriture, il en était arrivé à une évidence : il devait la retrouver et savoir si elle avait un lien avec le Codex.

20

— Viens en nous, Esprit Créateur, visite les âmes des tiens…

Le *Veni Creator* à peine achevé, Alvise Pisani invita l'assemblée des gouverneurs à s'asseoir. La salle du Conseil de l'hôpital de la Pietà était de facture sobre et n'avait pour ornementation que quelques portraits des présidents précédents. Il constata que le nombre de présents dépassait largement le quorum minimal de douze gouverneurs nécessaire pour valider les votes de la congrégation. Pisani remarqua avec satisfaction que son invité, le président Grimani, était arrivé. L'accident des Incurabili était encore dans toutes les têtes et toutes les conversations. Les chairs avaient commencé à cicatriser, et même les musiciennes les plus touchées pourraient sous peu pratiquer leurs instruments, mais les concerts communs avaient vécu, et le gouverneur Dolfin, qui leur était opposé depuis le début, œuvrait depuis une semaine auprès des autres membres, se rendant chaque matin au Broglio sur la place Saint-Marc afin de s'assurer de leur vote aux prochaines élections. Pisani avait été prévenu par ses partisans ; il serait toujours temps d'y mettre fin. Pour l'heure, le bon fonctionnement de l'institution était sa priorité, d'autant plus que le provéditeur, représentant du gouvernement auprès de la Pietà, était présent. La République versait annuellement à la congrégation une importante somme provenant des amendes perçues par l'État et exerçait en retour un droit de regard sur la gestion de l'hôpital. L'accident, même s'il était survenu dans l'église des

Incurables, faisait suite à une initiative de Pisani qui se sentait sur la sellette. Il jeta un regard vers Grimani qui, lui, était enferré dans l'enquête sur la cause du drame, alors que les dénonciations pleuvaient sur l'incurie dans la construction du balcon.

Pisani n'avait pas enfilé son vêtement fétiche, le *tabarro* de velours rouge à boutons dorés qu'il portait le jour du drame. Il avait opté pour une tenue plus sobre, noire et sans aucun ornement, plus conforme à l'esprit de pénitence que tous attendaient. Il débuta la séance par la demande d'une fille du chœur de quitter la Pietà, alors qu'elle devait encore plusieurs années à la communauté, afin de se marier avec un musicien. Pisani rappela que ce dernier avait été appointé quatre ans auparavant comme maître d'orgue, mais qu'il n'était resté qu'une saison et n'avait pas fait l'unanimité auprès des élèves et des gouverneurs, à l'exception de la jeune chanteuse dont il demandait la main. La demande fut rejetée à l'unanimité.

Le président fit ensuite voter l'augmentation d'un demi pour cent des taux d'intérêt versés aux particuliers qui avaient investi leurs économies dans l'hôpital. La mesure arracha un sourire au provéditeur qui dodelina d'un air satisfait. L'homme en faisait partie, et Alvise Pisani le savait. Il refusa ensuite deux demandes de sortie, dont l'une émanant d'une musicienne qui requérait de passer sa convalescence dans la maison de son protecteur, située sur la Terre Ferme, avant d'annoncer à l'assemblée le point du jour le plus important : le remplacement de leur chirurgien, blessé lors de l'accident.

— Plusieurs gouverneurs m'ont fait des propositions fort intéressantes, commença le président en regardant les intéressés, mais il en est une qui a toutefois retenu mon attention. Je voudrais soumettre aux voix la nomination de maître Azlan de Cornelli, avança-t-il en fixant Dolfin.

Comme il était d'usage, tous avaient été prévenus avant la séance et l'annonce provoqua des réactions exagérées.

— C'est un étranger ! s'écria Dolfin, encouragé par les murmures d'approbation de ses partisans.

— Il a sauvé nos filles ! rétorqua le gouverneur député au chœur.

Pisani laissa le brouhaha s'installer avant de l'éteindre d'un coup de clochette.

— Messieurs, je vous propose d'entendre un témoignage afin d'éclairer votre choix. Président Grimani ?

Le responsable des Incurabili s'avança jusqu'au bureau du président et se tourna vers l'assemblée.

— Oui, gouverneur Dolfin, Cornelli est un étranger, un étranger au patronyme italien dont je sais finalement peu de chose, sinon qu'il parcourt l'Europe à plus de trente ans afin d'améliorer encore une technique déjà exceptionnelle. J'ai des lettres de recommandation de Son Excellence le duc Léopold de Lorraine. J'ai avec moi une lettre de notre chirurgien stipendié, que maître Cornelli assiste depuis quatre mois aux Incurables, j'ai quantité de témoignages attestant de la qualité des soins fournis lors de cette soirée de triste mémoire, qui ont permis de sauver nos filles et d'autres blessés de mutilations certaines, voire irréversibles. Je sais qu'il n'est pas dans mon intérêt de venir devant vous pour vous le dire, mais je crois qu'il est dans le bien de tous qu'il puisse partager son expérience entre nos deux institutions.

Le brouhaha reprit de plus belle. L'assemblée, d'ordinaire feutrée, avait pris des allures de Grand Conseil agité, et même Pisani avait du mal à rétablir le calme. Tout rentra dans l'ordre lorsque le provéditeur demanda la parole.

— La République comprend la proposition du président Pisani de requérir un bon chirurgien pour ses filles, tout comme elle adhère aux réticences du gouverneur Dolfin de maintenir notre vigilance face aux étrangers. Voici donc la motion que nous proposons…

Le président Pisani regarda, impassible, les trente-deux gouverneurs déposer chacun une balle de couleur dans l'urne située devant lui. Plus que d'assurer la réussite de sa proposition, le résultat lui permettrait de compter les forces en présence et le degré d'opposition que Dolfin pourrait lui offrir. Il procéda lui-même au comptage et annonça le résultat : vingt et une étaient blanches et onze vertes.

— La motion est acceptée à la majorité simple. Nous autorisons maître Cornelli à assurer le suivi des musiciennes dès maintenant, mais nous soumettons cette acceptation à une enquête de moralité qui sera effective sous un mois.

21

Sous l'effet de la marée, l'eau se retira lentement par la rangée de soupiraux, emportant les crustacés repus. Iseppo s'était posté en haut de l'escalier menant à la cave et assistait au spectacle, assis sur sa chaise, les mains sur les genoux, aussi immobile qu'une statue de sel. L'apprenti barbier était passé et avait commenté avec lui les nouvelles échangées à son échoppe, puis l'avait laissé à sa contemplation d'un spectacle dont il ne comprenait pas la beauté. Le rituel se répétait inlassablement, chaque jour, à l'heure du reflux de la mer.

Iseppo aperçut les premières masses ivoirines émerger en plusieurs points de la cave et esquissa un sourire. Leur blancheur immaculée signifiait qu'il pourrait les vendre avant la fin de la semaine. La lagune hérissée quittait le sous-sol dans un bruit de clapotis, alors qu'apparaissaient plusieurs tas de fémurs et de tibias de bœufs récoltés dans les abattoirs de la ville. Chaque jour, les crabes apportés par la marée festoyaient des restes de viande et, chaque jour, la salinité de l'eau décapait un peu plus les os longs entreposés.

— Tu as toujours aimé faire travailler les autres, dit Sarah qu'il n'avait pas entendue arriver.

— La nature est si bien faite, répondit-il sans se retourner. Dans quelque temps, ce sont ces crabes qui passeront dans ma casserole.

Elle descendit plusieurs marches pour lui faire face.

— Je n'aime pas les *moèche*.

— Tu as toujours détesté les traditions, corrigea-t-il.

Elle baissa les yeux et s'assit sur une marche à côté de lui. Son voisin avait le don de résumer les caractères ou les situations en quelques mots justes. Cette faculté ainsi que la connaissance de toutes les grandes familles du Ghetto, où il était né, lui avaient permis d'être élu, avec cinq autres membres, *parnas* de l'Universita degli Ebrei. Ils étaient les interlocuteurs de la république de

Venise, les représentants d'une communauté que la Sérénissime tolérait mais n'épargnait jamais.

— Manger des crabes pendant leur mue me dégoûte et vendre des os pour en faire des boutons n'est pas une tradition, répliqua Sarah après un silence qui ne dit rien de bon à Iseppo. Les chrétiens te laissent faire parce qu'ils considèrent ça comme une activité indigne d'eux.

— T'ai-je dit que nous lâcherons des chapons pour la fête de Pourim ? dit-il pour éviter un débat qu'il ne voulait même pas entrouvrir, convaincu qu'il était de le perdre. Les jeunes voulaient qu'on fasse venir un taureau, comme pour le Carnaval, mais il n'en est pas question.

— Toi et Moisè, vous refusez de voir la réalité en face et vous vous réfugiez dans la religion ou la contemplation de la marée ! Le jour où la Sérénissime n'aura plus besoin de nous, notre sort sera scellé.

— En attendant, nous sommes à l'abri ici. Nous pouvons vivre avec nos coutumes et pratiquer notre foi. N'est-ce pas le plus important ?

La cave transformée en ossuaire exhalait un mélange de moisi et de putréfaction. La base des murs de briques rouges de taille inégale était couverte d'algues et de lichen. Quelques crabes finissaient leur repas sur des fémurs, d'autres quittaient nonchalamment les lieux à la poursuite de la mer, alors que plusieurs seiches étaient restées coincées dans les empilements et termineraient dans l'assiette d'Iseppo. Sarah détestait la résignation dont faisait preuve son ami, la même qui se manifestait chez le rabbin et qu'elle avait connue chez ses parents. Elle ne s'en accommoderait jamais. Iseppo savait exactement quels sentiments traversaient la jeune femme, il avait éprouvé les mêmes à son âge mais avait compris plus tard à quel point ils étaient vains. Le temps ferait son œuvre.

— Un jour je partirai, Iseppo.

— Tu ne seras en sécurité nulle part.

— Mais je serai libre.

— Le monde est vaste pour ceux qui en sont les maîtres. Pas pour les minorités.

— Tu as renoncé. Vous avez tous renoncé.

— Orgueil de la jeunesse ! assena-t-il en s'agitant sur sa chaise. Une puce ne démange pas le lion sur lequel elle vit.

— Les puces ont moins d'ambition, elles préfèrent les rats, répliqua Sarah, qui s'était levée. À tort, ajouta-t-elle en le fixant.

— Je présume que ce n'est pas pour me défier que tu es venue dans mon entrepôt ?

Elle se redressa et alla s'adosser contre le mur couvert de salpêtre.

— Je viens faire appel à ta connaissance de cette ville.

Sa position de *parnas* faisait d'Iseppo la mémoire de la communauté et de toutes les rumeurs de la Sérénissime.

— As-tu entendu parler d'une histoire au sujet d'un homme en turban qui tenait en main un cœur vivant ? Peut-être un tableau ? Un conte ? Un livret d'opéra ?

Il déplia ses jambes engourdies par l'immobilité et les fit bouger plusieurs fois avant de répondre :

— *Le Mendiant et le Levantin*. C'est une vieille légende vénitienne.

— Donne-m'en tous les détails !

Iseppo ne se fit pas prier pour lui raconter l'anecdote avec sa verve de conteur, avant de conclure, théâtral :

— Et, certains soirs de lune pleine, on peut encore voir l'ombre du mendiant graver sur les murs de la Scuola Grande di San Marco l'image du Levantin tenant dans sa main le cœur de sa mère.

Il laissa planer un silence, tel un maître de musique expérimenté, et leva les yeux vers elle en pointant du doigt son collier :

— À moins que tu ne te sois convertie, tu devrais enlever le médaillon chrétien que tu portes. Cela va t'attirer de très gros ennuis.

— Iseppo, tu sais que je n'aime pas mettre un bonnet jaune quand je sors, dit-elle avant d'embrasser le bijou. C'est mon sauf-conduit. Je connais même leurs prières ! Merci pour cette histoire.

Elle le quitta en mimant un signe de croix. Iseppo marmonna des reproches tout en hochant la tête pour exprimer sa réprobation. L'eau fit un bruit de siphon : la marée s'était totalement retirée de la cave.

22

— Maria Dalla Viola, allez-vous enfin allumer un sourire sur votre charmant visage ?

Debout devant son amie, Apollonia imitait la gestuelle et les intonations de la prieure. Marie était allongée sur son lit, la jambe droite maintenue par des éclisses de bois entourées d'un étui de paille et surélevée par des coussins. Elle la regarda d'un air contrit sans parvenir à se forcer.

— Tu as encore mal ? insista Apollonia.

La douleur était toujours présente depuis le soir de l'accident. Une douleur sourde et lancinante qui s'accompagnait de démangeaisons malgré les soins prodigués chaque jour par les infirmières. Mais ce n'était rien comparé à son désespoir. Sans la chute du balcon, Marie serait libre et heureuse, loin de la Pietà.

— Au moins, on est toujours ensemble, remarqua Apollonia, qui prenait la mélancolie de son amie pour une conséquence du drame. Et on a de la chance : tu sais qu'aux Derelitti les filles n'ont que des tentures pour séparer leurs lits dans le dortoir ! Cette punaise de prieure a eu raison de reporter ton changement de chambre ; regarde-toi, tu ne peux pas te débrouiller seule. Allez, viens, on va déterrer notre trésor !

Elle sortit de leur armoire un coffret caché sous une pile de vêtements commune et le posa à côté de Marie. Celle-ci lui sourit enfin. Elles aimaient se parer en cachette des bijoux qu'elles avaient pu acheter avec l'argent reversé aux musiciennes et qui provenait principalement de la location des sièges lors des concerts. Elles enfilèrent bagues, bracelets, colliers et boucles d'oreilles et se regardèrent dans le miroir à main qui appartenait à Apollonia, lui aussi dissimulé dans la chambre. Elles respirèrent le flacon de parfum dont Marie avait toujours refusé de dire qui le lui avait offert, ce qui donnait à sa fragrance une senteur plus mystérieuse encore. Apollonia improvisait une danse à la manière d'une gitane lorsque la cloche sonna à l'église de la Pietà.

— La récréation est finie, commenta Marie en retirant ses bijoux.

À peine avaient-elles refermé la porte de l'armoire que la prieure entra sans s'annoncer :

— Maria Dalla Viola, vous êtes attendue pour vos soins.

— Mais, madame, l'infirmière ne viendra que ce soir.

— Ce n'est pas elle. Nous avons enfin trouvé un chirurgien remplaçant. Grâce à Dieu !

Il avait d'abord refusé la proposition rapportée par le président Grimani, arguant d'un travail suffisant aux Incurables. Puis il avait rapidement compris qu'il n'avait pas affaire à une demande mais à une obligation, dont le cadre dépassait sa simple personne. Sa présence serait le symbole de l'engagement des Incurables dans la réparation des maux causés aux musiciennes de la Pietà. Les choses ainsi présentées, Azlan n'avait pas eu le choix. La raison de son séjour à Venise nécessitait la plus grande discrétion ; en cela, il avait échoué.

La première musicienne s'avança sur des béquilles. Il reconnut la violoniste au tibia brisé, la fit s'asseoir et posa sa jambe blessée sur ses deux cuisses afin d'enlever l'attelle. Azlan remonta sa robe jusqu'au genou sous le regard embarrassé de la prieure qui avait pour rôle d'accompagner tout homme, quel qu'il fût, dans la partie réservée aux femmes. Il enleva le tube de paille tout en commentant ses gestes.

— Les Français appellent cet appareil un fanon, dit-il en le posant sur la table.

— *Je connais ce terme*, répondit-elle en français.

— *Vous parlez bien cette langue, Maria*, continua-t-il en français tout en défaisant les bandages.

— *Je suis française. Enfin, pas tout à fait. Je m'appelle Marie, je suis lorraine. De naissance*, précisa-t-elle.

— *Quelle belle coïncidence, il se trouve que je suis aussi lorrain. D'adoption.*

Tous les deux eurent un regard vers la prieure qui avait froncé les sourcils et montra sa réprobation d'un claquement de langue à la manière hautaine des répétiteurs.

— Avez-vous parfois des douleurs lancinantes à la jambe ? interrogea-t-il en revenant à l'italien.

Elle hocha la tête. Le mal la réveillait souvent la nuit et lui causait des démangeaisons irrépressibles. L'emplâtre posé par les infirmières de la Pietà avait bouché les pores de sa peau et provoqué une inflammation considérable. Il enleva méticuleusement la gomme arabique qui formait un cataplasme sur la plaie et nettoya celle-ci longuement avec des linges trempés dans une décoction qu'il avait apportée des Incurables, à base de scordium et d'esprit-de-vin, qu'il savait très efficace pour les cicatrisations. Tous deux se taisaient. Le chirurgien posa cinq points de suture, juste assez pour rapprocher suffisamment les lèvres de la plaie. Marie serra les dents, une larme coula sur sa joue, mais elle ne se plaignit pas et ne quitta pas la prieure des yeux. Son regard semblait la défier. Azlan félicita sa patiente pour son courage et appliqua un bandage à dix-huit chefs sans trop serrer, puis replaça fanon et attelle métallique avant de reposer la jambe au sol.

— Vous n'aurez plus mal maintenant, vous pouvez me faire confiance, mademoiselle.

— J'ai entière confiance. Je vous ai reconnu dès que je suis entrée, répondit-elle en prenant appui sur ses béquilles.

— Vous étiez pourtant sous l'emprise du laudanum la semaine dernière.

Marie choisit le français pour lui répondre :

— *Je ne parle pas du concert aux Incurables. Vous m'avez sauvé la vie il y a quinze ans.*

23

Une pluie fine portée par une bora au souffle froid l'accueillit à sa sortie de la Pietà, qui le laissa indifférent. Il décida de rentrer aux Incurables, où il avait encore sa chambre. Il n'aurait pu reconnaître Marie, qui avait huit ans lorsqu'il l'avait soignée à l'hôpital Saint-Charles de Nancy. Mais il n'avait pas oublié le miracle qu'avait été sa guérison. Azlan et Nicolas Déruet avaient ferraillé plus d'un mois contre la mort qui rôdait autour d'elle comme un renard affamé. Ils avaient bataillé contre les médecins dont les saignées l'auraient mortellement affaiblie ; ils avaient bataillé contre le père en découvrant que c'était sous ses coups qu'elle était tombée ; ils avaient bataillé contre leurs propres doutes.

La place Saint-Marc était déserte, la foule s'était réfugiée sous les arcades. Il la traversa et longea les Procuraties avant de rejoindre le campo San Moisè. Il marchait rapidement, absorbé dans ses souvenirs.

La fillette était arrivée inconsciente à l'hôpital, souffrant de fractures du pariétal et du temporal droits.

Des jours de fièvre et de convulsions. Ils avaient essayé tous les traitements à leur connaissance, même le lilium de Paracelse. Marie s'affaiblissait. Au neuvième jour, les deux chirurgiens avaient alors tenté de l'immerger dans un bain d'eau chaude. *Trente degrés, des sels aromatiques et de l'huile de rosat*, se souvint Azlan en hélant un batelier près de Zobenigo. Personne n'avait jamais songé à éliminer l'excès de chaleur d'un corps. L'idée était de Nicolas et lui avait été inspirée par les travaux d'Harvey. Dès le lendemain, la fièvre était tombée et l'enfant était restée consciente plus d'une heure. Les bains avaient duré une semaine, au bout de laquelle la fillette était restée éveillée toute la journée et s'était alimentée seule. Au cinquantième jour, ses fractures étaient consolidées et elle fut autorisée à sortir. Mais un autre mal touchait Marie, que les chirurgiens n'avaient pu corriger : elle avait perdu la parole.

Le chirurgien débarqua à Dorsoduro et longea le rio della Fornace. La mère de Marie avait été engagée à l'office du duc et la fillette avait pu bénéficier des soins d'un maître de musique arrivé de Rome pour le service de Rosa de Cornelli – Azlan se souvenait de son visage, mais avait oublié son nom. Rien n'y avait fait, la fillette était restée muette au grand désespoir de tous. Et, deux ans après l'accident, le maître italien était parti à Milan afin d'y intégrer l'opéra pour diriger les chœurs. Mais il n'avait pas quitté le duché seul.

La pluie avait redoublé sous la force de la bora et les pavés du quai étaient glissants. Le bâtiment des Incurables était en vue. Le musicien avait proposé à la mère de prendre Marie à son service. Il connaissait un médecin qui avait travaillé avec les plus grands chanteurs d'opéra. Il était la dernière chance pour la fillette. Tout le monde avait accepté.

Azlan était trempé lorsqu'il franchit la porte de l'hôpital. Depuis ce jour de 1700, il n'avait plus jamais eu de nouvelles de Marie la Lorraine. Une ombre se jeta sur lui, manquant de le faire tomber.

— M'sieur, venez, venez ! cria le petit *codega*. La femme masquée, je sais où elle est !

24

La pluie avait cessé lorsqu'ils arrivèrent au campo dei Santi Giovanni e Paolo. Piero avait négocié la rétribution de son information tout au long du chemin, si âprement qu'Azlan avait fini par lâcher à quinze sols.

— C'est là, dit le gamin en pointant du doigt la façade de la Scuola Grande di San Marco, une des plus anciennes confraternités de la place. C'est le chien qui l'a repérée en premier ! annonça-t-il fièrement.

Le corniaud avait suivi avec insistance une femme qui portait une *moretta*[1] et arborait une coiffe de dentelle blanche d'où dépassait une chevelure à la blondeur flamboyante.

— Comment peux-tu être sûr qu'il s'agissait bien d'elle si elle portait un masque ? objecta Azlan qui regrettait déjà son investissement. Ce chien accompagnerait n'importe qui pour quémander de la nourriture.

1. Masque de velours noir que les femmes portaient en tenant un petit bouton noir dans la bouche.

— Elle a fait plusieurs fois le tour de la Scuola et puis, d'un coup, elle a retiré sa *moretta* et elle est entrée. C'était elle, je vous jure ! Après, je suis allé traîner vers le ponte dei Mendicanti. C'te dame, je savais qu'elle allait pas sortir par le même endroit. J'ai peut-être que onze ans, mais les adultes, je devine ce qu'ils ont dans la tête. Elle, elle voulait pas qu'on la suive et elle a filé par l'hôpital des Mendiants. C'était trop facile, je vous jure ! Venez !

Ils parcoururent la cité d'ouest en est en traversant des quartiers que le chirurgien ne connaissait pas. Il s'aperçut que le nord de l'île lui était inconnu et qu'il avait cantonné ses recherches aux Incurables et aux bibliothèques de la ville. À la sortie d'une ruelle, ils obliquèrent sur leur droite et le *codega* s'arrêta devant un petit pont entouré de deux guérites en bois.

— Le Ghetto des juifs. Elle est là, dit-il en flattant le chien qui s'était attardé et venait de les rejoindre. Je suis pas rentré, expliqua le garçon. Mon père l'a interdit.

Azlan avait soigné plusieurs patients du Ghetto qui étaient venus le voir en désespoir de cause.

— Veux-tu venir avec moi ?

Piero fit un non énergique de la tête.

— Tu ne risques rien et j'irai voir ton père.

— Ça m'étonnerait, m'sieur.

— Où est-il ?

— Là, répondit le *codega* en montrant le canal. Je lui avais juré. Je peux pas.

Sur le *campo*, l'activité avait commencé à décliner. Certains étals étaient vides, alors qu'à d'autres les bateleurs s'affairaient à remballer leurs marchandises.

De nombreux hommes étaient assis sur des chaises ou des caisses devant les boutiques. Les discussions animées s'étouffèrent au passage d'Azlan, avant de reprendre de plus belle. Il interrogea les commerçants, les clients, les badauds, il interrogea les enfants qui jouaient au centre de la place. Sans succès.

— Vous êtes étranger à la ville, monsieur ?

Azlan s'était assis sous les arcades près d'une maison de café et observait les allées et venues depuis plus d'une heure. Le jour avait commencé à décliner du côté de Santa Croce lorsque le contact qu'il n'espérait plus se produisit. Le Lorrain se présenta comme le chirurgien des Incurabili. L'homme était de petite taille, corpulent, le visage plissé. Ses yeux ronds et sa large bouche évoquaient un batracien. *Un crapaud barbu*, songea Azlan.

— Mon nom est Guarducci, je suis un des représentants de notre communauté, annonça Iseppo en tirant une chaise pour s'asseoir en face de lui. Ainsi, vous êtes celui qui a sauvé nos musiciennes le soir de la tragédie ? Je suis impressionné, monsieur. *Naim meod*, soyez le bienvenu ici. On me dit que vous recherchez une soignante, mais il n'y a ni infirmière ni sage-femme dans le Ghetto. De toute façon, nous avons un contrat avec la Sérénissime et nous ne pouvons pas exercer en dehors de notre communauté. Je crains que vous ne soyez venu pour rien.

— Vos médecins et vos chirurgiens sont réputés et je m'entretiendrai volontiers avec eux, monsieur.

— Alors, je serai ravi d'être votre intermédiaire. Pour l'heure, je vous conseillerais de ne point trop attendre, les portes ferment deux heures après le coucher du soleil.

Azlan le remercia d'un mouvement de tête. Il avait obtenu ce qu'il voulait, son inconnue allait être prévenue de son passage. Il n'était pas question d'insister. Alors qu'il traversait la place, le nom du maître de musique de Marie lui revint en mémoire comme une comète traversant un ciel nocturne : Amadori Guarducci. Il se retourna : à l'autre bout du *campo*, Iseppo le fixait les bras croisés.

25

Il n'aimait pas Véronèse et ses couleurs trop scintillantes à son goût ; il lui reprochait un manque de discrétion. L'Inquisiteur traversa la salle déserte du Conseil des Dix, indifférent à l'immense fresque qui trônait au-dessus des sièges de l'assemblée. Il avisa le quatrième panneau à partir de la droite, déplaça la chaise qui se trouvait devant et ouvrit la porte secrète qu'il renfermait. Le vestibule menait à un escalier étroit et pentu qui déboucha sur une enfilade de petites salles et de couloirs aménagés où des centaines d'assistants travaillaient au service des secrets de la République. L'Inquisiteur traversa ce dédale avec l'aisance et le flegme du maître des lieux, sans un regard ni une parole pour personne. Il aimait inspirer la crainte et le respect, le second étant issu de la première, tout comme il aimait déambuler dans cette partie réservée du palais où chacun épiait les autres et où tous épiaient la Sérénissime. Bien qu'il ne fût pas à l'origine de cette gigantesque organisation, qui était bicentenaire, il aimait à croire qu'il l'avait portée à un degré de sophistication jamais atteint. L'Inquisiteur monta jusqu'au dernier étage de cette aile et pénétra dans une partie à l'entrée gardée : le Secreto. Le service du Chiffre était le lieu qu'il affectionnait le plus, là où le chiffrage avait été porté au rang de science et le décodage au niveau d'un art. L'endroit le plus secret de la République.

— Où est Zeppo ? Je veux le voir, demanda-t-il à son secrétaire qui se leva avec respect à son arrivée.

— Bonjour, Excellence. Il est à l'*antisecreto*. Il a demandé à ne pas être dérangé, ajouta-t-il sans oser lever les yeux. Sous aucun prétexte.

L'Inquisiteur maugréa en entrant dans son bureau. Même le doge en personne devait se plier aux demandes des trois Inquisiteurs de la République. Personne ne pouvait leur dire non et seul Zeppo se le permettait.

Le secrétaire lui apporta les rapports déchiffrés du jour, provenant des différentes ambassades, et retourna à sa table où une flamme vacillante finissait sa vie dans une couronne de cire. Il alluma une nouvelle bougie. La plupart des pièces n'avaient pas de fenêtre, et tous travaillaient à la lumière des chandeliers dont la consommation était fréquemment rationnée en raison de la réduction constante des budgets. Il entendit l'Inquisiteur grommeler une nouvelle fois avant de fermer la porte puis de la rouvrir aussitôt :

— Que fait-il de si important ?

— Il travaille sur une lettre codée de la papauté à destination du roi de France, Excellence.

— Dès qu'il sera sorti, faites-lui savoir que je l'attends !

La toge rouge du conseiller du doge disparut définitivement dans son antre. Le secrétaire remercia intérieurement Zeppo de malmener la patience de son supérieur et laissa son regard s'attarder sur la liste des noms gravés sur le mur qui lui faisait face, celle des plus grands chiffreurs du Secreto, qui tous avaient inventé des codes réputés inviolables, Soro, Marin, Franceschi, Partenio, Amadi et leurs descendants, et qui avaient formé des générations de codeurs dans le silence feutré du palais. Mais Zeppo les surpassait tous. Il avait créé le code absolu, indéchiffrable même avec une clé. Il était capable de casser n'importe quel texte crypté, sa légende était remplie d'exploits à peine croyables mais dont tous, au Secreto, savaient qu'ils étaient vrais. Zeppo avait reçu son don de Dieu, il était celui qui protégeait la Sérénissime et lui assurait sa supériorité diplomatique et économique. Zeppo était intouchable, au point de faire attendre le Grand Inquisiteur. Personne ne connaissait son vrai nom, ni même son visage, Zeppo était toujours masqué. Il pouvait rester des jours enfermé dans la salle de l'*antisecreto*, close comme un coffre-fort et spécialement aménagée pour lui. Il pouvait disparaître pendant une semaine, et tous au palais n'avaient alors qu'une seule crainte : qu'il ne revienne pas. Il pouvait faire travailler ses chiffreurs au-delà de l'épuisement, il pouvait leur obtenir des gratifications inespérées en ces temps de disette, on le disait riche et sans attaches, d'autres croyaient qu'il descendait d'une des grandes lignées de chiffreurs. Lui laissait toutes les rumeurs s'écouler autour de lui comme la marée dans le Grand Canal. Seuls comptaient les secrets, ceux à protéger et ceux à découvrir.

Le secrétaire reprit son travail. Se sentant observé, il leva les yeux et sursauta : devant lui se tenait Zeppo, qu'il n'avait pas entendu venir.

— Décodé, dit ce dernier en lui tendant une feuille. Les services du pape manquent désespérément d'imagination au point que c'en est ennuyeux, ajouta-t-il en rajustant son chapeau à plume.

— Son Excellence vous attend…

— Qu'elle continue, c'est encore ce qu'elle fait de mieux, répliqua Zeppo en s'éloignant. Je suis invité.

Le secrétaire se leva pour tenter de l'arrêter, mais l'Inquisiteur aboya son nom au même moment. L'assistant hésita et rejoignit son supérieur alors que le maître chiffreur avait déjà disparu.

— Tenez, dit le conseiller en lui montrant une liasse de papiers. À coder et à expédier sans attendre. Utilisez n'importe qui mais pas Zeppo. Vous avez de ses nouvelles ?

La vérité était la seule échappatoire pour le secrétaire, qui laissa passer l'orage et fit diversion en transmettant le message intercepté du pape.

— Sans intérêt…, conclut l'Inquisiteur. Inutile d'archiver, vous le brûlerez et direz à Zeppo qu'il a perdu son temps. Le confident est là ?

Scarpion n'en menait pas large. Deux sbires étaient venus le chercher alors qu'il démontait le *felze* et les arceaux de son embarcation. Il n'avait eu de cesse de les convaincre qu'il était un informateur loyal et n'avait rien à se reprocher – mis à part l'argent dépensé en tournées au *Café du Lion* –, mais il avait pris peur quand ils l'avaient laissé dans une pièce contiguë à la Chambre des tourments, d'où il pouvait entendre les gémissements d'un supplicié. Le temps avait passé, et le gondolier ruminait sur ses clients perdus lorsque l'Inquisiteur en toge rouge entra, suivi des deux sbires qui l'avaient accompagné.

— Scarpion ! dit le patricien en forçant son enjouement.

— Excellence…

— Je suis content de rencontrer un de nos meilleurs confidents. Sachez que vos rapports nous sont toujours utiles et permettent d'œuvrer pour le bien de la République, ajouta-t-il d'un ton suant l'ennui.

— Merci, Excel…, bafouilla le batelier.

— Mais aujourd'hui, la République a besoin de vous pour une autre mission, que vous saurez mener à bien.

— Je… oui…, lâcha Scarpion entre soulagement et surprise.

— Il s'agit de nous communiquer toutes les informations possibles sur le nouveau chirurgien des Incurables et de la Pietà. Nous devons savoir où il se rend, qui il voit. Enquête de moralité. Vous et votre corporation êtes bien placés pour nous aider. Toute information significative sera rémunérée.

— Vous aurez tout ce que vous désirez, confirma Scarpion, ragaillardi par le tour que prenait la conversation.

— Bien, très bien, conclut l'Inquisiteur en faisant signe à ses hommes de main de sortir. Maintenant, vous allez me parler de ce bateau sur lequel vous avez amené votre client étranger, le soir de l'accident.

Scarpion, qui avait retrouvé son assurance, lui raconta sa soirée par le détail.

— Lorsque je suis revenu le lendemain pour voir quel pavillon il battait, le navire n'était plus dans la lagune, conclut le gondolier.

L'Inquisiteur le congédia et resta un long moment seul. Dans la Chambre des tourments, le supplicié s'était évanoui et un épais silence avait envahi les lieux. Le conseiller avait fait vérifier auprès de toutes leurs représentations à l'étranger, et aucun bateau de quatre cents tonneaux ne correspondait à la description de son informateur. Il savait que l'homme ne mentait pas, d'autres rapports avaient signalé le bâtiment dans la rade. La frégate de l'arlequin étranger n'avait aucune existence officielle.

Chapitre 3

Venise, 1680

En deux ans, ils m'auront tout pris.

Moi qui ai traduit le canon d'Avicenne et des textes d'Ibn Nafis, j'ai apporté à notre République tout le savoir des savants arabes, ce dont le doge me fut reconnaissant en me nommant auprès de lui. Le Codex Quanum devait être mon chef-d'œuvre. Il sera la corde qui serrera mon cou.

La révolution était en marche, croyais-je. Mais au lieu de lauriers tressés, je fus couvert d'opprobres, je fus désavoué, raillé, traité d'hérétique, accusé d'avoir inventé ce traité, d'avoir perdu la raison après toutes ces années passées à Constantinople. Je perdis le poste qui m'avait été promis auprès du doge, je perdis le soutien de mes collègues et leur considération, et me retrouvai seul et sans revenus.

À mon cher neveu Giovanni, je lègue cette traduction du Codex Quanum et la charge d'imprimer l'ouvrage pour les générations futures qui, elles, sauront l'utiliser à bon escient et pour le plus grand bien de l'humanité. Puissent-elles ne jamais oublier que moi,

Francesco Elvigo, j'ai donné ma vie pour faire briller la vérité dans ce monde de ténèbres. À toi, mon neveu, pardonne-moi le déshonneur que j'ai fait subir à notre famille, mais la postérité nous donnera raison.

Venise, février-mars 1713

26

— La crudité dépend de la débilité des organes destinés à former les humeurs…

La vie avait repris son cours aux Incurabili. L'église était toujours fermée et les investigations progressaient, notamment sur l'origine du bois utilisé pour les poutres. La renommée soudaine d'Azlan, amplifiée par le babil vénitien, avait accru le nombre de patients ainsi que les dons, ce qui avait redonné le sourire au président Grimani. Les médecins attachés à l'hôpital avaient, eux, modifié leur regard sur ce chirurgien venu d'un petit duché lointain, l'impliquant davantage dans leurs décisions pour certains, l'observant avec méfiance pour d'autres.

Il dottore Pellegrini, le plus ancien et le plus illustre médecin de l'institution, avait assemblé le personnel au chevet d'un orfèvre quadragénaire.

— La crudité des humeurs, vous dis-je, a lieu chez ce malade parce que l'organe est insuffisant pour travailler les sucs chyleux. Et les humeurs n'ont plus le degré de coction qui convient !

Tous acquiescèrent d'un air entendu pendant que le docte soignant lissait son abondante barbe. Le patient, chemise remontée sur la poitrine, regrettait de s'être laissé convaincre de consulter à l'hôpital. Il chercha du regard Azlan, qui s'était mis à l'écart du groupe.

— Regardez cette peau, ces yeux, tout est jaune chez lui. Même les urines sont teintes de bile, ajouta le docteur Pellegrini en montrant un flacon. Le malade se plaint de douleurs dans le bas-ventre, de démangeaisons, d'amertume dans la bouche, nous avons une grosseur au toucher, que vous pouvez tous constater, il n'est point besoin de continuer la litanie des symptômes qui n'ont qu'une origine : une tumeur située dans le foie, conclut le médecin en appuyant sur l'abdomen de l'orfèvre, qui grimaça sans oser protester. Et je ne doute point qu'il n'y ait un abcès. En conclusion, je demande à notre chirurgien de procéder à l'ouverture de cette tumeur, séance tenante.

Le patient protesta mollement. Azlan était dubitatif. Il avait examiné l'homme à son arrivée, et la palpation lui avait révélé une masse très molle qu'il avait du mal à identifier comme une tumeur ayant produit un abcès. À une douleur vive et pulsatile avait succédé la fièvre et, depuis quelques jours, l'ictère et ses démangeaisons. Il avait vu de nombreux cas identiques à l'hôpital Saint-Charles de Nancy, qu'ils avaient traités comme une obstruction du canal de la vésicule du fiel.

— Maître, insista le médecin, nous vous attendons. Nous avons hâte de voir.

Cecilia préparait le matériel pendant qu'Antonina faisait couler vingt-cinq gouttes de laudanum dans un verre de vin. Le chirurgien n'était pas en position de contredire le diagnostic de Pellegrini. Sa simple hésitation commençait à agacer le collège de médecins présents.

Azlan choisit les scalpels et les pinces tout en expliquant la manœuvre qu'il était censé effectuer. Puis il décida de les ignorer et questionna son patient :

— Où travaillez-vous, monsieur ?

L'orfèvre parut surpris d'être considéré comme un humain digne d'intérêt. Il avala la teinture d'opium et hésita avant de répondre :

— Je suis compagnon verrier sur l'île de Murano.

— Parlez-moi de votre métier, dit Azlan en s'asseyant à côté de lui.

L'homme ne se fit pas prier et, tout en grattant machinalement sa peau envahie de jaunisse, lui décrivit les cannes de verre, les plus blanches et les plus pures d'Europe, qu'il fabriquait pour les perles et les émaux, la concurrence de plus en plus rude des Français et des Anglais, la protection de la Sérénissime qui leur interdisait d'exporter leur savoir ailleurs qu'à Murano.

— Utilisez-vous du plomb dans votre travail ? l'interrompit Azlan, provoquant un murmure dans le corps médical.

— Sûrement pas, nous faisons venir des cailloux spécifiques du Tessin et nous utilisons des cendres d'herbes de Tripoli, se justifia l'homme.

Sa voix se fit plus alanguie, mais ses propos restaient cohérents et précis. La dose n'était pas suffisante, et Azlan fit ajouter une seconde rasade de quinze gouttes dans un verre de *garbo*. L'orfèvre se plaignit de son salaire journalier de quatre-vingt-dix sols, chiffre qu'il répéta plusieurs fois avant de le prononcer correctement, et annonça qu'il allait bientôt l'augmenter en passant l'examen de la maîtrise. Il se retourna vers Azlan, les pupilles contractées, et lâcha :

— Il faut que j'épouse ma femme !

L'opération pouvait débuter. Au signe du chirurgien, les deux infirmières attachèrent poignets et chevilles du malade qui se laissa faire avec apathie. Azlan choisit un scalpel fin et pratiqua une petite incision qu'il ouvrit à l'aide de deux écarteurs. Un peu de sang s'écoula, que Cecilia tamponna. Après un coup d'œil rapide dans la plaie, Azlan palpa l'abdomen puis réunit les bords et demanda fil et aiguille.

— Maître, je ne comprends pas… la tumeur du foie, vous ne l'enlevez pas ? questionna Pellegrini.

— Nous nous sommes trompés, dit le chirurgien en pratiquant les points. Il n'y a pas de tumeur, la grosseur était due à la rétention de la bile qui avait dilaté la vésicule du fiel. Regardez : elle a disparu.

Les médecins se penchèrent, tâtèrent, se consultèrent et débattirent pendant qu'Azlan posait un baume vulnéraire sur la plaie refermée.

— La simple manœuvre d'ouverture a permis d'aider à réduire l'obstruction et l'humeur est en train de s'écouler. Demain, notre patient aura des selles vertes et sa jaunisse aura disparu dans quelques jours. Vous avez bien fait de demander l'opération, *dottore*.

Il s'en était tiré par une pirouette. L'honneur du médecin, qui s'était trompé dans son diagnostic, était sauf et l'aréopage était reparti sans esclandre.

Azlan tira une paupière du patient qui s'était assoupi et n'avait pas réagi à la lame du scalpel : la pupille était toujours contractée.

— Vous l'aviez deviné, dit Cecilia qui avait remarqué l'hésitation du chirurgien à opérer. Mais vous ne pouviez pas aller contre le docteur Pellegrini, n'est-ce pas ?

— Je vais surveiller notre orfèvre, dit Azlan pour éviter de répondre. Il délirait en s'endormant et voulait épouser sa propre femme.

— Vous avez encore à apprendre des Vénitiens, maître, osa Cecilia. Il ne délirait pas : il avait contracté un mariage clandestin.

27

La *maestra* la plus âgée battait la mesure d'un tempo allegro pendant que le prêtre roux agitait les bras tout en commentant la prestation de chaque instrument. Les musiciennes répétaient un des derniers concertos du maître de musique, qu'il destinait au prochain concert public. Certaines portaient encore les stigmates de l'accident.

— Sans accent ! cria-t-il en montrant du doigt une des violonistes. Et je ne veux pas entendre le changement d'archet ! Apollonia, vous n'avez pas l'excuse d'une blessure ! hurla-t-il en sa direction.

La chapelle amplifiait l'écho de ses injonctions.

— Continuez, mesdemoiselles, continuez, le *ritornello* est une balle que vous vous renvoyez, un jeu de balle, pas une discussion empesée ! Je veux entendre cette joute.

Il s'approcha de Marie :

— La soliste, préparez-vous !

Il lui donna le signal de la première note, mais la jeune femme n'en avait nullement besoin. De toutes les musiciennes de la Pietà, elle était celle qui comprenait le mieux l'écriture du maître. Elle allongea la première croche, suscitant chez lui un sourire furtif, vite transformé en froncement de sourcils.

— Chiara, en retard ! Le *continuo*, moins d'attaque !

Le prêtre roux accompagna ainsi toutes les notes de ses commentaires, jusqu'à la dernière. La chapelle fut rendue au silence et les musiciennes retinrent leur souffle pendant que le maître exigeant tentait de retrouver le sien.

— Cela manque de jeu..., ahana-t-il. Combien de fois ai-je dit... Il était en sueur et ses longs cheveux rutilants étaient collés à son front et sa nuque. Il déboutonna le haut de sa soutane et inspira profondément :

— Maria, dirigez la répétition, je reviens.

Il sortit en ignorant les chuchotements. Ce n'était pas la première fois qu'il était obligé d'interrompre une répétition à cause du mal qui le rongeait. Ce même mal l'avait conduit à ne plus célébrer de messe depuis sept ans. La rumeur prêtait à ces événements une fantaisie de compositeur capable de tout laisser tomber pour une idée de partition.

Il savait que le nouveau chirurgien se trouvait à la Pietà pour les soins des pensionnaires et gagna l'infirmerie. Sa poitrine lui semblait coincée dans une armure et sa respiration était devenue sifflante. Il étouffait.

Marie fit jouer les quatre derniers concertos de l'*Estro armonico* du maître, puis la prieure raccompagna les musiciennes jusqu'aux chambres et dortoirs, dans l'attente de l'heure de la messe. La violoniste s'allongea et posa sa jambe bandée sur un coussin.

La douleur était devenue supportable et la consolidation de l'os était en bonne voie, mais Marie ne souhaitait pas une guérison trop rapide et, pour cela, ne ménageait pas sa peine. Elle voyait Azlan chaque jour pour les soins et ce moment était pour elle une fenêtre ouverte sur le monde extérieur. Ils parlaient en français, ce qui n'avait pas l'air de déranger la prieure qui ne prêtait aucune attention à leurs échanges et gardait le nez dans son missel. Marie avait demandé des nouvelles de Rosa de Cornelli, qui l'avait sauvée de son père violent, de Nicolas Déruet, du duc et de ce duché qui lui manquait tant. Ce chirurgien venu de Lorraine était pour elle une bénédiction, une chance inespérée, bien que sa tentative de fuite ait avorté dans l'œuf et qu'elle n'ait plus de nouvelles de son arlequin.

— Tu es bien silencieuse, lui dit Apollonia alors qu'elle n'avait pas prononcé une parole depuis leur retour en chambre.

— La fatigue de la répétition.

— Tu crois qu'il reviendra ? Le maître de musique, ajouta Apollonia devant la surprise de son amie. Il avait l'air comme possédé.

— Je crois plutôt qu'il semblait souffrant, répondit Marie en se levant pour fouiller dans leur armoire.

Un instant, elle avait cru qu'Apollonia était au courant de ses projets. Elle sortit de leur coffre un billet, un papier plié en quatre, si petit qu'elle le glissa sous son bandage, entre les éclisses de bois et le fanon de paille. Elle l'avait rédigé la nuit précédente, dans la pénombre de leur chambre, avec une plume et un encrier qu'elle avait empruntés pendant la copie des partitions.

— N'as-tu rien à me dire ? questionna Apollonia du ton d'une surveillante démasquant une chapardeuse. Je n'ai pas bien dormi cette nuit, ajouta-t-elle.

Au moment où Marie s'approchait d'elle, la voix de la prieure leur parvint du couloir.

— Maria Dalla Viola, à l'infirmerie !

La musicienne prit sa béquille et lança un regard appuyé à son amie avant de sortir.

— Voilà notre soliste ! Racontez-moi comment s'est passée la répétition.

Azlan n'était pas seul. Le prêtre roux était assis à côté de lui et manifestait une euphorie inhabituelle. À son arrivée, le chirurgien avait discerné les symptômes de l'asthme spasmodique. Le maître de musique avait demandé une saignée, que son médecin lui avait conseillée en de telles circonstances. Le chirurgien avait préféré utiliser quelques gouttes d'une décoction d'éphédra, qu'il avait fabriquée à partir de plantes achetées au marché près du Rialto. L'effet avait été complété par une teinture d'opium camphré, et le soulagement avait été rapide et total.

La violoniste fit un résumé circonstancié des partitions répétées, répondant à toutes les questions du musicien qu'elle n'avait jamais vu aussi enjoué. Elle finit par l'interrompre pour s'adresser à Azlan en français :

— *Maître, voulez-vous que je revienne plus tard pour les soins ?*

— *Ne vous donnez pas cette peine*, intervint le prêtre roux dans la même langue. *Je vous laisse entre compatriotes*. Nous allons répéter avec les filles du chœur, signala-t-il à la prieure.

Celle-ci hésita mais, inquiète de son état, finit par le suivre. Azlan et Marie se retrouvèrent seuls. Après quelques secondes d'incrédulité, la jeune musicienne plongea la main dans son attelle et en tira le billet qu'elle tendit à Azlan. Il le fourra dans la poche de son gilet sans empressement ni surprise, puis entreprit de dénouer les chefs du bandage.

— Parlez-moi d'Amadori Guarducci, demanda-t-il en retirant les gouttières de laiton.

— Lui ?

Tout le mépris et la rage de la jeune femme étaient contenus dans ce simple mot. Le maître de musique de la cour de Lorraine avait repéré le don de la fillette malgré son handicap et l'avait emmenée en Italie pour la placer à la Pietà. L'institution l'avait admise comme *figlia in educazione*[1]. Marie avait retrouvé la parole en même temps qu'elle avait appris la langue de la musique. En dix ans, elle avait gravi tous les échelons menant au niveau de soliste. Guarducci avait en tête de parcourir l'Europe avec elle pour monnayer ses talents de musicienne. Mais l'homme était décédé brutalement à Milan quatre ans plus tôt.

— Une fois que j'aurai payé mon dû à la Pietà, ils vont me marier ou m'envoyer dans un couvent. Il n'en est pas question, vous…

La musicienne se tut : une nourrice, dépêchée par la prieure, venait d'entrer. Elle s'excusa auprès du chirurgien. La bulle de liberté venait d'éclater.

1. La Pietà réservait treize places par an à des jeunes filles non orphelines dont les proches payaient les études musicales.

Azlan attendit d'avoir regagné sa chambre aux Incurables pour lire le billet de Marie. L'activité fluviale battait son plein sur le canal et les gondoles circulaient entre les bateaux de marchandises. L'air était doux comme une promesse. Tout en mâchonnant un filet de poisson séché, il resta un long moment à regarder par la fenêtre ouverte le spectacle indolent des embarcations. Le message de la musicienne l'interpellait.

Tout comme maître Déruet a sauvé ma mère, merci pour vos soins.

Les soins évoqués n'avaient rien à voir avec sa jambe. Nicolas n'avait pas sauvé sa mère d'une maladie, il l'avait tirée des griffes de son mari. Marie lui demandait son aide pour fuir.

28

Elle l'avait vu. Le chirurgien des Incurables était au milieu du campo di Ghetto. Comme tous les jours depuis une semaine, il s'était assis sur le rebord de la citerne qui collectait l'eau de pluie et y resterait une heure durant.

Sarah l'observait à l'abri d'une fenêtre.

— Qu'y a-t-il de si intéressant qui capture votre attention ? Devrais-je en être jaloux ?

L'homme s'approcha d'elle et tenta de l'enlacer, mais elle se déroba avec vivacité.

— J'aime regarder la vie qui s'écoule dans cet exil intérieur où vous nous avez contraints, lâcha-t-elle en quittant son poste. Nous payons très cher notre prison.

— J'aime même vos colères, répliqua-t-il en la suivant. N'oubliez pas que Venise est très accueillante pour un peuple hérétique.

— N'avez-vous pas peur de mon contact ? Je suis une hérétique moi aussi !

— Sachez que ce contact, j'en rêve depuis longtemps ! répondit l'homme en baissant les yeux sur la gorge de la jeune femme parsemée d'éphélides qui se soulevaient avec grâce au rythme de sa respiration.

Sarah s'était arrêtée, le bras tendu pour le maintenir à distance.

— Vous parlez de mon corps ?

— Oui-da ! Qui ne se damnerait pas pour votre corps ? Il est ensorcelant, il est envoûtant, vous êtes la tentation faite femme !

— Me prenez-vous pour une courtisane ?

— Non, malheureusement non, je n'ai pas encore réussi à vous attirer dans ma couche ! gémit-il avec un regard appuyé vers le lit devant lequel elle se tenait.

— Vous êtes offensant, monsieur.

— Vous êtes ma déesse, madame. Je me damne d'amour pour vous et, en quatre mois, tout ce que j'ai réussi à gagner, c'est un prude baiser de vos lèvres froides. M'aimez-vous au moins ?

Il s'était approché et s'apprêtait à la pousser d'une pichenette sur le lit, mais elle l'anticipa et s'esquiva à nouveau.

— Comment saurai-je la force de ce qui peut nous unir si je ne l'ai pas confrontée à la réalité ?

— Ma présence ici n'est-elle pas une preuve suffisante ?

L'homme montra d'un geste la vétusté et la petitesse de l'appartement qui contrastaient avec la qualité de ses habits.

— Vous en êtes le propriétaire.

— Pour vous, madame, je l'ai acheté pour vous protéger, pour cacher cet amour que je vous porte et que je voudrais tant savoir partagé.

— Vous oubliez que je suis juive.

— Convertissez-vous, ce sera ma grande œuvre ! Vous méritez d'être chrétienne, vous méritez mes titres, mon palais !

— On me traiterait de marrane, est-ce cela que vous voulez ?

— Personne n'osera même le penser de peur de mon courroux. Tout le monde vous respectera et votre parole suffira à apaiser les gens. Vous les fascinerez comme vous me fascinez. Je ne crains personne, pas même le Grand Inquisiteur !

La remarque arracha à Sarah un petit rire argentin qui émerveilla l'homme.

— Tout en vous est divin ! Vous pouvez faire de moi ce que vous voulez, la preuve, voilà des jours que nous ne sommes vus et je suis à l'article de la mort.

— Que d'exagérations, mon ami, vous vous portez comme un charme.

— Dites-moi ce que vous voulez et je vous l'apporterai, je le déposerai à vos pieds et je les bénirai de mes baisers.

Le campanile de la place interrompit sa tirade. Le visage de l'homme s'assombrit et changea d'expression.

— Des affaires m'attendent, je dois m'en aller.

Il enfila son *tabarro*, quémanda une caresse qu'il n'obtint pas, positionna son masque de Brighella – le plus fourbe des serviteurs de la commedia dell'arte, ce qu'elle trouva comique vu le statut de son hôte – et sortit sans une parole ni un regard.

Sarah prit le temps de se changer pour une tenue plus commune. Elle connaissait parfaitement le discours des hommes poussés par leur désir et savait que son prétendant ne s'encombrerait jamais d'une roturière d'une autre confession. Une fois comblés, la plupart perdent la mémoire de leurs élans amoureux.

Elle croisa son reflet dans le seul miroir de l'appartement. Sarah n'aimait pas son visage, peut-être parce que les autres l'aimaient trop. Ce n'était chez elle ni de la préciosité ni de la candeur, elle ne comprenait tout simplement pas pourquoi les hommes et même les femmes s'extasiaient sur ses traits, leur finesse, leur symétrie, leur justesse – comme si la beauté était issue d'une règle mathématique. Elle n'aimait son corps que pour la liberté qu'il lui apportait, pour l'endurance dont il faisait preuve à la tâche, pour sa résistance aux miasmes ; il était son plus fidèle allié, parfois son premier champ de recherche et d'exploration, mais elle ne l'avait jamais considéré comme un objet de désir. Elle connaissait l'anatomie aussi bien que les maîtres de Padoue et découvrait cette extraordinaire machine qui répondait à des lois dictées par la physique et la chimie et n'obéissait à aucun dieu, sauf à considérer que chaque humain, du plus grand au plus humble, en fût un. Elle connaissait l'amour, sans doute moins que l'anatomie, mais suffisamment pour en reconnaître les symptômes chez les autres et les prémices chez elle.

Elle s'en gardait bien éloignée pour ne pas avoir à souffrir, ayant constaté que la douleur envahissait toujours le corps des amoureux déchus. Elle aimait le plaisir pour ce qu'il apportait de simple, de direct, de tangible, parce que jamais le plaisir ne se souciait du futur, contrairement à l'amour. Elle aimait Spinoza. Elle aimait le bruit feutré de la pluie sur les arbres du *campo*. Elle aimait la sensualité des flammes qui dansaient nues sur les braises. Elle aimait le baiser du froid et la neige, parfois, sur la lagune. Elle aimait les portraits de Titien et les couleurs de Véronèse. Elle aimait la grâce chez les autres. Mais Sarah n'aimait pas son reflet, parce que les autres l'aimaient trop.

Elle soupira et fourra ses affaires dans son sac. Le chirurgien n'était plus sur la place, elle avait envie de respirer l'air au-dehors. Il tombait une pluie légère et hésitante ; Iseppo était à sa position habituelle de mi-journée, assis devant l'entrée de leur maison. Elle le salua de loin, ce à quoi il ne répondit pas.

— Qu'as-tu… ?

Elle s'interrompit en apercevant Azlan dans l'encadrement de la porte et fit volte-face.

— Madame, attendez, je voudrais vous parler !

Elle accéléra l'allure et sentit qu'Iseppo tentait de retenir le chirurgien.

— Ne partez pas ! insista Azlan alors que plusieurs hommes se rapprochaient de lui. Je suis venu pour le Codex Quanum !

Le mot la figea sur place. Le dernier à l'avoir prononcé était son père, le jour de sa mort.

29

Composé de bâtiments vétustes, l'entrepôt était situé au nord de Cannaregio et s'ouvrait sur le canal par des portes pareilles à des béances. Des centaines de grumes et de troncs écorcés y étaient stockés, abrités dans des hangars à l'odeur de moisi. Le Grand Inquisiteur observait une mouette qui se posa sur le campanile en forme de dôme de la Madonna dell'Orto tout proche. Il était d'humeur maussade. La pluie s'était intensifiée et, poussée par le vent de mer, fouettait les visages du groupe qui s'était constitué autour de grandes pièces de bois équarries.

— Ces échantillons font partie du même lot que les poutres en chêne qui ont cédé lors du concert, annonça l'enquêteur. On peut observer qu'il est complètement vermoulu, même à l'intérieur.

— Est-ce dû à des insectes ? héla l'Inquisiteur qui se tenait en retrait, à l'abri des intempéries.

— Non, Excellence. C'est à cause de l'eau de mer.

— Cela n'a pas de sens, intervint l'entrepreneur. Je garantis la qualité de mes bois.

— Il nous a été rapporté que vos poutres provenaient d'anciens pilotis que vous auriez reconvertis, tacla l'enquêteur.

— Je vous assure que non ! trépigna l'homme qui ne pouvait rester en place. Et quand bien même, les pilotis sont fichés dans le sol et protégés de la putréfaction. Venise ne s'est pas effondrée, que je sache !

— Pilotis qui provenaient de la destruction de la maison Gordi, près d'ici, continua l'enquêteur.

Le bâtiment avait un défaut de construction. Les poutres étaient en partie immergées. Nous avons deux lettres de dénonciation signées qui indiquent que vous les avez utilisées pour l'église des Incurables.

— Calomnies ! Jalousies ! s'écria l'homme qui se planta devant l'Inquisiteur, provoquant un mouvement de nervosité des deux sbires qui l'accompagnaient.

L'entrepreneur recula légèrement et se pencha avec déférence avant de reprendre :

— Excellence, vous pouvez me croire, je suis votre zélé serviteur !

Le magistrat à la toge rouge resta impassible pendant que l'enquêteur égrenait ses arguments :

— Les pilotis peuvent résister à une forte pression, parce qu'ils sont des centaines ou des milliers à la base de nos habitations et que le poids exercé sur chacun est minimal. Dans notre cas, il n'y avait que deux poutres pour tout un orchestre. Deux poutres pourries.

— Excellence, si tel est le cas, cela signifie que j'ai été abusé, je trouverai le responsable ! se défendit l'homme en ignorant l'accusateur.

— Pouvez-vous nous laisser seuls, messieurs ? intervint l'Inquisiteur.

L'enquêteur et les sbires s'abritèrent sous un auvent où un brasero délivrait une chaleur atone. Ils observèrent le magistrat dont le visage se détachait au-dessus de son vêtement carmin comme un point sur un « i ». L'entrepreneur se tenait courbé, n'osant affronter son regard.

— Votre culpabilité ne fait aucun doute et notre tribunal vous condamnera lourdement, déclara l'Inquisiteur d'une voix grave au ton glaçant.

Une rafale plus forte souleva ses longs cheveux plaqués en arrière et les mélangea sur son front sans qu'il s'en préoccupe.

— Toutefois, vous me dites être un sujet zélé de notre République, poursuivit-il. Avez-vous des éléments à nous apporter qui pourraient alléger votre peine et soulager votre conscience ?

— Votre Excellence… sachez que nous n'avons fait que suivre les indications de notre maître d'œuvre.

— Êtes-vous en train de me dire que le président Grimani était au courant des malfaçons ?

Depuis le quai de l'entrepôt, l'Inquisiteur observait les embarcations qui sillonnaient les chenaux en direction de Murano. Il aimait cette impression de sécurité que conférait la situation de Venise, protégée par la lagune dans laquelle seules des mains expertes pouvaient naviguer sans s'échouer, protégée par l'armada des puissants navires de l'arsenal dont les bruits de forge lui parvenaient, protégée par le réseau d'espions et de confidents qui quadrillaient la plus étroite ruelle. Le moindre soupir lui était rapporté dans l'heure, tout le monde surveillait tout le monde, même le Ghetto juif était sous la coupe de ses informateurs, et le port des masques n'était qu'un leurre derrière lequel les citoyens se croyaient faussement à l'abri des dénonciations. Le véritable pouvoir n'était pas aux mains du doge mais des membres du Conseil des Dix, parmi lesquels il était le plus écouté. Et le plus craint. Il respira profondément l'air chargé des senteurs marines, rassuré par cette évidence qu'il aimait à se répéter à l'envi : il était devenu le maître de Venise.

L'enquêteur se posta à distance respectueuse et attendit que l'Inquisiteur lui fasse signe d'approcher pour lui confirmer que l'entrepreneur avait été transféré aux Plombs. Son entrepôt resterait fermé jusqu'à nouvel ordre. La nouvelle serait diffusée par voie d'affichage.

— Je n'ai jamais compris pourquoi, maugréa le magistrat.

— Quoi donc, Excellence ?

— Pourquoi les hommes se déchargent de leurs propres fautes sur les autres dans l'espoir d'en atténuer la sentence. On ne joue pas avec l'honneur comme avec les cartes du jeu de pharaon. Et vous, que feriez-vous en pareille circonstance ?

— Je ferai mon devoir, Excellence, répondit l'enquêteur surpris par l'intérêt soudain porté à sa personne. Mais, si vous le permettez, je voudrais ajouter que, dans cette affaire, le président des Incurables me semble injustement accusé.

L'Inquisiteur congédia son collaborateur d'un geste économe. Quant au gouverneur Grimani, sa culpabilité réelle lui importait peu. Le rendre responsable permettrait d'écarter un patricien dont la popularité montait parmi certains membres du Sénat. L'en disculper ferait de lui son obligé et mettrait en sourdine ses velléités politiques pour un moment. Dans les deux cas, le pouvoir s'en trouvait gagnant.

30

Après que Sarah eut rassuré Iseppo et ses amis qu'elle ne courait aucun risque avec l'homme qui la cherchait sans discrétion depuis une semaine, la jeune femme avait conduit Azlan jusqu'à un bâtiment situé à l'entrée de la place. Ils s'étaient installés à l'étage d'une grande salle des fêtes, dans un appartement impeccablement tenu qui sentait le bois verni et l'encens, dont une boule se consumait dans une coupelle percée de trous. Ni elle ni lui n'avaient prononcé la moindre parole.

Ils se faisaient face. Comme à son habitude, Sarah était restée debout, dos au mur et bras croisés, dans une attitude masculine que son père n'avait jamais réussi à corriger. Elle dévisageait le chirurgien comme aucune femme ne se serait permis de le faire. Ses yeux fouillaient ceux d'Azlan à la recherche du degré de confiance qu'elle pourrait lui accorder. Elle connaissait l'âme humaine aussi bien que l'anatomie des corps, et son jugement ne l'avait jamais trompée. Mais le soignant des Incurables et de la Pietà lui échappait. Elle décelait en lui de l'honnêteté et une dissimulation mêlées.

— Je sais que mon attitude est inconvenante et je voulais m'en excuser, très sincèrement, dit-il en préambule. Mais je n'ai pas trouvé d'autre moyen pour attirer votre attention.

— Elle est surtout stupide. Ne prononcez plus jamais le nom de ce Codex en public ! répliqua-t-elle.

— Je n'ai pas eu le choix, vous étiez en train de me fuir. Une seconde fois, se défendit Azlan. Je dois vous parler.

— Votre insistance est inappropriée, monsieur.

— Elle est justifiée au regard de votre réaction.

— Je ne vous connais pas et je dois me protéger.

— Je ne vous veux aucun mal. Et vous me semblez armée pour vous défendre contre les importuns. Vos amis m'auraient embroché sans votre intervention.

— Sachez que je n'ai rien à vous dire au sujet de ce Codex. Tous ceux qui s'y sont intéressés de près sont morts. Je ne veux plus en entendre parler et vous devriez en faire autant. Dans notre intérêt commun, finissons là notre conversation, monsieur de Cornelli ou qui que vous soyez.

Il s'était attendu à de la réticence mais pas à une fin de non-recevoir. L'aplomb de la jeune femme le déstabilisa.

— Je suis persuadé que vous possédez des éléments qui nous permettront dc trouver ensemble le Quanum.

— Je vous l'ai dit, je ne le cherche pas et je désire me tenir éloignée de cette affaire, répondit-elle en l'invitant à sortir.

— Sauf votre respect, dit-il en contenant son impétuosité naturelle, pourquoi me mentez-vous ? Que faisiez-vous dans la bibliothèque des Incurables pendant le concert ?

— Je n'y étais pas.

— J'ai failli vous renverser, vous et votre *bauta* !

— C'était un autre.

— Un autre qui portait le même parfum que vous ?

— Et vous ? Pourquoi vous cacher dans la réserve ? Je sais le bruit que fait une rugine qui gratte l'os. Vous faisiez une autopsie sans autorisation.

— Où avez-vous appris la chirurgie ? Ces points inconnus ? Ils n'existent dans aucune université !

— Qu'en savez-vous ? Croyez-vous tout connaître de votre métier ? Pensez-vous qu'une femme ne puisse rien vous apprendre ?

— Mon savoir s'accommode de votre culot, madame, vous qui vous présentez comme médecin. Et comme chrétienne quand cela vous arrange. Venise est-elle la ville des dissimulateurs ?

— Vous vous dites lorrain, mais vous êtes un Gitan. Un Bohémien. Comme dissimulateur, j'ai trouvé mon maître !

— Je suis l'héritier de Rosa de Cornelli, d'une des plus vieilles familles du duché. Comment pouvez-vous supposer…

— Les peuples persécutés ont bien des points en commun. Je connais toutes les caractéristiques du vôtre. Votre allure et vos gestes ne trompent pas, eux. Ni votre prénom. Bohémien !

— Usurpatrice ! répliqua Azlan en bombant le torse.

Il regretta aussitôt de s'être laissé piéger par cette provocation.

— Je suis désolé, se reprit-il. Je ne le pensais pas. Je suis sincèrement désolé.

Sarah joua avec les cendres rougeoyantes de la résine aromatique avant de les recouvrir d'un éteignoir.

— Vous ne tiendriez pas une heure face aux hommes de l'Inquisition, lâcha-t-elle sans cacher sa satisfaction. Apprenez à maîtriser vos émotions. Et méfiez-vous de Venise, vous n'êtes pas de taille à l'affronter.

— Je retiendrai la leçon, assura-t-il. Mais vous devez…

— Sarah ?

La voix du rabbin retentit depuis l'entrée.

— C'est toi ? reprit Moisè en l'absence de réponse.

Il entra et marqua sa surprise par un regard appuyé en direction du chirurgien. Sarah fit les présentations sans grand protocole.

— Bienvenue dans ma demeure, maître. Rassurez-moi, personne n'est malade ? Viens, je dois te parler en privé, enjoignit-il à Sarah sans attendre de réponse.

Il l'entraîna à la cuisine et ferma porte et fenêtre avant de l'admonester.

— Qu'est-ce qui te prend, *gattina* ? Non seulement tu nous couvres de déshonneur, mais en plus tu amènes chez nous la raison de ce déshonneur ? Dans ma propre maison !

— Moisè, comment oses-tu…

— C'est lui, c'est bien lui, que tu retrouves la nuit hors du Ghetto ? se lamenta-t-il en se tenant le crâne à deux mains.

— Tu t'égares, Moisè, répliqua-t-elle en chipant une poire dans une coupe remplie de fruits.

— *Adonaï*, pardonne-lui, elle ne sait pas ce qu'elle fait !

— Et toi, tu oublies le troisième commandement : « Tu n'invoqueras pas le nom de ton dieu. »

— Tu oses me donner des leçons !

— Oui, rabbin Satchi, dit-elle avant de mordre dans le fruit à pleines dents.

Sarah prit le temps d'avaler la chair tendre et sucrée avant de lui expliquer qu'aucun lien ne l'unissait au chirurgien qui patientait à côté.

— Peux-tu me le jurer, tu me le jures devant qui tu sais ? dit-il en détachant chaque mot.

— Je le jure devant Lui, assura-t-elle en déposant dans la main du rabbin le fruit croqué.

— *Gattina*, comment as-tu pu me faire pareille frayeur ? Viens, allons accueillir ton invité comme il se doit !

— Il est parti, Moisè, dit-elle en observant la place depuis la fenêtre.

Azlan traversait le Ghetto, suivi à quelques pas d'Iseppo et de l'apprenti barbier. Au moment de quitter les lieux, il se retourna en direction de la façade et aperçut la silhouette de Sarah à l'étage. Elle avait raison sur un point : celui qui avait révélé l'existence du Codex au chirurgien était mort le jour même.

31

Les eaux et le ciel étaient faits du même gris. Depuis la veille, la lagune était tapissée d'un épais brouillard que la gondole fendait comme la lame d'un ciseau de tailleur découpant silencieusement une soie de Toscane. *Il professore* était intarissable. Domenico Filiasi pérorait sur les qualités de l'air de Venise et sur sa bienfaisance pour la santé.

— Vous qui êtes médecin…

— Chirurgien, rectifia Azlan, assis devant le *felze* ouvert, une main plongée dans l'eau limpide de la marée montante.

— Chirurgien, repris le Tessinois, peu importe. Vous pouvez me confirmer ce que mon ami le docteur Rizzo m'a appris dès mon arrivée : il y a moins de rhumes et de fluxions à Venise que n'importe où ailleurs dans la péninsule ?

Il professore se souciait peu de la réponse d'Azlan et il continua de disserter sur les dents saines et blanches des Vénitiens, ainsi que sur la qualité de leurs cheveux qui poussaient plus vite et étaient plus forts, surtout chez les nobles, lesquels ne portaient pour la plupart ni chapeau ni perruque, signe selon lui de leur vitalité capillaire.

— Et tout cela est dû au climat, au climat particulier de notre lagune, vous dis-je !

Pour toute réponse, Azlan lui sourit et laissa sa pensée s'abandonner au balancement languissant de l'embarcation. Sarah avait raison : il n'était qu'un Gitan, un Bohémien de treize ans sauvé, avec sa famille, de la condition d'esclaves par Nicolas Déruet dans la citadelle de Peterwardein. Le chirurgien lorrain en avait fait son assistant à l'hôpital Saint-Charles de Nancy ; Rosa de Cornelli l'avait adopté ; il avait été porté en triomphe après une partie mémorable de jeu de paume à Versailles contre le champion français ; son portrait trônait dans la galerie des Cerfs du palais ducal, aujourd'hui occupé par les troupes françaises. Il s'était forgé une identité et était devenu plus lorrain que le moindre habitant des confins du duché. Il avait fini par oublier ses origines et se sentait lié à ceux de son clan par des liens indéfectibles.

Le babil de Filiasi ne lui parvenait plus que par bouffées, auxquelles il répondait par des signes de tête sans même se soucier de cacher son désintérêt. Azlan se demanda s'il devait à Dieu ou au destin de se trouver dans cette gondole alanguie en ce jour où la Sérénissime s'était drapée d'un manteau laiteux. Mais il ne croyait ni en l'un ni à l'autre. Tout résultait du hasard et avait commencé par une rencontre, trois ans plus tôt.

L'homme s'appelait Angelo Elvigo. Il était arrivé un après-midi de printemps 1710 au château de Lunéville, en provenance de Lyon, où il était maître imprimeur rue Mercière, pour une halte sur la route de la foire du livre de Francfort. Invité régulier du duc Léopold, il avait publié une *Histoire de Nancy* et une *Généalogie de la famille de Lorraine* qui avait fait de lui un familier de la cour ducale et une connaissance appréciée de Nicolas Déruet. Son visage grêlé par la variole et ses traits burinés par un travail éprouvant s'accommodaient d'un large sourire, toujours présent même lorsqu'il dormait, et d'un regard clair, bien à l'abri dans de larges orbites et protégé par des sourcils aussi épais que des buissons sauvages. Une seule ride large et profonde barrait son front, mais elle lui donnait en permanence une expression soucieuse qui contrastait avec l'aspect engageant du personnage. La foire était la vingt-cinquième à laquelle il participait, la quinzième sans son père, qui l'avait initié à l'art de l'imprimerie et au commerce des livres. Mais sa santé s'était dégradée l'hiver précédent, provoquant une forte inflammation des poumons et des difficultés à respirer, que son médecin avait attribuées à l'air vicié de Lyon et de son atelier. Elvigo avait continué à travailler afin de pouvoir emporter la dernière édition de son *Almanach* tout juste sorti de ses presses. Lors d'une étape dans la ville de Dijon, un médecin local lui avait prescrit une saignée de quelques onces qui n'avait pas amélioré son état. À peine installé dans sa chambre au château de Lunéville, il ne l'avait plus quittée, toussant et crachant un sang vermeil que Nicolas et Azlan avaient réussi à arrêter par des décoctions pectorales et du nitre. Mais une fièvre lente s'était emparée du malade, accompagnée de frissons, et les vomissements de sang avaient repris, inexorables, accompagnés de suppuration et de toux convulsives. Angelo se mourait de phtisie. Personne, même les meilleurs soignants, ne pouvait plus rien pour lui.

Deux semaines après son arrivée, il fit venir les deux chirurgiens à son chevet. L'odeur du camphre se mélangeait à celles de la térébenthine et des vulnéraires utilisés. L'âtre projetait une chaleur puissante, et le malade, assis contre la tête de lit, épongeait la sueur qui perlait sur son front. Il les pria de s'asseoir avant de tousser dans sa serviette et de la jeter dans une bassine où elle en rejoignit d'autres. Sa chemise était auréolée de la couleur de l'hémoptysie.

— La foire est déjà finie et je me suis arrêté à mi-chemin. C'est un signe que Dieu m'envoie et je lui en suis reconnaissant, commença-t-il avant de s'interrompre pour reprendre son souffle. J'ai reçu de mon père Giovanni un secret, le plus lourd que l'on puisse porter. Lui-même le tenait de son oncle Francesco. Vous êtes les seules personnes dignes de recevoir ce secret, messieurs.

Chaque parole lui coûtait un peu de vie qui s'exhalait de ses poumons en sifflant.

— Voulez-vous vous reposer ? proposa Nicolas. Nous reviendrons plus tard.

— Non, restez, le moment est venu, Dieu m'en a donné la force, dit Angelo en agrippant la manche du chirurgien.

Ils l'aidèrent à se redresser, alors que son arrière-gorge s'obstruait de caillots sanguins qui l'étouffaient et noyaient ses paroles. Angelo leur donna la besace qu'il portait toujours sur lui, en leur expliquant ce qu'elle contenait, et fut pris d'une quinte de toux irrépressible qui déclencha un long saignement. Il devait se reposer et ne se réveilla jamais.

Azlan fut recraché dans la réalité. Un corps visqueux et blanchâtre venait de se ficher dans ses doigts plongés dans les flots. Au moment où il tenta de le sortir, la chose glissa et tomba dans l'eau. Le chirurgien se retourna mais la gondole filait et il ne put confirmer ce qu'il croyait avoir vu : un bout de main humaine.

— Sans doute une queue d'anguille, commenta Filiasi, le reste doit être dans le ventre d'un héron. Avez-vous mangé des crevettes locales ? Il y en a plein dans les vases de la lagune. Elles sont délicieuses.

— Ce sont les pêcheurs, intervint Scarpion, debout à la poupe. Ils rejettent ce qu'ils ne peuvent vendre.

Arrivés à Mestre, le chirurgien prit la direction opposée à la demeure Visconti, obliqua plusieurs fois, s'attarda sur un chemin longeant une forêt de peupliers avant de gagner la villa de Palladio où son hôte l'attendait avec deux patients. Scarpion ne l'avait pas suivi. Le gondolier avait accepté une course sur Venise. Il n'avait rien pu apprendre par Azlan, qui était resté mutique durant le trajet et lui avait semblé soucieux. Aussi préférait-il le suivre discrètement dans la Sérénissime, comme ce jour où il l'avait vu pénétrer dans une des bâtisses du Ghetto juif. Pour l'heure, le batelier avait décidé de rentrer chez lui déjeuner, sa femme se plaignant de plus en plus de son absence et l'obligeant à négocier chacune de ses soirées au café.

Lorsqu'il pénétra dans l'appartement, il remarqua l'absence d'odeur de friture qui y régnait habituellement à la mi-journée. Un gémissement provenait de la cuisine, sorte de hoquet étouffé, qui l'intrigua. Scarpion s'empara du couteau de chasse qu'il avait gagné au jeu à un ouvrier de Maniago et qui trônait, tel un trophée, sur le vaisselier. Il ouvrit la porte avec prudence. Son épouse était assise, en pleurs, près du fourneau, le visage bouffi de larmes et le chignon défait, les cheveux plaqués sur ses joues mouillées. Deux hommes étaient venus, deux étrangers qui cherchaient le gondolier et qui l'avaient menacée de représailles pour une parole non respectée.

— Je ne comprends pas, dit-elle entre deux sanglots, tu as des dettes, des dettes de jeu, c'est ça ?

Sans répondre, Scarpion posa son poignard et prit sa femme dans les bras. L'avertissement était clair. Les deux hommes étaient habillés en Scaramouche.

32

Les visages étaient penchés vers le sol, les paupières mi-closes ou fermées, les mains jointes. Les filles du chœur, dans leur uniforme rouge, priaient à genoux, un Pater noster et un Ave Maria, comme chaque jour avant de se rendre au réfectoire. Marie, la jambe prise dans son attelle, était restée debout, seule devant toutes les autres. *On dirait des fidèles vénérant une apparition de la Vierge*, songea la prieure en évoquant un tableau qu'elle avait vu, autrefois, dans un palais de la République. Elle chassa cette pensée qu'elle trouvait impie et s'étonna que la guérison de sa pensionnaire soit aussi longue. Leur nouveau chirurgien, que tout le monde encensait, ne faisait donc pas toujours des miracles. Elle se signa en même temps que les filles, qui se relevèrent et se mirent en rang par deux pour avancer. La prieure ferma la marche en compagnie de Marie, qui progressait avec difficulté malgré l'aide de sa béquille.

— Dalla Viola, votre guérison paraît bien lente au regard de vos efforts et de ceux de maître Cornelli, remarqua-t-elle alors que le groupe avait pris plusieurs mètres d'avance.

— Notre chirurgien fait un travail extraordinaire avec toutes les blessées, chuchota Marie qui n'avait pas l'habitude de parler dans les couloirs. Ma fracture exige des soins réguliers dont je ressens les bénéfices un peu plus chaque jour.

— Nous avons de nombreuses malades en ce moment, et tout ce temps passé avec vous l'est au détriment des autres, affirma la prieure en s'arrêtant.

Elle posa la main sur le bras de Marie avant de lui annoncer :

— J'ai demandé au docteur Ferro de vous examiner. Ses conclusions pourraient être différentes, ajouta-t-elle en fouillant son regard.

Marie baissa les yeux. La surveillante reprit la marche et l'invita d'un geste à la rejoindre.

— Madame, dit Marie qui, obligée de donner un rythme ample à sa béquille, claudiquait maladroitement, sachez que je suis satisfaite des emplâtres et du traitement qui me conviennent parfaitement.

— Ludovico Ferro nous le dira.

— Madame…

La prieure avait adopté un pas vif pour rejoindre les filles du chœur qui attendaient à l'entrée du réfectoire. Elle ne réagit pas.

— Madame !

Marie s'était arrêtée. Un murmure parcourut le groupe. La surveillante interpréta la situation comme l'amorce d'une inadmissible rébellion. Elle leur ordonna d'entrer et attendit que toutes fussent installées avant de revenir sur ses pas.

— Est-ce parce que nous parlons en français ?

— Que voulez-vous dire ?

— Vous me privez de ses soins pour me punir de parler français avec notre chirurgien ?

— Maria Dalla Viola, je n'ai pas à me justifier de mes décisions.

— Dorénavant, nous ne parlerons plus qu'italien. Nos conversations étaient tout à fait honorables, mais je peux comprendre que…

— Suffit !

La prieure avait à peine élevé la voix, mais l'ordre glaça le sang de Marie.

— Vos remarques sont offensantes, mais, par égard à votre état, je n'en ferai pas rapport. *Il dottore* vous verra demain. Allez rejoindre les autres, Dalla Viola.

Marie serra les dents pour ne pas laisser sa rage couler sur ses joues. Elle remercia la surveillante et avança, les yeux rivés sur les dalles usées. *Génin*, cria-t-elle en son for intérieur. *Mon nom est Marie Génin !*

Apollonia tenta de lui arracher un sourire pendant tout le déjeuner, sans y parvenir. Le silence était la règle lors des repas, et le bruit des cuillères raclant les bols à la recherche des restes de soupe d'orge était le seul débordement autorisé. Marie laissa sa portion de viande de bœuf à son amie et se contenta de fromage sec et de pain. Elle but trois verres de vin du Frioul qui, même coupé avec de l'eau, lui procura une légère sensation d'ivresse. L'après-midi s'égrena, semblable aux autres, rempli de psaumes, de litanies et de musique religieuse, chants et instruments, puis d'oraisons, avant que la clochette ne sonne l'heure du coucher. De retour dans leur chambre, elles attendirent la semainière qui aspergea leurs lits d'eau bénite et récitèrent un Miserere. La journée était finie.

Apollonia défit la cordelette qui retenait ses cheveux et soupira d'aise. Marie s'était assise sur sa couche. Elle n'avait pas prononcé un seul mot de tout l'après-midi. Son corps avait mécaniquement obéi aux ordres, aux injonctions, aux règles, mais son esprit était absent et Apollonia le savait. Elle proposa à son amie de sortir leur trésor et de se parer de leurs bijoux pour la nuit. Marie refusa, prétextant sa grande lassitude. Les deux filles restèrent allongées, silencieuses, jusqu'à ce que la prieure vienne toquer à la porte pour l'extinction des feux. Apollonia éteignit la chandelle et s'endormit presque aussitôt.

Marie attendit un long moment après que le souffle de son amie fut devenu régulier, puis elle se leva et ouvrit le rideau qui occultait la fenêtre. Située au premier étage, du côté de la façade donnant sur le canal, leur chambre bénéficiait une partie de la nuit de l'albédo de la lune et, lorsque celle-ci était pleine, Marie pouvait souvent lire ou écrire sans aucune lampe. La jeune femme fouilla leur coffre secret et en sortit une petite paire de ciseaux fins et ciselés, de ceux dont se servent les couturières pour leurs travaux de précision. Elle défit son attelle et le fanon lentement, posant silencieusement chaque élément sur son lit, puis enleva l'emplâtre frais à l'aide d'un linge de toilette. La cicatrice était presque totalement refermée mais les bords des lèvres de la plaie restaient gonflés et violacés par endroits, laissant entrevoir le fil de suture. Bien qu'elle ne souffrît plus depuis longtemps, Marie ne voulait pas se priver de ses rendez-vous avec le chirurgien, qui rythmaient ses semaines et étaient devenus son seul espoir d'évasion, quand bien même le Lorrain n'avait pas encore répondu à son appel.

Elle positionna la pointe des ciseaux à la commissure de la plaie et coupa le fil en un premier endroit, puis un deuxième, enhardie par le fait que la douleur était supportable. Le troisième lui arracha un gémissement qu'elle étouffa en mordant dans sa manche. Elle continua, les mâchoires serrées sur son avant-bras, jusqu'au dernier point qui céda facilement. Elle tenta d'élargir la plaie en tirant sur la peau, rien n'y fit. Azlan avait fait du très bon travail, évitant les adhérences et les bourrelets, et seuls les bords superficiels n'avaient pas encore été réunis par la cicatrisation. Marie sentit la panique la gagner. Elle se leva, respira profondément et s'accroupit vivement en portant tout son poids sur la jambe blessée. La douleur la surprit par sa fulgurance. Elle étouffa un cri et tomba à la renverse. Apollonia grogna dans son sommeil et se retourna dans son lit. Marie retenait son souffle et ses larmes. Un liquide poisseux coula sur sa jambe. La plaie s'était rouverte. La lune, elle, s'était retirée. La jeune femme tâta son tibia et jugea le résultat insuffisant. Elle recommença le mouvement plusieurs fois, étirant sa jambe le plus qu'elle pouvait, doucement d'abord, puis avec rage, oubliant toute prudence, ahanant et gémissant sous l'effort et la douleur mélangés. Mais la chair résistait.

— Que fais-tu ?

Apollonia s'était réveillée.

— Que se passe-t-il, Marie ? demanda-t-elle en se massant le front et les cheveux.

Son amie était assise sur le sol, la jambe ensanglantée, la respiration saccadée, le visage défait. Et un regard qu'elle ne lui avait jamais vu. Apollonia prit peur.

— Marie ?

— Je n'ai… pas le choix… il le faut !

Elle planta les ciseaux dans la plaie. Apollonia perdit connaissance.

33

Piero, le petit *codega*, était satisfait. Il avait acheté dix chandelles à un marchand étranger, près du Rialto, avant que celui-ci ne s'acquitte des taxes, et en avait profité pour lui en voler deux, ce qui lui permettrait d'éclairer sa lanterne à moindre coût durant plus de deux semaines. Il chercha le chien sans nom, qui s'était éloigné, et décida d'en faire autant avant que le vendeur, dont le bateau provenait du Levant, ne s'en aperçoive. Piero éviterait le campo San Bartolomeo quelque temps, les chandelles n'étaient pas une denrée rare et de nombreux marchés se faisaient concurrence. La semaine grasse avait commencé, et le *codega* décida d'aller flâner place Saint-Marc où des baraquements avaient été installés pour les spectacles de saltimbanques. Il y aurait foule et il pourrait toujours récupérer des pièces perdues à proximité des estrades, quitte à les aider à tomber des poches nobles ou bourgeoises.

Il fut saisi par le col de sa veste et prestement emmené dans une ruelle, sans avoir eu le temps de se retourner.

— Lâchez-moi, j'ai rien fait, je vous jure !

— Tais-toi ! ordonna son agresseur dont la voix et les doigts épais ne laissaient aucun doute sur sa carrure.

Il retourna Piero d'un coup, comme il l'eût fait d'un lapin prêt à être dépecé. L'agresseur était un adolescent de trois ou quatre ans plus âgé que lui, à la tête ronde et cabossée et au crâne rasé.

— Je n'ai pas d'argent, se défendit Piero.

— Tais-toi, insista l'autre. Je ne te veux pas de mal.

— Alors, lâchez-moi, crâna-t-il.

L'autre le serra plus fort.

— Tu vas transmettre un message au chirurgien des Incurables. Il s'approcha et lui chuchota à l'oreille.

— C'est tout ? s'étonna le *codega*.

— As-tu bien retenu ?

— Oui.

— Alors, va ! C'est tout.

— Et ma récompense ?

— Pourquoi en aurais-tu une ?

— Parce que sinon, tu n'as qu'à lui dire toi-même. Je suis sûr qu'on t'a donné de l'argent pour ça. Ma récompense, insista-t-il.

L'autre grogna, regarda les extrémités de la ruelle et cracha à terre. Il lui fourra deux sols dans la main et lui fit signe de déguerpir.

Azlan positionna l'attelle après avoir recousu la plaie. Le docteur Ferro avait assisté aux soins et confirmé le diagnostic du chirurgien, qu'il compléta par la demande d'une petite saignée, avant de se retirer sans un regard pour la prieure. Celle-ci n'avait pas jugé bon d'alerter les soignants lorsque Apollonia était venue signaler l'accident dans sa chambrée. La surveillante ne croyait pas à une chute en pleine nuit qui aurait provoqué l'aggravation de la blessure de Marie. Surtout après leur échange de la veille. Elle avait laissé la musicienne avec sa plaie béante jusqu'au matin. Marie était épuisée par la douleur et l'absence de sommeil. Elle avait obtenu un mois de soins supplémentaires, ce qui justifiait à ses yeux son sacrifice. Azlan n'était pas dupe, mais ils évitèrent tous les deux de parler en français. Sa plus grande crainte était qu'une infection se déclenche à la suite de l'ouverture des chairs. Il mit Marie à la diète et insista auprès de la prieure pour qu'on vienne l'avertir en cas de fièvre. Il avait la sensation d'être épié depuis la veille, sans parvenir à identifier son suiveur, et mit cette impression sur le compte de l'enquête de moralité en cours.

Le concierge le héla à sa sortie de l'infirmerie. L'homme avait toujours accroché à la ceinture un imposant trousseau de clés qui tintinnabulait à chaque pas et faisait de lui la personne la plus prévisible de l'hôpital. Piero attendait, quelques pas en arrière.

— Il n'a pas l'air bien malade, mais il dit qu'il vous connaît et que c'est urgent, résuma le concierge.

Azlan le remercia et rejoignit le garçon, qui lui parla à l'oreille. Le gardien reprit sa ronde de son pas métallique. Il avait encore une dizaine de portes à ouvrir et n'était pas en avance. Il regretta de ne pas avoir osé importuner le chirurgien pour l'interroger sur la douleur à l'aine qui le taraudait depuis plusieurs semaines. Le dernier qu'il avait consulté pour des maux de tête avait voulu le trépaner, ce qui avait confirmé sa détestation du milieu médical. Il s'arrêta devant la porte du cellier où il devait couper le vin pour le repas suivant et fut interrompu dans sa recherche de la clé.

— Pouvez-vous me dire où se trouve l'office ? questionna Azlan.

— Dans l'aile de l'oratoire, après le grand réfectoire. Mais si vous avez faim, il faudra attendre, le cuisinier n'est pas encore arrivé.

Il le remercia prestement. L'activité était encore calme dans la grande cuisine où l'on s'affairait à plumer des poulardes et à cuire du pain. Il salua tous les présents et en profita pour prendre des nouvelles d'un mitron dont il avait soigné la brûlure à une main. Tous les offices avaient une sortie autonome qui permettait l'approvisionnement et celui-ci ne faisait pas exception. Piero l'y attendait.

— Vous pouvez venir, il n'y a personne, monsieur ! proclama-t-il, fier d'avoir assuré sa mission.

Cherchez les faiseurs d'horoscope. Le message transmis provenait de Sarah.

Un brouhaha gigantesque l'accueillit place Saint-Marc, pareil à une bouffée de sirocco. L'endroit était occupé par une marée de saltimbanques, funambules, montreurs de chiens, de bonimenteurs de toutes sortes prêts à vous arracher une dent ou à vous vendre un élixir de longue vie, et de prédicateurs perchés sur des estrades à la vue de tous ou cachés dans des baraquements dans lesquels on ne pouvait pénétrer qu'en payant sa place. Une odeur de *frittelle* flottait dans l'air. Les promeneurs et les spectateurs étaient déjà nombreux mais, durant l'après-midi, ils iraient noircir la place de déguisements et de masques en tout genre, jusqu'au feu d'artifice tiré depuis une immense machine près du canal. Sur une estrade adossée à la machine, un groupe de danseurs répétait la *moresca*, danse martiale qui serait interprétée plus tard dans la journée. Le jeudi gras était un des jours les plus festifs de l'année.

Les faiseurs d'horoscope étaient un groupe de diseurs de bonne aventure qui officiaient près des Nouvelles Procuraties, sur une scène habillée de globes terrestres et de cartes astronomiques. Azlan les repéra rapidement et observa leur manège depuis les arcades. Chacun des quatre astrologues, accoutrés en magiciens de conte pour enfant, le visage fardé, tenait un long tuyau en fer-blanc et arpentait les planches devant les badauds attroupés, choisissant celui ou celle à qui il allait le tendre afin de lui révéler à l'oreille la nature intime de son avenir. Azlan dut jouer des coudes pour s'approcher de l'estrade. Parvenu au premier rang, il attendit d'être accosté par un des astrologues, mais tous semblaient l'ignorer. L'un d'eux s'intéressa à son voisin, déguisé en Berlingaccio, personnage gras et rougeaud, qui les appelait avec insistance depuis un moment. Le curieux mit l'embout à son oreille et écouta la prédiction, d'abord avec circonspection, puis avec intérêt. Finalement, il sourit et acquiesça en dodelinant de la tête. Le faiseur d'horoscope releva le tuyau et agita une clochette : il fallait payer pour en savoir plus. Le Berlingaccio contourna la scène et, pour cinq sols, fut autorisé à entrer dans un des *casotti*[1] attenants où l'astrologue le rejoignit.

Le ballet continuait et les tuyaux en fer-blanc allaient et venaient parmi les spectateurs du premier rang lorsqu'un bonimenteur apparut sur scène, la traversa et tendit son tube à Azlan.

— Êtes-vous prêt à entendre la vérité ? À faire face à votre avenir ?

Azlan acquiesça devant la question rituelle. Le faiseur d'horoscope le fixa un court instant avant de parler dans le tuyau de métal :

— Êtes-vous prêt à risquer votre vie pour ce Codex, monsieur de Cornelli ?

34

Adossé à un garde-fou à l'entrée du canal des Grecs, Zeppo humait l'air, la tête levée à la manière d'un limier. Il était d'excellente humeur. Les huîtres de la lagune qu'il avait gobées au déjeuner avaient laissé dans sa bouche un arrière-goût d'iode dont il se délectait encore. Et, surtout, il avait cassé un code que personne n'avait jamais élucidé, mélange de digrammes et de formules mathématiques. Il bâilla bruyamment pour manifester son ennui devant l'excessive facilité avec laquelle il dominait le monde du Chiffre.

---

1. Baraquements de foire.

Son regard s'attarda sur le dôme de la basilique posée à la pointe de la Douane comme une cloche d'argent sur un gibier rôti. Son rendez-vous était en retard, et si ce n'avait été qu'un édile de la Sérénissime, doge ou Grand Inquisiteur en tête, Zeppo n'aurait pas patienté une minute de plus. Mais il était bien plus que cela.

Une gondole passa devant lui, d'où s'échappèrent les rires mêlés d'un homme et d'une femme à travers le *felze* rabattu. Il la suivit sur quelques mètres tout en captant les bribes de leur badinage, dont il déduisit que lui était un diplomate anglais en poste à la Sérénissime et elle la mère supérieure d'une abbaye réputée pour la haute tenue morale de ses pensionnaires. Comme tant d'autres couples illégitimes, ils venaient assister aux festivités de la place Saint-Marc, à l'abri de leurs déguisements. Zeppo les quitta quand le gondolier, surprenant son manège, lui signifia d'un geste de déguerpir. Le chiffreur ne répondit pas à l'affront mais revint sur ses pas : son contact venait d'arriver.

L'embarcation était semblable aux centaines d'autres qui s'activaient avec dolence sur le Grand Canal ; tout juste était-elle un peu plus longue, une quarantaine de pieds, et faite de bois aux essences plus rares que seuls des yeux exercés pouvaient distinguer. La couverture, bien que d'un noir classique, n'était pas de vulgaire serge mais d'une étoffe de qualité, un jacquard français. Le gondolier n'arborait pas les couleurs de la corporation et ne semblait pas des plus à l'aise avec l'utilisation de la *forcola*. À peine Zeppo eut-il posé un pied à bord que les deux scaramouches jaillirent hors du *felze* pour lui laisser la place. Il s'assit sur un large ais matelassé, à côté de l'arlequin. Le démarrage fut ponctué d'à-coups, puis le batelier prit de l'assurance.

— C'est un de mes marins, expliqua l'arlequin. Les gondoliers locaux ne sont pas fiables, même chèrement rémunérés. Et ceux qui me trahissent finissent toujours par le payer.

Zeppo ne répliqua pas. Il avait l'habitude du jeu de son interlocuteur, entre menaces et flatterie, et cela ne l'impressionnait pas. Le bateau s'éloigna du quai et remonta le Grand Canal en son milieu.

— J'espère que vous avez de bonnes nouvelles pour notre cause, enchaîna l'arlequin.

— J'en ai une très bonne pour vous, daigna répondre Zeppo. Sachez que vous faites l'objet de toutes les attentions de la part du Grand Inquisiteur et de ses services. Vous et votre frégate fantôme. Félicitations pour cette gloire méritée !

L'arlequin moulina l'air de sa main droite en un geste d'impatience. Il n'aimait pas l'impertinence de Zeppo et l'aurait depuis longtemps châtié s'il n'était leur meilleur espoir de réussite et le plus grand codeur de tous les temps. Mais le détachement que l'homme manifestait en toutes circonstances lui était insupportable. L'arlequin se rasséréna en l'imaginant plonger dans la lagune lesté d'une pierre de soixante livres et sourit à cette évocation.

— Toutefois, cela ne me facilite pas la tâche, précisa Zeppo qui interpréta ce sourire comme un signe de contentement imbécile. La cause mérite plus de discrétion.

— Ce fâcheux incident du concert aura au moins eu l'avantage de détourner l'attention de notre but véritable, se défendit l'arlequin en relevant la fourrure d'ours qui tombait à ses pieds. Qu'avez-vous de nouveau au sujet du Codex ?

L'embarcation arriva au niveau de la place Saint-Marc, où une foule joyeuse et dense grouillait comme une colonie de fourmis à la recherche de nourriture, s'arrêtant à une animation, repartant vers la suivante, sans autre logique que l'attrait des bonimenteurs. De toutes les rues et des quais voisins débarquait toujours plus de monde qui venait se presser entre les tréteaux. Les coups de marteau des ouvriers qui s'affairaient sur la machine à feu d'artifice s'échappaient du brouhaha général. Zeppo sortit une feuille de son gilet et la lui tendit nonchalamment entre le majeur et l'index. L'arlequin, surpris par la familiarité du geste, marqua une hésitation avant de la prendre et de la déplier.

— Qu'est-ce ? demanda-t-il en lui rendant le feuillet avec une morgue appuyée.

— C'est le Signal.

— Quoi ? Ce… dessin d'enfant ?

— Voilà des mois que je cherchais à identifier des textes chiffrés dans les publications de l'imprimeur Elvigo. J'y suis enfin arrivé il y a deux semaines. J'en ai trouvé un, dans un recueil de poésie. Très subtil, parce qu'une fois le code cassé, ce n'est pas un texte que j'ai obtenu, mais des coordonnées à mettre sur une grille. Et, en reliant les points, est apparu ce dessin.

La gondole fit une vive embardée sur la droite, provoquant un roulis inconfortable. Le marin venait d'éviter une grosse embarcation qui s'était approchée sans les voir. Les invectives fusèrent et cessèrent rapidement, chacun traçant sa route dans le chenal encombré. Un des scaramouches se pencha sous la tente pour s'excuser de l'incident. L'arlequin le rassura et le congédia d'un geste. Il reprit le dessin des mains de Zeppo et l'étudia attentivement.

— Que représente-t-il ?

— Un homme tenant un cœur vivant. Une vieille légende vénitienne.

L'arlequin retira son masque.

— Personne ne peut nous voir, justifia-t-il en s'épongeant le visage. Et pourquoi serait-ce le Signal ?

— À cause du soin apporté à son chiffrage complexe. Et de son symbolisme : il signifie que le monde est prêt à recevoir les révélations du Quanum. Je n'ai aucun doute. Il y a juste un détail : ce code a été développé il y a trente ans par le service du Chiffre du palais. Cela signifie qu'Elvigo y a eu un complice.

L'arlequin réfléchit longuement, les yeux rivés sur le dessin. Si Zeppo disait vrai, ils venaient de franchir un palier important dans leurs recherches. Une découverte capitale après deux décennies d'errances.

— Que devons-nous faire, monseigneur ?

La déférence soudaine de Zeppo lui arracha un sourire : quoi qu'il ordonne, le chiffreur n'en ferait qu'à sa tête. Son amabilité n'était qu'une provocation de plus. Même si toutes ses intuitions s'étaient révélées exactes jusqu'à présent, Zeppo ferait un jour une erreur qu'il lui ferait payer très cher. Il lui suffisait d'attendre. L'arlequin remit son masque avant de répondre :

— Nous allons lancer le Signal, si vous savez comment vous y prendre. N'est-ce pas ce que vous attendiez comme décision ?

Plusieurs détonations retentirent depuis la place Saint-Marc : les artificiers préparaient leur machine.

— À vrai dire, je ne l'ai pas attendue. Nous l'avons déjà lancé.

35

L'astrologue l'avait emmené dans un réduit à hauteur d'homme, situé sous l'estrade, où ils s'étaient assis sur un tapis à même le sol. À chaque angle, une lanterne accrochée à un clou dispensait une lumière blafarde. Juste au-dessus de leurs têtes, les planches gémissaient sous les pas des bonimenteurs. Azlan avait reconnu son faiseur d'horoscope à la voix. Sarah avait le visage peint et les cheveux dissimulés sous un large béret.

— C'est la meilleure cache que je connaisse, dit-elle. Nous sommes invisibles et au milieu de la foule. Et nous ne risquons pas d'être entendus avec tout ce tohu-bohu. Mais, la prochaine fois, je vous conseille de mettre un masque.

— N'ayez pas d'inquiétude, je n'ai pas été suivi.

— Excellent chirurgien mais gentilhomme prétentieux. Vous êtes surveillé, vous faites l'objet d'une enquête de moralité. Soyez plus méfiant à l'avenir.

L'agitation s'était accrue sur la scène et les planches se courbaient de pas en pas. Lorsqu'un pied frappait plus fort, des nids de poussière se détachaient du plafond et venaient se diluer en volutes dans leur niche. Azlan leva les yeux avant d'interroger Sarah d'un regard inquiet.

— Je croyais que vous étiez prêt à risquer votre vie pour cet ouvrage ?

— J'ai grandi à Peterwardein, une citadelle pleine de labyrinthes qui m'ont laissé de mauvais souvenirs. Les espaces confinés me mettent mal à l'aise. Les masques aussi. Je ne peux pas en porter.

— Voilà qui est franc, mais laissez-moi vous dire alors que Venise n'est pas faite pour vous. Nous pouvons en rester là, si vous voulez, proposa-t-elle.

— Pourquoi m'avoir dit que le Codex ne vous intéressait pas ? questionna-t-il en guise de réponse.

— Aucun de mes proches ne doit savoir ou même seulement se douter. Personne. Je dois les protéger. Mais votre arrivée a failli tout gâcher. Avant toute chose, avez-vous le Signal avec vous ?

— De quel signal me parlez-vous ?

— Monsieur de Cornelli, si vous êtes ici, c'est parce que vous êtes en possession de documents liés au Quanum, n'est-ce pas ?

— Oui.

— Dans ce cas, vous devez me prouver que vous en êtes le porteur attitré. Pour cela, vous devez posséder le Signal.

Azlan hésitait. Son malaise était visible.

— Je suis navré, je ne connais pas ce signal, finit-il par avouer.

— Mais pourquoi êtes-vous venu me voir en me parlant du Codex ? répliqua Sarah dont la contrariété avait durci les traits.

— Quand j'ai vu votre façon de faire les sutures, j'ai eu l'intuition que vous saviez quelque chose à son sujet.

— Je…

Elle fut interrompue. Sur la scène, les astrologues haranguaient la foule tout en frappant les planches de leurs tubes métalliques. Le bruit couvrit leurs voix. Sarah attendit patiemment que le vacarme cessât.

— Je ne sais comment vous êtes entré en possession de ces documents, mais vous n'êtes pas celui que j'attendais, dit-elle enfin.

— Je peux vous l'expliquer, proposa Azlan.

Sarah laissa un silence s'installer, malgré les questions qui se pressaient dans son esprit.

— Avez-vous remarqué ? dit Azlan en inspectant des yeux les planches du plafond.

— Quoi donc ?

— Les pas se sont arrêtés. Le spectacle est-il terminé ?

— Il doit durer tout l'après-midi, répondit-elle.

— Quel est ce bruit ?

Un roulement sourd avait remplacé les prédications des bonimenteurs. La foule se dispersait en criant. Sarah ne manifestait aucune crainte. Tous ses sens étaient en éveil. Plusieurs gouttes d'eau suintèrent du plafond.

— Une averse… c'est une averse, conclut-elle en récupérant la pluie dans le creux de sa main. Nous sommes tranquilles pour un moment.

— Nous sommes bloqués, regretta Azlan en tentant de se lever. Il fut obligé de se courber pour tenir debout et se rassit bien vite.

— Fermez les yeux, intima-t-elle.

— Pourquoi… ?

— Ne posez pas de questions et fermez les yeux !

Il obéit et attendit pour les rouvrir qu'elle lui en donne l'ordre. Sarah avait remonté sa jupe jusqu'en haut de la cuisse droite sur laquelle était dessiné « l'Homme au cœur vivant ». La vue de sa jambe nue perturba Azlan plus que la présence du tatouage. Il détourna le regard.

— Que faites-vous… ? bredouilla-t-il.

— Regardez, dit-elle en s'emparant d'une des lanternes pour éclairer le dessin. Voilà le Signal. C'est lui. Vous étiez censé me présenter le même. Comment puis-je vous faire confiance, maintenant ?

Azlan fouilla sous sa chemise et en sortit une petite besace en cuir tenue par une bretelle.

— À mon tour de vous livrer mon intimité. Voilà ce que je porte toujours sur moi, dit-il en lui tendant plusieurs feuillets. Je possède quatre pages du Codex. L'homme qui me les a données est mort après son arrivée chez le duc de Lorraine. J'étais à son chevet. Il était originaire de Venise.

Elle prit les papiers et les parcourut rapidement.

— N'y avait-il rien d'autre ? demanda-t-elle en lui rendant.

— Comme la clé d'un code ?

— Oui ! Vous l'avez ?

L'excitation soudaine de Sarah trahissait son émotion.

— Je vous la montrerai. Mais, avant, vous allez m'apprendre tout ce que je ne sais pas.

Chapitre 4

Venise, 1685

Moi, Giovanni, je ne me sens plus chez moi sur le Grand Canal. La faute à mon oncle Francesco et à son maudit traité de médecine. Il me brûle les mains. Les hommes de l'Inquisition m'ont inquiété, mais j'ai pu les convaincre d'une innocence que je n'ai pas. J'ai juré devant Dieu avoir vu mon oncle brûler cette œuvre de Satan – car qui d'autre, à part le Malin, pourrait offrir aux hommes la tentation d'une vie dénuée de la punition divine de la maladie et de la mort ? Seul le Seigneur a le droit de nous châtier de nos fautes. Voilà tout ce que je fus forcé de reconnaître. J'ai dû me renier et renier nombre de mes principes. Francesco, maudit sois-tu de m'avoir fait cadeau de ce poison ! Je ne peux pas le détruire, il contient tant de secrets, ce serait un crime envers les hommes et une injure à ta mémoire, mais je ne peux pas le révéler non plus, le monde n'est pas prêt. Je dois maintenant le cacher, pour me protéger et protéger mon fils Angelo. D'autres sont venus et le recherchent. Ces hommes sont dangereux et leur cause n'est pas juste. Seul mon ami, le plus fidèle de tous, Niccolò Guarducci est au courant. Il sait comment faire.

Venise, mars 1713

36

L'arrivée de plusieurs navires en provenance d'Angleterre, de France et du Levant avait accru l'activité aux Incurables. Venus commercer avec la Sérénissime, marchands et marins débarquaient avec leurs cargaisons, leurs espoirs et parfois les souffrances qu'ils traînaient depuis chez eux et que la mer et les conditions de traversée éprouvantes avaient révélées ou accrues. Azlan n'avait plus observé de cas semblables à son autopsié, bien qu'il continuât à questionner scrupuleusement tous les malades sur les symptômes dont il aurait voulu qu'ils fussent atteints. Cecilia et Antonina s'en amusaient, alors que le docteur Pellegrini faisait mine d'ignorer cette incursion dans son domaine réservé. Le chirurgien avait prouvé en plusieurs occasions la justesse de son diagnostic, et sa popularité dans la ville dépassait celle des soignants des autres institutions. Pellegrini avait d'ailleurs loué les qualités du Lorrain lorsqu'il avait été interrogé dans le cadre de l'enquête de moralité, avec sobriété toutefois, les réputations allant et venant dans Venise au gré des marées. Un homme avisé comme lui ne se découvrait jamais, surtout en faveur d'un étranger fraîchement arrivé. Plus inquiétante était la rumeur concernant le président Grimani et sa responsabilité dans l'accident du balcon. Sa réélection semblait compromise malgré tous ses efforts – et ceux de ses partisans – pour éteindre la propagation d'une information qui faisait les délices des conversations au Broglio de la place Saint-Marc. Les donations étaient en baisse comparées à celles de la Pietà, et les Incurables se trouvaient à un moment charnière de leur existence.

— Aidez-nous, vite ! S'il vous plaît ! dit un homme en entrant dans la salle de soins.

— Cecilia, vous êtes mes yeux, indiqua simplement Azlan, qui tournait le dos à la porte et ne broncha pas.

Pendant que l'infirmière lui décrivit l'arrivée d'une femme inconsciente portée à bout de bras par deux mitrons, il termina son geste et finit d'enlever à la tenette un calcul, de la taille d'une petite olive, logé dans la vessie de son patient qui criait de douleur et tentait de se débattre malgré les sédatifs.

— Que se passe-t-il ? s'enquit le chirurgien.

— C'est notre mère, monsieur, elle peut à peine respirer ! L'infirmière s'était approchée et exposa l'état de la patiente, comme Azlan lui avait appris à faire, ce qui était une pratique inconnue des hôpitaux de Venise. La femme avait le visage bouffi et livide ; sa langue, brune, avait triplé de volume et faisait saillie par les lèvres d'où dégoulinait une importante quantité de salive.

— Le pouls est dur et concentré et la peau brûlante, annonça Cecilia.

— Racontez-moi comment cela est arrivé, demanda le chirurgien tout en suturant la plaie de son malade.

— On était en cuisine, commença le plus grand.

— On travaille au palais Labia, compléta l'autre. Et notre maître recevait son architecte pour des travaux.

— La mère avait préparé un rôti et elle avait coupé de la sauge pour l'ajouter dans la marmite. Le maître aime en avoir dans toutes ses viandes. Et puis elle a commencé à étouffer.

— Et sa langue a gonflé, compléta l'autre.

— A-t-elle mangé de la sauge ?

— Oui, elle aime beaucoup ça. Mais elle le fait à chaque fois.

— L'a-t-elle lavée ?

Les deux mitrons se regardèrent d'un air interrogatif.

— Pour quoi faire ? s'étonna l'un d'eux.

— Cecilia, allez chercher des feuilles de myrte, dit Azlan en vérifiant le pouls de son patient qui avait cessé de s'agiter. Tout va bien, monsieur, l'opération est finie, ajouta-t-il alors que l'homme s'assoupissait sous l'effet de l'opium.

Azlan tendit une compresse à l'un des aides qui immobilisaient l'opéré :

— Pouvez-vous tenir ce linge et presser dessus ?

Il se tourna alors vers les mitrons :

— À nous, maintenant. Asseyez votre mère sur cette chaise, ordonna-t-il aux deux garçons avant de s'emparer d'un bistouri fin.

Son diagnostic était déjà fait. La respiration était superficielle mais encore présente. Azlan essuya la bave accumulée autour des lèvres et posa un coin entre les dents pour maintenir la bouche suffisamment ouverte. Cecilia revint avec un plant entier de myrte ; Azlan prit une feuille et en entoura la langue. À l'aide de sa lame, il pratiqua trois profondes incisions latérales, de la base à la pointe, tandis que Cecilia et les deux fils maintenaient fermement la tête et les épaules de la cuisinière, qui tenta de se dégager dans un réflexe de douleur. Puis Azlan la fit se pencher en avant. La langue, ainsi tailladée, rendit beaucoup de sang et dégonfla rapidement, restaurant une respiration suffisante.

Azlan nettoya la bouche avec du vin miellé.

— C'est fini. Dans quelques heures, votre mère pourra parler et dans quelques jours sa langue aura cicatrisé. Il faudra qu'elle prenne régulièrement des gargarismes de sommité de menthe et de fleur de sureau.

— Mais qu'est-il arrivé ?

— Cela vient de la sauge que votre mère a goûtée.

— Vous pensez que notre mère a été empoisonnée, monsieur ? Que quelqu'un en veut au maître ?

— … poisonné…, marmonna l'opéré, qui avait écouté.

— Non, non, répondit Azlan pour calmer l'agitation naissante. Ce n'est pas ce qui s'est passé. Les feuilles étaient infectées de venin de crapaud. J'ai déjà vu ce genre de cas. Dorénavant, il faudra toujours les laver avant d'en consommer, madame.

La cuisinière, qui reprenait ses esprits, hocha la tête et tenta un faible sourire, les lèvres noircies de sang.

— Ben ça alors, dit l'aîné des mitrons, je ne savais pas qu'on pouvait tuer avec de la bave de crapaud. Vous croyez vraiment que c'était un accident ?

Azlan profita de la mi-journée pour établir un compte rendu détaillé des cas de la matinée, comme il en avait pris l'habitude à l'hôpital Saint-Charles de Nancy. Il regrettait cette période d'insouciance avant que les Français ne prennent possession du duché, les obligeant à l'exil. Nicolas et Rosa lui manquaient, mais cette pensée renforçait à chaque fois sa détermination envers la mission qu'il s'était fixée.

Sous la scène des astrologues, Sarah lui avait appris toute l'histoire du Codex, du moins ce qu'elle voulait bien qu'il sache. Elle se méfiait d'un homme qui ne détenait pas le dessin censé l'identifier comme l'authentique porteur de la clé de l'énigme. Ce qui signifiait qu'une autre personne était en sa possession et qu'ils devaient redoubler de prudence. Ils avaient convenu qu'Azlan ne tenterait plus de la joindre. Cinq jours s'étaient écoulés et l'inquiétude avait gagné le chirurgien. Sarah n'avait donné aucun signe de vie.

37

— Vous avez du courrier.

La remarque de Vettore Visconti, à son arrivée à Mestre, était teintée de reproche. Azlan s'était engagé à ce qu'aucun message lui étant destiné ne parvienne chez son hôte. Celui-ci était sur ses gardes depuis que des sbires venus de Venise les avaient interrogés, lui et ses domestiques, au sujet du chirurgien et de sa présence au palais Visconti. Ils étaient restés plusieurs jours dans Mestre à fouiner et tendre l'oreille au moindre ragot, ce qui rendait Vettore nerveux.

Azlan reconnut l'écriture de Rosa, s'excusa platement et se retira dans sa chambre, où il brûla la lettre après l'avoir lue. Il s'attela immédiatement à sa réponse, qu'il fit comme à son habitude à l'encre sympathique entre des lignes anodines. Il gagna ensuite la cuisine et soigna deux patients de blessures bénignes – des plaies et une entorse liées aux festivités du Carnaval. La cuisinière le couvrit une nouvelle fois de louanges pour l'opération de son neveu, dont les paupières avaient retrouvé leur aspect normal : le garçon allait pouvoir entrer dans les ordres. Elle promit de continuer deux semaines encore les soins avec le collyre et lui remit un panier rempli de victuailles en guise de remerciement, tout comme les fois précédentes. Sur le chemin du retour, Azlan partagea des *zaletti* avec Domenico Filiasi en le laissant deviser sur l'importance des pilotis pour les fondements de la cité.

Les malversations dans la confection de la tribune écroulée aux Incurables faisaient l'objet de toutes les conversations en ville. Le scandale avait éclaté et chacun avait son opinion sur la culpabilité de l'entrepreneur ou de Grimani. Ce dernier avait les faveurs des babils matinaux sous les Procuraties. L'Inquisiteur ne l'avait pas inculpé et le président avait annoncé ne pas se représenter au gouvernorat de l'hôpital. Le Tessinois piocha dans le panier les derniers gâteaux de maïs au raisin et rassembla les miettes accumulées sur ses vêtements avant de les jeter dans l'eau.

Debout à l'avant de la gondole, Scarpion écoutait la conversation avec intérêt et tentait de retenir le maximum d'informations pour son rapport. Il observa la position du soleil qui pointait au-dessus de Malamocco, et déduisit qu'il avait le temps avant de se rendre à son rendez-vous à l'arsenal, dans l'enquête qu'il menait sur la frégate fantôme.

Une fois à terre, Azlan se rendit directement à la Pietà et demanda à voir le maître de musique. Le prêtre roux, qui se trouvait en répétition avec la chorale, accéléra la fin de l'exercice et se présenta promptement à l'infirmerie. Azlan lui remit une fiole contenant une préparation nouvelle pour ses crises d'asthme.

— Est-ce le remède dont vous m'aviez parlé ? s'enquit le musicien en mirant le flacon à la lumière du jour comme il l'eût fait d'un vin de qualité.

Le chirurgien avait longuement hésité. Il avait soigné la première crise du musicien avec un traitement qui calmait autant l'inquiétude de l'esprit que les spasmes des poumons, mais qui n'était pas dénué d'effets pernicieux. Celui qu'il venait de concocter était d'une autre nature, obtenu à partir de feuilles de thé qu'il avait pu se procurer auprès d'un marchand venu d'Orient. Azlan avait suivi un protocole qui lui était inconnu, extrayant à l'aide d'alcool, évaporant, diluant dans de l'acide, ajoutant des sels, de l'huile de vitriol puis séparant les phases pour ne garder que l'alkali liquide. Il n'avait aucune idée des principes actifs qu'il avait concentrés, mais ce remède à l'asthme faisait partie d'une des quatre pages du Codex qu'il possédait. Il l'avait essayé sur le chien sans nom, malgré les récriminations de Piero, et l'animal s'en était trouvé moins nonchalant qu'à son habitude. Il l'avait essayé sur lui-même et avait ressenti une stimulation de l'humeur et de ses battements cardiaques. Il l'avait enfin essayé sur un patient des Incurables dont la crise asthmatique faisait craindre le pire et dont le rétablissement soudain avait provoqué le défilé de tous les soignants liés à l'hôpital ou prévenus par le bouche-à-oreille.

— Celui-là même, répondit Azlan, mais surtout ne dépassez pas dix gouttes par crise.

Confiant, le prêtre roux ne demanda aucune explication et enfouit la précieuse fiole dans la poche de sa soutane.

— Merci de vos bons soins, maître. Vous, au moins, comprenez mon mal. Aimez-vous l'opéra ? Venez mercredi prochain au théâtre Sant'Angelo, j'y ai quelques affaires et nous allons répéter ma première pièce.

Au moment de sortir, le musicien ajouta :

— C'est sur le Grand Canal, près du palazzo Corner Spinelli. Je vous présenterai le directeur, Francesco Santurini. Tout le monde est à la recherche d'un bon chirurgien ici.

Azlan eut tout juste le temps de préparer ses instruments pour les soins de Marie que la prieure entra en s'excusant :

— Maître, Dalla Viola ne peut se rendre à l'infirmerie. Il vous faudra venir à son chevet, elle est souffrante.

La violoniste avait de la fièvre et ne pouvait poser le pied par terre. La cicatrice était boursouflée et chaude. Le chirurgien soupçonna un abcès à la palpation.

— Marie, je suis désolé, je vais devoir rouvrir votre plaie pour faire s'écouler les matières purulentes. Je n'ai pas d'autre choix.

— Faites ce que vous avez à faire, mais je refuse de prendre du laudanum. Penser à tout ce que je hais me suffira, répliqua-t-elle, le regard perdu dans un ailleurs lointain.

Le visage de la prieure se durcit. Elle accusa le coup sans ciller.

— Je vais avoir besoin de linges bouillis et de baumes vulnéraires. Pouvez-vous demander à l'infirmière de me les apporter ?

La surveillante hésita, mais la demande était légitime et toutes les filles étaient en répétition. Elle s'éloigna d'un pas vif.

— Marie, écoutez-moi bien, dit Azlan en français. J'ai alerté Rosa de Cornelli sur votre situation et elle s'en est ouverte au duc de Lorraine.

L'annonce sembla redonner un peu de vigueur à la jeune femme Elle tourna la tête vers Azlan :

— La marquise se souvient de moi ? s'étonna-t-elle.

— Bien sûr, et notre duc Léopold aussi. Ils vont vous aider à sortir d'ici et à rentrer en Lorraine, si c'est votre désir.

Ses yeux s'embuèrent. Incapable de répondre, elle fit un signe de tête affirmatif.

— Ma situation ne me permet pas de le faire moi-même. Ils vont envoyer un émissaire pour négocier votre sortie de la Pietà. Le duc paiera pour les années passées dans l'institution.

— J'ai peur, finit-elle par dire.

— Votre cauchemar va prendre fin, rassurez-vous. Maintenant, il vous faut guérir au plus vite. Et séchez vos larmes, la prieure revient !

La surveillante était accompagnée de l'infirmière, qui déposa tout le matériel sur le lit d'Apollonia. Aucune ne fit de remarque sur les yeux rougis de la musicienne. Azlan coupa le fil sur la moitié de la suture et fit sourdre le liquide jaunâtre avant de nettoyer la plaie avec une macération alcoolique de vulnéraires. Sous le regard constant de la prieure, Marie demeura stoïque et ne se plaignit pas. Le chirurgien laissa un petit drain afin d'évacuer les restes d'exsudat et regretta de ne pas connaître suffisamment les points utilisés par Sarah dont il avait constaté les effets bénéfiques sur les blessés du concert. Il déplora de lui avoir obéi en ne la contactant pas et décida de le faire dès le lendemain.

Une fois seule, Marie laissa éclater ses émotions, joie, douleur et crainte mélangées, dans de longs sanglots étouffés qui l'épuisèrent. Elle ne pourrait plus longtemps garder pour elle seule son secret. Lorsque Apollonia rentra, elle s'était endormie.

38

L'immense hangar à galéasses était vide et son toit, en cours de rehaussement, éventré. Seule une équipe travaillait encore dans un autre *tezoni*, d'où s'échappaient des volutes sonores au bruit de forge. Scarpion n'aimait pas l'arsenal en raison de sa démesure : démesure des dimensions, démesure humaine, démesure des machines flottantes qu'il recrachait à longueur d'année, des navires toujours plus grands et plus lourds. À cause d'eux, il avait fallu élargir le canal d'entrée. Le commerce, plus que la guerre, n'avait pas de limites.

Les derniers rayons du crépuscule allongeaient encore plus les dimensions du hangar qui pouvait aussi bien contenir une galère de trois cents tonnes qu'un des nouveaux bateaux à voile qui fleurissaient sur les mers. Scarpion frissonna ; il avait laissé sa cape dans la gondole. Un bruit de pas amplifié par les murs en brique le tira de ses réflexions. Un *arsenalotto*[1] était entré du côté du canal et traversait le bâtiment dans sa direction. La silhouette enfla lentement, tout comme le martèlement des chaussures sur le sol poussiéreux, pendant que le gondolier s'impatientait en maudissant la longueur du quai.

— Je te salue, mon vieil ami, dit l'ouvrier, arrivé à sa hauteur.

— Je n'aime pas cet endroit, lança Scarpion en guise de réponse.

— Je ne dois pas être vu en ta compagnie, tu le sais.

— L'aristocratie des ouvriers ne se mélange pas avec les pousseurs de barque, n'est-ce pas ?

— Tout le monde sait que tu es un confident zélé, répondit placidement l'*arsenalotto*. Si tu veux que je continue à obtenir des informations, notre lien ne doit pas être connu.

L'ouvrier travaillait aux charpentes et était le représentant de la corporation des Marangoni, la plus puissante de la Sérénissime. Leur amitié était liée à celle de leurs familles depuis plusieurs générations, malgré leurs différences sociales, que Scarpion exhibait à chaque fois plus par jeu que par jalousie réelle.

— As-tu des informations sur la frégate ?

— Je ne vais pas t'en apprendre beaucoup. Absolument personne n'a vu son pavillon et aucun homme d'équipage n'a débarqué à terre. D'après les charpentiers qui l'ont aperçue, elle a pu être construite en Angleterre ou en France. Pas en Espagne. Il y a aussi un ouvrier de la corderie, qui était à la pêche près du vaisseau. Lui

1. Ouvrier de l'arsenal.

dit qu'il vient de l'arsenal d'Amsterdam. À cause des cordages. Mais j'ai beaucoup mieux. On m'a rapporté que trois de ses passagers s'étaient rendus au concert des Incurables. Et qu'ils parlaient français. Qu'en dis-tu ?

— Ce que j'en dis ?

— Oui.

— Ce que j'en dis ? répéta Scarpion, qui avait du mal à se contrôler.

— Ce sont des éléments intéressants, non ?

— J'en dis que je suis au courant, c'est moi qui les ai transportés ! En fait, tu n'as aucune information fiable à me donner ?

Scarpion avait élevé la voix et sa question se perdit en un écho nerveux dans le *tezoni* désert.

— Désolé, ajouta-t-il aussitôt à l'adresse de l'*arsenalotto*. Personne ne nous a entendus.

— Tu mériterais que je te laisse te débrouiller seul. Je me demande pourquoi je continue de t'aider.

— Parce que je ne t'ai jamais dénoncé. Tu m'es redevable.

— C'est de l'histoire ancienne, Scarpion. Un accident. Je ne te suis plus redevable de rien. Moi aussi, je pourrais en dire sur toi qui nuirait à ta réputation de gondolier.

— Tout le monde sait que je nage comme une pierre, ce n'est pas un secret. Allons, faisons la paix, proposa le batelier alors que le hangar était passé tout entier dans l'ombre de la nuit. Écoute, j'ai vraiment besoin de savoir avant tout le monde d'où vient cette frégate. C'est important pour moi. Ensuite, je ne te solliciterai plus.

Scarpion sortit par la porte des Lions sur la terrasse où se trouvaient les huit statues allégoriques qu'adolescent il avait vu ériger. Le visage gracieux et la jupe relevée au-dessus du genou de la femme représentant l'Abondance lui avaient fourni ses premiers émois amoureux et continuaient de le troubler à chacun de ses passages. Il s'arrêta pour la regarder et regretta de n'avoir jamais trouvé son équivalent amoureux à Venise. Il aimait son épouse pour la part de travail qu'elle apportait au foyer mais estimait son caractère de plus en plus acariâtre et ses besoins plus dispendieux qu'il n'aurait voulu. Elle n'avait ni la finesse des traits ni le fuselé parfait de la jambe de l'Abondance, et pourtant, grâce à sa famille, elle avait réussi à asseoir la position de Scarpion dans sa corporation, ce qui était en soi une raison de mariage suffisante.

Lorsqu'il passa la grille, Scarpion eut le pressentiment d'être suivi : l'ombre d'un des lions avait une forme inhabituelle et il flottait dans l'air une odeur de cuir ciré, celle-là même qu'on retrouvait dans les défilés de la soldatesque en parade ou dans les soirées réservées aux invités de marque. Scarpion se retourna brusquement. La rue était déserte. Il fouilla dans sa poche pour chercher le contact rassurant de son couteau de chasse, qu'il portait en permanence depuis l'agression de sa femme. Le gondolier fit un détour pour rejoindre son embarcation le long de l'église San Martino, près du pont Storto, se retournant fréquemment, empruntant des rues transversales, avant de se trouver ridicule et de gagner la placette San Martino. L'odeur avait disparu et la rue était silencieuse. Il grimpa dans la gondole et ouvrit la toile du *felze* : un scaramouche l'attendait, allongé à la romaine sur le matelas. Il ne vit pas arriver le second, qui le maîtrisa par-derrière et pressa une main gantée sur sa bouche, pendant que le premier lui signifiait de se taire. L'échauffourée fut de courte durée : l'embarcation tanguait de façon périlleuse, et le gondolier se calma rapidement. L'homme desserra son étreinte.

— Monsieur Polpeta, dit le premier qui s'était assis, coudes sur les genoux et mains jointes, moi qui vous croyais un homme responsable… Quelle déception !

Scarpion n'en menait pas large, mais la colère le disputait en lui à la peur.

— Je vous interdis de venir chez moi menacer ma femme ! lâcha-t-il, bravache. Que me voulez-vous ?

— Vous le savez très bien. À votre avis, qu'attend-on d'un homme à qui l'on donne trois ducats pour une course qui en vaut dix fois moins ?

— On attend un peu de loyauté, répondit le second scaramouche tout en accompagnant ses mots de bourrades légères dans le dos de Scarpion, qui resta muet.

— Or, non seulement vous ne respectez pas votre parole, mais en plus vous fouinez partout en posant des questions sur notre navire.

— Je suis un enquêteur officiel de la République, j'ai mission de le faire, tenta le gondolier.

— Mais un enquêteur qui accepte une telle somme peut-il garder la confiance du Palais ? Que diraient-ils, s'ils étaient au courant ?

— Si ce n'est que cela, je vous rembourserai, répliqua Scarpion en fourrant ses mains dans ses poches pour joindre le geste à la parole.

Ses doigts serrèrent le manche du couteau dont la lame était repliée. Il tenta de l'ouvrir discrètement.

— Sortez vos mains de là, intima le premier.

Scarpion accéléra la manœuvre. Le couteau était à demi ouvert quand la pointe de métal se ficha dans le tissu.

— Je vous dédommagerai…, commença-t-il tout en empoignant le manche de l'arme.

Au même moment, le second saisit les avant-bras du gondolier et les lui replia de force dans le dos. Scarpion exagéra sa réaction de douleur, mais l'homme ne desserra pas sa prise.

— Ce n'est plus une question d'argent. C'est une question de principe. Désolé, monsieur Polpeta, conclut le premier avant de faire un signe de la tête à son comparse, qui poussa le gondolier dans le canal.

39

L'eau était froide. Piero frissonna.

— Continue de te frictionner, dit Azlan en remplissant un baquet avec l'eau qui chauffait dans l'âtre.

— J'en peux plus ! se plaignit le *codega*. Et ça sent mauvais !

La fleur de soufre nimbait la pièce d'une odeur âcre et putride qui avait envahi tout l'étage du bâtiment, faisant fuir au rez-de-chaussée le docteur Pellegrini et les deux infirmières. Le garçon était arrivé le matin en sifflotant dans le couloir d'entrée des Incurables, comme il le faisait régulièrement depuis que le concierge et tout le personnel l'avaient adopté et le laissaient vaquer dans l'établissement, où il suivait les visites d'Azlan aux malades. Mais alors qu'il avait rejoint le chirurgien à l'infirmerie, celui-ci l'avait fait asseoir et avait ausculté ses mains et ses pieds avant de l'obliger à le suivre à la salle des bains. Les extrémités de l'enfant étaient recouvertes de pustules que Pellegrini, qu'ils avaient croisé, avait reconnues avant de s'exclamer en levant les bras au ciel : « Acarus ! » Azlan avait isolé le garçon, jeté ses vêtements dans une marmite d'eau bouillante et, depuis plus d'une heure, l'obligeait à se frotter à l'aide de savon noir puis de la pommade de soufre et de potasse qu'il avait concoctée.

— Encore, allez, savonne bien entre les doigts, il faut enlever toutes les croûtes jaunes, insista le chirurgien en vérifiant le résultat.

— Il a dit quoi, *el dottore* ?

— Que tu as attrapé le ciron de la gale, mon garçon, répondit Azlan en vidant l'eau chaude dans le demi-tonneau qui servait de baignoire à l'enfant.

— Mais c'est pas une maladie ! On l'a tous chez moi.

— Si, Piero. L'acarus est un insecte qui va se loger sous ta peau. Avec ce traitement, on a toutes les chances d'en venir à bout.

— Et de moi avec ! plaisanta le garçon en frappant l'eau du plat de la main avant d'éclater de rire.

— Mais il faudra que ta famille vienne aussi pour les soins. J'irai voir ta mère, petit.

— Ça, non !

— Ne t'inquiète pas, je la convaincrai, assura Azlan en déposant une nouvelle couche de pommade soufrée sur les mains du *codega*.

— Ça m'étonnerait, elle n'est plus chez nous.

Piero vivait seul avec ses quatre sœurs. Il était le plus jeune de la fratrie mais aussi celui qui assurait leur survie grâce à son travail. Ils habitaient un appartement qui se réduisait à une grande pièce où ils mangeaient et dormaient tous, et où les filles pratiquaient de menus travaux de couture pour le voisinage, à l'étage d'une maison insalubre pour laquelle le propriétaire exigeait néanmoins un loyer hebdomadaire. La mère était partie chercher du travail dans le Frioul mais n'était jamais revenue. L'aînée des filles venait d'être engagée comme domestique dans une auberge qui organisait des jeux clandestins et où elle dormait toute la semaine sur une paillasse au grenier. Avec son salaire, elle allait améliorer leur quotidien, du moins l'avait-elle promis.

— Est-ce que je pourrais dormir chez vous ce soir ? voulut savoir Piero, après avoir résumé la situation familiale. Elles ne vont pas vouloir de moi, je pue trop !

Le garçon en rappelait un autre à Azlan, celui qu'il avait été à Peterwardein, rejeton d'une famille d'esclaves qui s'était attaché au chirurgien des armées lorraines. Un moment, il songea à lui proposer de l'engager comme aide, mais il était trop jeune et n'avait pas manifesté d'attrait pour la chirurgie. De plus, Azlan savait qu'il quitterait Venise avant la fin de l'année et n'avait aucun intérêt à s'enticher d'un enfant alors que sa mission n'était pas accomplie.

— Je peux ? demanda Piero.

— Montre-moi tes pieds, répondit le chirurgien pour inspecter l'état de la racine des orteils.

— Alors ?

— J'ai un service à te demander, Piero. Un grand service pour moi.

— Pourquoi vous ne me répondez pas ? maugréa le garçon en retirant son pied, qui éclaboussa de l'eau tout autour.

— Il n'y a que toi en qui j'ai confiance. Il s'agit d'aller porter un message et de me donner la réponse.

— Facile, proclama le garçon qui avait retrouvé le sourire. Et je pourrai dormir ici ?

— Oui. Je vais te donner l'adresse. La personne à qui le livrer habite dans le Ghetto.

Le petit *codega* protesta et rougit sous l'effet de la colère qu'il laissa exploser avec ses larmes : ce n'était pas juste, il avait juré de ne plus franchir le pont à la mort de son père, Azlan le savait et lui demandait l'impossible. Le chirurgien fut surpris par la vigueur de sa réaction. Il calma l'enfant et le fit parler. Les explications qu'il obtint n'étaient qu'un amalgame confus. À la suite d'une rixe, son paternel avait reçu un coup de dague, puis avait été jeté du pont du Ghetto Vecchio. Personne n'avait jamais retrouvé son corps, ce qui avait alimenté toutes les rumeurs.

— Je suis désolé, Piero, je comprends ta peine. Mais tu ne peux pas rendre leur communauté responsable.

— Non, vous ne comprenez pas, c'est leur faute ! C'est toujours leur faute !

— Oublie ma demande. Tu pourras dormir ici ce soir, concéda Azlan. Je vais chercher tes vêtements.

La matinée et le début d'après-midi coulèrent sans que le *codega* vienne interrompre le rythme des consultations, ce qui manqua presque au chirurgien. Puis, peu avant la prière de l'angélus, Piero réapparut. Il avait retrouvé sa bonhomie habituelle et fourra un billet dans la main d'Azlan avant de s'asseoir sur la table de soins et de balancer ses jambes comme le font tous les enfants du monde. Le chirurgien déplia le papier, en prit connaissance et lança un coup d'œil interrogatif à l'enfant.

— Je n'ai pas eu besoin d'entrer dans le Ghetto, expliqua-t-il. Je sais où elle va tous les jeudis après-midi. J'ai fait ma part du travail !

Il partit en sifflotant. La réponse de Sarah indiquait : « *Eodem di crastino mane* ». Elle lui donnait rendez-vous au même endroit le lendemain matin.

40

Scarpion avait crié au contact de l'eau, en avait avalé beaucoup et s'était débattu en toussant et en agitant les bras, puis il s'était laissé couler dans le canal peu profond avant de prendre appui sur le fond pour remonter à la surface d'où il avait vu le scaramouche tenant sa rame. Il s'était attendu à en recevoir un coup fatal, mais l'homme lui avait tendu la barre de bois à laquelle il s'était agrippé pour se hisser dans l'embarcation. Là, allongé, trempé, humilié, il avait entendu le second lui signifier qu'il venait de recevoir un dernier avertissement. Il devrait dorénavant transmettre aux services de l'Inquisition les informations qu'ils allaient lui donner. Les deux suppôts avaient ensuite disparu dans la noirceur des ruelles du Castello.

Trois jours s'étaient écoulés et sa colère n'était pas retombée. Mais Scarpion ne s'était toujours pas décidé à raconter les faits aux services de l'Inquisition. Il craignait que sa loyauté se retourne contre lui et remettait chaque matin l'explication au lendemain, trouvant à chaque fois des raisons de se taire. Il sentait confusément qu'il n'aurait pas le courage de le faire. Les hommes en noir l'avaient ferré comme un poisson. Et, comble de malchance, le palais venait de lui attribuer un instructeur chargé de lui apprendre à surveiller sans être vu, ce dont il ne voyait pas l'intérêt dans une ville où l'on sortait déguisé la moitié de l'année.

L'homme s'était pointé chez lui dès potron-minet et l'avait obligé à abandonner son activité alors qu'il préparait sa gondole et venait d'installer le *felze* avec difficulté. Le batelier avait d'abord refusé puis, se voyant menacé à demi-mot d'une convocation au palais, il avait obtempéré en maugréant et retiré la caponière. Lui et Scarpion avaient pour mission de surveiller le chirurgien des Incurables et s'étaient déguisés avec des masques de Tedeschi, les marchands allemands, ce qui déplut au gondolier qui aurait aimé tâter de la *bauta* si prestigieuse.

— Il ne va pas sortir, nous allons perdre notre matinée, râla-t-il une fois de plus.

Le duo s'était installé devant la façade d'une maison d'angle voisine des Incurabili. La pluie tombait, mousseuse et légère, et, portée par le vent, semblait parfois être ravalée par le ciel. Scarpion battait la semelle nerveusement tandis que son acolyte s'était abrité sur le seuil d'entrée. Le gondolier s'arrêta pour observer la sculpture encastrée dans le mur au-dessus du sbire. Elle représentait un cavalier terrassant de sa lance une bête plus hideuse qu'effrayante et lui fit hausser les épaules : à cette heure et à cet endroit, même Titien et Véronèse n'auraient pas trouvé grâce à ses yeux. L'autre s'en aperçut et tenta de désamorcer sa colère :

— Bien sûr que si, il va sortir. Nous sommes les meilleurs services de renseignement du monde et tu as la chance d'en faire partie, Polpeta.

— Parle moins fort et ne m'appelle pas par mon nom ! intima le batelier en jetant un coup d'œil alentour.

— Il n'y a personne à part nous.

Avec un regard furieux, Scarpion lui désigna une fenêtre entrouverte de la façade.

— Je suis gondolier, pas agent secret !

— Tu es notre meilleur confident depuis plusieurs années, normal que ça leur ait donné des idées, expliqua l'autre. Maintenant, tu seras payé, ça change tout !

— Mais je n'ai rien demandé ! Et si je préfère continuer ainsi ? J'ai toujours agi pour l'amour de la République !

— Comme nous tous, répliqua l'acolyte avec une morgue qui sous-entendait le contraire. Dis donc, je n'ai jamais vu quelqu'un refuser un tel honneur. Quel est ton problème, Scarpion ?

— Aucun, grogna-t-il en se rassérénant.

— Alors, je te parie deux sols qu'il va sortir avant la mi-journée.

— Et moi, je t'en parie quatre que je serai rentré chez moi avant midi ! renchérit Scarpion, titillé par l'enjeu.

Ils se serrèrent la main pour sceller le pari.

— Voilà qui me paiera les courses que j'aurai manquées ce matin, se réjouit le gondolier.

— À ta place, je n'en serais pas si sûr, tempéra l'homme, d'humeur toujours égale.

— Le Grand Inquisiteur lui-même m'a chargé de m'informer sur Cornelli, se vanta Scarpion. Et je peux t'assurer qu'il passe toutes ses matinées ici et qu'il y déjeune avant de se rendre à la Pietà.

— Sauf aujourd'hui, réfuta le sbire en quittant son refuge. Le voilà qui sort. Remets ton masque et garde une toise d'écart avec moi.

Azlan gagna la place Saint-Marc en prenant une gondole au quai le plus proche. La fête avait débuté, mais la foule était moins dense en raison des ondées et de l'heure matinale. Il se rendit directement devant la scène des astrologues, qui n'étaient que deux pour une dizaine de badauds attendant leur tour afin de connaître leur avenir. L'un d'eux se dirigea vers Azlan et lui tendit son tuyau pour la phrase rituelle. Le chirurgien l'écouta avec intérêt, lui répondit et suivit le faiseur d'horoscopes vers le *casetti* attenant. L'acolyte fit signe à Scarpion de s'arrêter sous les Nouvelles Procuraties où il le rejoignit.

— Et maintenant ?

— On attend qu'il sorte. L'art de ce métier est de se confondre avec l'environnement, de devenir invisible pour celui que l'on suit, même s'il passe devant nous.

— C'est surtout l'art de se morfondre comme un pou sur une tête, commenta Scarpion avant de regretter sa remarque.

Mais son compère semblait l'avoir appréciée et il lui envoya une bourrade amicale. Le gondolier se promit de se montrer plus coopératif et plus prudent. Il ne savait pas qui il avait le plus à craindre, les membres de l'Inquisition ou les scaramouches d'une puissance étrangère. Scarpion surveillait tout autant la foule que le *casetti* dans la crainte d'apercevoir les deux hommes en noir. Ils engagèrent une conversation anodine jusqu'à ce que le sbire lui tende la main.

— Ce n'est pas la peine d'attendre plus longtemps, donne-moi mon argent, dit-il en lui montrant l'horloge du campanile. Il sera bientôt midi. Tu as perdu !

— Il reste le quart d'une heure, le pari tient toujours, objecta Scarpion. D'ailleurs, tu ne trouves pas ça un peu long ?

— Il a beaucoup à apprendre sur son avenir..., commença l'acolyte tout en se rendant compte qu'eux-mêmes babillaient depuis plus de vingt minutes. Tu as raison, allons voir, dit-il en observant que la scène s'était vidée des badauds.

Toutes les loges du *casetti* étaient vides, sauf une dans laquelle un astrologue se faisait payer sa prédiction par une marchande française d'onguents et de frivolités dont le sourire manifestait sa confiance en un avenir radieux.

— Messieurs, nous fermons le temps du déjeuner, annonça l'astrologue tout en faisant tinter les pièces.

— Où est-il ? L'homme à la chemise blanche ? questionna sèchement le sbire.

— Celui avec des mitaines. Le seul sans déguisement, insista Scarpion.

— Ah, lui, mais il n'est pas resté, dit le charlatan qui se leva tout en les priant du geste de sortir.

— Comment ça ?

— Au dernier moment, il n'a pas voulu connaître son avenir. Je lui ai demandé de partir par l'arrière, ce n'est pas bon pour notre commerce de voir un client déguerpir.

41

Sarah était rassurée. Toutes les informations qu'elle avait pu obtenir sur Azlan de Cornelli ne laissaient aucun doute : ce qu'il lui avait affirmé était exact. Le hasard ou la volonté divine avait fait de lui le possesseur d'une partie du secret du Codex. Il n'en avait pas hérité, contrairement à elle. En cela, elle l'enviait, il avait eu le choix – celui de poursuivre la quête ou de l'arrêter à tout moment. Pas elle : il était de son devoir de trouver le Quanum. Elle le devait à son père, qui lui avait transmis tant de savoir et l'avait protégée de tout ; elle le devait à sa mère, qui lui avait insufflé son esprit rebelle et lucide.

Elle s'était recueillie devant leurs tombes, avait déposé sur chacune un petit caillou noir poli par les marées, puis s'était rendue dans la maison à l'entrée du cimetière situé sur l'île du Lido. Le gardien l'y avait accueillie avec sa chaleur naturelle, lui qui l'avait connue petite, comme il aimait à le rappeler à chacune de ses venues. Puis il l'avait laissée seule sans poser la moindre question.

Sarah était persuadée qu'Azlan ne lui avait pas tout dit de ses intentions. Qu'importe. Grâce à lui, elle allait enfin progresser dans ses recherches et, lorsque le petit *codega* s'était présenté, la veille, elle n'avait pas hésité. S'il avait suivi les instructions soufflées par l'astrologue dans son tuyau blanc, le chirurgien devait maintenant être proche du Lido. Sarah fourragea dans les braises jusqu'au retour des flammes qui, réveillées, dévorèrent avec appétit le bois mort qu'elle venait d'ajouter. Elle avait encore en tête la musique d'un joueur de chalumeau[1] qu'elle avait écouté la veille à la salle commune, lors de la fête donnée en l'honneur de la dernière naissance au Ghetto. Une mélodie au goût d'espoir mélancolique qui lui correspondait bien.

— Êtes-vous prête à faire face à votre avenir ?

Elle ne l'avait pas entendu arriver et s'en voulut. Être en permanence sur ses gardes était une règle de base à laquelle elle ne devait se permettre aucune entorse si elle voulait survivre hors du Ghetto. La froideur de sa réaction mit Azlan dans l'embarras.

— Je suis navré, pardonnez ma familiarité, je vous ai surprise. Je cherchais juste à… C'est la phrase des astrologues, se justifia-t-il.

— Asseyez-vous, dit-elle tout en vérifiant les environs depuis la fenêtre.

— Je peux vous assurer que, cette fois, je n'ai pas été suivi. Même à la nage, tenta-t-il de plaisanter.

Elle ferma la porte à clé et se posta en face de lui.

— C'est à moi de m'excuser, monsieur de Cornelli. Mais vous devez comprendre ma méfiance.

Azlan ouvrit la pochette de cuir plaquée sous sa chemise et en sortit un feuillet.

— Voilà ce que je possède de plus précieux, dit-il en le lui tendant. La clé du code. En gage de ma bonne foi.

L'émotion de Sarah était visible lorsqu'elle le déplia. La lumière ambrée de l'âtre reflétait la moindre oscillation de son visage.

— Une référence de livre, des chiffres romains et une partition de quelques notes, commenta-t-il. Et vous ?

1. Ancêtre de la clarinette.

— Je possède le texte chiffré. Que ni mon père ni moi n'avons jamais réussi à casser sans cette clé. Fermez les yeux !

Azlan s'exécuta. Cette fois, il ne fut pas surpris en les rouvrant de voir qu'elle avait remonté sa jupe jusqu'à sa hanche gauche. L'atmosphère parut irréelle au chirurgien. Il se trouvait au milieu d'un cimetière, face à une femme dont la beauté faisait se damner tous les hommes de la Sérénissime et qui lui dévoilait une partie de son intimité, un ange inondé par la lumière et la chaleur sensuelles qui émanaient de l'âtre.

— Cette fois, approchez, dit-elle. Vous êtes chirurgien et vous avez déjà vu cet assemblage de muscles, de chair et de tendons qu'on appelle une jambe, n'est-ce pas ? Ma peau est bien plus sûre que n'importe quelle cache.

Plusieurs lignes de lettres sans espace étaient écrites sur la cuisse de Sarah[1].

— Ce message indique l'emplacement du Codex Quanum à Venise, annonça-t-elle.

Ils se turent. Des voix s'étaient élevées au-dehors. Leur ton semblait badin, enjoué. Elles s'éloignèrent rapidement.

— Nous ne risquons rien. Le gardien s'occupe des rares visiteurs, avertit Sarah.

— Vous êtes un livre vivant, ma chère, vous n'avez gardé aucun document écrit ?

— Trop dangereux.

Azlan prit la mise en garde pour lui-même.

1. Le lecteur trouvera le message chiffré et sa clé en fin d'ouvrage, dans la note de l'auteur.

— Si l'Inquisition vous arrête, l'Église l'identifiera comme la marque du diable, insista-t-il.

— L'encre peut s'effacer à la brosse et au savon. Et, à Venise, vous avez plus de risques d'être accusé de complot que de sorcellerie. Mais ce ne sont pas les autorités que je crains le plus.

Sarah parcourut la feuille d'Azlan.

— Je connais cet ouvrage, dit-elle en pointant du doigt l'indication de la référence. Veronica Franco, *Terze rime e sonetti*. Des poèmes d'une courtisane locale.

— Trente-trois textes un peu surannés, commenta-t-il. Regardez la série de chiffres romains juste en dessous. Ils correspondent aux numéros des poèmes qui nous seront utiles, précisa Azlan. Sept, huit, treize, quinze, dix-neuf, vingt, vingt-trois, égrena-t-il tout en fouillant une nouvelle fois dans sa besace.

— Vous l'êtes-vous procuré ?

Il lui tendit les feuilles déchirées des poèmes de l'auteur. Elle les parcourut rapidement et les jeta au feu.

— Mais que faites-vous ? s'exclama-t-il en se levant pour les récupérer.

Les flammes voraces les avaient déjà recouvertes de leurs langues jaunes et bleues.

— Leçon numéro un, maître : ne jamais mâcher le travail de vos adversaires. Rachetez le livre et gardez-le chez vous, nous en aurons souvent besoin. Mais évitez de montrer quelles pages nous intéressent. Vous seul devez avoir en tête la liste des poèmes.

— De quel adversaire est-il question ? Qui craignez-vous ?

Plongée dans la partition, Sarah ne répondit pas.

— D’après le maître de musique du duc de Lorraine, ces lignes ont été écrites pour un instrument à cordes. Le style daterait de la seconde moitié du siècle passé. Il n’en connaît pas l’auteur, résuma le chirurgien.

— Quel est le nombre de notes ?

— Mais pourquoi…

— Ne me faites pas croire que les déchiffreurs de votre duc ne les ont pas comptées, coupa-t-elle avec autorité.

— Deux cent un, répondit-il sans résister. Ce qui ne nous a pas aidés. Il n’y a aucun message dissimulé dans ces lignes.

— Cela correspond exactement au nombre de lettres du texte sur ma jambe.

— Que faut-il en conclure ?

— Nous le découvrirons.

— Permettez que j’en fasse une copie et que je l’envoie en Lorraine.

— Sûrement pas, trop risqué. Nous y arriverons seuls. Savez-vous lire la musique ?

— Pour mon plus grand malheur, non. Mon père m’a appris le violon sans m’enseigner l’écriture des notes. Lui-même ne la possédait pas.

— Je vous demande de me faire confiance. Quoi que je fasse. Êtes-vous d’accord ?

— Pourquoi…

Azlan n’eut pas le temps de poursuivre sa phrase que Sarah avait jeté la partition au feu.

— Je suis sûre que vous en avez des copies en Lorraine, n’est-ce pas ? assura-t-elle devant son absence de réaction.

— Soit, mais comment allons-nous faire maintenant ? s'inquiéta Azlan.

— Je l'ai mémorisée. Elle ne fait que huit lignes, ajouta-t-elle devant son regard incrédule. Partons, je vous ferai signe quand j'aurai progressé.

Le chirurgien eut la sensation de s'être fait berner : seule Sarah possédait à présent tous les éléments. Entre eux, la confiance n'avait pas encore gagné la bataille.

42

Le président Pisani était satisfait : l'enquête de moralité touchait à sa fin et le recrutement du chirurgien lorrain à la Pietà allait pouvoir être officialisé. L'homme, loué pour la qualité de ses soins, y compris par le maître de musique habituellement prompt à dénigrer les traitements qui lui étaient prodigués, faisait l'unanimité à l'hôpital. Les autres gouverneurs de la Pietà le consultaient pour leurs proches, ainsi que les grandes familles patriciennes de la Sérénissime, ce qui était bon pour les finances de l'établissement. Mais Azlan n'avait que peu de temps à leur consacrer et y rechignait trop au goût du président. Ce dernier espérait qu'une fois sa nomination confirmée, maître Cornelli se consacrerait davantage à ces patients prestigieux et généreux.

Pisani frissonna : l'humidité était partout en ce début de matinée, et les habits que son valet lui avait préparés ne le protégeaient pas suffisamment. Il n'avait pas son *tabarro* habituel, que le serviteur avait apporté la veille à la blanchisseuse, et sa cape n'était pas d'une maille assez serrée pour le couper du vent qui soufflait sous les arcades. Alvise Pisani ne détestait rien tant que ne pas se sentir préservé des éléments par des vêtements adéquats, d'autant qu'il risquait un rhume qui, même avec le meilleur chirurgien du monde, pouvait dégénérer en fluxion de poitrine. Il décida qu'à la prochaine faute il congédierait son valet et débaucherait celui de Dolfin, afin de connaître tous les secrets et toutes les rumeurs concernant son principal opposant à l'institution. Rien de tel qu'un serviteur pour pénétrer l'intimité d'un adversaire. Il frissonna à nouveau : le Grand Inquisiteur venait de pénétrer sous les colonnades du Broglio, suivi de deux sbires.

Après les salutations d'usage, les deux hommes s'isolèrent sous une arcade, faisant s'éloigner les patriciens présents, selon la préséance établie. Le portique situé sous le palais de Saint-Marc ainsi que la première aile des Nouvelles Procuraties étaient devenus, au fil des années, des endroits dévolus aux conversations des gentilshommes vénitiens, là où se nouaient les alliances et se tramaient les trahisons liées aux élections de tous les postes à responsabilité. La vie politique se jouait davantage dans ce Broglio ouvert à tous vents que sous les dorures du palais, et certaines ambitions avaient été abattues par une fluxion de poitrine plus sûrement que par leurs ennemis politiques.

— Je suis porteur d'une bonne nouvelle, annonça l'Inquisiteur. Le président Grimani ne sera pas un obstacle à vos projets. Il a décidé de ne plus briguer aucun mandat et observera une stricte neutralité dorénavant.

— Est-ce une conséquence de l'accident du concert ? demanda Pisani en relevant le revers de sa cape pour protéger sa nuque de la bora.

— Disons que c'est une conséquence de sa gestion catastrophique des travaux.

— Pensez-vous qu'il soit responsable de ce qui est arrivé ?

— Je crois qu'il est surtout coupable de s'être mal entouré et d'avoir fait confiance à un entrepreneur bien malhonnête. Ce qui est une faute, insista l'Inquisiteur en fixant du regard son interlocuteur. Une faute que vous ne ferez pas, car vous êtes bien trop malin ajouta-t-il en accompagnant sa démonstration d'un mouvement de doigt sentencieux.

— Dieu vous entende, Excellence !

— Croyez bien qu'Il m'entend, j'ai Son oreille, répondit l'édile.

Pisani se crut obligé de ricaner à la repartie bouffie d'orgueil.

— La voie est donc libre, conclut l'Inquisiteur. Je vous ai dit que vous auriez mon soutien pour l'élection au Conseil des Dix, vous l'avez. Plus rien ne peut vous arrêter. Un jour, vous serez doge, Alvise.

— Je vous en suis grandement reconnaissant, Excellence.

— J'ai à faire en ville. Nous nous reverrons bientôt.

Pisani n'avait aucune illusion sur le fait que l'homme saurait lui rappeler en temps utile combien il lui était redevable. Le Grand Inquisiteur était le patricien le plus important de la Sérénissime pour qui voulait grimper les échelons jusqu'à la magistrature suprême, le faiseur de roi qu'il valait mieux avoir de son côté. Pisani eut une pensée pour Grimani, mis sous l'éteignoir.

Le Broglio s'animait peu à peu. Un voyageur étranger le traversa, ce qu'aucun Vénitien n'appartenant pas à l'élite de la noblesse ne se serait risqué à faire, surtout en présence du Grand Inquisiteur. Les deux sbires lui demandèrent de quitter le portique. Il obtempéra sans comprendre mais sans discuter. Ayant assisté à la scène, un bateleur, qui préparait son étal sur la place Saint-Marc, s'empressa de lui expliquer quelle coutume il venait d'enfreindre. L'étranger le remercia vivement et lui tendit un papier pour lui demander son chemin.

— L'hôpital des Incurables ? Il est situé sur le canal de la Giudecca. Demandez au gondolier sur le quai, là-bas, il vous y emmènera. Vous comprenez l'italien ?

L'étranger le rassura d'un signe de la tête et lui offrit un carré de tissu coloré en remerciement. Alors que le bateleur examinait l'étole d'un regard interrogateur, l'étranger lui montra celle qu'il portait en foulard et lui sourit en guise d'au revoir. Ses vêtements soyeux et chatoyants passaient inaperçus sur une place Saint-Marc qui se remplissait paresseusement des déguisements les plus exotiques pour une journée supplémentaire de Carnaval. Il se fit déposer devant les Incurables et observa la façade discrète avant de pénétrer dans le bâtiment.

— Maître, quelqu'un vous demande, annonça le concierge qui était entré dans l'infirmerie sans prévenir. Un étranger du Levant. Ça a l'air important.

— Nous sommes en pleine opération, le rabroua Cecilia tout en tendant une aiguille courbe à Azlan. Dites-lui de revenir en début d'après-midi.

L'homme acquiesça et Piero, qui attendait en s'ennuyant, emboîta le pas au gardien, émoustillé par la description du visiteur. Occupé à nettoyer une plaie causée par un couteau sur l'avant-bras d'un *batteri*, le chirurgien n'avait même pas relevé la tête. Le tranchant de la lame n'avait pas épargné les tendons et les nerfs, et l'artisan aurait du mal à récupérer la dextérité nécessaire à la découpe de la ouate brune. La moindre blessure pouvait transformer l'ouvrier le plus habile en miséreux réduit à manier la sébile en guise de gagne-pain. Les corporations avaient organisé des caisses afin de remédier aux aléas professionnels de leurs membres, mais leur portée restait limitée. Le patient d'Azlan, encore sous l'effet de l'alcool et du laudanum ingérés, n'avait pas pris conscience des conséquences de son accident.

— Tiens, vous faites les mêmes nœuds que le médecin à la *bauta*, remarqua l'infirmière.

— Il m'en a donné l'idée et je dois reconnaître qu'ils permettent un meilleur rapprochement des lèvres, commenta Azlan. Même si je n'arrive pas complètement à les imiter.

Cecilia songea qu'elle aimerait rapprocher ses lèvres de celles d'Azlan et baissa les yeux pour éviter de rougir sous le regard du chirurgien.

Piero revint bruyamment en expliquant que le visiteur, sans doute un prince dans son pays, avait décidé de rester et d'attendre à l'accueil. Le jeune *codega* s'était installé dans une pièce désaffectée du grenier et passait ses journées dans les guêtres de l'équipe avant d'aller éclairer le chemin des bourgeois toutes les nuits. Sa présence avait fini par être acceptée de tous, car il rendait de menus services en échange de son hébergement, mais elle n'avait rien d'officiel et n'avait jamais été débattue lors des réunions des gouverneurs.

Azlan lava ses mains poisseuses de sang séché dans une bassine d'eau, banda ses mitaines et décida de recevoir son visiteur avant de reprendre ses visites. Piero le précéda dans le couloir et ouvrit en grand la porte de l'accueil. Lorsqu'il entra, le chirurgien eut un temps d'arrêt en découvrant l'homme qui l'attendait : il ressemblait trait pour trait au patient qu'il avait autopsié le jour du drame, un mois plus tôt.

43

L'éclair silencieux stria l'encre noire des nuages. L'orage grondait au-dessus de la Terre Ferme. Il pleuvait sur la lagune hérissée. Sarah ne se lassait pas du spectacle depuis sa fenêtre ouverte au dernier étage du bâtiment.

— Que dois-je en penser ? demanda l'homme qui se tenait en retrait derrière elle.

— De quoi parlez-vous ? dit-elle distraitement tout en continuant à profiter du tableau qui s'offrait à elle.

Sarah avait toujours eu un attrait particulier pour les orages. Ils l'apaisaient. Elle se sentait en communion avec les forces de la nature. Elles étaient pour elle le seul Dieu existant, et chaque manifestation la mettait dans une joie incomparable, plus forte encore que le plaisir de l'amour physique. Elle n'avait partagé cette pensée païenne avec personne, pas même avec Moisè. Surtout pas lui. Aucun homme de foi ne pourrait comprendre sa conviction profonde en une Terre-mère. Alors elle donnait le change et louait le Dieu de ses ancêtres dans le Ghetto. Elle donnait aux autres ce qu'ils attendaient d'elle. Pour se protéger.

— Je constate qu'à chacune de nos rencontres vous passez votre temps à la fenêtre à vous détourner de moi, rumina l'homme.

— Mon doux ami, j'en suis navrée, minauda-t-elle en se retournant. Cela n'a rien de personnel, mais n'en êtes-vous pas le seul coupable ?

— Comment ? Moi... ? s'offusqua-t-il alors que ses téguments commençaient à s'empourprer.

— Oui, vous qui m'avez offert la plus merveilleuse vue depuis cet appartement. Comment pourrais-je y résister ?

La réponse rasséréna le prétendant dont les traits se détendirent.

— Venez ici, tout près de moi, dit-elle en s'écartant pour lui faire une place.

— Puis-je ? Vraiment ?

Ce ton suppliant inspira à Sarah un mélange de pitié et de mépris. Son soupirant était un patricien craint et respecté, connu pour sa dureté et son intransigeance envers les autres. Il se comportait avec elle comme un enfant prêt à tout pour quémander des miettes de sentiment. Le désir des hommes est une faille béante au milieu de leur armure de brutalité. Béante mais temporaire, et Sarah connaissait le danger qu'il existait à avoir une relation avec un tigre qui, pour l'heure, lui mangeait dans la main. Elle avait fini par se convaincre qu'elle aimait jouer avec le feu.

— Ne vouliez-vous pas vous rapprocher de moi ?

— Si, bien sûr, c'est mon vœu le plus cher !

— Alors, c'est aussi le mien. Prenez place à côté de moi et admirons cette féerie. N'est-ce pas merveilleux ? ajouta-t-elle tandis qu'une fratrie d'éclairs zébrait le ciel au-dessus de Mestre.

L'homme ne se fit pas prier. Il enfila son loup et se posta à la fenêtre.

— Enlevez ce tissu, je veux voir votre visage.

Il hésita et observa la place en contrebas, en partie désertée dans l'attente de l'averse.

— Que craignez-vous ? Qui lèverait la tête en ce jour de tempête ? Et nous n'avons pas de vis-à-vis. Personne ne vous verra, mon ami.

Il retira son masque d'un geste appuyé, comme pour marquer la preuve de ses sentiments, et lui prit la main. Sarah attendit plusieurs secondes avant de la retirer. À cet instant, elle sut qu'elle pourrait lui demander ce qu'elle voulait.

Ils continuèrent à badiner jusqu'à ce que l'orage s'assoupisse. Les nuages s'étirèrent, les couleurs du ciel pâlirent puis se confondirent avec celles de la lagune. La représentation était terminée.

— Quand pourrons-nous nous revoir ? demanda-t-il en effleurant les doigts de la jeune femme.

— Moi aussi, je me languis de vous…, entama Sarah.

— Voilà des mots que je n'espérais plus, s'enflamma l'homme. Savez-vous que c'est la première fois que je reçois des encouragements de votre part ?

— Notre relation est délicate, vos activités, nos religions, tout nous sépare…

— Il ne tient qu'à vous !

— Savez-vous ce que j'aimerais ?

— Dites ! Je suis votre serviteur, votre esclave ! Vous êtes ma lionne et je suis votre proie !

Sarah fit mine d'hésiter. Elle ferma la fenêtre et l'entraîna vers la méridienne, où ils s'assirent à distance respectable.

— J'aimerais que nous ayons une correspondance.

— Des échanges épistolaires ? interrogea-t-il en laissant poindre sa déception.

— Pas de simples lettres, de vrais billets pleins des sentiments et des émotions qui sont les nôtres, qui calmeraient nos impatiences et que nous pourrions lire et relire dans les moments d'absence.

— C'est que je ne m'y entends guère en cette matière.

— L'importance de l'effort fera la hauteur de vos sentiments.

L'argument lui sembla imparable.

— Voilà qui me plaît, convint-il. Je garderai ces mots de vous toujours près de moi.

— Par contre, il nous faudra être prudents, vu votre position.

— Vous avez raison. Je ferai attention.

— Dans ce cas, pourquoi ne pas correspondre en langage chiffré ?

— En code ?

— Nous sommes la république du Chiffre, n'est-ce pas ?

— Je suis bien placé pour vous répondre oui. Mais, dans ce cas, il faudrait un code connu uniquement de nous.

— Vous avez raison, quelle belle idée ! s'enthousiasma Sarah. Créons notre propre code !

— C'est une affaire de connaisseurs et je crains que ni vous ni moi…

— Je croyais que rien ne pouvait vous résister, objecta-t-elle avec une moue de contrariété.

— Je pourrais peut-être demander à un chiffreur du palais, se reprit-il aussitôt.

— Choisissez le meilleur d'entre eux ! Vous savez ce qui serait formidable ? D'utiliser une partition comme clé de chiffrement.

— Une partition ?

— Oui, je trouverais cela très romantique d'échanger de la musique en même temps que des mots d'amour. Et qui se méfierait d'une partition à Venise ?

— C'est vous qui êtes formidable ! s'exclama-t-il, à court de compliments.

Le patricien plongea ses yeux dans ceux de Sarah. Il avait essayé de faire pénitence, de l'oublier, de se noyer dans sa fonction, mais tout le ramenait toujours à cette femme dont il avait l'impression que Dieu l'avait envoyée sur terre non comme une épreuve mais comme une bénédiction. Elle avait bouleversé ses idées, ses valeurs, ses jugements. Il n'avait aucune idée de la limite à laquelle ses tourments amoureux le mèneraient, mais il s'était juré de ne jamais le regretter, quelle qu'en soit l'issue. Les amours passées ne comptaient plus, seule cette femme lui semblait digne de lui et aucun obstacle lié à leurs différences de rang et de culte ne lui paraissait insurmontable. Il se sentait même prêt à fuir à l'autre bout du monde, à se cacher, pour vivre avec elle ce miracle de l'amour. Mais il devait se méfier des autres prétendants, qu'il imaginait nombreux. Il se battrait pour qu'aucun ne puisse lui ravir le cœur de Sarah. Il les écarterait tous, sans exception. Avec ses armes habituelles.

Restée seule, Sarah fit chauffer de l'eau, ajouta un bouquet séché d'*Helichrysum*, y trempa un linge et se lava le visage et les bras avant de changer de vêtements. Elle se sentait salie par cette relation, mais leur rencontre fortuite au Banco Rosso avait été pour elle une chance unique d'avoir ses entrées au palais des Doges. Elle tirerait de cet homme le maximum.

Sarah rendit visite à la nièce de Moisè, dont les douleurs persistaient au sixième mois de sa grossesse. Giulia était obligée de passer la plupart de ses journées allongée, mais Sarah la rassura : elle ne perdait plus de sang et la membrane des eaux n'était pas rompue. La jeune femme lui conseilla la prudence et la patience, ce à quoi le rabbin, qui était présent, proposa d'ajouter la prière. Giulia rassurée, Sarah gagna la synagogue du Levantin et s'enferma dans la petite salle d'étude à l'étage. Elle en ressortit trois heures plus tard, une liasse de feuilles manuscrites à la main, et s'arrêta tout au fond de l'impasse calle del Orto afin de les remettre à Donate Uziel, le seul relieur de la communauté ayant eu l'autorisation d'exercer son métier dans le Ghetto. Depuis qu'Azlan lui avait livré la clé du code, le message résistait toujours à la sagacité de la jeune femme.

44

Le chirurgien avait entraîné son visiteur à l'étage, dans l'ancienne réserve des simples qu'il avait investie et transformée en bureau sans attendre l'autorisation des gouverneurs. La pièce sentait l'alcool et la diversité aromatique des plantes macérées. Le petit *codega*, fasciné par l'apparence de l'étranger, les avait suivis avec son chien.

— Mon nom est Gandour Karam. Pardonnez mon italien mauvais, dit l'homme en guise d'introduction avec un accent qu'Azlan identifia immédiatement.

— J'ai l'impression que nous avons une langue commune, répliqua le chirurgien, déclenchant un immense sourire chez son interlocuteur.

Ils poursuivirent la conversation en français, au grand dam de Piero, qui devrait attendre pour en apprendre plus sur le mystérieux étranger.

— Je suis le frère de Bachir Karam, qui est mort dans votre hôpital. Je comprends votre étonnement en me voyant : nous sommes nés du même accouchement.

— Je suis désolé pour votre frère, monsieur Karam. Nos soins n'ont pu le sauver. Il était malade depuis longtemps.

Gandour leva les yeux au ciel et acquiesça pour confirmer. La famille Karam était originaire de la région du Chouf, au Mont-Liban, et commerçait avec l'Europe depuis plus de deux siècles. Elle exportait des tissus de qualité en soie et coton.

— Bachir s'occupe des teintures… s'occupait des teintures, j'ai tellement de mal à l'évoquer au passé, avoua Gandour. Il n'avait pas son pareil pour le mélange des couleurs, c'était un véritable artiste, vous savez ! Il passait le plus clair de son temps à Constantinople, où nous avons notre fabrique, et voyageait souvent à Venise ou à Gênes. Lui parlait italien bien mieux que moi !

Les premiers signes de la maladie s'étaient manifestés à l'âge adulte. Bachir avait plusieurs fois chuté de cheval en perdant l'équilibre et sa marche était devenue imprécise. Il avait mis ces accidents sur le compte d'une vue défaillante. Puis tout s'était arrangé.

— Mais ses problèmes sont revenus à l'âge de trente ans, confirma son frère. Plus intenses. Sa fatigue faisait peine à voir. Les éblouissements et les bruits dans ses oreilles nous inquiétaient. Il disait avoir des milliers d'abeilles qui bourdonnaient dans la tête. Notre médecin a tenté des onguents, il a tenté les sangsues, mais son état est resté le même pendant plusieurs mois. Et tout a disparu. Puis est revenu, plus fort encore, comme une armée ennemie toujours plus importante, comme une marée toujours plus haute. Nous ne savions plus quoi faire pendant ces périodes de crise. Elles l'épuisaient et le laissaient sans force. Mais, l'année dernière, Bachir était à nouveau en bonne santé. Il ne nous a pas prévenus quand le mal est revenu. Je ne sais comment il a fait pour me le cacher. Il est vrai qu'on se voyait si peu. Quand il a embarqué pour Venise, le mal avait empiré. J'ai questionné le capitaine du vaisseau. Je crois qu'il savait qu'il ne reviendrait pas.

— Votre frère ne m'a pas parlé de sa famille, à aucun moment. Même le dernier jour, il ne m'a laissé aucune instruction.

Gandour était convaincu que Bachir voulait éviter à sa famille le choc de sa mort et qu'il avait embarqué pour disparaître en leur laissant l'espoir qu'il était toujours en vie.

— Mon frère était un esprit sensible. Il a voulu nous épargner.

Azlan ne contesta pas l'opinion de son visiteur, d'autant plus que son patient lui avait donné un patronyme différent à son arrivée. Cecilia avait signalé la mort de Bachir Becherry à l'ambassade vénitienne de Constantinople, et un fonctionnaire plus zélé que les autres avait fini par le lier à la famille Karam. Prévenu deux semaines auparavant, Gandour avait rejoint la première galère marchande en partance pour la Sérénissime.

— Nous avons gardé les quelques affaires de votre frère, des vêtements et plusieurs bijoux. Nous avions l'intention de les vendre au profit de l'hôpital, mais je vais demander qu'elles vous soient rendues.

— Je vous en remercie. Où mon frère est-il enterré ? C'est pour cela que je suis venu, vous n'avez pas reçu ma lettre, maître ? Je voudrais récupérer le corps de Bachir.

Azlan héla Piero, qui s'était installé à son bureau et dessinait à la plume sur une feuille vierge, pour lui demander d'aller chercher Cecilia. L'infirmière s'était occupée de faire transporter le corps sur l'île du Lazzaretto Vecchio.

— Il n'y a pas de cimetière musulman à Venise, et nous avons été obligés de le transférer dans l'établissement qui s'occupe de la quarantaine des étrangers du Levant, expliqua-t-elle en italien. Il y a une fosse commune où il repose.

— Quelle méprise ! Notre famille est bien liée à la dynastie des Chehab, mais mon frère et moi sommes chrétiens maronites ! s'emporta Gandour sous le regard perplexe de l'infirmière qui ne comprenait pas le français.

— Nous n'en savions rien, se justifia le chirurgien avant de l'expliquer à Cecilia.

— Nous avons des lettres de protection du roi Louis et nous avons été éduqués par une congrégation française, continua l'homme. Mais pourquoi diable vous a-t-il caché tout cela ?

— Peut-être ne souhaitait-il pas que vous le retrouviez, interpréta Azlan.

Gandour Karam parut affecté par cette hypothèse.

— Je vous prie de m'excuser, dit-il. Vous n'y êtes pour rien et je vous remercie de vos soins. Mais il est de mon devoir envers ma famille de ramener sa dépouille.

Ils convinrent de l'aider dans ses démarches, et Cecilia raccompagna le marchand du Mont-Liban jusqu'au quai. Azlan s'assit à son bureau, vaguement inquiet de la réaction de Gandour Karam lorsqu'il découvrirait qu'une partie du crâne de son frère avait disparu.

Le chirurgien ferma l'encrier que Piero avait laissé ouvert, sécha la plume entre ses doigts et rassembla les feuilles éparpillées sur la table. L'une d'elles attira son attention : parmi tous les dessins griffonnés par l'enfant, l'un d'eux représentait un homme au turban tenant un cœur dans sa main.

Chapitre 5

Francfort, 1688

J'ai toujours aimé cette foire. Je m'y sens à mon aise, entouré de maîtres imprimeurs et de libraires venus de l'Europe entière. Venise, ma Sérénissime, tu n'es plus sûre et j'ai envoyé mon fils Angelo à Lyon, pardonne-moi cette infidélité. Mais moi, Giovanni Elvigo, je mourrai dans la lagune, je te dois tout, ma belle, tout mon bonheur et tout mon malheur, comme il en va dans chaque amour. Nous serons bientôt libérés du poids de la culpabilité grâce à Niccolò. J'ai emporté avec moi les tomes du Codex, que j'ai imprimés seul, chaque soir depuis le Carême, page après page, puis que j'ai reliés selon ses indications. Son plan est une perfection.

Il pleut sur la foire. D'énormes gouttes de pluie, dont le tissu des tentes a du mal à contenir l'ardeur. L'encre et le papier défient le temps mais craignent l'eau autant que le feu. Il pleut, mais je suis définitivement à l'abri.

45

— Non, non, non ! Vous n'avez pas compris le livret ! cria l'auteur. Tullia veut tuer Cleonilla qui a fait la cour à Caio dont elle est amoureuse. Mais Cleonilla croit que Tullia est un garçon car celle-ci s'est déguisée pour cacher sa relation avec Caio. Et Caio est persuadé que Cleonilla tente de lui ravir Tullia sans savoir qu'elle est une fille. Et l'empereur Ottone, amoureux de Cleonilla, donne l'ordre à Caio de tuer Ostilio.

— Mais qui est Ostilio ? interrogea le ténor, qui s'était avancé au bord de la scène pour demander des explications au librettiste.

— Voyons, c'est le nom qu'a pris Tullia lorsqu'elle s'est déguisée en garçon, répondit celui-ci. Ce n'est pourtant pas compliqué, n'est-ce pas, maître ?

Le prêtre roux évita de répondre et se tourna vers l'impresario qui dirigeait le teatro Sant'Angelo. Francesco Santurini quitta la fosse d'orchestre et les rejoignit sans se presser, frappant le sol de sa canne à chaque pas en un bruit qui résonnait dans l'immense salle vide. Il ne trouvait aucun talent à Domenico Lalli, qu'il tenait pour un aigrefin dont la seule qualité était de s'être attaché l'amitié du maître de musique de la Pietà. Le livret d'opéra qu'il avait fourni n'était qu'une pâle adaptation d'une *Messaline* jouée trente ans auparavant, et Santurini l'aurait refusé sans aucun remords – voire avec un plaisir non dissimulé – s'il n'avait été associé à la musique du prêtre roux. Il tenait à s'assurer pour son théâtre les services de celui qu'il considérait comme le plus grand musicien de la Sérénissime, ainsi que l'avait qualifié le *Guide des étrangers à Venise*. Il avait réussi à vaincre les réticences du compositeur quant à l'écriture d'un opéra, genre profane qui seyait mal à son engagement religieux, mais Santurini était persuadé qu'il allait leur rapporter beaucoup d'argent, à l'image de leur concurrent du teatro San Moisè. L'impresario monta sur la scène avant de répondre :

— L'important est que le dénouement soit heureux. L'est-il, Domenico ?

— L'empereur retrouve Cleonilla, et Tullia épouse Caio. Peut-on trouver fin plus heureuse ?

— Voilà qui nous rassure, n'est-ce pas, maître ?

— Tout de même, ce travestissement ne me plaît pas. Il est contraire aux bonnes mœurs, objecta le prêtre roux en montrant des signes d'agacement.

— Nous sommes dans la Rome antique, objecta Lalli. Mon tableau est pastoral, rien de plus normal.

— Cet opéra exaltera la vertu et non le vice, s'emporta le musicien. Sinon, nous ne le ferons pas. Nous en étions bien convenus, Francesco. Je ne veux pas risquer à nouveau ma place à la Pietà.

— Que faisons-nous alors ? intervint le ténor tandis que les quatre chanteurs entouraient l'impresario.

— On reprend la répétition, trancha celui-ci en quittant la scène. Acte I, scène V, *recitativo*, indiqua-t-il pour les trois musiciens qui attendaient patiemment.

Le violoniste, en grande discussion avec le prêtre roux, reprit sa place. Le maître de musique s'installa à l'arrière de la fosse où il fut rejoint par Santurini.

— Nous devons en parler, Francesco, chuchota-t-il tandis que l'orchestre égrenait la partition, bientôt accompagné par la soprano. Et mon père est d'accord avec moi.

— Tout va bien se passer, mon ami. Votre musique est exquise.

L'alto et le ténor prirent à leur tour part à la scène.

— Ce livret me vaudra des ennuis, c'est mon premier opéra et cela risque bien d'être le dernier, geignit le prêtre roux.

— J'ai peut-être une solution, lui souffla Santurini. Mais que se passe-t-il ?

La musique s'était arrêtée et la conversation s'animait entre l'auteur et les interprètes. L'impresario soupira et retourna près de la scène.

— Tullia, il faut davantage de retenue dans vos répliques, indiqua Lalli. Nous ne sommes pas dans une cour des Miracles, que diable !

— Mon personnage vient de découvrir que Cleonilla fait une cour éhontée à son amant et je me sens outragée, expliqua la chanteuse. Je ne vais pas chanter comme une statue de sel, nous ne sommes plus à la Renaissance !

— Chantez, madame, chantez et ne bougez pas tant, s'énerva l'auteur. J'en ai le tournis.

Les autres acteurs s'en mêlèrent, donnant raison à la soprano et provoquant une cacophonie qui fit reculer Lalli. Santurini calma les chanteurs et leur proposa de répéter la scène ultime qu'il espérait consensuelle.

— *Coro grande è il contento*, dit-il aux musiciens sans pouvoir dissimuler sa lassitude.

Lalli s'était réfugié à côté du maître de musique et tentait de lui expliquer à grand renfort de gestes les intentions d'un auteur incompris. À la quatrième mesure, le ténor, qui n'osait plus bouger, prit une grande inspiration pour sa tirade et fut interrompu par des aboiements en provenance de la salle.

— Qu'est-ce encore ? pesta Lalli en jetant sa perruque sur le sol.

Piero, qui était accoudé dans une des loges en compagnie d'Azlan, se leva :

— Désolé, m'sieur, c'est mon chien. Il a pissé contre la chaise.

— Ce sont mes invités, expliqua le prêtre roux. Vous savez, le chirurgien dont je vous ai parlé, ajouta-t-il à l'adresse de Santurini, qui se détendit.

— Je vous propose d'arrêter là la répétition et de revenir demain après-midi, annonça l'impresario. Nous serons dans de meilleures dispositions. Bonne journée à tous !

Le maître de musique fit signe à Azlan de les rejoindre pendant que la salle se vidait lentement, Lalli ayant déserté le premier. Seul le violoniste attendait encore dans la fosse. Le prêtre roux présenta le chirurgien au directeur du théâtre, qui s'excusa pour la piètre représentation à laquelle ils avaient pu assister et en rejeta la faute sur l'auteur du livret. Le maître de musique avait propagé la bonne réputation de guérisseur d'Azlan, grâce à qui il maîtrisait ses crises d'asthme et avait augmenté sa capacité de travail.

— Je suis capable de composer dix concertos en trois jours, fanfaronna-t-il, et cela c'est à vous que je le dois ! Je vais devoir vous quitter messieurs, je raccompagne mon père, ajouta-t-il en faisant signe au violoniste qui était resté à l'écart de la conversation.

— Maître Cornelli, pouvez-vous rester un instant ? J'aimerais vous entretenir de ma santé, demanda Santorini. Petit, peux-tu prendre ton animal avec toi et nous attendre dehors ?

Les deux hommes traversèrent les loges des artistes et montèrent à l'étage où se trouvait le bureau de l'impresario.

— Pas la peine de vous préparer, maître, dit-il alors que le chirurgien débandait ses mains. Je suis en pleine forme.

— Que me vaut cette requête ? demanda Azlan tout en étudiant l'environnement par réflexe.

La pièce était encombrée d'ouvrages, de parchemins et de feuilles dispersées qu'aucune bibliothèque ne venait ordonner. La fenêtre étroite donnait sur une ruelle revêche à la lumière, et un chandelier aux cires fatiguées finissait sa décomposition à l'angle de la table de travail. Une odeur de poussière aux relents de moisi nimbait l'espace.

— J'avais effectivement une faveur à vous demander, mais je ne pouvais la révéler à notre prêtre roux et sa légendaire bigoterie. Il s'agit de combats que j'organise.

— Combats ?

— Plus exactement de luttes entre corporations. Il y en avait beaucoup par le passé. Elles étaient autorisées pendant le Carnaval, mais, comme souvent, quelques débordements ont été pris comme prétexte pour les interdire. Notre Inquisiteur actuel est très… comment dire ? Très fermé à certaines manifestations populaires qui peuvent donner lieu à des paris.

— Qu'attendez-vous de moi ?

— Je crois que nous nous sommes compris, maître.

— Permettez-moi de vous entendre le formaliser.

— Il s'agit de luttes à main nue entre des représentants des corps de métiers. Rien d'officiel donc. Le lieu est connu au dernier moment. Les paris me permettent de rentrer dans mes frais. Si j'avais pu le faire dans mon théâtre, je ne me serais pas privé. Nous avons besoin d'un bon chirurgien pour soigner les blessures inhérentes à cette activité.

— Venise n'en manque pas.

— Malheureusement, ils sont tous un peu craintifs en ce moment.

— Pourquoi le serais-je moins ?

— Vous n'êtes pas citoyen de la République et j'imagine que vous ne vous établirez pas à demeure ici. En outre, vous venez de subir avec succès une enquête de moralité, ce qui signifie que les sbires ne vont plus vous suivre pendant un moment. Et tout le monde vous déclare le meilleur. Quant aux honoraires, ils sont conséquents. Que demander de plus ?

— Je vais devoir décliner, monsieur Santurini.

— Très conséquents : dix ducats par soirée.

— Je ne suis pas intéressé. Merci pour cette visite.

Azlan voulut prendre congé, mais l'impresario s'interposa devant la porte.

— Nous nous sommes mal compris, maître. Vous allez accepter et vous toucherez vingt ducats.

— Non.

— Cela est dans votre intérêt.

— Je suis le seul à savoir ce qui est dans mon intérêt. Et vous l'avez dit vous-même : l'enquête a montré que je suis irréprochable.

— Tout le monde ne l'est pas autour de vous.

— Qu'est-ce à dire ?

Santurini se déroba et ouvrit la porte, satisfait de son effet.

— Je suis sûr que vous reviendrez me le demander. Je suis même prêt à le parier. Après vous, maître, conclut-il en l'invitant à sortir.

46

Cette fois, elle était prête. Sa décision l'avait soulagée et elle avait laissé filer la journée avec une gaieté inhabituelle. Toutes les tâches, même les plus répétitives, avaient paru supportables à Marie. Elle fit les prières à l'oratoire avec une ardeur particulière, donnant à chaque mot un goût d'espoir dans la bouche. Elle mit de l'envie dans les exercices d'apprentissage de la basse continue du maître de chœur et, lorsque la cloche de la semainière sonna la fin de la journée, son tintement avait presque un air de liberté.

— Apollonia, je te dois une explication.

La *profitienti*, qui démêlait ses cheveux avec difficulté, suspendit son geste et l'interrogea d'un regard incrédule.

— Je vais partager avec toi mon plus grand secret, confirma Marie. Tu es ma meilleure amie, ma plus chère, et la seule en qui j'ai confiance.

— Ne t'en sens pas obligée, dit Apollonia en reprenant son geste à l'aveugle. Ici, chacun a droit à se protéger des autres.

Marie lui prit le peigne des mains et s'installa derrière elle afin de la coiffer.

— Mais tu n'es pas comme les autres et je vais mieux maintenant.

Fièvre et douleurs avaient disparu et sa blessure cicatrisait définitivement. Azlan continuait à en surveiller l'évolution deux fois par semaine et à échanger avec elle en français sous la garde de moins en moins stricte de la prieure.

— Alors, je t'écoute, dit son amie en s'adossant à elle. Parle-moi à l'oreille, les cloisons sont fines.

— Te souviens-tu des permissions que j'ai obtenues depuis l'année dernière pour aller jouer dans des concerts privés sur la Terre Ferme ?

— Comment oublier cette chance que tu as eue ? Tu m'as abandonnée cinq fois.

— Six fois, Apollonia, je suis sortie six fois.

La participation des filles de l'institution à des événements musicaux privés était interdite par le règlement de la Pietà et, à ce titre, elle n'apparaissait pas dans les comptes rendus du conseil ou était transformée en des motifs médicaux impérieux. Tout le monde s'en accommodait, en premier lieu les gouverneurs qui trouvaient dans la personne des musiciennes une main-d'œuvre bon marché et d'un niveau inégalé pour leurs soirées privées.

— Six fois tu as touché du doigt la liberté, Marie.

— Plus que tu ne penses, Apollonia. J'y ai fait une rencontre.

Les sorties avaient eu lieu au palais de la patricienne Giovanetta Nave, dans une villégiature des rives de la Brenta. Marie s'y était rendue accompagnée d'une musicienne plus âgée chargée de la chaperonner, mais qui disparaissait sitôt dans la propriété. Le programme était toujours le même : au concert du vendredi soir succédait un week-end de repos où elle était traitée comme l'hôte de la famille Nave. Plus que toute autre récompense, cela avait constitué les plus belles journées de sa vie à la Pietà.

— Je l'ai vu dès la première fois, souffla-t-elle. Il était l'invité de notre hôte. C'est un homme doux et bon, qui m'a traitée avec un grand respect. Nous avons tant échangé.

— Il était présent à chaque sortie ?

— Oui ! Peux-tu imaginer ma joie croissante, mêlée à cette peur de ne plus le revoir ? Mais il était là, toujours, au concert le soir puis, le samedi et le dimanche, jouant mon chaperon attentionné jusqu'au départ pour Venise. Très vite, j'ai ressenti pour lui plus que de la reconnaissance et de l'amitié.

— Es-tu en train de me dire que tu es amoureuse ? demanda Apollonia en se retournant pour contempler le visage rayonnant de son amie.

— Comment ne pas l'être devant quelqu'un de cette qualité qui me fait comprendre que je suis une personne digne d'intérêt ? Nous nous sommes ouverts et confié nos sentiments réciproques.

Les deux musiciennes tombèrent dans les bras l'une de l'autre.

— Que je suis heureuse pour toi ! dit Apollonia en contenant le volume de sa voix. Comment est-il ? Décris-le-moi ! D'abord, quel est son nom ? Est-il noble ?

— Frederick est de grande noblesse, mais j'ai juré de garder le secret sur son identité pour le moment. Il n'est pas vénitien, ni italien, et cela n'a aucune importance. Quant à son visage, je ne l'ai jamais vu totalement dénudé, il se doit d'être prudent, même avec moi. Mais je devine sous son loup des traits fins et réguliers. Il est d'une grande beauté, j'en suis sûre. Quand nous serons mariés…

— Marie, l'interrompit son amie, ce genre d'homme prend du plaisir avec des filles comme nous mais n'épouse que des femmes de son monde. Nous ne devons pas rêver d'un autre parti qu'un libraire ou un artisan.

— Mais lui est différent !

— Sais-tu combien de musiciennes de la Pietà se sont unies à un patricien ?

— Prudenza l'a fait ! Elle a épousé un de nos gouverneurs !

— Oui, il y a quatre ans. C'est la seule depuis que l'orchestre existe.

— Pourquoi es-tu si dure avec moi, Apollonia ?

— Je veux t'éviter une déception. Tu es comme une sœur.

Apollonia prit Marie dans ses bras et lui caressa les cheveux. La prieure passa dans le couloir pour vérifier l'absence de lumière dans les chambres. Elles se turent jusqu'à ce que le bruit de ses pas s'estompe dans les escaliers et se calèrent contre la tête de lit.

— Te souviens-tu du soir où une barque de musiciens s'est arrêtée sur le canal des Grecs, presque sous notre fenêtre, et a chanté la sérénade ?

— Comment oublier ? Il y avait un ténor et cinq instrumentistes. Cette musique, dans la nuit, était magique.

— Tu m'avais dit que tu étais envieuse de la princesse à qui cette galanterie était destinée.

— Oui, tu ne crois pas qu'on le mérite toutes les deux autant qu'elle ?

— C'était pour moi cette sérénade, Apollonia. Il les avait envoyés rien que pour chasser la tristesse de mon retour à la Pietà.

Son amie resta songeuse un long moment. Elle regrettait d'avoir joué la voix de la sagesse et s'excusa :

— Peut-être est-ce que je me trompe. Je le souhaite de tout mon cœur.

Marie se redressa pour lui faire face.

— Il y a autre chose que je ne t'ai pas dit.

— Il a fait sa demande aux gouverneurs ?

— Cela ne servirait à rien. Je dois encore trop d'années à la Pietà et lui est étranger. Jamais ils n'accepteraient de me laisser partir.

— Alors, profite du bon temps tant qu'il durera. Marie… je n'aime pas ce regard, qu'as-tu fait ?

La violoniste pleura en étouffant ses sanglots. Puis elle raconta à Apollonia que son amant était l'arlequin du concert, qu'ils auraient dû s'enfuir le soir même si l'accident n'avait pas eu lieu. Elle lui avoua qu'il continuait depuis lors à lui faire parvenir des billets grâce à une complicité dans l'institution. Mais elle n'eut pas la force de lui apprendre qu'il avait l'intention de recommencer au prochain concert.

47

Piero ne l'attendait pas à la sortie du théâtre. Azlan fit quelques pas dans les rues adjacentes, mais il ne s'y trouvait pas, pas plus que le chien sans nom. Un groupe de Vénitiens déguisés entra en riant dans le palais Corner Spinelli tout proche. Les voix étaient jeunes et parfumées de désir et d'insouciance. La nuit teintait les restes de jour de rose éphémère et de bleu minéral. Azlan demeura un moment sur le quai à observer la vie jaillir depuis les bâtiments en un bouquet de sons, de couleurs et de fragrances du soir. L'espace d'un instant, la nostalgie emporta ses pensées vers Nancy, où il avait vécu chez Rosa de Cornelli ses quatre plus belles années. Leur demeure de la rue Naxon ; l'hôpital Saint-Charles que les Français avaient fermé à leur arrivée ; la fête des brandons, en particulier celle de 1700 pour laquelle Rosa avait fait tailler pour lui un pourpoint de couleur fauve et kaki aux broderies d'or et où la Valentine que le sort lui avait désignée pour la soirée s'était uniquement intéressée au duc de Lorraine – devenu depuis son amant ; la procession du mardi gras la même année, à laquelle Marie avait participé, installée dans un char aux côtés de Rosa, son unique carnaval à Nancy juste avant qu'Amadori Guarducci ne l'emmène en Italie. Il songea à tout ce qu'elle avait dû endurer à cause de cet homme, avant de devenir Maria Dalla Viola, soliste à la Pietà, musicienne captive qu'il s'était promis de délivrer.

La parenthèse se referma avec l'arrivée d'un valet qui vint le questionner. On s'inquiétait chez Corner

Spinelli de la présence d'un homme portant mitaines qui stationnait devant le palais depuis près d'une heure. Venise était une cage pour tout le monde.

Azlan ne rentra pas directement aux Incurables mais se rendit à la porte du Ghetto. Sarah lui avait formellement interdit de l'y rejoindre, et il n'avait pas l'intention de la mettre en danger en ne respectant pas ses consignes de prudence. Elle avait pris l'ascendant sur lui. Elle possédait à présent la clé pour déchiffrer le message codé. Elle pouvait le contacter, pas lui. Elle imprimait son propre rythme à leurs recherches et, pour couronner le tout, la jeune femme était imprévisible. Azlan ne pouvait avoir confiance, elle avait peut-être déjà trouvé le Codex. Il devait absolument reprendre la main.

Plusieurs fois il changea d'itinéraire, s'arrêtant ou faisant demi-tour, se retournant sans raison, mais les rues étaient peu fréquentées à cette heure et il se convainquit qu'il n'était pas suivi. Le chirurgien s'arrêta avant le pont de bois qui menait directement à la grand-place du Ghetto Nuovo. Les portes étaient encore ouvertes et il put distinguer l'activité déclinante de la fin de journée. Les commerçants repliaient leurs étals sous le contrôle d'Iseppo Guarducci, qui délivrait ses instructions, adossé comme à son habitude à un mur, les bras croisés. Azlan se demanda quel lien pouvait unir le *parnas* de la communauté juive de Venise et le maître de musique, fervent catholique, qui avait arraché Marie à sa Lorraine natale. L'homonymie n'était peut-être qu'un hasard mais il se devait de le vérifier. Depuis qu'il avait débarqué à la Sérénissime, le plus incroyable n'était jamais le plus improbable.

Iseppo regarda dans sa direction et Azlan recula pour se soustraire à sa vue. Il regretta son geste suspect, attendit qu'un homme tirant une charrette remplie de chaises se soit engagé sur le pont et quitta les lieux. Il regretta surtout d'être incapable de se déguiser depuis qu'enfant il avait vu son père, Babil, puni par son maître, être obligé de porter un masque de fer. Le châtiment avait marqué Babil dans sa chair et traumatisé Azlan.

Dans le couloir de la cuisine des Incurables, une odeur de soupe de légumes remplaçait celle de l'orge habituelle. Azlan se fit servir deux bols, prit un pain et monta au bureau finir ses comptes rendus. Ils lui permettaient de ne pas avoir à faire appel à sa mémoire pour estimer l'évolution de l'état des malades. Mais les médecins et les chirurgiens de Venise les considéraient comme une perte de temps et une tâche incompatible avec leur statut. Ils n'y avaient pas donné suite. Azlan rechercha celui qu'il avait rédigé au sujet de Bachir Karam et le relut. Il était persuadé depuis longtemps que sa maladie ne se propageait pas par simple contact entre humains. Le chirurgien se demanda si la gémellité de Gandour pouvait le condamner au même mal. Les symptômes se développaient sur une très longue période et apparaissaient les uns après les autres sans qu'il ait pu leur trouver un déclencheur commun. Il décida d'interroger le Levantin avant son départ de Venise.

Piero rentra en milieu de soirée, signe d'un cruel manque de clients. Azlan l'interpella alors que le *codega* traversait le couloir. Il faisait grise mine mais changea d'humeur quand le chirurgien lui tendit le bol qu'il lui avait gardé. Une fois rassasié, l'enfant retrouva sa joie et son énergie naturelles.

— J'ai raccompagné le prêtre roux et son père jusque chez eux. Ils habitent près du campo dei Filippo e Giacomo. Y a aussi ses deux sœurs, son frère et sa femme, martela-t-il tout en comptant sur ses doigts. Il m'a bien payé, mais j'ai eu des problèmes avec un *codega*, ce n'était pas mon quartier. J'ai dû lui donner la moitié de ma course.

— Veux-tu que j'aille récupérer ton argent ?

— Non, s'il vous plaît, non. C'est ainsi, expliqua-t-il en frottant sa joue légèrement gonflée. C'est ma faute.

Azlan ouvrit un pot de baume que Cecilia avait préparé, à base de millepertuis et de térébenthine de Venise, dont il avait remarqué l'efficacité pour les contusions, et lui en appliqua sur la pommette droite. Il s'essuya les doigts dans sa mitaine et montra au garçon la feuille sur laquelle il avait dessiné.

— Je suis désolé, dit Piero. J'aurais pas dû prendre vos affaires, je sais.

— Tu as eu raison. Et tu te débrouilles bien, le complimenta-t-il.

Le gamin haussa les épaules.

— Peut-être. Je sais écrire aussi. Un peu. J'ai pas l'argent pour acheter du papier, alors, parfois, je garde les billets que je dois livrer. Je demande, bien sûr, ajouta-t-il par fierté professionnelle.

— Je t'en donnerai, promit Azlan. Mais, pour l'heure, j'aimerais que tu me dises où se trouve le modèle de ce dessin.

— Celui-là ? Ça m'est venu tout seul ! Je l'ai inventé ! proclama-t-il fièrement.

— Piero, je l'ai déjà vu.

— Ah bon ? Alors, pourquoi vous me demandez ? C'était où ?

— Peu importe, éluda Azlan alors que la vision de la peau diaphane de Sarah lui arracha un sourire.

— Il est sur un mur du quartier de Cannaregio, avoua le *codega*.

— Tu peux m'y emmener ?

— Maintenant ?

— Oui-da.

— Laissez-moi juste aller chercher une chandelle neuve, dit-il en empoignant sa lanterne. Et vous ne paierez rien !

Piero le conduisit au campo Santi Giovanni e Paolo. Les ombres de la basilique San Zanipolo et de la congrégation de Saint-Marc, côte à côte, écrasaient la placette de leur noirceur et étouffaient les rares rayons lunaires qui s'y aventuraient. Le garçon avait repéré le dessin sur la façade principale de la Scuola Grande, là où Sarah s'était engouffrée le mois précédent. Le graffiti était de petite taille et avait été gravé au poinçon dans le marbre gris d'un bas-relief, entre les pattes d'un lion. Le chirurgien n'eut aucun doute lorsque le *codega* l'éclaira : la représentation était identique à celle que possédait Sarah. Azlan avait trouvé le Signal. Il restait à comprendre pourquoi et par qui il avait été inscrit sur le mur de cet hôpital.

— Rentrons, dit-il à Piero qui n'attendait que son ordre et se précipita sur le pont, manquant de heurter un passant qui circulait sans lanterne.

Ce dernier grogna, releva le revers de sa veste dans lequel il enfouit le bas de son visage et s'éloigna vers le quai où se trouvait une gondole à la toile tirée. Il hésita, regarda la lumière du *codega* et de son client disparaître rapidement dans la rue Gallina, avant de revenir vers l'embarcation et d'entrer sous le *felze*.

— Tu n'as vu personne s'approcher de la façade ? demanda-t-il à l'homme qui s'étirait les bras, assis sur le matelas de l'ais.

— Personne, répondit l'autre d'une voix empâtée.

— Et les deux que je viens de croiser ? interrogea-t-il tout en observant les alentours à travers la petite ouverture pratiquée dans la toile.

— Des passants, affirma l'autre sans hésiter, avant de récupérer une bouteille de vin et de boire à même le goulot. Qui viendrait la nuit chercher un dessin sur ce bâtiment ?

— Apparemment quelqu'un, puisqu'on nous paie pour le surveiller, l'admonesta le premier en lui prenant la bouteille des mains.

— Oui, et maintenant, c'est à toi de le faire ! Bonne nuit, l'ami, surtout ne t'endors pas !

L'homme lui fit signe de sortir en accompagnant son geste d'un grognement. Il se cala près de l'ouverture par laquelle il vit son compère s'approcher de la Scuola Grande, faire le pitre à son intention et disparaître le long du quai. Au bout de deux semaines, ils n'avaient toujours pas identifié le possesseur du Signal.

48

Le secrétaire attendait devant la porta della Carta. L'entrée, plutôt discrète, était située à l'angle du palais des Doges et de la basilique Saint-Marc. Le libraire était en retard dans sa livraison et ce contretemps avait permis au fonctionnaire de sortir profiter sur la place de la lumière d'un soleil valeureux. Son bureau, dénué de fenêtre, était en permanence éclairé par la lueur chiche d'un simple bougeoir. La République était de moins en moins généreuse pour ses enfants, et les centaines d'employés au service du Chiffre s'usaient les yeux à la tâche.

Il observa les quatre guerriers maures de marbre rouge, arrachés d'un bas-relief et rapportés d'une lointaine croisade, qui semblaient à la fois effrayés et menaçants, ce qui l'avait toujours intrigué. La couleur de la pierre contrastait avec l'ensemble de la porte, mais le palais lui-même était un improbable assemblage d'époques, de styles architecturaux et de butins.

Le libraire tapota sur l'épaule du secrétaire d'une manière que ce dernier trouva trop familière ; il lui tendit un rouleau de feuilles cacheté, le remercia de l'avoir choisi pour l'achat et lui demanda de saluer ses parents, dont il se flattait d'être un ami. Le fonctionnaire prit tout juste la peine de le saluer et rentra dans la cour sans un remerciement. Il n'aimait pas l'obséquiosité du commerçant, sa prétendue relation à ses parents était exagérée ; tout juste étaient-ils voisins. Il l'avait choisi parce qu'il était le seul à posséder les références exigées par Zeppo.

Il traversa la cour en direction de l'entrée nord, prit une enfilade de salles, jusqu'à celle du Tambour avec son immense contre-porte sculptée qui s'ouvrait sur les escaliers secrets. Ceux-ci conduisaient à plusieurs demi-étages totalement invisibles depuis l'extérieur, et seuls les membres de cette administration fantôme en connaissaient l'existence. Il croisa le *Misser Grande*[1], qu'il salua avec révérence tout en se détestant de le faire, monta à nouveau et pénétra dans le service du Chiffre jusqu'à l'*antisecreto* où il toqua avec retenue.

— Posez-le par terre ! cria Zeppo depuis l'intérieur.

Le secrétaire attendit un instant et, la porte restant close, quitta les lieux en prenant soin de bien claquer les talons. Arrivé au bout du couloir, il se retourna prestement et réussit à apercevoir une fraction de seconde le visage nu de Zeppo avant qu'il disparaisse en claquant la porte. Le fonctionnaire considéra que c'était là une grande victoire, puisque personne dans le service, pas même le Grand Inquisiteur, n'avait vu son meilleur chiffreur démasqué.

Zeppo décacheta le rouleau d'un coup d'ongle et consulta la dizaine de partitions sélectionnées par le libraire. Il en choisit trois, qu'il testa comme clé de chiffrement tout en fredonnant leurs airs, avant d'en retenir une, suffisamment facile pour satisfaire la demande mais capable de résister aux déchiffreurs inexpérimentés ou sans talent. Il chercha le nom de l'auteur et, constatant qu'elle était du compositeur le plus en vogue du moment, le maître de musique de la Pietà, il se félicita

1. Chef des sbires.

du plaisir qu'il ferait à son destinataire. Il plia la partition en bas de laquelle il avait indiqué le moyen de l'utiliser comme clé et la cacheta en deux endroits. Une fois la corvée accomplie, il s'accorda un verre de vin français tout en choisissant un masque de Pantalon, dont il aimait le cuir noir. Sur ce, Zeppo alla déposer avec force morgue le billet cacheté sur le bureau du secrétaire qui avait osé lui voler son intimité.

— Pour qui vous savez ! lança-t-il.

L'homme, qui culpabilisait déjà de sa découverte, n'osa lever les yeux et le remercia platement. Il avait compris que son seul salut était de ne répéter à personne ce qu'il avait vu : Zeppo avait le même visage que celui des guerriers maures de la porta della Carta.

Le maître chiffreur grimpa jusqu'aux cellules de la prison, sous les toits couverts de plomb, dans l'une desquelles l'attendait son contact. La pièce, tout en bois, possédait un conduit s'ouvrant sur l'extérieur qui offrait un petit puits de lumière tamisée et d'air respirable. La chaleur accablante en été et le froid mordant de l'hiver constituaient la première des tortures, et parfois suffisante pour faire avouer à un prisonnier ce que les sbires de l'Inquisition voulaient qu'il avouât. Le bois dégageait une odeur infecte, mélange de déjections, de pourriture et de peur.

— J'adore cet endroit ! annonça Zeppo à son visiteur pour couper court à ses récriminations. Qu'en pensez-vous, mon cher de Fresne ?

— Vous rendez-vous compte que tout cela ressemble à une arrestation ? Vos sbires sont venus jusqu'à mon domicile pour m'emmener dans un cachot de la

République ! Avez-vous perdu l'esprit, Zeppo ? Quand Son Excellence va l'apprendre…

— … elle sera ravie de mon initiative ! Quel endroit serait plus sûr que celui-ci ? Les seuls qui pourraient nous entendre ne sont pas près d'en sortir, dit-il en frappant le mur de son poing.

La matité du son produit valida son propos. Hugues de Fresne avait retiré ses gants et les utilisait pour s'éventer.

— C'est inutile, remarqua Zeppo, la pestilence est partout ! Il faut l'accepter pour l'oublier. C'est un principe général de la vie.

— Fi de vos maximes arrogantes, passons à nos affaires et qu'on en finisse. Avez-vous avancé ?

— Aucun des deux passeurs ne s'est manifesté. Nous continuons de surveiller le Signal.

— Qui vous dit qu'ils viendront ? Et qui vous dit qu'ils ne sont que deux ? Toutes vos suppositions…

Un cri l'interrompit, le faisant sursauter.

— Ce n'est rien, signifia Zeppo en lui faisant signe de continuer. Un cauchemar. Ou un rat.

De Fresne s'éventa de plus belle.

— Dois-je dire à Son Excellence que vous n'avez pas progressé ?

— Dites-lui ce que bon vous semble, répondit le chiffreur tout en plongeant ses mains dans le puits de lumière. Ce que vous appelez supposition est bien plus que cela. L'imprimeur Elvigo a laissé de nombreux éléments dans tous les ouvrages qu'il a édités. Il n'a pas pu s'en empêcher. Peut-être avait-il la crainte que ses passeurs ne soient pas à la hauteur de l'enjeu.

Zeppo s'approcha de son visiteur et se pencha vers lui pour chuchoter :

— Comme partout, n'est-ce pas ?

De Fresne voulut le souffleter d'un revers de gant, mais Zeppo avait anticipé le geste et attrapé la pièce de cuir.

— Dites à Son Excellence qu'il faut savoir patienter. Je n'ai pas besoin de la clé, juste du texte codé. Zeppo est le meilleur.

— Mais pas le plus humble, Son Excellence appréciera. Si vous n'avez rien d'autre à me dire, que vos sbires me raccompagnent ! Vous m'avez fait perdre mon temps.

Le chiffreur le fixa sans cacher son mépris. Il prenait l'organisation pour un ramassis de noblions gavés de suffisance, incapables de se dévouer réellement à une cause. Seule Son Excellence trouvait grâce à ses yeux ; l'arlequin était un fin stratège, impitoyable et rusé, dont la morale était au service de ses intérêts et qui, contrairement aux autres membres, aurait pu se sacrifier pour la réussite de leur grand œuvre. En faisant venir aux yeux de tous son contact à la prison des Plombs, Zeppo se protégeait. Tôt ou tard, des agents ou des confidents de Venise feraient remonter l'information que leur chiffreur rencontrait des étrangers. En montrant qu'il l'interrogeait et le soupçonnait de fomenter un complot contre la République, Zeppo assurait ses arrières. L'arlequin comprendrait le message.

— Vous allez bientôt retrouver votre palais du Grand Canal, dit-il pour pointer le manque de discrétion de son contact. Mais auparavant, vous allez m'écouter. Asseyez-vous.

De Fresne protesta mais, refoulant son dégoût, finit par s'installer sur la planche de bois qui faisait office de lit pour les prisonniers.

— J'ai découvert qui est l'auteur du code ayant servi aux messages du Codex. Il s'appelait Niccolò Guarducci. Une grande lignée de chiffreurs.

— Diable ! dit l'homme, soudainement intéressé. Mais c'est le même patronyme…

— … que le maître de musique qui a essayé de nous faire croire qu'il possédait le texte codé. Amadori Guarducci était son fils. Je crains que vous n'ayez tué les deux pour rien, mon cher.

— Attendez, nous ne sommes pas responsables de la mort de Niccolò ! Vous nous apprenez son implication. Quant à Amadori, il l'avait cherché, nous l'avions payé, et il ne nous avait rien livré. C'est une question de principe. Nous ne sommes pas des tueurs, tout de même !

De Fresne s'était levé, ragaillardi par la nouvelle.

— Son Excellence avait raison : la piste de la musicienne doit être la bonne ! Amadori lui a confié le message codé, continua l'homme qui s'était posté devant Zeppo. Le texte se trouve à la Pietà. Quelle meilleure cache ?

— Vous perdez votre temps.

— Nous le saurons bientôt : le prochain concert est le 12 juin. Il a décidé de faire sortir Maria Dalla Viola.

49

Le caillou ricocha à la surface de l'eau et vint taper la coque de la barque rutilante d'huile de poix. Le gondolier s'arrêta de ramer, leva un poing en direction de

Piero, puis reprit son chemin, pressé par sa course. Le garçon, qui s'était levé, prêt à déguerpir, attendit qu'il s'éloigne suffisamment avant de jeter dans le canal le petit tas de pierres qu'il avait amassées. Le chien sans nom le suivait du regard avec sa mollesse habituelle, allongé au bord du quai, les pattes droites dans le vide, montant et descendant la tête en fonction d'un intérêt fluctuant. Piero s'ennuyait en attendant la tombée du jour et le début de ses courses. Il s'assit et observa les allées et venues devant l'entrée des Incurables.

Le chien aperçut le premier la femme qui venait de déboucher de la calle Zucchero. Elle portait une robe grise à volants, une veste rouge galonnée ainsi qu'un tablier, une coiffe blanche, et tenait à la main un petit sac du même tissu que le tablier. Son visage était couvert d'un large loup noir qui laissait voir une mouche sur sa joue gauche. Piero reconnut une colombine et se dit qu'il en avait peu vu depuis le début du Carnaval. Le chien avait dressé les oreilles, pointé son museau et s'était levé pour aller à sa rencontre. Elle ignora l'animal, qui la suivit malgré tout en balayant le sol de sa queue et entra avec elle dans l'hôpital. Le garçon ne tenta même pas de l'en dissuader et fouilla ses poches à la recherche d'un dernier caillou à jeter.

Colombine se rendit directement à l'infirmerie, alors que le chien l'avait abandonnée, alléché par les odeurs de fumet émanant de la cuisine. Seule Cecilia était présente, et la femme lui demanda à voir le chirurgien dont tout le monde disait qu'il faisait des miracles. Azlan se présenta peu après et l'invita à lui décrire son mal.

— Je suis très gênée, dit Colombine. Voilà… Mon mari a fauté, plusieurs fois, avec une puterelle de l'Arsenal et je crains qu'il n'ait attrapé un mal… très français. Vous me comprenez ?

— Parfaitement, répondit le chirurgien. Et vous voudriez que je vous examine afin de savoir s'il vous a contaminée ?

— En quelque sorte… Mais que cela est gênant ! répéta-t-elle.

— Vous avez bien fait, intervint Cecilia. Maître Cornelli est le meilleur chirurgien de la Sérénissime. Vous pouvez avoir confiance.

— C'est pourquoi je suis venue jusqu'ici, minauda-t-elle en baissant la tête.

— Veuillez vous allonger sur cette table. Cecilia, allez préparer une décoction de gaïac et le lait de chèvre, précisa-t-il.

L'infirmière avait pris l'habitude de ce genre de visites et des traitements adéquats. La pauvre femme avait contracté la syphilis, comme la plupart des épouses trompées, et le chirurgien semblait avoir établi son diagnostic avant même l'examen. Tous deux savaient d'expérience que les femmes ne se déplaçaient pas sans raison pour ce genre de demande. Cecilia plaignit la patiente, qu'elle devinait au désespoir sous son déguisement, et, ne sachant comment lui exprimer son empathie, sortit préparer les remèdes. Le chirurgien fit signe à Colombine de se taire, attendit que Cecilia se soit suffisamment éloignée et admonesta la visiteuse :

— Mais que faites-vous là ?

— Je devais vous voir de toute urgence.

— Sarah, je croyais qu'on ne devait prendre aucun risque, souffla Azlan tout en enlevant ses mitaines.

— Nous n'en avons pas pris, jusqu'à ce que vous prononciez mon nom.

— Que se passe-t-il ? demanda-t-il en évaluant à dix minutes le temps dont ils disposaient avant le retour de l'infirmière.

— Le déchiffrage. Je suis bloquée. J'ai besoin de votre aide.

— Finalement, je vous suis utile, ironisa-t-il. Mais je n'ai pas le texte. Écartez les jambes.

— Ce ne sera pas utile, j'ai un autre moyen de vous le faire parvenir.

— Je ne veux pas le lire, je dois faire semblant de vous examiner. Vous êtes censée avoir la syphilis, pas une rage de dents !

— Comment allez-vous le faire parvenir en Lorraine ? dit-elle en s'exécutant.

— Faites-moi un peu confiance. Ainsi donc, vous en aviez une copie ?

— Pas exactement. Mon père avait imaginé un moyen de le cacher sans que personne puisse se douter de son existence. Il a rédigé tout au long de sa vie de médecin des feuillets qui relatent ses consultations médicales. C'est une somme de connaissances unique, que je me suis juré de faire éditer une fois le Codex découvert.

— Vous ne m'avez jamais parlé de lui et de ses travaux.

— Parce que vous n'avez besoin de savoir que ce qui nous est utile pour notre quête.

— Voilà qui est franc, admit Azlan en fouillant machinalement parmi ses outils d'examen. Comment a-t-il pu dissimuler de la cryptographie dans ses études ?

— Il s'agit d'un texte d'une page, dont la première lettre de chaque mot constitue le message. Un compte rendu parmi des dizaines d'autres, et seul un œil médical avisé pourrait trouver la rédaction étrange.

— Pourquoi ne suis-je même pas étonné d'une telle pratique dans la Sérénissime ? persifla Azlan avant de se raviser sous le regard courroucé de Colombine. Et où se trouve-t-il ?

— Quelque part dans le Ghetto. Il n'est pas question que je vous livre l'ensemble, qui a trop de valeur à mes yeux. J'ai…

Sarah s'interrompit et releva la tête en direction de la porte.

— Détendez-vous, nous sommes seuls.

— Nous ne sommes jamais seuls à Venise, répliqua-t-elle. Si cette table pouvait écrire, elle irait nous dénoncer à la *Bocca di leone* !

Cecilia entra sans s'annoncer.

— Maître, nous n'avons plus de gaïac, dit l'infirmière. Le navire qui devait le livrer n'est pas arrivé.

— Remplacez-le par de la salsepareille. Je n'aime pas utiliser les sels mercuriels. L'observation a montré tant d'effets néfastes, indiqua doctement Azlan à sa patiente. Allez-y, nous vous attendons, Cecilia !

La porte à peine refermée sur l'infirmière, Sarah reprit :

— J'ai recopié ce texte ainsi que quelques observations médicales. J'ai fait relier l'ensemble et mettre une couverture de peau, il se trouve dans mon sac, que je laisserai sur la table en partant. Soyez très prudent et ne déposez rien chez Visconti, il doit faire l'objet d'une surveillance. N'utilisez pas le service de la poste, les envois pour l'étranger sont ouverts.

— Faites-moi confiance. Quel est le problème avec la clé de décryptage ?

Sarah avait concentré ses efforts sur le poème de Veronica Franco. Elle avait associé la première lettre de chaque vers à l'ordre de l'alphabet.

— Mais je ne suis arrivée à rien. J'ai essayé avec la seconde lettre, avec la dernière, mais aucune de ces substitutions n'a donné de résultat. En fait, je me suis aperçue que la même lettre pouvait être codée différemment dans la même phrase.

La méthode empêchait ainsi tout déchiffrement par comparaison de la fréquence des lettres du code et de celles de l'alphabet.

— Je ne m'attendais pas à ce que ce soit facile, mais cela dépasse mes connaissances dans le domaine. Je suis persuadée qu'il existe plusieurs grilles de substitution, expliqua-t-elle. Il faut découvrir ce qui déclenche l'une ou l'autre, et je suis sûre que la réponse se trouve dans la partition. C'est elle qui nous donnera la fréquence à appliquer, conclut Sarah en se basant sur le code musical que son prétendant lui avait fourni le matin même.

Cecilia revint avec le baume à base de salsepareille, mettant fin à leur échange.

— Je vous demande de suivre strictement mes instructions, dit le chirurgien après les avoir notées sur un papier qu'il donna à sa patiente.

Colombine les remercia avant de les quitter. Comme s'il l'avait attendue pendant sa visite, le chien sans nom réapparut et l'accompagna jusqu'au quai où Piero avait, lui, disparu. Sarah déplia le mot d'Azlan qui lui indiquait le bâtiment où se trouvait le Signal et l'exhortait à ne pas s'y rendre.

L'infirmière rangea le matériel dont Azlan s'était servi puis s'approcha du chirurgien, l'air inquiet. Après un moment d'hésitation, elle se lança :

— Monsieur, j'ai eu des nouvelles du Lazzaretto Vecchio. Nous avons un problème avec le corps de Bachir Karam.

50

Iseppo contemplait l'eau en train de recouvrir, imperturbablement, la pyramide d'os de bœufs. Le dôme blanc allait bientôt disparaître sous le liquide rendu turbide par la terre de la cave. Il s'était assis sur la marche du milieu, celle que la marée haute viendrait lécher avant de se retirer.

— J'aime ce moment, dit-il à l'apprenti barbier assis un degré au-dessus du sien, lorsque la lagune se pose sur mon trésor comme une étoffe de luxe sur un coffre.

— Trésor… un trésor qui pue la merde, oui, tempéra son compagnon en reniflant bruyamment tandis que les crustacés nécrophages étaient à l'œuvre.

— Il me fait vivre et me protège bien plus que tu ne l'imagines, mon ami. Dis-moi, quels sont les derniers bruits de la ville ?

La boutique du barbier était le lieu central où s'échangeaient les informations et les ragots, non seulement du

Ghetto mais aussi de toutes les rues de Venise, tant la boutique était prisée par les habitants des différents quartiers. L'apprenti relaya la rumeur d'une liaison entre l'ambassadeur de France et une religieuse de Sant'Alvise, ce qui provoqua une moue amusée du *parnas*.

— Cela se sait depuis des semaines, commenta Iseppo. Même la cour à Versailles est au courant. Et il n'est pas le seul diplomate dans ce cas. Que voilà une nouvelle ! railla-t-il.

Piqué au vif, l'apprenti lui apprit qu'un casino privé s'était ouvert à la Giudecca, où certains nobles se livraient au jeu et aux ébats amoureux dans des cabinets particuliers. Le batelier Polpeta l'avait révélé à qui voulait l'entendre. Deux jeunes hommes et une femme étrangère s'étaient baignés nus ensemble au Lido et avaient été vus. Au palais Giacomo Contarini, un lord anglais entretenait des prostituées à demeure.

— Des filles de Sebastiano Poli, ajouta-t-il comme s'il donnait là un gage de qualité.

L'apprenti égrenait les nouvelles. Une loge maçonnique avait été établie à Venise et comptait parmi ses membres trois hommes de la communauté juive, dont il n'avait pas réussi à découvrir le nom. Un cuisinier de l'hôtellerie du *Lion rouge* avait espionné une de leurs séances à travers un trou pratiqué dans le plafond et y avait vu un homme nu tenant deux épées, les pointes posées sur sa poitrine.

— La séance d'initiation d'un novice, expliqua-t-il. Le logeur l'a appris et les a exclus.

Il continua avec la liste des débauches excessives observées dans les loges des théâtres, les livres tout aussi licencieux importés de France, la présence de courtisanes dans les cafés, les mariages facilement annulés par les tribunaux ecclésiastiques et les jeux d'argent clandestins que le pouvoir avait décidé de réprimer.

Iseppo avait cessé de prêter attention aux racontars colportés par l'apprenti barbier, qui s'en aperçut.

— J'ai gardé cette dernière information. La plus intéressante. Une personne importante du palais des Doges se rendrait au Ghetto en secret plusieurs fois par semaine pour y retrouver une amante. Certains disent qu'elle est juive, d'autres l'affirment marrane. Tu en penses quoi ?

Le *parnas* s'était levé.

— Tu vas bientôt reprendre ton service, lui indiqua-t-il pour éviter d'avoir à répondre.

Ils quittèrent la cave en silence et l'odeur de savon du lavoir tout proche apparut à l'apprenti comme un merveilleux parfum lorsqu'ils gagnèrent le *campo*. Il ne comprenait pas l'obstination d'Iseppo à aimer cet endroit que seuls les rats et les crabes pouvaient apprécier mais ne se risqua pas à lui livrer sa pensée. Le *parnas* semblait contrarié après l'écoute des nouvelles : il avait l'impression que Venise ne s'enfonçait pas seulement dans les flots, mais aussi dans la fange et la luxure auxquelles le Ghetto avait du mal à résister. Iseppo se rendit chez Sarah, qui ne répondit pas à ses coups de heurtoir, puis resta longtemps chez lui et reparu coiffé de son béret jaune. Il traversa Venise sans un regard pour les quartiers qu'il empruntait et pénétra dans l'enceinte du pouvoir par la porta della Carta.

51

L'activité du quai battait son plein près du Rialto. Les bateaux de commerce encombraient le Grand Canal sur trois files devant les *case fondaco* qui associaient les fonctions d'entrepôt, de magasin et d'habitation des marchands. Gandour logeait chez le patricien Buzzati, négociant attitré de la famille Karam pour le commerce de tissus, dont le *fondaco* était situé à quelques mètres du pont du Rialto. Azlan s'arrêta pour observer les marins décharger les caisses de toutes tailles qu'ils présentaient aux fonctionnaires préposés aux taxes avant de les enfourner par les portes latérales des *case fondaco*. Il fut accueilli par un serviteur aux manières compassées qui le conduisit dans un salon à l'étage, où l'attendait le marchand levantin. Le chirurgien eut à nouveau cette sensation angoissante de voir vivant un homme qu'il avait autopsié un mois et demi auparavant. Il avait prévu de l'interroger sur son état de santé et celui de sa famille, mais était porteur d'une nouvelle qui serait difficile à accepter. Cecilia avait prévenu Azlan que le corps de Bachir n'avait pas été déposé dans la fosse du Lazzaretto Vecchio. Selon une pratique répandue surtout en période d'épidémie, il avait été jeté dans la lagune afin que les poissons et l'eau salée fassent leur ouvrage. L'infirmière avait commencé par affirmer que la demande des Incurables avait été mal interprétée par le personnel du lazaret, avant d'avouer qu'elle avait imaginé cette solution afin que personne ne puisse s'apercevoir de l'autopsie. L'aide qu'elle avait voulu apporter au chirurgien avait fini par se retourner contre eux. Azlan avait longuement hésité sur la conduite à tenir, puis il avait pris sa décision.

Depuis leur première rencontre, Gandour semblait plus reposé et ses traits avaient retrouvé la rondeur que les privations du voyage lui avaient fait perdre. Sa barbe était taillée avec soin et sa tenue se composait d'un pantalon et d'une chemise de soie noire dont les reflets jouaient avec la lumière, d'une large ceinture pourpre et d'un gilet aux motifs rouges. *Pas étonnant que Piero l'ait pris pour un prince*, songea Azlan en se préparant à lui avouer le geste pratiqué sur son frère. La médecine légale était autorisée en Italie et les dissections répandues dans les écoles de médecine, mais les autopsies se cantonnaient aux victimes de crime ou aux personnalités illustres, la cause de leur décès faisait ensuite le tour des gazettes d'Europe.

— Je voudrais m'excuser par avance de ce que j'ai à vous apprendre, dit le chirurgien.

— Ne vous donnez pas la peine de me le relater, coupa Gandour. Je suis allé au lazaret. Je sais ce qui est arrivé à mon frère.

Le Levantin s'interrompit, marcha jusqu'à la fenêtre et, les mains jointes dans le dos, observa le fourmillement humain sur le Grand Canal. Devant le silence d'Azlan, il reprit :

— Ce n'était pas de la défiance envers vous ni envers votre hôpital, mais je me devais d'agir.

Il se retourna vers lui. Son visage ne manifestait aucune colère et dégageait même une forme de sérénité.

— Voyez-vous, ma famille a connu un schisme il y a une génération. Une partie a conservé le culte musulman et l'autre, dont mon père, est devenue chrétienne maronite. Ma mère, elle, a adopté notre religion par amour. Je dois rentrer dans le Chouf avec mon frère afin qu'il ait une sépulture chrétienne.

— Je comprends, et je suis le seul responsable de ce qui est arrivé, avoua Azlan.

Il détailla l'arrivée de Bachir aux Incurables, la perplexité des médecins face à ses symptômes, son attachement à essayer de le soigner et la mort au bout d'une semaine. Puis l'autopsie qu'il avait décidée sans en référer à personne.

— Le mal dont souffrait votre frère est inconnu et c'était une occasion inespérée de faire progresser la médecine.

— Cela vous a-t-il été utile ?

— J'ai pu observer des anomalies dans la matière blanche de son cerveau, mais je n'ai pas pu les relier avec certitude à ce qui a emporté votre frère. J'ai été interrompu dans mon travail.

Le chirurgien relata la soirée au chevet des blessés du concert et assuma comme sienne la décision d'envoyer le corps au Lazzaretto Vecchio.

— Personne n'est responsable, réagit Gandour Karam. C'est la volonté de Dieu. Il m'envoie une épreuve. J'ai traversé la mer pour venir chercher la dépouille de Bachir et cette mer me la rendra. L'employé du lazaret m'a expliqué qu'il y a plusieurs courants à l'endroit où il a jeté le corps. Il a pu être emmené vers le large ou vers la côte. Des pêcheurs ont pu le retrouver dans leurs filets. Tout n'est pas perdu. Je ne retournerai au Mont-Liban qu'avec mon frère. Maintenant, je dois me retirer pour aller prier.

Le Levantin l'accompagna jusqu'à l'entrée de la *casa fondaco*.

— Vous vous demandez sûrement si j'ai déjà ressenti des symptômes identiques aux siens ? La réponse est non. Mais ce que vous affirmiez était exact, et j'ai compris que mon frère avait entrepris ce voyage pour éviter que nous le voyions s'éteindre. Vous savez, notre père souffrait du même mal et sa fin a été un long calvaire.

52

L'infirmerie des Incurables ne désemplit pas de l'après-midi, et Azlan ne cessa de soigner des musiciennes atteintes d'influenza, pour lesquelles le docteur Pellegrini avait prescrit des diaphorétiques afin de favoriser la transpiration, ainsi que des saignées. Ils devaient faire face à un nombre croissant de cas depuis plusieurs jours, caractérisés par des douleurs musculaires, toux et fièvre, ce qui avait grandement perturbé la vie de l'école de musique. La Pietà était épargnée, mais Azlan ne doutait pas qu'elle serait rapidement atteinte par une épidémie propagée par les vents et, tout en soignant les pensionnaires, il réfléchissait à un moyen de minimiser l'affection et ses conséquences. Il songea que la réponse se trouvait quelque part à Venise, peut-être à quelques dizaines de mètres de lui, dans un Codex Quanum qui n'avait jamais été autant à sa portée.

— J'ai besoin de votre avis, Cornelli.

Il dottore l'avait hélé depuis le seuil de la pièce. Pellegrini lui demandait régulièrement son opinion, surtout lorsqu'il savait que même Azlan ne saurait répondre, afin de prouver que le chirurgien n'avait pas un diagnostic exceptionnel et ne tenait pas son don de Dieu, contrairement à ce que la rumeur voulait faire croire.

— L'enfant a dix ans, expliqua-t-il au chevet du malade, un garçon au visage blafard et à la constitution chétive. Sujet à des convulsions qui ont commencé par une faiblesse de la jambe droite qu'il traînait comme un idiot derrière lui, faiblesse qui s'est propagée à la main du même côté.

Le médecin prit un verre à demi rempli d'eau et le tendit au malade.

— Tenez, buvez ! intima-t-il à l'enfant hésitant.

— Ce ne sera pas la peine, *dottore*, intervint Azlan.

Pellegrini l'interrompit d'un geste sans quitter le garçon des yeux.

— Buvez !

Le patient prit le récipient et tenta de l'approcher de sa bouche, mais sa main fut prise de tremblements l'en empêchant. À chaque tentative, les trémulations reprenaient de plus belle et s'accentuaient dès que le verre s'approchait des lèvres. Azlan le lui retira pour mettre fin à son calvaire.

— Danse de Saint-Vite, commenta-t-il pour le médecin.

— Tout à fait, une chorée de Sydenham, tint à préciser Pellegrini. Je ne vous ai pas convoqué pour nous apprendre ce que nous savons déjà. Quels sont les traitements habituels à la cour de Lorraine ?

— Bouillons céphaliques, infusion de fleurs de caille-lait, de quinquina et de cascarille. Et surtout poudre de guttete.

— Nous utilisons tous la poudre de gui, mais avouez que les résultats ne sont pas d'une grande célérité à paraître.

— Maître Déruet utilise l'éducation des membres pour accroître la vitesse de guérison. La répétition des gestes afin que l'esprit retrouve le contrôle des membres.

— Nous allons faire autrement. Nous allons l'opérer.

Azlan entraîna le médecin à l'écart.

— De quelle opération parlez-vous ? Il n'en existe aucune pour ce mal. Il atteint les nerfs.

— Bien sûr qu'il n'en existe pas. Nous serons les premiers et je lui donnerai mon nom.

Le Lorrain avait perçu un changement d'attitude du médecin envers lui. Le ton s'était fait cassant et autoritaire.

— Auriez-vous l'obligeance de m'expliquer votre théorie, *dottore* ?

— Je le ferai en temps voulu. Il vous faudra pratiquer une trépanation. Vous ne pouvez me le refuser, puisque, apparemment, vous exécutez des autopsies crâniales avec une grande dextérité, mon ami.

Le chirurgien ignora l'allusion et prétexta de retourner à l'infirmerie pour partir à la recherche de Cecilia. Elle se trouvait avec Antonina dans la réserve de blanchisserie et parut gênée à son arrivée. Le gouverneur Grimani voulait le voir immédiatement.

— Je n'y suis pour rien, ajouta-t-elle.

Azlan eut l'impression qu'un vent glacé soufflait sur l'institution. À peine le chirurgien parti, Cecilia s'assit sur un ballot de linge et pleura.

— Continue, dit Antonina en la consolant.

En début d'après-midi, le président des Incurables avait été convoqué d'urgence au palais des Doges au sujet de l'entrevue d'Azlan à la *casa fondaco*.

— Te souviens-tu du Levantin venu récupérer le corps de son frère la semaine dernière ?

— Comment l'oublier ? Il a fait forte impression, reconnut Antonina.

Cecilia lui avoua pourquoi elle avait envoyé la dépouille de Bachir au Lazzaretto.

— Il a fait une autopsie ? Dans cette pièce ?

— J'ai voulu aider maître Cornelli, dit Cecilia en acquiesçant. Après tout ce qu'il a fait pour nos musiciennes.

— Tu es surtout amoureuse de lui.

— Ne dis pas cela.

— Ça crève les yeux. Et lui est indifférent.

— Ne dis pas cela non plus, ajouta-t-elle avant de s'essuyer le visage dans son tablier.

— Quel lien avec le comte Buzzati ?

— Le Levantin est son hôte, il s'est confié à lui et Buzzati s'est plaint directement auprès du Grand Inquisiteur.

— Tout ça va mal finir ! s'emporta Antonina. Cecilia, regarde-moi, intima-t-elle alors que l'infirmière était à nouveau en proie aux larmes.

Elle la prit par les épaules et la força à lever les yeux.

— Tu n'as fait qu'obéir au chirurgien, tu ne savais rien de l'autopsie, tu n'as rien vu ! D'accord ?

— Mais c'est moi qui…

— Non ! À partir de maintenant, tu n'as fait qu'obéir !

— Maître Cornelli est un homme bon et il me protégera.

— C'est un homme bon tant qu'il n'a pas connu la salle des tortures. Après, ce sera un homme qui voudra sauver sa peau, comme les autres. Tu n'as rien dit au président ?

— Pas encore.

— Très bien, alors protège-toi. Le comte Buzzati est un des plus généreux donateurs des Incurables, tu sais ce que cela signifie ? Je n'aimerais pas être à la place de ton Lorrain.

— Par Dieu, Cornelli, qu'avez-vous fait ?

Le président l'avait accueilli avec une économie d'affabilité qui ne lui ressemblait pas et lui avait détaillé son entrevue avec le Grand Inquisiteur.

— Ouvrir le corps d'un éminent marchand levantin sans l'accord de personne… Mais si vous aviez besoin de cadavres, il fallait nous avertir et nous vous aurions trouvé un condamné !

Azlan s'excusa platement sans donner d'explications à son geste.

— C'est une sale affaire et je vais devoir réunir les gouverneurs. Nous devons envisager une sanction pour satisfaire Buzzati et le palais.

Depuis l'affaire des poutres pourries, Grimani était devenu l'obligé du Grand Inquisiteur, qui y avait fait allusion pendant leur entrevue. Le président se devait d'être exemplaire s'il voulait éviter un renvoi avant le terme de son mandat. *Ou pire*, songea-t-il. La peur guidait souvent les choix dans la Sérénissime.

Dans l'attente du conseil des gouverneurs, Azlan avait réussi à éviter la suspension. Mais l'urgence était ailleurs. Il prit un sachet de noix vomique dans la réserve des matières premières, râpa les fruits séchés et les jeta dans de l'alcool bouillant. Il évapora le solvant jusqu'à obtenir une consistance molle et prépara des grains qu'il déposa dans un flacon. Le chirurgien retrouva Cecilia à l'infirmerie. Il rassura la jeune femme, dont la gêne était manifeste, et lui remit la bouteille.

— Je voudrais que vous en donniez deux grains au garçon atteint de la danse de Saint-Vite.

— Résine de noix vomique ? lut-elle sur le papier qu'il avait collé à la hâte.

— Si cela ne produit pas d'amélioration, il en prendra trois demain matin. Augmentez d'un grain tous les jours jusqu'à observer un effet et continuez à cette dose.

— C'est une demande du docteur Pellegrini ? questionna-t-elle en fourrant le flacon dans la poche de son tablier.

Le chirurgien l'entraîna par le bras loin de la porte ouverte.

— Le docteur veut tenter une opération qui va à coup sûr tuer cet enfant. J'ai déjà vu ces pilules utilisées pour cette maladie. C'est notre dernière chance de le sauver.

— Maître, vous pouvez aussi refuser d'opérer.

— D'autres chirurgiens le feraient. Notre docteur n'abandonnera que si le malade est guéri. Je sais que je vous demande beaucoup dans la situation actuelle, mais j'en prends toute la responsabilité.

Cecilia accepta en maudissant les conseils d'Antonina et ses propres sentiments. Azlan gagna son bureau pour noter la recette et les doses appliquées au garçon. La remarque de Cecilia l'avait déstabilisé. L'hypothèse ne lui était même pas venue à l'esprit. Il pouvait refuser d'opérer. Il avait le choix. Il s'était tellement persuadé que la réussite de sa mission dépendait de sa présence aux Incurables qu'il aurait été prêt à tout pour y rester. Il avait menti à son infirmière. Les pilules de noix vomique n'avaient jamais été utilisées pour la danse de Saint-Vite. Elles avaient guéri certains cas d'épilepsie, et il avait juste eu l'intuition de leur utilité sur leur jeune malade. Tout comme il avait menti à Sarah. Il n'allait pas envoyer le texte codé en Lorraine, puisqu'il avait déjà demandé au duc de dépêcher son meilleur déchiffreur à Venise. Azlan n'aimait pas celui qu'il devenait. Jamais Nicolas Déruet n'aurait accepté de se comporter ainsi.

CHAPITRE 6

Venise, 1688

Le Signal est prêt. Bientôt notre plan sera achevé. Je risque ma réputation et même ma vie pour sauver celle de mon ami, mais je suis le seul à pouvoir réussir. Giovanni me croit simple employé au palais des Doges, il ne sait pas que moi, Niccolò Guarducci, je suis chiffreur au service du Secreto tout comme mon père, Armando, et son père, Nestor Guarducci. Nous sommes la plus vieille lignée de cryptologues vénitiens. Le trésor que Giovanni a reçu de son oncle est bien trop lourd pour lui, pour quiconque. Il doit rester introuvable et ses gardiens eux-mêmes ne pourront y accéder qu'en reconstituant le Signal.

J'ai inventé un nouveau code dont je dois dire qu'il m'a procuré une forte satisfaction intellectuelle. Indéchiffrable sans ses deux clés. Même le grand Soro, notre père fondateur, n'y parviendrait pas. Giovanni donnera le texte chiffré à celui qu'il estimera le plus digne de conserver ce secret, et je ferai de même avec la clé. Aucun de nous deux ne saura à qui l'autre l'a transmis. Ainsi, le trésor sera protégé et seul le Signal, une fois déclenché, permettra de mettre en relation les deux passeurs. Jamais cette maudite organisation ne pourra se l'approprier.

Venise, mars-avril 1713

53

Rien. Il ne se passait rien au-delà de la minuscule ouverture découpée dans la toile noire qui permettait d'observer la façade de la Scuola Grande. Les hommes se relayaient dans la gondole et s'ennuyaient ferme depuis plusieurs semaines, plus encore que pendant la guerre de succession d'Espagne à laquelle ils avaient participé. Plusieurs mercenaires avaient même abandonné pour rejoindre de véritables champs de bataille.

— Si ça continue, je vais faire pareil, dit le guetteur entre deux lampées de vin du Frioul. Ils n'ont qu'à le surveiller eux-mêmes, leur dessin, ces princes, ces culs dorés. Qu'ils envoient leurs laquais, ces gens-là savent rester des heures sans bouger !

— Tais-toi, lui intima celui qui partageait sa garde. Tu es bien payé pour une mission sans danger et tu passes ta journée à boire. Alors, arrête de te plaindre ! dit-il en lui décochant une bourrade dans l'épaule.

Le soudard roula sur le côté et fit mine de perdre connaissance.

— Espèce de barrique ambulante, assena l'autre en prenant le relais devant la lucarne.

Pour toute réponse, l'homme au sol se vida bruyamment de quelques gaz qu'il accompagna d'un rire gras.

— Et tu sens la charogne faisandée, je serai heureux quand tu seras parti ! conclut son camarade tout en continuant d'observer la place déserte.

S'il partageait ce sentiment de frustration, l'homme s'interdisait de manifester le moindre doute : il appartenait à la hiérarchie de l'organisation et croyait en l'importance d'une obéissance aveugle afin de parvenir à leur but suprême.

Un Vénitien en habits d'artisan s'était approché de la façade et arrêté devant le Signal gravé dans la pierre, attirant l'attention du guetteur. L'artisan posa la main sur le dessin puis se retourna vivement, provoquant un mouvement de recul du mercenaire en faction.

— Que se passe-t-il ? demanda l'autre, intrigué.

L'homme lui fit signe de se taire. Il releva lentement le carré de toile et aperçut l'artisan en compagnie d'un jeune compagnon chargé d'une lourde besace. Tous deux s'étaient agenouillés devant « l'Homme au cœur vivant » et avaient engagé une conversation animée.

— Je crois qu'on y est…, dit le guetteur.

— Que fait-on ? demanda l'autre, qui avait compris la situation.

— Les ordres sont de suivre le passeur. Mais ils sont deux.

— Et alors ? Nous aussi.

Le mercenaire jeta un coup d'œil à son acolyte dont les sens étaient émoussés par une nuit de libations. Il ne voulait pas prendre de risque.

— Reste là et n'interviens que si je t'appelle. J'ai une autre idée.

— Ce sont des marbres de Toscane, dit l'artisan à son assistant. Il suffira d'en faire venir un de cette taille-là, ajouta-t-il en traçant un large rectangle imaginaire autour du dessin gravé. Ce ne sera pas le chantier le plus compliqué de l'année, ni le mieux payé, mais ça avait l'air urgent. Donne-moi une pointe et un burin, demanda-t-il en tendant la main, je vais évaluer la qualité de la pierre.

Le compagnon sortit les outils de sa besace.

— Bonjour, messieurs, leur lança le mercenaire en levant son chapeau. Pardonnez ma curiosité, j'habite juste en face, dit-il en désignant vaguement l'enfilade de façades. Je vous ai vus intéressés par ce dessin.

— Oui, acquiesça l'artisan. Nous sommes missionnés pour l'enlever. Les barbouilleurs sont la plaie de cette ville. Ils la recouvrent d'inscriptions sauvages.

— Mais ils vous donnent du travail.

— Vous l'avez dit, l'ami ! répliqua l'artisan en jetant ses outils dans la sacoche ouverte.

— Voulez-vous que je vous offre à boire, messieurs ?

— Ce n'est pas l'envie qui nous manque, mais nous devons retourner à notre atelier.

— Une dernière question : qui vous a mandaté pour l'enlever ?

Depuis l'embarcation, le soudard, qui avait suivi la conversation, vit son compère le rejoindre tandis que les ouvriers quittaient la place.

— Qu'en est-il ?

— Je crois que ton vœu a été exaucé, vieux camarade. On va bientôt lever le camp.

— C'est eux ? On les suit ?

— Inutile. J'ai toutes les informations.

— À nous les puterelles de San Paolo !

— Un dernier effort : je vais les transmettre au commandant et, quand il m'en donnera l'ordre, tu rendras sa barque au gondolier. En attendant, fais le ménage dans cette porcherie !

Le mercenaire quitta le campo Santi Giovanni e Paolo et prit son temps pour rejoindre la résidence de son contact. Il ne vit pas l'ombre qui le suivait de loin, un noble en *bauta*, le visage protégé d'une *larva* blanche. À force de surveiller les autres, le militaire en avait oublié qu'il pouvait lui aussi être pris en filature. L'homme pénétra par l'entrée latérale dans le palais Corner Spinelli. Sarah considéra que son piège avait été presque trop facile : l'artisan avait été payé pour expliquer à qui le lui demanderait que son client désirait garder l'anonymat et se faisait appeler « le Passeur ». La jeune femme n'eut pas à attendre longtemps avant de découvrir qui résidait dans ce palais : moins d'une demi-heure après son arrivée, le soldat monta dans la gondole attachée au ponton de l'entrée principale. Il était accompagné d'un nobliau petit et corpulent, habillé à la française, qu'elle identifia instantanément : Hugues de Fresne.

Sarah n'avait plus de doute : la plus dangereuse des organisations secrètes du continent était à leurs trousses.

54

Cecilia donna un linge au garçon pour qu'il s'essuie le visage. Il n'avait pas réussi à avaler la moindre goutte de son verre d'eau. Cinq grains d'extrait de noix vomique n'avaient eu aucun effet sur sa danse de Saint-Vite.

— Psst !

Le visage de Piero était apparu dans l'encadrement de la porte. Il fit signe à Azlan de s'approcher en lui tendant un billet cacheté. Le chirurgien lut le message et le fourra distraitement dans sa poche sous l'œil curieux du *codega*.

— J'ai une urgence, expliqua Azlan. Je serai de retour cet après-midi.

— Le docteur vous cherche. Il voudrait vous parler de son opération, rappela l'infirmière.

— Tentez directement dix grains demain, demanda Azlan.

— Je ne sais pas si…

— S'il vous plaît, juste demain et nous arrêterons si rien ne se passe.

Le trouble de l'infirmière était manifeste. Elle s'interrogeait sur les sorties impromptues et répétées du chirurgien. Pour l'heure, son attachement envers lui était encore plus fort qu'envers son hôpital, mais ne le resterait pas très longtemps.

Les pas de l'archiviste résonnaient sur le sol dallé. Il traversa l'immense salle de lecture de la Biblioteca Marciana, chargé de trois gros livres au cuir usé qu'il portait devant lui comme un cuisinier aurait tenu à bout de bras son chef-d'œuvre. Il entra dans le salon de la Sansoviniana et les déposa devant le seul lecteur présent. Azlan le remercia et reçut en retour un haussement de menton. Sitôt l'homme disparu dans les larges escaliers, il suivit les instructions du message et commença par l'ouvrage intitulé *Histoire de l'occultisme. Les sociétés secrètes en Europe*. L'auteur s'était dissimulé derrière un « Monseigneur M***» de circonstance. La matière était consacrée en grande partie à la Franc-Maçonnerie, considérée comme la mère de toutes les organisations occultes. Le chirurgien le feuilleta et ouvrit le quatrième chapitre qui détaillait les ordres que l'auteur qualifiait de mineurs : Templiers, Rose-Croix, Alumbrados, et le dernier que Sarah citait dans son billet : l'Ordre du Graal. Apparu en 1685, il était le plus récent et le plus secret aussi. Même le nom de son fondateur y était déclaré comme inconnu. Sans doute appartenait-il à l'une des cours royales européennes, selon une supputation de l'auteur. Tout comme les hermétistes, ses membres étaient à la recherche d'un traité absolu, dans le but non de transformer le plomb en or, mais de construire « l'homme régénéré », celui qui saurait vaincre toutes les maladies et faire reculer la mort. L'allusion au Codex Quanum était évidente. Monseigneur M*** estimait le nombre d'adeptes de cette société à plusieurs centaines, essaimés en Europe de l'Ouest, principalement entre l'Autriche, la république des XIII Cantons et le nord de l'Italie. Leur hiérarchie comprenait plusieurs grades qui ressemblaient à ceux des Francs-Maçons : apprentis, compagnons et maîtres. Mais, à la différence de ces derniers, personne ne pouvait quitter l'Ordre du Graal. En manque d'informations, l'auteur avait cité avec moult détails l'œuvre de Chrétien de Troyes, à l'origine du mot Graal, qui était inconnue à Azlan, puis conclu en qualifiant le mouvement de secte criminelle. Le chirurgien resta un long moment songeur, les yeux rivés sur le plafond décoré de toiles des maîtres vénitiens. La dernière phrase de Sarah l'avait inquiété : *Ils sont à notre recherche*.

Le lendemain, l'activité familière des Incurables le rassura. Azlan se plongea dans son travail avec une ardeur qui décupla lorsque Cecilia vint lui annoncer que le traitement du matin avait eu un effet bénéfique sur le garçon. Celui-ci avait réussi, bien qu'en s'y reprenant à plusieurs reprises, à boire une partie de son verre d'eau, et ses tremblements avaient été moins intenses. Le chirurgien se rendit au chevet du malade qui avait retrouvé un sourire d'enfant, tandis que Cecilia allait quérir le médecin. Le docteur Pellegrini vint accompagné d'un confrère qu'Azlan ne connaissait pas. Le chirurgien détailla le traitement qu'il avait fait appliquer au garçon.

— Les effets se font sentir à partir de dix grains de noix vomique, conclut-il à l'adresse des deux soignants. Je propose de continuer pendant une à deux semaines en espérant…

— Maître, l'interrompit Pellegrini, je vous remercie de cette initiative sur mon malade dont vous auriez dû m'avertir ; elle nous sera peut-être utile après notre opération.

— Mais…

— Je vous présente le docteur Marino Persico, mon illustre confrère, qui enseigne à la faculté de médecine de Padoue. Je me suis inspiré de ses travaux sur le haut mal pour l'intervention qui nous concerne. Docteur ?

— Merci, cher confrère, dit l'homme en s'approchant du garçon. Comme vous le savez, la danse de Saint-Vite, tout comme l'épilepsie, sont des dégénérescences cérébrales appartenant à la même famille que l'imbécillité et l'idiotie. Comment être sûr de ce fait ? Il existe des signes distinctifs qui ne trompent pas l'homme de l'art. Regardez cette asymétrie frontale très prononcée avec l'aplatissement d'une des bosses, pérora-t-il en pointant du doigt le crâne du malade. Dégénérescence que l'on peut traiter par une décompression encéphalique, comme nous l'avons fait plusieurs fois avec succès à l'hôpital de Padoue. C'est pourquoi votre idée de craniectomie me semble brillante, mon cher Pellegrini.

— Maître, vous allez pratiquer une résection partielle des os du crâne, continua le médecin des Incurables. Mais pas une trépanation ordinaire.

Il prit l'enfant par les épaules et lui fit pencher la tête en avant.

— Depuis la suture frontale jusqu'à l'occipitale, montra-t-il. Tout au long de la suture sagittale. Il faut obtenir une perte de substance de quatre pouces de long et deux lignes et demie de large[1]. Est-ce compris ?

Le garçon s'était mis à sangloter et le médecin enleva sa main qui lui maintenait la tête penchée.

— Nous allons te guérir, petit, dit-il avant de s'isoler avec Azlan.

— Docteur, objecta celui-ci, je voudrais que vous considériez l'efficacité de la noix vomique comme seul traitement.

— Maître, vous n'êtes pas en position de discuter mon diagnostic et ma demande. Vous allez effectuer cette opération aujourd'hui. Le docteur Persico veut y assister avant de repartir aux aurores pour Padoue. Prévenez-nous quand vous serez prêt.

1. Neuf centimètres sur six millimètres.

55

Assis dans son lit aux rideaux de taffetas relevés, le vieillard regardait son fils avec la satisfaction d'avoir accompli son devoir de tuteur. Le quadragénaire qui se tenait devant lui avec déférence était prêt à lui succéder. Il était, au bout du compte, sa plus belle réussite et le père en était fier, même s'il ne l'avouerait jamais. Le vieil homme sentait l'énergie vitale le quitter un peu plus chaque jour, il sentait son corps se rétrécir autour de son squelette et se transformer en plomb qu'aucun alchimiste ne pourrait jamais plus transmuter. Les murs de la chambre, faits d'un bois noir, étaient parsemés de tableaux d'ancêtres dont il avait demandé qu'ils soient retournés. Il ne supportait plus leurs regards impudiques maintenant qu'il allait bientôt les rejoindre. Il ne quittait l'endroit que pour se reposer dans le parc, à l'ombre d'un chêne bicentenaire qui lui survivrait, même si l'idée l'avait traversé de le faire couper à sa mort. Sa quête s'achevait et il n'avait que peu d'amertume ; son fils l'avait prise à bras-le-corps et il réussirait là où lui avait échoué.

Ce fils qui l'avait écouté sans rien dire, peut-être pensait-il déjà à l'après, alors que le vieillard, lui, n'arrivait pas à le concevoir. Il aurait tant aimé vivre longtemps, bien plus longtemps, pour voir l'accomplissement de l'Ordre du Graal qu'il avait fondé. Mais Dieu le rappelait à Lui. S'il avait pu trouver le Codex durant ces trente dernières années, il aurait pu parler d'égal à égal avec le Seigneur, il aurait pu conférer l'immortalité aux membres de l'Ordre. Il était convaincu que le

Quanum en avait le pouvoir. Ce serait pour sa géniture, et cette seule pensée lui réchauffait le cœur, dont ses adversaires le disaient dépourvu. Une rumeur courait depuis la découverte du Signal, selon laquelle le dessin de « l'Homme au cœur vivant » le représentait lui, le Grand Maître de l'Ordre du Graal, essayant de se pourvoir de l'organe qui lui avait toujours fait défaut.

Il ne pouvait détacher ses yeux du visage de son fils, de sa peau cuivrée par nature et de ses cheveux d'un noir intense qui rendaient ses yeux gris plus clairs encore, d'une couleur presque animale, et qui faisaient se retourner tout le monde sur son passage, entre crainte et étonnement.

— Nous avons beaucoup progressé, dit-il sans oser soutenir le regard de son père. Les textes codés seront bientôt en notre possession et, de là, le Quanum. Il vous faut tenir bon. Mais je n'ai pas vu votre médecin. Où est-il ?

— Je l'ai congédié. Il ne m'est plus utile. Et je ne voudrais pas que la fièvre ou la fin me délivre de notre secret devant lui.

— Je vais rester, père, ajouta-t-il en jetant son chapeau sur une chaise, que le serviteur présent s'empressa d'enlever. Ma présence est devenue indispensable ici.

— Non, votre place est à Venise. Vous devrez œuvrer chaque jour pour la cause.

Le fils admira la vue depuis leur piton rocheux : il était un point d'observation idéal sur toutes les terres de leur comté. L'endroit, que les Romains avaient baptisé *vallis dulcis*, la « douce vallée », avait bercé son enfance et son adolescence, avant qu'il soit envoyé *incognito* apprendre le maniement des armes dans une des familles liées aux Habsbourg – période qu'il avait détestée pour la vie de cour, ses codes et sa vaine frivolité. À son retour, son père l'avait initié au Graal et le jeune homme y avait trouvé la cause à laquelle il aspirait. Il avait recruté parmi les familles les plus fortunées et les plus sûres les nouveaux membres qui juraient fidélité et soumission à un ordre promettant l'immortalité. Il était devenu le garant du secret qu'ils devaient protéger en châtiant ceux qui avaient parlé et trahi, ou ceux qui voulaient la perte de leur société secrète. Dès l'âge de vingt ans, il avait fait de la frégate, construite avec les fonds de la cause, sa seule maison et avait sillonné mers et fleuves de l'Europe au Levant, à la recherche du Codex, pendant que son père administrait l'Ordre du Graal depuis les hauteurs de leur donjon imprenable, en Grand Maître omnipotent. Au bout de deux décennies, les plus anciens membres avaient commencé à disparaître avant l'éternité promise, remplacés par des hommes plus motivés mais sans grande fortune, les fonds avaient fini par se tarir et son père s'était résolu l'année précédente à vendre une partie de son comté pour une somme importante. L'opération l'avait précipité dans un état de prostration et de faiblesse qui avait figé ses humeurs et en partie paralysé sa main, son bras et sa jambe droits.

— Alors, je ferai venir Houbraken d'Amsterdam. Il est médecin et membre de l'Ordre, proposa le fils.

— C'est inutile. Je vais rejoindre votre mère et tous nos compagnons de route. Le souffle vital m'a quitté. J'ai tenu bon pour vous voir une dernière fois. Nous devons préparer votre élection comme Grand Maître sans tarder.

— Laissez-moi seul avec mon père, ordonna le fils au serviteur qui s'inclina.

Il tira une chaise près du lit à baldaquin pendant que l'homme quittait silencieusement la salle et attendit que son père parle.

— Je voulais m'amender de vous avoir fait vivre cette vie, ces voyages incessants, ces secrets permanents, lui dit ce dernier. Vous n'avez jamais pu prendre femme.

— N'ayez pas ce regret, père, puisque moi je ne l'ai point. Notre cause vaut tous les sacrifices.

— Je ne suis pas sûr d'avoir été aussi vertueux que vous.

— Vous êtes l'incarnation de l'Ordre du Graal. Grâce à vous, nous sommes présents dans toutes les familles régnantes d'Europe. Et dans les soi-disant républiques. Bientôt, les « hommes régénérés » domineront le monde.

— Vous aurez cet honneur, mon fils, et il sera mérité. Mais il vous faudra prendre épouse. Certains maîtres de l'Ordre ont des filles en âge de se marier.

— Père…

— Il nous faut du sang neuf et une alliance qui puisse asseoir définitivement nos finances. J'ai donc choisi pour vous, Frederick.

D'ordinaire, son père ne prononçait jamais son prénom. Frederick ne répondit pas. Il contint sa réaction et maîtrisa ses émotions comme il savait si bien le faire. Il était vain d'argumenter.

Frederick s'inclina et demanda la permission de se retirer. Pendant le trajet qui l'avait conduit de Venise au château de la douce vallée, il s'était mille fois répété tous les arguments qu'il comptait développer devant son père afin que ce dernier accepte sa demande : depuis des mois, il était animé de tendres sentiments envers une femme qui avait fendu son armure. Une femme qui aurait dû n'être qu'un moyen de retrouver le Codex mais qui était devenue bien davantage. Une femme qui avait tout pour déplaire à son père : non seulement roturière, mais aussi orpheline et musicienne. Pour la première fois de sa vie, Frederick ressentait l'amour comme un état ensorcelant et merveilleux, et non comme un acte jouissif et libertin. Sous son masque d'Arlequin, ses paroles amoureuses avaient eu le goût de la sincérité. Frederick avait prévu d'enlever Maria Dalla Viola ; elle les épouserait, lui et sa cause, et il en ferait sa reine. Personne ne pourrait s'opposer au futur Grand Maître de l'Ordre du Graal.

56

Sarah était en colère contre Iseppo. L'intervention du *parnas* auprès des instances du pouvoir avait réussi : son illustre prétendant venait de quitter leur appartement en lui annonçant qu'ils se verraient désormais dans un lieu plus discret que le Ghetto. Sans doute un couvent sur une des îles de la lagune. Sarah détestait plus que tout ne pas maîtriser son environnement. Leur relation allait devenir plus difficile pour elle, alors que l'homme se faisait plus insistant. Pour l'heure, ils allaient correspondre par des messages codés grâce aux partitions.

La jeune femme se changea, en profita pour rafraîchir l'encre du message sur sa cuisse et tenta à nouveau de percer le texte du Quanum avec la partition d'Azlan. Elle se sentait proche de réussir mais, comme à chaque tentative, échouait après quelques lettres. Elle était persuadée que les termes « Codex » et « Quanum » faisaient partie du message et qu'une fois qu'elle les aurait localisés, le reste de la phrase serait décodé sans effort. Elle abandonna au bout d'une heure et regagna son logement sans même sortir de l'immeuble : les deux bâtiments, contigus, avaient des combles communs. Là, Sarah choisit un costume de *gnaga*, en rapport avec son humeur, constitué d'un vêtement féminin et d'un masque de chat. Le déguisement était généralement porté par des hommes voulant s'habiller en femme et lui permettrait d'éviter les importuns.

Elle sortit du Ghetto et se dirigea vers Santa Croce avant de revenir vers le nord-ouest du Cannaregio après une grande boucle. La jeune femme tenta d'imaginer ce que pouvait être une vie insouciante et légère, mais n'y parvint pas. Il y avait si longtemps qu'elle n'avait plus lâché prise. Elle avisa une gondole isolée dans une rue bordant le rio San Girolamo et monta à bord à reculons, sans un mot pour le batelier. D'une pression du pied suivi d'un coup de rame, celui-ci s'éloigna du quai. Azlan l'attendait sous le *felze*.

— J'admire la fécondité de votre esprit, dit-il en guise d'introduction. Vous proposez un personnage et un lieu différents à chaque rencontre !

— Nos rendez-vous ne sont pas un jeu, répliqua-t-elle. Je redoute votre inconscience et je dois redoubler de vigilance. Quand le comprendrez-vous ?

— Si je commençais à me masquer maintenant, je deviendrais un suspect idéal.

— Il est vrai que vous avez trouvé chemin plus court pour vous faire suspecter : autopsier un Levantin et vous débarrasser du corps, à mon tour de vous féliciter, persifla-t-elle.

La minute suivante se déroula en silence, bercée par le clapotis de l'eau et le chant des gondoliers qu'ils croisaient.

— Pourquoi avons-nous tant de difficultés à nous faire confiance ? demanda-t-il enfin.

Sarah était persuadée que le chirurgien lui cachait la raison réelle de sa présence à Venise. Azlan était convaincu que la jeune femme ferait tout pour garder le Codex pour elle seule.

— Faisons un pacte, proposa-t-elle. Jurons-nous loyauté l'un envers l'autre dans notre quête. Je le jure sur la Torah, dit-elle en montrant l'exemple. Et si Moisè m'entendait, il me maudirait, ajouta-t-elle. Vous n'avez pas idée de l'importance de ce que je viens de prononcer.

— Je le jure sur la Bible, compléta-t-il. Et je vous donne ma parole d'honneur, ce qui pour moi est bien plus important.

Elle sortit le scalpel de sa poche et le lui présenta.

— Il faut un rituel.

— Le mélange des sangs ? N'est-ce pas un peu…

Sans attendre la fin de la phrase, Sarah s'était entaillé la pulpe de l'index gauche.

— … barbare ? finit-il avant de lui tendre son doigt.

Elle pratiqua une minuscule incision d'où une goutte de sang vermillon perla sans s'étaler.

— Ce serment nous engage, dit-elle solennellement en appuyant son doigt sur celui d'Azlan.

Il comprit qu'elle était sincère et répéta la phrase. Une petite lanterne accrochée au sommet de la caponière délivrait une lumière ténue et chevrotante. Aucune ouverture n'était percée dans la toile.

— Où sommes-nous ? Je n'entends plus de bruit autour de nous.

— Près de l'île San Secondo, répondit-elle, évasive. Nous sommes en sécurité, le batelier fait partie du Ghetto. Avez-vous progressé ?

— Le texte est entre les mains du meilleur déchiffreur du duché.

— Le message est déjà arrivé en Lorraine ? Mais comment avez-vous fait ?

— Justement, de cela je voulais vous entretenir…, commença-t-il en évitant son regard.

Azlan lui avoua son initiative. L'agent lorrain s'était présenté la veille chez Visconti, officiellement pour étudier la flore locale.

— Quel imprudent vous êtes ! Trouvez-vous que notre entreprise n'est déjà pas assez téméraire ainsi ? s'offusqua Sarah alors que le sang continuait de perler sur son doigt et qu'elle faisait un effort pour se contenir.

— Sa présence nous permettra de gagner un temps précieux et de répondre sans délai à toutes ses demandes.

— Elle permettra surtout d'attirer plus encore l'attention sur votre parent et sa maison, répliqua-t-elle. Vous auriez dû m'en avertir avant de l'engager à venir !

Au fond d'elle-même, la jeune femme était soulagée de l'intervention du chirurgien, elle en approuvait les avantages malgré le risque que cela représentait, mais elle ne voulait surtout pas le féliciter d'une action qui lui échappait.

— Qu'il se dépêche seulement de nous indiquer comment utiliser la clé et je m'occuperai du reste, ajouta-t-elle pour clore le débat et mettre un terme à l'indignation qu'elle avait exagérée.

Azlan avait pris la mesure des emportements de Sarah, qui étaient indispensables pour canaliser l'énergie de la jeune femme. La tempête passée, il aborda le sujet qui le préoccupait :

— Que pouvez-vous me dire au sujet de votre *parnas*, monsieur Guarducci.

— Pourquoi Iseppo vous intéresse-t-il ?

— Je connais un Guarducci lié à Venise, mort il y a plusieurs années. Maître de musique et de famille catholique. Et une ressemblance physique avec votre *parnas* que je n'attribue pas au hasard.

Sarah hésita. Un serment ne pouvait pas facilement délier les années de prudence qui l'avaient préservée jusqu'alors. Azlan le comprit et lui désigna son index à la dernière phalange rougie. Elle enleva son masque de chat avant d'expliquer :

— Iseppo est né hors mariage. C'est le bâtard d'un employé du palais des Doges et d'une fille de notre communauté. Il a été élevé par sa mère dans le respect de notre religion.

— Comment se fait-il…

— … qu'il porte le nom de son père ? Niccolò Guarducci a reconnu l'enfant à sa naissance mais n'a jamais voulu le rencontrer, et cela jusqu'à sa mort. Iseppo était la représentation de sa faute. Le maître de musique que vous connaissiez était son demi-frère.

— Amadori était-il proche de lui ? Se voyaient-ils ?

Le sourire de Sarah laissa présager du contraire. Amadori avait découvert l'existence d'Iseppo après la mort de Niccolò, conformément aux instructions du défunt. Le notaire chargé de la succession avait listé les biens qui revenaient à Amadori, d'où il manquait un sac de voyage que le père avait donné à Iseppo de son vivant et qui constituait son seul héritage. Le maître de musique avait tout tenté pour le récupérer, allant jusqu'à solliciter le tribunal.

— Iseppo était juif et la communauté ne voulait pas que le différend s'envenime. Il rendit le sac qui n'avait aucune valeur marchande. Il le rendit vide.

— Qu'y avait-il dedans ?

Niccolò avait transmis à son fils illégitime les secrets du Quanum.

— C'était un héritage empoisonné. De toute façon, Iseppo n'a pas saisi la portée du Codex. Il s'en est débarrassé.

— Auprès de votre père ?

— Isaac était le seul médecin qu'il connaissait, le seul en qui il avait confiance. Il lui a donné tous les documents.

La gondole tangua sensiblement. Ils venaient de croiser un vaisseau marchand. La lanterne oscilla fortement, manquant de souffler la mèche dont la flamme se recroquevilla avant de se redresser, fière et droite.

— Mon père est mort il y a trois ans. Depuis, je suis la gardienne du secret, dit Sarah en remettant son masque de chat.

— Est-ce qu'Amadori était au courant pour le Quanum ?

— Je n'en sais rien. Il a quitté la Sérénissime après la mort de son père et n'est jamais revenu.

— Détrompez-vous.

Azlan relata les desseins du maître de musique qui avait enlevé Marie à sa terre natale.

— Il habitait Milan, pourquoi l'avait-il enfermée à la Pietà ? conclut-il.

— Le soupçonnez-vous d'avoir trouvé un moyen de revenir ici sans attirer l'attention ?

— S'il a appris l'existence du Codex, il en aura compris la valeur et se sera décidé à le réclamer à son frère bâtard. Iseppo pourrait-il nous aider ?

— Après s'en être séparé, il n'a jamais questionné mon père sur le Quanum. Et je n'en ai jamais discuté avec lui. C'est un passé qu'il veut oublier. Il ne parlera pas.

La jeune femme donna un ordre au gondolier. L'embarcation vira sur elle-même. Il fallait rentrer pour ne pas attirer l'attention. Peu à peu, les bruits familiers de la ville emplirent l'espace du *felze*.

— Savez-vous comment Amadori est mort ? demanda-t-elle soudainement.

— Une rixe dans une rue de Milan, répondit Azlan, qui s'était renseigné auprès de Visconti. Un coup d'épée lui a transpercé le cœur.

— Dans le dos ?

— C'est exact. Comment le savez-vous ?

— C'est ainsi que l'Ordre du Graal exécute ceux qu'il considère comme traîtres à sa cause. Si votre hypothèse est exacte, monsieur de Cornelli, votre protégée sera en grand danger dès qu'elle sortira de la Pietà.

57

Trois jours s'étaient écoulés et l'enfant était toujours vivant. Une fois le crâne rasé, Azlan avait entaillé l'os jusqu'à la dure-mère suivant les indications du médecin et avait recouvert la plaie du baume le plus efficace pour une rapide cicatrisation avant d'emballer la tête dans des linges que Cecilia avait fait bouillir préalablement. Le jeune malade avait crié, hurlé, s'était débattu et avait fini prostré sous l'effet du laudanum et de la douleur. Le chirurgien avait demandé une diète stricte et une surveillance régulière de la température. Il avait fait de son mieux pour minimiser les risques d'une intervention qu'il jugeait insensée et que le *dottore* avait qualifiée de grand progrès pour la médecine.

La fièvre n'était pas apparue. Le garçon mangeait avec précaution, mais avec grand appétit. Les seules douleurs qu'il éprouvait se situaient au niveau de la trépanation. La plaie n'était pas violacée. Et le malade avait réussi le matin même à porter seul cuillère et gobelet à sa bouche. Le docteur Pellegrini, qui n'avait jamais douté de sa réussite, triomphait dans toute la ville. Pour Azlan, peu importait que le mérite en revînt aux grains de noix vomique. Il passait beaucoup de temps avec son malade, changeant lui-même les bandages imprégnés de cicatrisant, réduisant les saignées quotidiennes exigées par le médecin, empêchant les soignants des autres institutions et les patriciens curieux de venir constater par eux-mêmes ce que la rumeur propageait. Le président Grimani était venu lui annoncer que le conseil des gouverneurs ne statuerait pas sur son cas avant un mois ou deux, n'ayant pas réussi à mettre plus tôt le sujet à l'ordre du jour. Il eût été malvenu de sanctionner un homme qui venait de participer avec succès à un nouveau traitement chirurgical et dont l'habilité avait peut-être été favorisée par son autopsie non autorisée. Azlan mesurait l'ironie d'une telle situation, alors qu'il devait son sursis à Pellegrini et à la robuste constitution du malade. Grimani lui avait aussi appris que Gandour Karam avait affrété un petit navire de pêche et qu'il ratissait la lagune à la recherche du corps de son frère. Le nombre d'îlots isolés, de lais, de marais ainsi que la taille du cordon littoral ne lui facilitaient pas la tâche. À plusieurs reprises, Bachir s'était invité dans le sommeil d'Azlan. À chaque fois, le rêve était différent mais l'image de son patient revenait invariablement, l'arrière du crâne décalotté sur la substance grise parsemée de petites taches brunes qui se prolongeaient sur la moelle osseuse. *Des lésions médullaires antéro-postérieures*, avait noté Azlan dans une de ses lettres à Nicolas Déruet. Il était persuadé qu'elles étaient la cause de tous les symptômes observés et ne doutait pas qu'elles étaient dans ses rêves exactement les mêmes que celles qu'il avait observées deux mois auparavant, juste avant d'être interrompu par le drame.

Lorsque Cecilia vint le trouver, Azlan vérifiait les progrès du garçon après avoir changé ses bandages ; cette observation l'avait rassuré. Un blessé l'attendait en salle de soins qui ne voulait être soigné que par lui.

Il reconnut Scarpion. Le batelier tenait serré autour de sa main droite un linge imbibé de sang. Le chirurgien l'enleva délicatement.

— Pouvez-vous m'expliquer comment cela vous est arrivé ? interrogea-t-il tout en nettoyant délicatement à l'eau tiédie la blessure qui saignait encore.

— Un câble de marine qui s'est rompu et m'a fouetté, affirma Scarpion sans même tenter d'être convaincant.

Azlan ne cilla pas. Il avait reconnu un coup de lame de sabre. La pointe avait pénétré de la première phalange du pouce jusqu'au centre de la paume.

— Vous allez sauver ma main, maître ? Dites-moi que je pourrai l'utiliser comme avant !

Le muscle abducteur du doigt avait été coupé et l'artère radiale dilacérée. En examinant la partie centrale de la plaie, Azlan découvrit que le tendon fléchisseur de l'index était en partie sectionné.

— C'est que j'en ai besoin pour mon métier, insista le gondolier.

— Nous allons la réparer du mieux possible. Buvez ceci, dit le chirurgien en indiquant la fiole de laudanum que Cecilia lui tendait.

De nombreux caillots s'étaient formés dans la blessure, mais l'hémorragie persistait. Azlan débrida la plaie et ôta le sang coagulé. Il requit deux aides afin de maintenir le blessé, dont la conscience commençait à s'altérer sous l'effet de l'opium, et choisit ses instruments pour pratiquer l'opération. Il découvrit l'artère radiale et la lia rapidement, puis s'y reprit à deux fois avant de réussir à ligaturer l'extrémité de la crosse palmaire. Il nettoya à nouveau la plaie à l'aide d'un cataplasme de plantes et réalisa une suture avec un brin de fil de chanvre.

— Nous allons devoir vous garder plusieurs jours. Avez-vous une famille à prévenir ?

— Maître, les interrompit Antonina, qui était entrée. Des gens du palais sont là qui désirent interroger votre blessé. Des sbires.

Azlan les accueillit dans le couloir. Deux hommes en encadraient un troisième qui avait le visage masqué par un large loup de velours noir. L'Inquisition voulait interroger Scarpion. Ils questionnèrent le chirurgien sur la gravité de la blessure avant de s'isoler avec le gondolier.

— Qu'a-t-il fait ? demanda Cecilia, qui avait été obligée de sortir.

— Je n'en sais rien, mais le laudanum va lui délier la langue, je n'aurais pas dû accepter.

— Si, maître. Vous ne pouviez refuser, lui assura l'infirmière tandis qu'Antonina confirmait d'un hochement de tête. Même le doge n'aurait pu.

58

Scarpion ressentait un curieux mélange de douleur et d'euphorie. Il avait toute sa tête, de cela il était persuadé. Il se rappelait parfaitement ce qui lui était arrivé alors qu'il était sur le chemin du palais pour rencontrer le Grand Inquisiteur. Il avait encore en mémoire les informations qu'il avait obtenues sur la frégate inconnue. Il ne connaissait pas l'homme masqué qui l'interrogeait. Mais l'ensemble lui paraissait sans réelle importance, du moins tout lui semblait aussi important que sa mission. Il avait faim d'une friture de poissons de la lagune, il avait soif du vin servi au *Café du Lion*, un breuvage quelconque mais qui le mettait en joie pour jouer aux cartes et reluquer les serveuses.

— Pouvez-vous nous raconter ce que vous avez appris ? questionna l'homme.

Le gondolier fit un non enfantin de la tête.

— D'abord, je veux manger !

— Manger ?

— Oui. Donnez-moi à manger et je vous raconterai tout ce que je sais.

L'homme parut hésiter avant de chuchoter un ordre à l'un des deux sbires.

— Et demandez au chirurgien du laudanum. J'ai encore mal !

L'agent attendit l'acquiescement de son supérieur et sortit.

— Maintenant, racontez-moi. Votre repas vous sera servi bientôt.

Le gondolier comprit qu'il avait intérêt à obtempérer. Il se redressa sur sa chaise et se racla la gorge.

— Son Excellence m'avait demandé personnellement d'obtenir des informations sur la frégate inconnue. Celle qui mouillait dans la lagune le soir de l'accident du concert.

— Le navire d'un étranger déguisé en Arlequin ?

— Oui, cela même, répondit Scarpion, rassuré que son interlocuteur soit au courant de l'affaire. J'ai enfin trouvé d'où elle venait. Ce ne fut pas chose facile. Aucun des marins n'avait eu l'autorisation de descendre à terre lors de l'escale à Venise. Mais le bateau s'était arrêté quelques semaines auparavant à Candie[1] pour des réparations.

1. Désigne à la fois la Crète et sa capitale, l'actuelle Héraklion.

— En pays ottoman ?

— J'ai un ami qui est resté là-bas après l'annexion par les Turcs. Il travaille au port. La frégate a été rachetée à un marchand français qui commerçait depuis Bordeaux. Elle appartient maintenant à un Habsbourg d'Autriche.

— Cet arlequin ?

— Non, il s'agirait juste d'un prête-nom. On ne sait pas de quel pays vient cet homme, mais on dit qu'il vit dans son bateau et navigue en permanence de port en port. Il paraît qu'il mouille souvent en république de Raguse[1].

— Que savez-vous d'autre ?

— Rien de plus. Mais c'est déjà beaucoup, et ça mérite récompense vu les risques pris, affirma le batelier en montrant sa main enveloppée dans d'énormes pansements.

— Que vous est-il arrivé ?

Sur le chemin du palais, Scarpion avait senti une présence dans son dos et s'était retourné au moment où l'éclat brillant d'une lame s'était abattu sur lui. Par réflexe, il s'était protégé de sa main tout en s'écartant de la trajectoire du coup. Des témoins s'étaient précipités et son agresseur s'était enfui.

— Ce n'était pas la première fois, j'ai déjà été menacé à cause de cette histoire, avoua-t-il. J'aimerais que vous transmettiez toutes ces informations au Grand Inquisiteur. C'est lui que je voulais voir. Il faut me protéger maintenant !

---

1. La petite cité-État de Raguse correspondait à l'actuelle ville de Dubrovnik et a résisté à toute tentative d'annexion par la Dalmatie sous domination vénitienne.

— Soyez bien certain que tout sera fait pour que vous soyez en paix, promit l'homme au masque.

Le second sbire lui demanda des détails sur son assaillant et l'endroit où l'agression s'était produite, puis il l'interrogea sur ses habitudes et les intimidations précédentes qu'il avait subies. L'interrogatoire finissait par agacer Scarpion. Lorsque l'agent revint avec un repas, le gondolier leva les bras au ciel :

— Pas trop tôt ! lâcha-t-il en soulevant le torchon qui recouvrait un grand bol en grès.

— Sachez que vos révélations nous seront très utiles. Maintenant, mangez et reposez-vous, déclara l'homme au loup qui se tenait en retrait près de l'unique fenêtre.

Une fois seul, Scarpion saliva devant le poulpe frit qu'il avala goulûment, avant de boire d'une traite la fiole de laudanum puis de rompre le pain et de le mâchonner tout en réfléchissant à ce qu'il venait de vivre. Le repas le revigora et tous ses sens étaient en éveil. Scarpion se sentait capable de gravir une montagne, même avec sa main blessée.

— Mais qui les a prévenus que j'étais ici ? s'interrogea-t-il soudain.

59

Il avait réussi. Comme à chaque fois, il ressentait une joie extatique. Lui, le déchiffreur lorrain, avait accompli sa mission et repartirait bientôt à Lunéville, où l'attendaient sa femme et sa fille qui venait de naître.

Il demanda au serviteur d'allumer un feu dans la cheminée de sa chambre. Ce dernier était nouveau venu dans la maison et le Lorrain le surveilla pendant l'opération. Une fois l'homme sorti, il rassembla toutes les feuilles noircies de son écriture – à l'exception d'une, qu'il roula –, attendit que les flammes aient pris possession de l'âtre et déchiqueta soigneusement les papiers en petits morceaux avant de les déposer au milieu du feu comme une offrande. Il dispersa au tison les documents carbonisés.

Le Lorrain avait mis trois jours à comprendre comment fonctionnait la clé de chiffrement. Il aimait ces joutes intellectuelles à l'intérieur des codes, et celle-ci l'avait particulièrement intéressé.

Il n'avait plus qu'à attendre la visite hebdomadaire d'Azlan, prévue deux jours plus tard. Officiellement, le Lorrain était un ami de la famille de Cornelli venu étudier la flore de la lagune en vue d'un dictionnaire édité par la faculté de Pont-à-Mousson. Son hôte n'était pas dupe : l'invité n'était presque pas sorti durant son séjour.

— J'ai étudié hier l'ouvrage de La Bourdonnais et, cette fois, je serai un adversaire à la hauteur, déclara Vettore Visconti tout en invitant le Lorrain à s'asseoir en face de lui.

Lorsqu'il avait appris que son invité était un excellent joueur d'échecs, Visconti s'était montré un hôte bienveillant. Il proposait invariablement une partie après chaque déjeuner ; le Lorrain n'osait refuser et gagnait tout aussi invariablement, après avoir laissé un semblant d'équilibre s'instaurer pendant quelques coups. L'Italien lui en savait gré, apprenant à chaque partie de nouvelles attaques.

Ils jouèrent les deux premiers coups en silence.

— Je partirai dimanche matin, annonça le Lorrain, surprenant une once de déception dans le regard de son logeur.

— Vous allez me laisser sans partenaire, regretta Visconti. Ce n'est pas à Mestre que je vais retrouver un joueur de votre qualité.

Il avança son fou du roi.

— Un gambit ? commenta son adversaire. Voilà qui est audacieux.

— Vous savez que le mot vient de l'italien ? C'est pour moi une façon d'honorer ma patrie, plaisanta Visconti. Et un gambit bien attaqué peut être décisif.

— Avez-vous le sens du sacrifice ?

— Ce n'est pas ce qui me caractérise le mieux. Je me suis toujours dédié aux arts plus qu'à la politique.

Le Lorrain, qui avait du temps à tuer, refusa le gambit en bougeant à son tour son fou du roi.

— Voilà que vous fuyez, commenta Visconti. Est-ce là une attitude de savant ? Ou de chat jouant avec sa proie ?

Le chiffreur s'était habitué aux reparties de son hôte, qu'il jugeait loyal envers les Cornelli, et se sentait en sécurité sous son toit. Après que Vettore eut déplacé sa dame devant le roi, il prépara une attaque mais se ravisa. Il avait envie de faire durer la partie. Il avait appris à aimer la compagnie de l'excentrique italien.

— À quand remonte votre amitié avec monsieur de Cornelli ? voulut savoir Visconti tout en faisant signe à son serviteur de leur apporter des verres de grappa.

— Nous fréquentions la même salle de jeu de paume, mentit le Lorrain. Il était le meilleur joueur du duché.

— Je ne suis allé qu'une fois à Nancy. Le duc est un homme exquis qui a beaucoup fait pour les arts. Nous avions logé chez la marquise, dans son hôtel particulier de la rue Saint-Michel. Nous aurions pu nous y croiser. C'était en 1700, avant l'occupation des Français.

— J'ai suivi le duc à Lunéville quand il a dû fuir devant les troupes de Louis. Quel jour maudit. Azlan, lui, a accompagné Rosa et Nicolas en Italie.

— J'étais jeune moi aussi et je les ai vus arriver chez mes parents à Milan. C'est à ce moment que je me suis vraiment lié d'amitié avec Azlan.

La conversation continua sur le ton badin de la confidence. L'esprit du Lorrain s'échappait vers les siens. Finalement, il ne serait parti qu'un mois et pourrait profiter de son enfant. Il était inquiet pour la santé de sa femme, qui s'était épuisée en couches.

Visconti, qui n'avait cessé de parler, déplaça son cavalier et annonça :

— Vous êtes échec et mat.

Le Lorrain s'aperçut alors que Vettore l'avait piégé en endormant sa méfiance lors des parties précédentes.

— Mon cher ami, vous me connaissez maintenant suffisamment pour savoir que je ne suis pas un donneur de leçons. Mais il faut toujours rester sur vos gardes dans la Sérénissime. Non seulement je vous ai battu en vous prenant à votre propre jeu, mais vous m'avez menti sur votre relation avec Azlan de Cornelli. Leur hôtel particulier ne se trouve pas rue Saint-Michel, mais rue Naxon. J'en déduis que vous n'y êtes jamais allé et que votre passion pour la botanique ne tiendrait pas à l'épreuve d'un examen approfondi. Méfiez-vous de tout le monde et ne livrez jamais la moindre information dont vous ne soyez entièrement sûr.

Le Lorrain avait péché par orgueil. La semonce de son hôte l'avait cueilli comme une gifle. Il décida de sortir se promener dans la forêt qui bordait les palais de riches familles vénitiennes et de cueillir quelques spécimens botaniques afin de jouer son rôle. Il s'était senti plus cruellement vexé par cette dernière remarque que par sa défaite échiquéenne. L'homme était originaire du massif des Vosges et savait reconnaître les plantes, comme n'importe quel habitant de son duché. Tout en s'enfonçant dans les bois, et comme pour se rassurer, il fit la liste des essences qu'il croisait : chêne, peuplier, frêne, saule, orme, gratifiant chaque arbre d'une tape amicale. Connaître la flore et la faune était une question de survie pour qui n'avait ni biens ni domesticité. Il mit dans sa besace quelques fleurs et décida qu'il avait assez œuvré pour sa sécurité. Sur le chemin du retour, il doubla un promeneur qui avançait au gré de ses envies, la tête levée vers la cime des arbres. L'homme l'aborda et lui proposa de cheminer ensemble. Sa physionomie bonhomme et son affabilité lui conféraient un air inoffensif qui détendit le Lorrain. Le flâneur se révéla très vite intarissable sur la lagune, son inexorable exhaussement et toutes les conséquences qui en découlaient pour la végétation et les animaux du golfe. Le déchiffreur se contenta d'écouter ; son esprit était ailleurs. Les deux hommes arrivèrent en lisière du bois, face à la première maison de la rue. Le Lorrain prit congé, mais le promeneur fit mine de ne pas l'avoir entendu.

— J'ai remarqué que vous étiez amateur de botanique, dit-il en désignant la besace. Puis-je vous montrer quelque chose qui va piquer votre curiosité ?

Alors que le Lorrain hésitait, il ajouta :

— Mais j'en oublie la plus élémentaire des politesses. Je me présente : Domenico Filiasi. Tout le monde ici m'appelle *il professore.*

60

Azlan était revenu auprès de son protégé au moment où deux médecins d'une institution voisine profitaient de son absence pour tenter d'examiner le crâne du garçon. Il avait pu les arrêter à temps. Il était admiratif mais surpris des progrès quotidiens de son patient et commençait à se demander si le docteur Pellegrini n'avait pas eu raison de l'opérer. Il chassa vite cette pensée.

— Maître, est-ce vous qui avez utilisé le remède pour l'enfant ?

Cecilia lui montra le flacon de noix vomique à moitié vide.

— Il était presque plein ce matin encore. J'en suis sûre.

Azlan l'observa et évalua le manque à plus de cinquante grains. Il songea à tous les confrères et soignants qui avaient tenté de voir le malade. Certains remèdes étaient recherchés en raison de leur prix élevé.

— À moins que…, murmura-t-il. Venez avec moi en salle de soins !

À leur arrivée, Scarpion était allongé sur le sol, inconscient, dans une étrange position. Sa tête était renversée en arrière, et ses bras et ses jambes parcourus de contractions anarchiques. Il respirait très faiblement. Azlan courut à la réserve et n'entendit pas l'infirmière qui l'appelait. Il avait reconnu les symptômes d'empoisonnement à la strychnine contenue dans la noix vomique et ne connaissait qu'un seul antidote. Il prit toute la teinture de morphine qu'il put trouver, ainsi qu'un émétique puissant. La seule fois où il avait vu tenter un tel traitement, c'était sur un chien. Azlan venait d'arriver à Nancy où le plus expérimenté des chirurgiens de l'hôpital Saint-Charles, François Delvaux, était aussi vigneron. L'homme avait déposé des noix vomiques dans ses vignes à l'approche des vendanges, et la bête en avait croqué avant de présenter les symptômes caractéristiques d'un empoisonnement. Delvaux, que toute la ville surnommait « le Hérisson blanc » en raison de son caractère bien trempé et de son éternel bonnet blanc, s'était précipité à Saint-Charles où Azlan l'avait aidé à préparer l'antidote. Ils avaient soigné la bête toute la nuit.

Au retour d'Azlan dans la salle de soins, Scarpion avait repris conscience et Cecilia tentait de le faire asseoir sur la table d'examen, mais le corps du batelier était parcouru de secousses qu'il était incapable de maîtriser. Le chirurgien aida l'infirmière tout en expliquant le traitement qu'il voulait appliquer. Avec une grande difficulté, ils lui firent d'abord avaler l'émétique, un extrait de racine d'ipécacuanha, alors que sa respiration était devenue haletante. La substance ne fit pas vomir Scarpion, tout juste eut-il des spasmes qui s'ajoutèrent à ses trémulations et l'affaiblirent. Le chirurgien n'insista pas. Il avait évalué la quantité de strychnine ingérée par le gondolier : elle aurait dû le tuer en quelques minutes. Il comprit alors que la grande quantité de laudanum qu'il avait reçue pour supporter la douleur l'avait en partie protégé des effets du poison. Il emballa ses pouces dans des linges et força le malheureux à desserrer ses mâchoires qui se contractaient involontairement. Cecilia y introduisit une cuillerée de teinture d'opium, mais Scarpion se débattit et une partie du liquide coula au coin de ses lèvres, mélangé à la bave qui ne cessait de sourdre.

— Aidez-nous à vous soigner, vous devez avaler le plus d'opium possible ! insista le chirurgien.

Le batelier cligna des yeux pour acquiescer mais, malgré ses efforts, il n'arrivait pas à contrôler les mouvements involontaires de son corps. De rage, il poussa un grognement animal, manqua d'air et eut du mal à reprendre sa respiration. Les bruits attirèrent Antonina qui, croyant à une possession démoniaque, faillit s'enfuir avant de les aider.

Les contractions du diaphragme allaient et venaient, permettant par moments au batelier de happer suffisamment d'air avant d'en manquer. La peau de son visage alternait du pâle au gris. Le bandage de sa main blessée s'était défait et du sang coulait par le fil déchiré. Ils réussirent à lui faire avaler le contenu d'une seconde cuillère, dont Scarpion ne régurgita qu'une petite partie. Mais l'antidote ne suffisait pas et la raideur musculaire l'affaiblissait à chaque crise. Ils luttaient pour le maintenir en vie depuis plus d'une heure, mais les symptômes ne diminuaient pas d'intensité.

— Les vapeurs ! s'exclama soudain Azlan alors que le gondolier avait fermé les yeux d'épuisement.

Il faut qu'il en respire les vapeurs… Antonina, dites au concierge d'ouvrir l'apothicairerie et prenez le flacon de boulettes d'opium ! Cecilia, trouvez un fumeur, qu'il nous prête sa pipe !

Azlan piqua la boulette sur une aiguille et la chauffa à la flamme d'une chandelle. Il la disposa dans le foyer de la pipe que l'apothicaire tenait en main. Ce dernier l'avait rapportée comme souvenir d'un voyage aux Indes. De tous, il était le seul à avoir fumé de l'opium et présidait à la manœuvre avec une évidente satisfaction. Scarpion aspira une première bouffée, puis une seconde plus forte, mais aucune fumée ne sortit de sa bouche.

— Cet opium sera trop difficile à consumer seul, il faut le mélanger à du tabac, dit l'apothicaire en prenant le pot qu'il avait apporté.

— Dépêchons-nous, supplia Cecilia, il respire mal !

Le pharmacien, qui avait beaucoup fréquenté les chirurgiens, se drapa par mimétisme dans un calme condescendant. Il disposa quelques brins de tabac dans le foyer et l'alluma à l'aide d'une mèche. L'odeur caractéristique du mélange se répandit dans la pièce. Ils disposèrent le tuyau de la pipe dans la bouche de Scarpion afin qu'il inspire les vapeurs, mais la tentative se solda par un échec, le batelier ne parvenant pas à maîtriser ses muscles faciaux. L'apothicaire exhala alors lentement la fumée sur le visage du blessé, qui faisait de son mieux pour l'aspirer. Plusieurs fois, il fut pris d'une quinte de toux qu'il eut du mal à contrôler. L'homme de l'art fut d'une grande patience et répéta l'opération durant une heure, soufflant un filet de fumée sur les narines et la bouche de Scarpion, qui faisait des efforts surhumains pour l'inhaler. L'apothicaire persévéra jusqu'à épuisement de la matière dans le fourneau. Il faisait nuit, le campanile voisin avait sonné huit heures de la soirée, et Azlan constata que Scarpion pouvait enfin maîtriser ses mâchoires. Il alluma une seconde boulette et lui déposa le bec de la pipe entre les lèvres. Le gondolier réussit dès les premières bouffées à avaler les vapeurs du mélange. Les crampes de ses membres disparurent rapidement.

— Il est sauvé, dit Cecilia.

— C'est un miracle, ajouta Antonina.

— La science des plantes, argua l'apothicaire.

— Tout cela grâce à votre ami qui l'avait tenté à Nancy, rectifia Cecilia.

Azlan resta silencieux. Quinze ans auparavant, le Hérisson blanc avait injecté la teinture de morphine dans la gueule du chien durant toute la nuit. La bête était morte au matin.

Tenu par les deux infirmières, Scarpion fut emmené jusqu'à la salle des malades où il s'installa presque sans aide dans un lit. Il fit signe à Azlan de s'approcher et lui parla longuement à l'oreille. Lorsqu'ils sortirent, seul l'apothicaire osa demander au chirurgien ce qu'ils s'étaient dit.

— Il nous remercie tous et va prier pour que Dieu nous protège.

— Et… ? demanda l'homme de l'art, déçu par cette réponse.

— Et il est dégoûté à vie du poulpe frit.

Nul ne crut à la repartie d'Azlan, mais personne n'insista. Il était tard et les émotions les avaient épuisés. Le chirurgien se retira dans sa chambre où Piero dormait, comme il le faisait de plus en plus souvent. Il regarda le *codega* tout en songeant aux paroles de Scarpion. Le confident de la République l'avait conjuré de ne pas retourner à Mestre.

61

Annus horribilis... Les deux mots tournaient dans la tête de Carlo Grimani, qui avait passé la nuit aux Incurables afin de préparer la venue au matin de la police de l'Inquisition. La pire année de l'institution s'était déroulée sous sa présidence. Une tentative d'empoisonnement était déjà en soi un acte grave mais, perpétrée par des hommes se faisant passer pour des sbires de la République, elle devenait une affaire d'État. Depuis les matines, le *Misser Grande* et une vingtaine de sbires avaient investi l'hôpital, fouillant les lieux et interrogeant tout le monde. Grimani avait pris à part Azlan et Cecilia et leur avait fait comprendre qu'ils devaient passer sous silence l'origine de la noix vomique utilisée par les agresseurs au nom de l'intérêt supérieur de l'établissement. Et pour éviter d'être lui-même accusé de négligence. Toute la nuit, Grimani avait tenté de trouver explication à toutes les questions que les sbires ne manqueraient pas de lui poser sur le fonctionnement de l'hôpital. Il avait l'impression d'écoper une barque percée de mille trous.

Scarpion avait été isolé dans une salle annexe de l'étage, transformée en chambre de fortune et protégée par une garde renforcée à chaque point d'entrée.

On attendait la visite du Grand Inquisiteur pour la fin de matinée. Azlan avait renvoyé Piero chez ses sœurs, puisque le garçon n'avait aucune autorisation officielle pour loger aux Incurables.

— Comment vous sentez-vous ce matin, monsieur Polpeta ? questionna le chirurgien alors que le malade, à l'image d'un membre d'une cour royale, était entouré de deux gardes du corps.

— J'aurrive à paurler, répondit le batelier avec lenteur et une prononciation fermée des voyelles. Mais maul.

Les deux sbires se lançaient des coups d'œil et avaient du mal à garder leur sérieux à chaque propos de Scarpion.

— Les muscles de votre visage sont encore engourdis, expliqua Azlan. Votre nerf facial a été atteint, mais lorsque tout le poison aura quitté votre corps, vous retrouverez votre élocution normale.

— Et ça ? demanda l'homme en montrant son bras et sa jambe droite, qu'il avait du mal à lever.

— Ce sera sans doute plus long, mais je ne peux vous garantir que vous en aurez le même usage qu'auparavant.

— Il le fô ! s'énerva le malade en tentant de serrer le poing. Jeu suis gondolé !

Un des deux gardes pouffa et s'excusa.

— Messieurs, pouvez-vous sortir ? demanda le chirurgien.

— Maître, avec votre respect, nous avons ordre de protéger cet homme.

— En vous moquant comme à un bal des fous ? Vous me dérangez. J'ai sauvé la vie de monsieur Polpeta hier, ce n'est pas pour lui faire du mal aujourd'hui. Allez attendre dans le couloir, intima Azlan.

— Oui, aullez ! renchérit Scarpion d'un geste de la main.

— Je dois rencontrer le *Misser Grande* après cette visite, ajouta le chirurgien alors que les deux gardes hésitaient.

La menace fit effet et Azlan se retrouva seul avec son patient. Il enleva le fil abîmé de sa blessure, nettoya la plaie et fit une nouvelle suture avant de poser un bandage neuf.

— Suivez bien mes indications et vous retrouverez l'usage de votre main. Mais ce sera long, très long.

Le visage du gondolier était fermé. La rage exsudait par tous les pores de sa peau.

— Savez-vous qui vous a fait cela ?

Scarpion hocha la tête en signe d'acquiescement.

— Quel danger me guette à Mestre ? Est-ce lié à ces hommes ?

Le batelier le fixa d'un regard absent. Il serra le poing de sa main valide et lui fit signe de s'approcher.

Dès son arrivée aux Incurables, le Grand Inquisiteur s'était isolé avec le président Grimani qui avait supporté sans broncher toutes les critiques sur la faiblesse de l'organisation de son établissement, bien qu'il les trouvât injustes.

Il ne faisait aucun doute pour les autorités que l'attaque visant Scarpion était liée à ses recherches sur la frégate, dont trois passagers avaient assisté au concert le soir du drame. L'idée que l'accident était peut-être un attentat prenait corps au palais des Doges.

— La République ne tolérera pas qu'une organisation criminelle poursuive nos fidèles confidents jusque dans son sein en se faisant passer pour des sbires de Venise ! Elle ne tolérera pas qu'on s'en prenne à nos précieuses musiciennes, fierté de notre nation ! Nous poursuivrons ces criminels sans relâche et nous les châtierons, conclut-il dans une tirade qu'il décida de répéter lors du Conseil exceptionnel des Dix prévu pour le lendemain.

Personne, au palais des Doges, ne comprenait les motivations ni le but de ces fauteurs de troubles, mais les événements arrivaient à point nommé pour ressouder la République derrière une cause commune, et l'Inquisiteur comptait bien en profiter. Il fit une visite à Scarpion, lui promit une pension s'il devait rester handicapé et félicita le chirurgien lorrain qui avait à nouveau fait des miracles.

— Vous devriez songer à vous installer définitivement à Venise, maître. Vous auriez mon appui au Sénat pour obtenir la citoyenneté.

Azlan le remercia et prétexta son activité à la Pietà pour prendre congé. Piero, qui l'attendait sur le quai, le rejoignit en compagnie du chien sans nom qui quêta mollement une caresse. Le garçon pressa de questions le chirurgien qui le mit au courant sur le chemin du quai. Le *codega* prit un air sérieux pendant les explications dont il ne comprit pas tout mais n'osa pas insister. Au moment de monter dans une gondole du campo di San Vio, il tira sur la manche d'Azlan :

— On est suivis. Un garçon bizarre.

— Je sais, répondit le chirurgien, qui avait reconnu celui qui leur avait emboîté le pas depuis sa sortie de l'hôpital.

Chacun se tut pendant la traversée. À peine débarqués, ils se séparèrent et Azlan entraîna son poursuivant dans l'église Santa Maria del Giglo, où il l'attendit près d'une colonne du chœur.

— Vous me reconnaissez, maître ? demanda le suiveur en guise d'introduction.

— Comment oublier cette opération de vos yeux ? répliqua Azlan en s'approchant du visage du jeune homme afin d'en vérifier l'évolution.

Le retournement des paupières du neveu de la cuisinière n'était plus qu'un mauvais souvenir. Seule subsistait une légère cicatrice boursouflée qui les empêchait de s'ouvrir complètement et conférait au garçon un air mystérieux.

— Les filles de Mestre m'adorent maintenant, mais je veux toujours rentrer dans les ordres, précisa-t-il.

Il jeta un regard alentour. Hormis Piero, qui s'était installé au seuil de l'entrée principale, l'église était déserte.

— C'est monsieur Visconti qui m'envoie, chuchota-t-il. Votre ami lorrain a disparu.

62

Sarah frissonna. L'embarcation sentait la vase et le bois humide. Le brouillard s'était abattu sur la ville depuis la mi-journée, poissant vêtements et toiles de gondoles, ralentissant la circulation et transformant le Grand Canal en ciel constellé d'étoiles.

Sarah jouait avec le feu. Elle ne pourrait repousser indéfiniment les invites pressantes de son prétendant à le retrouver dans l'abbaye des bénédictines, sur l'île de Mazzorbo, tout en n'ayant pas l'intention de le laisser la toucher. Elle ne pouvait éviter une explication avec Iseppo sur les révélations d'Azlan mais pressentait que celle-ci la conduirait à une boîte de Pandore qu'elle n'avait aucune envie d'ouvrir. Et elle venait d'accepter de retrouver le chirurgien au même endroit que la fois précédente, dans la précipitation, bafouant les principes qu'elle avait établis pour sa propre sécurité. La tête lui tournait.

— Vous êtes en retard, dit-elle sèchement au moment même où Azlan entrait sous le *felze*. *Qedimah, boou nétsé, mahér !* ajouta-t-elle pour le gondolier.

— J'ai fait très attention à ne pas être suivi, se justifia-t-il alors que l'embarcation quittait le quai.

— Qu'avez-vous à m'annoncer ?

Visconti avait attendu le matin avant de s'inquiéter de la disparition de son hôte. Il avait envoyé ses gens dans les quelques cafés et *ridetti* de Mestre, ainsi que dans l'unique établissement qui se livrait à la prostitution, pensant que le Lorrain se trouverait dans l'un d'eux. Mais il était introuvable.

— Il a été vu hier après-midi en compagnie d'un homme parlant français. Ils ont quitté la ville ensemble. Ce sont les seules informations que Vettore Visconti a pu obtenir.

— Qu'attendez-vous pour aller à Mestre ?

Azlan lui relata l'agression de l'agent de l'Inquisition qu'il avait soigné la veille, avant de conclure :

— Il m'a alerté sur le risque qu'il y avait à m'y rendre. Plusieurs fois, alors qu'il me suivait, il a remarqué qu'une autre personne s'intéressait aussi à moi.

Un citoyen de la Confédération des XIII Cantons, un dénommé Filiasi, avec qui je fais la traversée les samedis. Il doit s'agir d'une coïncidence.

— Coïncidence ?

— Ce savant est tout au plus un original, mais indéniablement pas un agent.

— Azlan, cela ne vous ouvre pas les yeux ?

— Sarah, je connais bien la nature humaine…

— L'anatomie humaine, nuance.

— Mestre n'est pas un nid d'espions.

— Écoutez-moi : je suis persuadée que l'Ordre du Graal ne connaît pas mon existence, sinon pourquoi avoir lancé le Signal à Venise ? Ils voulaient découvrir qui était le possesseur de cette partie du code. Mais ils savaient pour vous.

— Comment pourraient-ils ?

— C'est la seule conclusion possible. Ils savaient avant même que vous n'arriviez ici : ils ont un espion à la cour du duc de Lorraine.

— Impossible !

Azlan avait failli se lever. La vivacité de sa réaction témoignait de son émotion. Il se reprit.

— Il n'y a pas plus de cinq personnes au courant et je réponds d'elles toutes.

— Alors, comment ont-ils su qu'un déchiffreur était arrivé chez votre parent ? Et ne me parlez pas de coïncidence, pas vous !

— Il n'y a aucun lien entre la cour de Lorraine et l'Ordre du Graal, réfuta-t-il.

— J'en connais au moins un : Amadori Guarducci. Maître de musique à l'opéra de Nancy et maître chanteur ici. Et je suis sûre qu'il y en a d'autres.

Elle donna l'ordre au gondolier de se rendre à Mestre.

— Nous n'aurons jamais d'occasion plus favorable : le brouillard nous protégera et tous les chiourmes de l'Inquisition sont aux trousses des membres du Graal. Aucun ne s'intéressera à nous pendant quelque temps.

— Je suis d'accord avec vous sur ce point. Uniquement sur ce point, insista-t-il.

— Heureusement que je ne vous ai transmis qu'une partie du message, ils ne pourront rien en faire sans la totalité.

— Que voulez-vous dire ?

— Je n'ai pas recopié les cinquante derniers caractères. Pourquoi votre déchiffreur aurait-il eu besoin de l'ensemble pour comprendre le fonctionnement des clés ? Finalement, le sort nous est favorable, se réjouit-elle.

Leurs regards se jaugèrent.

— Y aurait-il autre chose ? s'inquiéta Sarah. Vous n'oubliez pas notre pacte ? ajouta-t-elle en lui montrant la petite cicatrice sur son doigt.

— Rien que vous ayez besoin de savoir et qui serait utile pour notre quête, assura-t-il en la paraphrasant.

La remarque amusa Sarah, qui émit un petit rire argentin. Azlan avait failli lui avouer que des sentiments commençaient à s'affirmer en lui, des sentiments qui n'avaient rien à voir avec leur pacte. Mais il s'était ravisé. Pas question de se laisser distraire de sa mission sous prétexte que la jeune femme s'immisçait de plus en plus régulièrement dans ses rêveries.

— Je le considère comme un manque de confiance, ajouta-t-il en se renfrognant.

— Je vous ai protégé de vos propres erreurs. Un jour, vous m'en serez reconnaissant.

Le sourire qu'elle décocha lui confirma qu'il devrait garder ses distances s'il voulait conserver toute sa lucidité dans les semaines à venir.

Le batelier avançait avec une maîtrise consommée de la navigation dans la lagune. Il connaissait par cœur les chenaux et leurs balises, qu'il devinait plus qu'il ne les distinguait dans l'atmosphère rendue opaque par la vapeur en suspension. La lanterne installée à l'avant distillait juste assez de lumière pour que ses mains expertes dirigent l'embarcation sur le fil de l'eau. Il faisait partie des premiers gondoliers à utiliser des bateaux asymétriques qu'ils pouvaient piloter seuls. Au moment où il aperçut les premières lumières de la Terre Ferme, le batelier entama une aria *a cappella* pour signifier leur arrivée proche.

Ils ne croisèrent pas âme qui vive sur le chemin menant au palais Visconti. Le crépuscule avait assombri le manteau qui les recouvrait. Vettore les accueillit avec soulagement sans manifester de surprise à la vue du déguisement de *gnaga* de l'inconnue qui accompagnait Azlan. Visconti renvoya tout son personnel à l'office et resta seul avec ses visiteurs, heureux de se réchauffer à la cheminée du salon qui dispensait une chaleur généreuse. Il leur répéta ce qu'il savait et leur proposa l'hospitalité pour la nuit, ce que Sarah refusa.

— Je suis sincèrement navré de ce qui vient d'arriver sous mon toit, se désola Visconti. Mais je suis sûr qu'il y a une explication rassurante à cette situation.

— Pouvons-nous avoir accès à sa chambre ? demanda Sarah.

— Elle n'est pas fermée. Je me suis permis de vérifier qu'il n'avait pas laissé de lettre. Mais il n'y avait rien. Veuillez m'excuser, j'ai des problèmes de domesticité à régler. Difficile de trouver des valets fidèles par les temps qui courent.

La plupart des affaires du Lorrain étaient rangées dans l'armoire ou sur les portants. Rien ne confirmait un départ précipité.

— Il faut récupérer les textes codés et les clés. Je crains que votre ami ne revienne pas avant longtemps, commenta Sarah en fouillant les tiroirs du secrétaire.

Azlan la laissa faire d'un air narquois.

— Qu'y a-t-il ? Pourquoi ne m'aidez-vous pas ? s'interrompit-elle avant de s'approcher de la cheminée. Venez voir, il a brûlé des papiers.

Elle ne s'attarda pas sur les confettis calcinés qui étaient inutilisables. Azlan n'avait pas bougé.

— Sarah, intervint-il enfin, je ne vous ai pas tout dit pendant notre trajet.

Elle s'assit sur le lit et épousseta sa robe.

— Je m'en doutais, je commence à connaître votre regard quand vous n'êtes pas honnête avec moi.

— Je ne vous ai pas menti. J'ai juste attendu notre présence ici pour vous informer.

— Dites, s'impatienta-t-elle.

— Nous étions convenus d'une cache pour correspondre, annonça-t-il.

Le chirurgien chercha autour de lui avant de continuer :

— Le petit chandelier en argent qui se trouve au-dessus de l'âtre. Il l'avait apporté de Lorraine.

Sarah le prit pour l'examiner.

— Fabriqué par un des plus grands orfèvres de Nancy, compléta-t-il.

Elle le retourna. La base était creuse mais fermée par un bouchon de plomb qu'Azlan fit sauter à l'aide de son couteau. De la pointe, il sortit un papier enroulé qui faisait l'exacte longueur de la tige.

— À vous l'honneur, dit-il en le lui tendant. Elle parcourut le message du Lorrain.

— Il a réussi… il a réussi ! dit-elle en étouffant un cri.

Le texte indiquait le moyen d'établir les grilles de correspondance à l'aide des poèmes et des notes de la partition. Il ne leur restait plus qu'à l'appliquer pour découvrir l'emplacement du Quanum. Pendant qu'Azlan parcourait à son tour le message, Sarah se laissa tomber dans le fauteuil à bras du bureau. Elle pensa à son père et lui adressa une prière. Ses émotions étaient mitigées et à la joie succéda rapidement une vague inquiétude, puis, au moment où elle s'y attendait le moins, une forme de lassitude. Une larme perla sur sa joue sans qu'elle sache pourquoi. Azlan ne la vit pas la sécher furtivement. Lui aussi était en proie à des pensées profuses.

— Le texte codé. Où est-il ? demanda-t-elle soudain.

— Rassurez-vous. Il le rangeait dans une autre cache. Dans ma chambre, ajouta-t-il devant l'expression insistante de la jeune femme.

Ils se rendirent un étage plus haut. La pièce était plus petite mais possédait une vue sur la lagune.

— Pensez-vous que sa vie soit en danger ? demanda-t-il en déplaçant le lit.

Sarah attendait cette question depuis leur arrivée.

— Pas tant qu'il leur sera utile, assura-t-elle. Ce qui est le cas. Et pas la peine de chercher à le retrouver, il n'est pas à Venise. Peut-être déjà même plus en Italie.

— J'ai prévenu notre duc, il mettra tout en œuvre pour le libérer, se convainquit Azlan.

Il s'agenouilla sur le parquet et prit son scalpel.

— Tout de même, j'aurais pu envoyer les documents en Lorraine, ressassa-t-il. Au lieu de cela, j'ai préféré qu'il vienne jusqu'ici pensant qu'il nous serait plus utile. Je me sens responsable de sa disparition.

— Non, c'est vous qui aviez raison : nous avons déjà la solution entre les mains, dit-elle en agitant le rouleau de papier. J'ai eu tort de vous le reprocher.

Azlan compta les lattes à partir du mur et introduisit son couteau entre la cinquième et la sixième, faisant sauter les deux. Il plongea la main dans la cache une première fois puis fouilla à nouveau en tâtonnant. Elle était vide.

Ils quittèrent Mestre la nuit tombée. La traversée se déroula dans l'atmosphère ouatée de la gondole où le silence n'était interrompu que par les claquements des rames dans l'eau. Le Lorrain avait brûlé les poèmes et la partition. Puis il avait disparu. Ainsi que l'ouvrage. L'avance qu'ils avaient prise sur l'Ordre du Graal venait de se réduire comme peau de chagrin.

CHAPITRE 7

Venise, 1689

*Les Inquisiteurs passent mais les hommes du Secret restent. Bientôt, mon portrait sera affiché à côté de ceux des illustres pères du Chiffre. La lignée des Guarducci n'est pas près de s'éteindre. Je compte sur mon fils et sur mon bâtard aussi. Ils seront fiers du code de leur père, Niccolò. Je l'ai élaboré en quelques jours, enfermé dans l'*antisecreto. *Je le couche sur le papier pour qu'il puisse servir aux futures générations de codeurs de la République. Il n'y a pas un, mais sept alphabets de substitution, conçus chacun à partir d'un poème de ma chère Veronica Franco. Une légende familiale prétend qu'elle serait une lointaine parente. J'aime à le croire. Dans chacun de ces sept textes, il s'agit de calculer les occurrences des premières lettres de chaque vers et de les classer par ordre décroissant. Ainsi est établie la base de ces alphabets de substitution. Pour les lettres qui apparaissent un nombre égal de fois, priorité est donnée à celle qui sera la plus proche, dans notre alphabet, de celle ayant la plus forte occurrence, ou de la seconde lettre la plus observée en cas de nouvelle égalité. Telles* *sont mes sept grilles, infranchissables sans la seconde clé. Il s'agit maintenant de les mettre en musique.*

Venise, avril 1713

63

Le prêtre roux avait choisi un archet de crins noirs. Il frotta un morceau de colophane usée sur toute la longueur de la mèche par de petits mouvements saccadés, puis de plus en plus amples, sans avoir l'air d'écouter Francesco Santurini qui allait et venait nerveusement.

— Ils sont tous là, commenta-t-il après avoir passé une tête dans la pièce attenante.

— Calmez-vous, Francesco. On dirait une mouche qui tourne autour d'une vache. Je ne suis pas une vache mais je vais finir par vous chasser d'un coup d'archet, menaça le maître de musique.

— Je ne sais pas comment vous faites, j'admire votre sang-froid !

— Ce n'est qu'une joute musicale, expliqua le prêtre roux tout en réglant la tension de la mèche.

— Il y a la noblesse locale au complet et des princes étrangers, tout de même. Nous sommes chez Son Altesse l'ambassadeur de l'archiduc d'Autriche.

— Mon adversaire, Don Giovanni Rueta, est un bon instrumentiste mais il ne saurait rivaliser pour l'improvisation.

— C'est ce que votre père m'a dit aussi. Si vous brillez ce soir, nous ferons salle comble pour les prochains concerts.

— Parlons de mon opéra. Où en êtes-vous des changements que j'ai demandés ?

— Justement, je voudrais vous entretenir à ce sujet. Lalli ne veut rien entendre. Votre librettiste est un âne bâté et il s'est attiré l'inimitié des chanteurs. Malheureusement, il est trop tard pour modifier le livret. Mais j'ai trouvé une solution.

— Maître, c'est à vous ! intervint le premier valet de l'ambassadeur.

Le prêtre roux positionna son calot, tira sur les manches de sa soutane et se signa avant de se présenter devant son auditoire.

La première partie consistait en l'extrait d'une sonate pour violon de Corelli, que leur hôte avait choisie pour rendre hommage au compositeur décédé trois mois plus tôt.

L'impresario était resté dans l'antichambre, qui servait de loge. La période le rendait soucieux. Devant la profusion de productions musicales, le théâtre Sant' Angelo avait du mal à tirer son épingle du jeu, et Santurini comptait absolument sur les douze soirées où il avait programmé l'*Estro armonico* du maître pour éviter la banqueroute. Le premier violoniste venait de terminer sa prestation sous des applaudissements plus polis qu'enthousiastes. *Rueta n'est effectivement pas un foudre de guerre*, songea l'impresario en piquant une mignardise sur le buffet réservé aux artistes. Il décida d'accélérer l'organisation des combats clandestins qui lui rapporteraient autant que l'argent englouti dans l'opéra. Les lutteurs étaient prêts et, tels des fauves dans leurs enclos, ils n'attendaient plus que son signal pour en découdre. Il ne restait qu'à convaincre le chirurgien.

Santurini était un optimiste de nature, persuadé qu'il existait toujours une solution à portée de main. Il picorait une nouvelle mignardise au moment où l'archet du second participant fit crisser les cordes.

— Francesco ! Aidez-moi !

Le prêtre roux, bouche ouverte à la recherche d'air, traversa l'anti-chambre dans sa direction. Santurini en goba sa sucrerie de surprise.

— Vous étiez le premier ?

— J'ai pu finir… impossible de jouer correctement, je fais une crise d'asthme, ahana le musicien.

— C'est une catastrophe ! s'emporta l'impresario, oubliant son bel optimisme. J'appelle un médecin !

— Non, allez me chercher le flacon dans ma veste. Vite !

Le maître de musique avait détaché les boutons du haut de sa soutane et s'était assis, la tête renversée en arrière.

— Que dois-je faire ? s'enquit Santurini, une fois revenu avec la fiole.

— Dix gouttes dans un verre d'eau.

L'homme s'exécuta et compta consciencieusement.

— Mettez-en dix de plus, demanda le musicien d'une voix devenue sifflante.

Devant la détresse de son artiste, Santurini en ajouta quinze. Le prêtre roux but d'un trait et demeura assis, les yeux fermés et le buste droit, à économiser sa respiration. Son visage était devenu d'une pâleur cadavérique et l'impresario crut un instant qu'il avait trépassé. Mais au bout d'une dizaine de minutes, il rouvrit les yeux et inspira profondément, sans émettre aucun sifflement. À côté, les applaudissements saluaient la fin de la prestation de Rueta. Le musicien se leva, chancela et se rassit. Il indiqua d'un mouvement de tête les gâteaux à Santurini, qui lui en remplit une assiette. Le valet de l'ambassadeur vint les prévenir que l'improvisation débuterait dans trente minutes sur le thème de la nature.

— La nature ? marmonna le prêtre roux pour lui-même.

— N'y allez pas, expliquons que vous avez eu un malaise. Comment voulez-vous jouer dans ces conditions ?

— Je vais mieux. Je vais très bien, même. L'élixir du chirurgien est miraculeux.

Le musicien enfourna un chou tout en réfléchissant aux premières notes qui lui venaient à l'esprit. Puis il changea de sujet :

— Au fait, Santurini, quelle est votre solution pour mon opéra ? Vous n'allez quand même pas jeter Lalli dans le Grand Canal comme vous l'avez fait de votre cantatrice qui voulait être payée ?

— Maître, voyons, je ne suis pas un rustre ! Le tribunal m'a finalement donné raison, ajouta l'impresario devant la moue du musicien. Le problème avec Lalli, c'est qu'il est recherché par la police de Naples

— Je sais cela. Et alors ?

— Il a aussi de solides amitiés avec des bandits de cette ville.

— La violence appelle la violence, vous avez raison de ne pas y céder, mon ami. Dieu vous en sera reconnaissant !

— Nous allons jouer cet opéra à Vicence. Pas à Venise, confessa Santurini comme s'il avouait une faute.

— Vicence ? Vicence..., répéta le prêtre en se tapotant le menton du bout des doigts. L'impresario, qui redoutait sa colère, se sentit ragaillardi par sa réaction.

— Ainsi, si c'est un succès, nous pourrons l'établir ici sans crainte. Et si c'est un échec, nous ferons en sorte qu'il n'arrive pas jusqu'aux oreilles de la Sérénissime.

— Pourquoi pas... Même si cela ne règle pas la faiblesse des textes du livret... Je sais comment je vais faire ! proclama le musicien avant d'enfourner une dernière mignardise et de tendre l'assiette à l'impresario.

— Pour Lalli ?

— Non, pour mon improvisation, répondit le *maestro* avant de chantonner une mélodie. Tout est clair. Tout est si clair. Rueta ne s'en remettra pas !

L'ambassadeur de l'archiduc d'Autriche étouffa un bâillement, ce que son voisin remarqua. Ce dernier, rédacteur à la *Pallade Veneta,* était aussi compositeur à ses heures perdues et l'événement auquel il assistait était loin de tenir ses promesses. Bien que la réputation du maître de musique de la Pietà ne fût plus à faire, les convives s'interrogeaient sur la piètre qualité de sa première prestation et sur le temps qu'il mettrait à tomber de son piédestal. La pause tirait à sa fin et toutes les conversations tournaient autour d'une rumeur persistante : un des membres du Conseil des Dix aurait pris maîtresse parmi les femmes de la communauté du Ghetto juif. On ne donnait pas cher de l'imprudent : le Grand Inquisiteur et ses sbires avaient été chargés de le découvrir.

À l'entrée des deux musiciens, l'assistance bruissa d'un mouvement de satisfaction. Rueta vint s'asseoir près de l'ambassadeur, tandis que le prêtre roux vérifiait la justesse de ses cordes. Il fit crisser l'archet avec une telle énergie que plusieurs spectateurs sursautèrent à ce son puissant. Le musicien s'échauffa sur une gamme puis se figea dans l'attente du silence de la salle, qui se fit aussitôt. *Je sens que ça va être intéressant*, se dit le rédacteur en se redressant sur son siège.

Le gazetier n'attendit pas la prestation de Rueta pour quitter la salle. Il héla un serviteur et se fit conduire dans un bureau, où on lui fournit plume, encre et papier. Il se mit à griffonner fiévreusement.

> *Je viens d'assister à un spectacle qui restera à jamais dans ma mémoire et celle de l'auditoire présent. Le maître de musique de la Pietà, notre cher prêtre roux, touché par la grâce, a réalisé un sommet d'improvisation musicale, d'audace et de talent. Dès les premières mesures, nous avons été transportés dans un hiver rude, par des accords arpégés sombres, froids et lourds,* fa *mineur –* sol *diminué –* mi *diminué –* fa *mineur –* si *mineur, dans une tension grandissante jusqu'à l'accord de dominante. Puis le violon s'est fait poignant, sur un rythme de triples croches, des motifs en* do *mineur, rapides et descendants, des arpèges brisés qui semblaient tourner en rond. Tout l'auditoire s'est retrouvé dans le froid, la neige et les bourrasques. Quelle maestria et quel réalisme ! Le maître semblait jouer pour un orchestre imaginaire avec lequel son instrument dialoguait. Durant le second motif, il a pris des risques audacieux en utilisant les deux modes mineurs mélodiques pour une même gamme descendante. Cela n'était ni prétentieux ni provocant, mais d'une folle*

nouveauté qui a ravi les amateurs les plus exigeants. Ce soir, Dieu tenait la main du maître et s'adressait aux hommes à travers lui. La musique ne sera plus jamais la même, grâce à notre cher prêtre roux, Antonio Lucio Vivaldi.

64

Ad te qui legere hos versus...

Azlan respira profondément, le front collé à la fenêtre. Une forêt de chênes et de hêtres entourait la maison où ils s'étaient isolés. Le nonchalant déhanché des arbres renforçait l'impression de sécurité qu'il éprouvait et il ne se lassait pas de les observer. Le cimetière juif du Lido était la cache favorite du chirurgien, que les gondoles inspiraient peu. À l'aide des explications du déchiffreur lorrain, Sarah et Azlan avaient pu reconstituer les sept alphabets de substitution et, grâce aux notes de la partition, traduire le message.

Le texte était rédigé en latin, et Sarah l'avait traduit :

— « À vous qui lisez ces lignes, n'oubliez jamais que le Quanum a été fait pour le bien de l'humanité et qu'il doit bénéficier à tous. Il est protégé par l'amour de Dieu. Vous le trouverez là où sont les arts et vous l'en sortirez grâce à la *Malheureuse Loyauté*. »

La *Malheureuse Loyauté*... Azlan commençait à abhorrer cette manie de parler par énigmes et par codes, qu'il trouvait aussi typiquement vénitienne que les déguisements et les babils. Chaque fois qu'il croyait toucher au but, une nouvelle question remplaçait la réponse. La jeune femme n'avait manifesté ni impatience ni dépit à la découverte du texte. Elle semblait même satisfaite de la lecture de ces phrases, dont les deux premières paraissaient à Azlan d'une affligeante banalité, tout justes bonnes à servir d'épitaphe. Cette réflexion le fit sourire : ils étaient entourés de centaines de pierres tombales.

— Qu'avez-vous ? demanda Sarah en constatant son manque d'enthousiasme.

— Je me demande combien d'énigmes nous aurons encore à résoudre avant d'aboutir. Je ne comprendrai jamais les Vénitiens.

— Azlan, nous avons réussi ! Nous avons déchiffré le code !

— *Là où sont les arts*... Est-ce un théâtre ? La chapelle de la Pietà ? Mais ils sont partout dans cette ville !

— Je crois savoir où se trouve le Quanum. Nous nous y rendrons dès notre retour.

Si les déductions de Sarah étaient exactes, l'endroit désigné se trouvait dans l'espace le plus protégé de la Sérénissime, où les rares imprudents qui avaient tenté de pénétrer avaient fini pendus entre deux arches du palais des Doges ou pourrissaient encore sous les Plombs. Elle ressentit le doute qui s'était emparé du chirurgien. Peut-être couraient-ils tous après une chimère depuis des années ?

Lorsqu'il avait quitté la Lorraine près d'un an plus tôt, Azlan avait juré à Nicolas Déruet de ne revenir qu'avec le Codex afin de vaincre la mystérieuse maladie qu'ensemble ils devaient combattre. Travailler aux Incurables lui avait apporté davantage d'éléments que la recherche du Quanum lui-même. Il commençait à s'interroger sur cette quête et à se convaincre que la solution était ailleurs : progresser pas à pas, comme les hommes l'avaient toujours fait, sans espérer l'intervention miraculeuse d'un hypothétique ouvrage.

Les arbres avaient cessé leur danse sous le vent et n'étaient plus parcourus que de petits frissons. Le chirurgien observa Sarah, occupée à jeter méticuleusement au feu grilles et textes reconstitués. Elle, habituellement sur ses gardes, paraissait apaisée. Il vit l'image d'une femme désirable. Elle n'était ni déguisée ni fardée, et ses traits si doux et rassurants incarnaient toute la beauté du monde. Sarah jouait machinalement avec les boutons faits d'os qui constituaient son collier et qui, à cet instant, semblaient être sur sa peau les perles les plus rares. Elle leva les yeux et lui sourit avec une désarmante candeur. L'espace d'un éclair, sans qu'un mot fût prononcé, il ressentit une profonde intimité. Elle s'était plus dévoilée dans ce seul regard que depuis leur première rencontre.

Un bruit sec brisa l'harmonie du moment. Au-dehors, quelqu'un avait marché sur une branche morte. Ils se figèrent et attendirent un autre signe, mais le silence avait repris ses droits dans les allées du cimetière.

— Je n'ai qu'une hâte, retrouver ma vie d'avant, soupira Azlan.

— Avez-vous une femme qui vous attend ? Êtes-vous marié ?

La question surprit le chirurgien, qui bafouilla une dénégation. À trente ans, il avait vécu plusieurs aventures amoureuses ; toutes s'étaient soldées par des échecs dont il refusait de s'attribuer la paternité.

— Je suis surtout marié à la chirurgie, conclut-il hâtivement pour changer de sujet.

La gêne que son attitude exprimait amusa Sarah. Elle n'avait pas cette retenue et trouvait charmante cette inversion des rôles.

— Avec maître Déruet, nous avons le projet de faire construire un hôpital à Nancy quand les troupes françaises seront parties, ce qui ne saurait tarder ! poursuivit Azlan. Le duc Léopold nous l'a promis et…

Elle lui fit signe de se taire et pointa du doigt la fenêtre. Plusieurs ombres étaient apparues dans l'encadrement et tentaient de regarder à l'intérieur entre les rideaux qu'Azlan avait laissés entrouverts. Quelqu'un s'efforça d'ouvrir la porte, mais Sarah l'avait fermée à clé. Le gardien, occupé près des tombes, héla le groupe. La conversation, inaudible, devint rapidement tendue. L'homme cria en hébreu. Aussitôt, Sarah prit Azlan par le bras et l'entraîna. Ils quittèrent la maison par une remise, à l'opposé de l'entrée principale d'où venaient les voix, coururent sans se retourner à travers le bois qui s'étirait le long du mur d'enceinte, et traversèrent une clairière parsemée de sépultures, avant que Sarah ne s'arrête et se retourne.

— Que s'est-il passé ? Qu'a dit le gardien ? interrogea Azlan tout en vérifiant qu'ils n'avaient pas été suivis.

— Un groupe de quatre hommes cherchait un couple. Il leur a répondu que sa maison était vide.

— Qui vous dit que c'est après nous qu'ils en avaient ?

— Vous visitez souvent les cimetières déguisés en Scaramouche ?

— Le gondolier Scarpion m'a prévenu de me méfier des scaramouches.

— Pourquoi ne pas me l'avoir dit plus tôt ? J'aurais pu alerter notre concierge.

— Et leur chef est habillé en Arlequin. Je n'ai pas eu le temps de vous mettre au courant, c'est tout, s'agaça-t-il.

— Comment ont-ils pu suivre notre piste jusqu'ici ?

— Je vous assure que ce n'est pas ma faute ! s'exclama Azlan pour anticiper tout reproche.

— Venez, ne restons pas là. Je ne crois pas qu'ils tentent de nous suivre, ils voudront rester discrets. Mais ils doivent surveiller le port maintenant.

Ils quittèrent le cimetière par un chemin de terre aboutissant à une plage qui s'étirait comme une colonne vertébrale sur plusieurs lieues, du nord au sud de l'île. La mer s'était retirée, laissant derrière elle un sable fin gorgé d'eau. Sarah enleva ses escarpins et releva le bas empoussiéré de sa jupe. L'endroit était désert, à perte de vue.

— Il n'y a personne sur cette île, s'étonna Azlan.

— Les patriciens viennent s'y installer l'été. Sinon, n'y vivent que quelques paysans et pêcheurs. Pourquoi croyez-vous que je l'aie choisie ?

— Pour une promenade sur la plage avec moi, plaisanta-t-il avant de se reprendre aussitôt.

— Il nous faut trouver un autre moyen de quitter l'île. Suivez-moi.

— Qu'allons-nous faire ?

— Rejoindre San Nicolò al Lido.

L'église avait été bâtie sept siècles auparavant au nord-ouest de l'île. Le village s'était construit tout autour.

— Il y a un puits où les barques viennent s'approvisionner, ajouta-t-elle. Nous trouverons bien un marin pour nous déposer à Venise.

Ils cheminèrent à quelques mètres des vaguelettes qui progressaient doucement vers eux. Azlan se pencha et prit une poignée de sable humide dans sa main.

— C'est la première fois, dit-il soudain.

— Vous n'êtes jamais allé sur une plage ?

— Pas que je sache, confirma-t-il en le jetant en direction de la mer.

— Alors, vous devriez enlever vos bottes. C'est une sensation délicieuse que de marcher pieds nus sur le sable.

Il s'exécuta et lui décrivit son ressenti.

— Vous avez raison, je n'avais jamais rien éprouvé de tel. Tout est si apaisant ici. On a du mal à imaginer que l'on vient de fuir un danger.

— Vous voyez ce bâtiment rond qui dépasse au loin ? C'est le campanile de l'église. Nous y serons dans une demi-heure.

— Votre ami a bien dit qu'ils recherchaient un couple ?

— Oui.

La pensée obsédait Sarah depuis le cimetière. Elle s'arrêta et, du bout de l'orteil, dessina quatre cercles dans le sable.

— L'Ordre, l'Inquisition, vous et moi. L'Inquisition n'a pas connaissance du Codex, mais le Graal est au courant pour vous, indiqua-t-elle en tirant un trait entre deux cercles. Maintenant, ils savent que le passeur est une femme. Mais il est peu probable qu'ils m'aient repérée, dit-elle en complétant les traits. Soit leur espion en Lorraine l'a découvert...

— C'est impossible ! l'interrompit Azlan. Mes amis ont redoublé de prudence et je n'ai jamais mentionné votre nom dans mes correspondances.

— Soit l'Ordre du Graal a introduit un homme à eux dans les services de l'Inquisition, finit-elle en dessinant un dernier lien. Et la tentative de meurtre aux Incurables en serait une manifestation.

— Même dans ce cas, nous ne risquons rien si les autorités n'ont pas connaissance de notre quête.

— Azlan, il faut que vous sachiez que j'ai une relation galante avec quelqu'un de haut placé au palais. De très haut placé. Je lui soutire des informations à son insu. Personne ne m'a identifiée mais il y a une rumeur à ce sujet.

La surprise du chirurgien se manifesta par un silence interrogateur, mais il ne laissa rien paraître de sa réprobation. Elle enchaîna :

— Même si l'Ordre a accès à tous les rapports des confidents, ils ne trouveront aucun lien entre la maîtresse d'un dignitaire et le Codex Quanum. Et nous n'avons jamais été vus ensemble. Ils l'ont forcément appris autrement.

Azlan observa les dessins avant de les effacer d'un mouvement rageur. Il fit quelques pas en direction de la mer jusqu'à laisser les vagues caresser ses pieds nus.

— Vous croyez vraiment que l'information vient de Lorraine ?

65

Gandour Karam essuya son front perlé de sueur. Leur nouvelle tentative s'était soldée par un échec. Le huitième. Il avait fait confectionner des tonneaux de la taille d'un homme, remplis de paille mouillée, de façon à peser exactement le poids de son frère Bachir. Et depuis deux semaines, aidé de plusieurs pêcheurs expérimentés, il les avait largués dans la lagune, l'un après l'autre, à partir du Lazzaretto Vecchio, à différentes heures de la journée. Certains d'entre eux s'étaient échoués sur la Terre Ferme, à Fusina, à San Leonardo, voire plus loin, à Chioggia. Deux avaient longé la côte ouest de l'île et terminé leur course à Malamocco, pour le premier, et Pellestrina, pour le second, qui s'était pris dans un filet de pêcheur. Un seul s'était dirigé vers Venise et son voyage avait pris fin sur l'île de la Certosa, en face de l'Arsenal. Un autre, de façon inexpliquée, avait réussi à quitter la lagune et s'était perdu au large. Le dernier gisait près des rochers du puits de San Nicolò al Lido. À chaque fois, ils avaient interrogé les habitants, organisé des recherches aux alentours, mais nul n'avait vu de corps rejeté par la lagune.

Gandour était exténué. Le tonneau éventré était situé à moins d'une lieue de son point de départ et il était persuadé que personne au village n'avait remarqué quoi que ce soit ces derniers mois. Par acquit de conscience, il ordonna à son équipe de poser des questions aux insulaires présents et entra dans l'église du Lido afin de prier Dieu pour qu'Il lui donne la force de poursuivre sa mission. L'ambiance du lieu le rasséréna. Toutes les églises avaient sur lui le même effet bénéfique et il en sortit ragaillardi. Quand il reconnut l'homme qui se désaltérait au puits en compagnie d'une femme masquée, il l'accosta.

— Maître de Cornelli, je suis surpris de vous retrouver dans ce lieu.

Azlan lui rendit son salut, mais voyant que le chirurgien semblait méfiant, Gandour s'excusa pour les désagréments que lui avait causés la révélation de l'autopsie.

— Mon hôte, *il signore* Buzzati, s'est plaint de vous sans me demander mon autorisation, que je ne lui aurais pas donnée, croyez-le bien. J'en suis sincèrement navré et j'ai insisté auprès de lui pour que vous ne soyez pas sanctionné.

— Je sais tout cela et j'en suis le seul responsable. Avez-vous progressé dans vos recherches ?

Gandour lui résuma la situation tout en s'intéressant pesamment à Sarah, qui se sentait exclue d'une conversation en français. Azlan se plia au protocole et, au soulagement de la jeune femme, la fit passer pour une parente de la famille de Cornelli, en voyage *incognito* à Venise.

— Chère madame, lui dit Gandour en italien. Je suis votre humble serviteur.

Il s'interrompit pour chercher ses mots :

— Aucun masque n'est un obstacle à votre beauté, que je devine immense.

La flatterie surprit Azlan mais ne prit pas Sarah de court :

— Cher monsieur Karam, vous pouvez être mieux que notre serviteur, notre sauveur ! Apprenez que notre gondolier nous a fait défaut et que nous nous retrouvons sans moyen de transport…

— Ma barque est comme la vôtre ! proclama le Levantin, ravi, en lui montrant le bateau de pêcheur qu'il louait…. est la vôtre ? rectifia-t-il en interrogeant Azlan du regard. Mon italien est en progrès, ajouta-t-il fièrement.

Le navire, en partie caché par une haie de tamaris, mouillait entre deux pilotis à quelques mètres du rivage. Il arborait une voile d'un rouge éclatant, abattue à mi-hauteur. Les trois marins qui composaient l'équipage avaient rempli une futaille d'eau douce et attendaient leur client. Ils n'étaient guère pressés de voir Gandour Karam retrouver le cadavre de son frère : ils gagnaient grâce à lui en une journée leurs revenus d'un mois de pêche. Mais ils l'aidaient de leur mieux dans le repérage de tous les courants possibles. Certains cadavres de pestiférés jetés depuis le Lazzaretto Vecchio avaient été retrouvés, un an plus tard, dans les touffes de roseaux géants qui parsemaient la lagune, voire dans les marécages où les marins ne s'aventuraient guère.

Ils levèrent rapidement l'ancre et la bora énergique fit se gonfler la voile d'un orgueil vermillon. Gandour s'était attablé avec ses invités près de la proue. Il n'avait d'yeux que pour cette inconnue qui regimbait à enlever son masque de chat et dont il était persuadé de tomber amoureux sitôt son visage dévoilé. Sarah se montra courtoise et plaisante avec son hôte qui, petit à petit, exclut le chirurgien de la conversation. Azlan s'en aperçut et ne s'en offusqua pas. La traversée lui rappelait celles qu'il faisait avec Domenico Filiasi en direction de Mestre, ce qui assombrit son moral. Il eut une pensée pour le déchiffreur lorrain dont il se refusait à croire qu'il lui soit arrivé malheur. Avant de quitter Visconti, Azlan avait prévenu Nicolas Déruet de sa disparition dans un message rédigé à l'encre sympathique. Il savait que le duc de Lorraine ne resterait pas sans réagir, mais leur marge de manœuvre était infime, puisqu'ils ne luttaient pas contre un État ni une bande de mercenaires. Les membres du Graal étaient invisibles, partout et nulle part à la fois.

À côté de lui, Gandour se montrait enjoué comme jamais et Sarah semblait prendre du bon temps. Le Levantin ressemblait vraiment à un prince, du moins à l'idée que se faisaient les Européens des princes d'Orient. Azlan détailla ses vêtements aux couleurs vives, brodés d'arabesques, et les nombreuses bagues ornées de pierres qui paraient ses doigts. Il respira profondément et huma l'air saturé d'embruns, si souvent vanté par le corps médical. Il regarda l'eau limpide et la forêt d'algues au-dessus de laquelle le navire glissait. L'image du lambeau qu'il avait senti flottant sur l'eau lors d'un voyage à Mestre lui revint soudain en mémoire. C'était de la chair humaine.

Les bagues… La vérité lui apparut en un éclair. Les pensées s'agençaient, nettes, aussi précises que des traits de scalpel. Il se laissa porter par elles, tel un spectateur de sa propre réflexion. Tout semblait si simple, si évident. Il était parfois sujet à ces moments de grande lucidité ; il ne comprenait pas comment celle-ci se formait et s'était bien gardé d'en parler à quiconque. Il venait de comprendre ce qui s'était passé avec le corps de Bachir.

66

— Vous nous avez mis en danger en prenant des risques inutiles.

L'arlequin avait parlé sans élever la voix, comme à son habitude. Zeppo avait rejoint la gondole dans un canal excentré de Cannaregio et s'était installé face à lui. Il n'avait aucune envie de lui rendre des comptes, mais le fils du Grand Maître de l'Ordre du Graal était sur le point de succéder à son père mourant et tout le monde le savait. Zeppo fit profil bas en invoquant l'urgence de la situation.

— Le gondolier Scarpion Polpeta allait révéler des informations sur notre organisation, nous devions agir, expliqua-t-il. Nous n'avions pas le temps d'en avertir le palais Corner Spinelli. Il se rendait directement au bureau du Grand Inquisiteur.

— Et vous l'avez raté deux fois. Deux fois !

Zeppo perçut la jubilation de l'arlequin dans ces reproches.

— La ville grouille de sbires du *Misser Grande* et tout va devenir compliqué pour nous maintenant. En plus du fait que nous avons été obligés de laisser la frégate à Raguse. Cela fait beaucoup de revers. Par votre faute.

Sous son masque de Pantalon, le visage de Zeppo était parcouru de tics nerveux. Il fulminait intérieurement et se savait capable de ne plus se contrôler.

— Personne ne pouvait supposer que le chirurgien le sauverait, après une telle dose de noix vomique ! se défendit-il. C'est à penser qu'il a utilisé un antidote inconnu.

— Vous ne me ferez pas croire qu'il a déjà trouvé le Codex, rétorqua l'arlequin.

— Où en êtes-vous avec le déchiffreur lorrain ? questionna à son tour Zeppo pour reprendre l'avantage.

— Il n'avait aucun document sur lui. Il nie être au courant de quoi que ce soit. Mais il finira par parler. Comme tous les autres.

L'arlequin fouilla le regard de Zeppo avant de reprendre :

— Chaque fois qu'il nous livrera une information, il jurera qu'il n'en sait pas plus et cherchera à gagner du temps. Mais nos hommes lui arracheront tous ses secrets, l'un après l'autre. Nous pourrons même le convertir à notre cause. Un homme du Chiffre nous sera fort utile.

La menace était à peine voilée : le grand Zeppo était remplaçable. Il serra les poings si fort que ses ongles s'enfoncèrent dans ses paumes. Il transforma sa fureur en colère froide et questionna d'un ton impavide :

— Avez-vous déjà vu mon visage ?

— Vous savez bien que non, vous n'enlevez jamais vos oripeaux. Venise vous va comme un gant ! Où voulez-vous en venir ?

Zeppo défit le lien de soie qui retenait son masque de cuir et découvrit lentement ses traits. Il dégagea les cheveux plaqués sur sa figure perlée de sueur.

— Mon Dieu, qu'avez-vous eu ? Ces cicatrices…

— On a cru pouvoir m'extorquer mes secrets sous la torture. Ceux qui ont fait ça se sont trompés. Et ils l'ont payé de leur vie. Nous perdons notre temps avec le Lorrain !

Il remit son masque, satisfait de l'effet produit. Il aurait la paix pour un moment.

— Nous œuvrons tous pour le bien de notre cause et nous avons pleine conscience de l'utilité de votre rôle, concéda l'arlequin.

Utile ? Vous allez bientôt comprendre que je vous suis indispensable, pensa Zeppo sans répondre.

— La bonne nouvelle est que nous avons réussi à placer un homme au palais Visconti, poursuivi l'arlequin. Grâce à cet informateur, nous savons que le chirurgien s'y est rendu, après la disparition de son déchiffreur, en compagnie d'une femme masquée, sans doute la même que celle du Lido.

— La belle affaire, il a dû tout détruire, tempéra Zeppo. Trouvez-moi seulement le texte et je vous le décode, même sans la clé.

— Voilà qui est de bon aloi : nous avons justement trouvé ceci chez Visconti, exposa l'arlequin en lui présentant un ouvrage de petite taille qui reposait sous la pièce de fourrure recouvrant ses jambes.

Zeppo palpa la couverture de cuir, neuve et de belle facture.

— Qu'est-ce que c'est ?

— À vous de nous le dire. À première vue, un recueil de consultations médicales. Mais on ne range pas ce genre de livre dans une cache sous le plancher d'une chambre.

— Enfin un peu d'action, dit l'homme du Chiffre en le feuilletant nonchalamment. Je vais m'en occuper. Avez-vous enfin pu identifier cette femme ?

— Nous nous employons à la découvrir. Mais nous sommes obligés à la prudence. N'oubliez pas qu'à cause de vous, les Vénitiens nous cherchent jusqu'en Dalmatie. Nous n'avons pas les coudées franches ici. Quant au Lorrain, nous avons été obligés de le changer d'endroit. Il est en route pour la douce vallée. À partir de maintenant, je vous interdis toute initiative. Vous vous plierez aux ordres d'Hugues de Fresne, votre amour-propre dût-il en souffrir.

— Faites-moi confiance, oubliez ce falot de De Fresne et l'énigme sera résolue.

— Votre suffisance vous perdra, Zeppo. Mais je prie Dieu pour que ce ne soit pas avant d'avoir trouvé le Codex.

La gondole venait de s'arrêter.

— Où sommes-nous ? interrogea-le Chiffreur en soulevant le *felze*.

— Nulle part. Et là où vous nous quittez, répliqua sèchement l'arlequin. Tenez-vous tranquille. À partir de maintenant, c'est nous qui vous contacterons.

Zeppo sortit sans un mot avant de passer à nouveau la tête sous la tente :

— Je n'ai pas encore eu le temps de vous prévenir, mais tous les sbires de la République recherchent un arlequin accompagné de scaramouches. Scarpion Polpeta a la rancune tenace. À votre place, je choisirais un déguisement moins voyant. Vous savez où me trouver, Frederick.

L'embarcation reprit le cours du canal. Frederick ôta son masque, déboutonna sa veste d'Arlequin et s'essuya le visage avec. Zeppo paierait pour son insolence. Il réfléchit un moment et appela le garde du corps posté près du batelier. L'homme se présenta devant lui avec déférence.

— Fini de jouer au scaramouche : le gondolier a parlé. Vous auriez dû le noyer la dernière fois. Pour le reste, est-ce que tout est prêt ?

— Oui, maître. Mais je vous demande de reconsidérer votre décision. Intervenir dimanche…

— Est plus risqué qu'au prochain concert, je le sais, coupa-t-il. Qu'avez-vous tous à vouloir me contrarier ?

— Je vous suis fidèle comme je l'étais envers votre père.

— Je n'en doute pas. Gardons sa mort secrète, le temps d'en finir à Venise. Ensuite, le Quanum sera à nous et je m'installerai au château avec ma future femme.

67

— Une carte ! Avez-vous une carte ?

Gandour considéra avec étonnement Azlan, qui venait d'interrompre leur conversation.

— Bien sûr, j'en ai fait établir une avec une grande précision, répondit-il en français.

Il sortit de sa veste un plan qu'il déplia devant eux. Il y avait indiqué tous les lieux où les tonneaux s'étaient échoués.

— Que cherchez-vous, maître ?

Azlan montra la partie de la lagune allant de Murano aux îles du nord.

— Vous devriez concentrer vos recherches dans cette zone, dit-il en posant avec insistance son index dessus.

— En êtes-vous sûr ? Quel courant lui ferait contourner tout Venise ? questionna le Levantin, qui oscillait entre scepticisme et incrédulité.

— Essayez. J'en ai l'intuition.

Après une hésitation due à l'absence d'explication rationnelle du chirurgien, Gandour rassembla ses marins près du gouvernail de poupe. Les pêcheurs l'écoutèrent attentivement, sans manifester de désapprobation, puis se mirent à discuter dans un parler vénitien qu'Azlan ne comprit pas.

— Ils ne sont pas d'accord entre eux, expliqua Sarah. Qu'est-ce qui vous a pris, Azlan ?

— Je conviens que cette localisation n'est pas la plus sensée, mais c'est à cause des bagues. Avez-vous vu celles de notre hôte ?

— Difficile de ne pas les voir, elles brillent comme des astres.

— Son frère aussi en avait, je m'en souviens très bien, lors de l'autopsie.

— Où voulez-vous en venir ?

— Quand les corps ne sont pas réclamés par la famille, il est d'usage que les hôpitaux vendent les bijoux et utilisent cette somme comme un don aux institutions. Mais ce n'est pas le cas pour le Lazzaretto Vecchio. L'endroit sert principalement à isoler les malades pendant les épidémies.

— Vous croyez que les employés dépouillent les morts avant de les jeter en mer ?

— La rumeur prétend qu'ils se paient avec les bijoux.

— En quoi cela aiderait-il à localiser le frère de Gandour ?

Le lambeau humain qu'Azlan avait repéré était une paume à laquelle il manquait tous les doigts. Il était persuadé qu'elle appartenait à Bachir et que les doigts en avaient été sciés pour récupérer les bijoux.

— Comment pouvez-vous être sûr d'un tel détail ?

— Cecilia. Elle m'a avoué qu'elle n'avait pas réussi à ôter les bagues avant le transfert du corps et elle a sous-entendu que les employés du lazaret s'en chargeraient à leur compte.

— Mais ce pourrait être un autre macchabée ?

— Les gens d'ici ne portent pas une bague à chaque doigt. La somme à gagner devait être conséquente et l'employé qui l'a fait a dû prendre ses précautions pour qu'on ne suspecte pas le lazaret si jamais le corps était repêché. Il l'aura transporté en bateau et jeté à l'opposé de la lagune.

Plus loin sur le pont, l'équipage poursuivait une conversation animée.

— Je comprends qu'ils ne soient pas d'accord entre eux, admit Azlan.

— Aucun ne croit possible une telle dérive du cadavre. Mais ils veulent surtout gagner quelques jours de travail en plus, souffla-t-elle pendant que Gandour négociait avec les marins la somme demandée.

Sarah vérifia que le groupe ne leur prêtait pas attention avant de chuchoter au chirurgien :

— Je sais que vous vous sentez une dette envers lui, mais nous devons être le plus discrets possible. S'il retrouve la dépouille de son frère, cela attirera l'attention sur notre présence aujourd'hui sur ce bateau. Nos suiveurs comprendront que nous étions au cimetière et il deviendra impossible pour nous d'y retourner.

— Je n'avais pas pensé à cette conséquence. Je suis désolé, mais je suis chirurgien, pas espion.

— Si vous voulez survivre dans cette ville, il faudra vous adapter. Sinon, je continuerai seule.

— Que va-t-on faire ? demanda-t-il en voyant Gandour revenir vers eux.

— Laissez-moi avec lui. Je vais lui parler. Il a l'air tellement bien disposé à mon égard qu'il ne me refusera rien.

Azlan s'écarta et s'approcha du marin qui tenait le gouvernail. Il se tint silencieux, à côté de lui, durant le reste du trajet. Il se sentait pris dans une nasse dont le goulet se resserrait de jour en jour.

Ils abordèrent Venise par l'île du Château puis l'Arsenal, à l'extrémité duquel le bateau manœuvra pour les laisser débarquer. Gandour remercia le chirurgien pour son aide et l'assura de son entière discrétion.

— De quoi parlait-il ? demanda Azlan à la jeune femme alors que la voile aux reflets moirés était à nouveau hissée le long du mât.

— Je lui ai raconté que j'étais votre amante ainsi que la femme d'un patricien de renom. Nous pourrons compter sur son silence, puisqu'il a l'espoir de me séduire.

— Vous n'avez pas l'air de tenir les hommes en haute estime.

— La plupart d'entre eux sont tellement prévisibles avec les femmes que c'en est désespérant. Maintenant, allons vérifier mon intuition sur l'emplacement du Codex.

Ils quittèrent l'Arsenal et s'arrêtèrent dans une boutique, riva degli Schiavoni, où Sarah acheta une *zenda* en dentelle noire pour se couvrir la tête et le bas du visage.

— Pas question de porter un béret jaune, déclara-t-elle.

— Je ne vous le reproche pas, mais vous prenez un risque inutile.

— C'est bien le moindre, comparé aux autres.

Le soleil chutait doucement derrière la basilique Santa Maria della Salute, et ses rayons rasants teintaient toute la place Saint-Marc de nuances dorées.

— Un de mes aïeux était tailleur de pierre et son don était tel qu'il avait été admis dans l'atelier de maître Pantoleone. Il n'avait pas son pareil pour sculpter le plissé des vêtements. Il avait même obtenu l'autorisation de s'installer hors du Ghetto. Mais le doge Moro a refusé que d'autres suivent son exemple. Il est resté le seul.

Sarah prit Azlan par le bras à la manière d'un couple marié. Ils longèrent le palais des Doges où un attroupement s'était formé autour de deux hommes pendus à un gibet sous une des arcades. L'affiche placardée sur une colonne indiquait qu'ils avaient été reconnus coupables de conspiration contre la République. Le couple s'arrêta pour se joindre à la foule, puis reprit sa route en direction de la basilique Saint-Marc.

68

Le dimanche des Rameaux était un jour particulier à la Pietà. Chaque année, après le dîner, le doge et son cortège ordinaire venaient visiter la seule institution de charité dont il avait la charge directe. Pisani préparait sa venue depuis des jours et chacun avait répété son rôle, si minime fût-il. Les chambres des pensionnaires avaient été récurées et les draps lavés, les murs de la cantine passés à la chaux, les salles de musique repeintes et les chaises de la chapelle, dont se plaignaient parfois les spectateurs lors des concerts, rénovées ou changées pour des neuves. Tous savaient que le doge demanderait à visiter l'établissement avant son discours devant les gouverneurs réunis à la salle du Conseil et un concert privé donné par les musiciennes de la Pietà. Vivaldi, qui avait répété avec ses meilleurs éléments, avait dû composer le matin même avec plusieurs défections en raison de la grippe qui avait pourtant épargné l'institution les semaines précédentes. Marie en faisait partie, fièvre et toux l'empêchaient de jouer la moindre mesure et, à contrecœur, le maître de musique l'avait remplacée par Apollonia, qui n'avait eu que l'après-midi pour répéter les passages du violon soliste.

Il pleuvait à l'arrivée du prince sérénissime Giovanni Cornaro, cent onzième doge de Venise. Il portait une veste de soie dorée aux gros boutons vermeils, si longue qu'elle traînait au sol, et était coiffé d'une corne de velours. Son plus ancien écuyer suivait derrière lui en tenant à bout de bras une ombrelle. Le visage de Cornaro exprimait une patience résignée, comme si sa fonction était pour lui un mal dont il ne serait soulagé qu'à sa mort. Alvise Pisani l'accueillit avec une déférence respectueuse sans pouvoir s'empêcher de s'imaginer à sa place. Tous savaient que Cornaro avait atteint la fonction suprême sans l'avoir désirée, à la faveur de jeux d'alliance entre certaines familles, et qu'il ne rêvait que de retourner dans ses jardins de la Terre Ferme qui lui manquaient tant. L'homme était affable et placide, et

Alvise n'avait aucun doute sur sa propre reconduite à la présidence de l'institution avec la bénédiction du doge.

Le Grand Inquisiteur, qui accompagnait l'édile, pria Pisani de s'isoler avec lui pendant que tout le monde s'installait. Le *Misser Grande* et ses hommes avaient fouillé l'hôpital tout l'après-midi et vérifié la liste des invités au concert dans la chapelle de la Pietà. La rumeur enflait en ville depuis l'agression contre Scarpion, que tout le monde liait à l'accident des Incurables. On racontait, sous les Procuraties, que des étrangers avaient délibérément fait s'écrouler le balcon des musiciennes ; certains avançaient même qu'il s'agissait d'un engin infernal rempli d'acide et caché dans une poutre qui avait mangé le bois. On parlait des Ottomans, des Autrichiens, voire des Milanais, ou d'un mystérieux groupe qui intriguait pour la fin de la République. Le doge et les édiles avaient beau se montrer rassurants, rien n'arrêtait plus le bouche-à-oreille.

— C'est pourquoi nous avons décidé de maintenir cette visite et le concert. Aucun bruit malveillant ne nous empêchera de vivre comme nous l'entendons, confia l'Inquisiteur.

— Vous pouvez compter sur nous, affirma Pisani en l'invitant à s'asseoir. Vos hommes protègent la chapelle comme le trésor de la basilique, et tout le monde ici désire que cette soirée soit une réussite et un exemple pour la Sérénissime.

— Je voulais vous remercier pour les deux cadavres que vous nous avez donnés. Ils font grand effet sur la place. Ils seront décrochés demain et brûlés.

— Voilà qui devrait rassurer nos citoyens et dissuader les comploteurs, approuva Pisani.

Après les remerciements d'usage et les discours protocolaires, le président invita le doge à visiter les lieux. Les pensionnaires avaient été réparties dans deux salles, les musiciennes au réfectoire et les filles du commun dans une pièce annexe. L'édile écouta des poèmes et reçut des travaux d'aiguille en dentelle. Il tint à voir les dortoirs afin de s'assurer de leur bonne tenue et de leur salubrité ; enfin, il se rendit à l'infirmerie où Azlan patientait depuis le coucher du soleil en compagnie du personnel soignant. Le doge félicita le chirurgien pour son intervention lors du concert aux Incurables et pour ses prouesses répétées qui lui étaient régulièrement relatées, puis, pressé par Pisani, il sortit en entraînant toute sa suite et les invités de la soirée. Seul le Grand Inquisiteur était resté. Il chassa les infirmières d'un seul regard.

— Je voulais vous remercier en personne d'avoir sauvé mon agent, Scarpion Polpeta, dit-il une fois seul avec Azlan.

— Votre homme est d'une constitution robuste, il m'a bien facilité la tâche, admit le chirurgien en commençant à ranger ses instruments que Pisani lui avait demandé d'exposer pour la visite.

— Nous sommes sur les traces de ces criminels et ils paieront de s'être attaqués à nos citoyens, ajouta-t-il en s'emparant d'un des scalpels posés près de la trousse du chirurgien.

Feignant de s'intéresser à la lame, il ajouta :

— Personne ne peut nous défier sans conséquence. Êtes-vous sûr de nous avoir tout dit ?

— Oui, répondit Azlan sans se laisser impressionner. J'ai décrit ces hommes à vos sbires. Mais leur chef était masqué.

— Nous savons cela. Vous n'avez aucune autre information sur le jour de l'accident ?

L'Inquisiteur s'était rapproché, comme s'il voulait humer la peur qu'il inspirait et dont il semblait se délecter.

— Si vous voulez évoquer l'autopsie que j'ai pratiquée, c'est une erreur de jugement de ma part. J'aurais dû en référer aux autorités de l'hôpital.

— Je voulais parler du médecin qui vous a aidé en attendant les secours.

— L'homme à la *bauta* ?

— Ne trouvez-vous pas étrange qu'il ait disparu juste après ?

— Il avait un léger accent étranger, je serais étonné qu'il soit vénitien. Il a dû regagner la Terre Ferme juste après le drame.

— Aucun médecin étranger n'a séjourné dans notre cité ce soir-là, je suis formel.

— Pourtant, cet homme avait de très bonnes connaissances en chirurgie et en médecine. Il a sauvé plusieurs blessés d'une mort promise. J'aurais parié qu'il avait connu les champs de bataille.

— Un militaire ? C'est une piste à explorer. Il y avait un navire de la marine française dans la rade à cette période. Vous voyez que vous pouvez encore nous aider.

— J'en suis fort aise. Maintenant que j'y pense, j'ai croisé plusieurs fois une personne au comportement étrange, un habitant des XIII Cantons du nom de Filiasi. Monsieur Polpeta pourra le confirmer. Vous devriez enquêter sur lui.

La prieure les interrompit.

— Maître, pourriez-vous venir ? C'est Maria Dalla Viola.

69

La fièvre était forte et la respiration rendue difficile par une toux épuisante. Azlan s'assit au bord du lit et posa sa main sur le front de Marie – le même geste qu'il avait fait des dizaines de fois lorsqu'elle s'était trouvée entre la vie et la mort, à l'hôpital Saint-Charles de Nancy. Elle ouvrit les yeux et lui sourit.

— En avez-vous pour longtemps ? voulut savoir la prieure.

— J'ai très mal à la tête et autour des yeux, dit la musicienne avant qu'Azlan ne la questionne. Et je suis tout enchifrenée.

— Je dois absolument rejoindre la cérémonie, continua la surveillante. Le doge doit me confirmer dans mes fonctions.

— Allez-y, cela va être long, je vais user de diaphorétiques puissants, je ne peux pas la laisser seule.

La prieure hésita puis décida qu'un soignant au chevet d'une patiente atteinte d'épidémie catarrhale n'avait rien d'indécent dans un hôpital.

— Rejoignez-nous quand vous aurez fini, maître, dit-elle sans un regard pour la malade.

Azlan se mit à préparer son traitement. Il resta silencieux le temps qu'elle s'éloigne suffisamment, puis ferma la porte de la chambre et ouvrit la fenêtre qui donnait sur le canal des Grecs.

— Marie, qu'avez-vous fait ? demanda-t-il en français pour adoucir le reproche.

— Que voulez-vous dire ?

— D'abord, votre plaie ne s'est pas rouverte toute seule : le fil de suture a été sectionné par une lame…

— Mais je vous assure…

— Et maintenant, cette épidémie d'influenza, vous avez tout fait pour en être victime. Ne mentez pas, la prieure vous a vue visiter deux malades que l'on avait isolées dans une chambre de l'infirmerie.

Elle baissa les paupières sans pouvoir contenir des larmes qui devaient autant à l'émotion qu'à la maladie.

— Avez-vous une couverture ? demanda Azlan en s'approchant de l'armoire.

— Non ! Non…, répliqua-t-elle vivement.

Elle s'était assise sur son lit.

— Prenez celle-ci, indiqua-t-elle en montrant la pièce de laine posée sur le lit d'Apollonia. La chambre lui est interdite à cause de mon mal épidémique.

Elle se rallongea, la tête lui tournait. Azlan déplia sur elle la couverture.

— Que faites-vous, maître ? Je meurs déjà de chaud.

— Il ne faut pas que votre fièvre tombe. Vous devez suer énormément. Et surtout, pas de saignées, dans ce genre d'épidémie, cela ne fait qu'aggraver le cas. Je vais préparer de la teinture d'opium pour vos douleurs et la toux. Vous êtes jeune et en bonne santé, d'ici deux jours vous vous sentirez mieux.

Il décacheta un flacon contenant une macération destinée à favoriser la transpiration.

— Rouvrir ma blessure était le seul moyen de vous revoir, maître, avoua-t-elle en buvant au bol à petites gorgées. Vous m'aviez promis de me sortir d'ici.

— Je n'ai pas oublié ma promesse, Marie. Mais le messager du duc qui devait plaider votre cause a eu un empêchement. Nous trouverons un autre moyen.

— Pour combien de temps ? Quand pourra-t-il me sortir de cette prison ?

— Je ne saurais vous le dire, mais faites-moi confiance. Pourquoi vous êtes-vous infligé cette maladie ?

Marie resta silencieuse, déchirée entre la promesse d'un amour naissant et le désir de retourner en Lorraine. Azlan était avec Nicolas Déruet le héros qui l'avait tirée des limbes et des griffes de son père violent, et l'avait placée sous la protection du duc Léopold. Elle l'aurait suivi au bout du monde.

Le brouhaha de la visite leur parvenait du bâtiment contigu au leur ; la délégation entrait dans la salle de répétition des chants où elle aurait droit à une démonstration du maître de chœur et de ses élèves.

Le chirurgien demeura près de Marie, épongeant son front brûlant, déposant dans sa bouche des gouttes de narcotique, l'obligeant à boire de l'eau d'une source réputée pour ses vertus sur l'influenza, lui parlant de Nancy, de Rosa, des jeunes Valentins de la fête des brandons, de l'opéra dont la construction était prévue et dont Azlan ne doutait pas que Marie serait le plus beau joyau. Les chants des filles du chœur leur parvenaient par vagues depuis la fenêtre ouverte.

Les traits de la jeune femme s'étaient détendus et sa carnation avait pris une teinte rassurante. La douleur crânienne avait disparu, cédant la place à une euphorie mâtinée d'épuisement. La musicienne parlait d'une voix alanguie sans plus s'arrêter. Elle évoqua ses meilleurs souvenirs de la Pietà et ceux qu'elle avait gardés de sa vie d'avant, puis elle écouta Azlan lui raconter son exil à l'arrivée des troupes françaises. Jamais, depuis leurs retrouvailles, ils n'avaient pu échanger aussi longuement. Azlan se tut pour examiner une nouvelle fois Marie. Les diaphorétiques faisaient effet et il tamponna à nouveau son visage en sueur.

— J'ai un amoureux, vous savez, confia-t-elle spontanément. Il serait jaloux de vous voir aussi plein d'attentions pour moi !

— Un amoureux ? J'en suis heureux pour vous. Mais lui avez-vous parlé de vos projets de fuir Venise ?

Elle soupira et ferma les paupières.

— Lui aussi veut me sauver, révéla-t-elle d'une voix plus alanguie encore. On aurait dû fuir le jour du concert, mais... ma jambe..., ajouta-t-elle en se frottant la cuisse.

La nouvelle inquiéta Azlan. La fièvre et l'opium pouvaient certes provoquer des délires chez les malades, mais il était persuadé qu'elle était sincère et lui avouait bien involontairement son secret.

— Marie, c'est important, prévint-il en s'approchant d'elle alors qu'elle n'avait pas rouvert les yeux. J'ai besoin de savoir : votre amoureux s'était-il déguisé en Arlequin ?

Pour toute réponse, elle sourit puis, lentement, opina de la tête.

— Marie, écoutez-moi... Marie ! insista-t-il en la prenant par les épaules.

Elle ouvrit les yeux, surprise.

— Je suis désolé de vous violenter ainsi, mais vous ne devez pas le suivre !

— Mais pourquoi dites-vous cela ? Que se passe-t-il ?

— Cet homme ne veut pas votre bien, il est dangereux pour vous, pour nous tous !

L'incompréhension le disputait à l'épuisement dans le regard de Marie, qui semblait au bord de l'évanouissement.

— Je vous expliquerai, mais vous devez absolument me croire.

— Vous vous trompez..., sanglota-t-elle.

— S'il vous plaît, Marie, ne tentez rien avec cet homme. Je vous dirai ce que je sais de lui, mais vous n'êtes pas en état de l'entendre ce soir. Jurez-moi que vous refuserez de le suivre.

Elle s'était assise dans le lit et pleurait en silence. Des gouttes de sang tombèrent sur les draps.

— Je... saigne du nez.

Il déroula la mitaine de sa main droite et lui tendit la bande de tissu.

— Tenez, pressez votre narine avec. Je vais chercher les remèdes à l'infirmerie.

— Je vous le jure, promit-elle d'une voix étouffée et nasonnante. Dépêchez-vous.

Elle attendit sans bouger, la tête baissée, tandis que la mitaine rougissait lentement. Le bourdonnement des participants à la cérémonie lui parvint du dehors. Ils se rendaient à la chapelle pour le concert. Marie frissonna. Ses muscles lui faisaient à nouveau mal, l'euphorie s'était évaporée aussi vite que l'eau sur des pierres chaudes. Elle se sentait honteuse, elle allait devoir tout expliquer à Azlan à son retour. Il devait savoir que son arlequin lui avait fait parvenir un billet lui demandant de se trouver dans sa chambre le dimanche des Rameaux. L'enlever le soir du concert en l'honneur du doge était risqué, mais qui surveillerait les dortoirs alors que tout le monde se trouverait à la chapelle ? Elle regarda son armoire dans laquelle son sac de voyage avec toutes ses affaires était prêt. Mais ce qu'Azlan lui avait dit l'avait ébranlée. Elle se sentait perdue.

La porte s'ouvrit. L'homme qui entra n'était pas le chirurgien. « *Vous suivrez le valet vert* », disait le billet. Il portait un déguisement de Brighella et une cape couleur de jade.

70

Lorsque le prêtre roux avait inscrit son neuvième concerto de *L'Estro armonico* au programme du concert, il était confiant dans la qualité de soliste de Marie pour honorer son écriture. Il fut pris d'angoisse lorsque Apollonia attaqua les premières mesures avec une nervosité qu'elle communiquait à son jeu. Puis la *profitienti* retrouva son doigté et fournit une interprétation solide. À l'entame du dernier mouvement, Vivaldi ressentit une tension inhabituelle dans l'assistance ; il décida de l'ignorer et demeura concentré sur le jeu de ses musiciennes. Derrière lui, des semelles piétinèrent et des chaises crissèrent. À peine le violon d'Apollonia eut-il cédé la place à l'ensemble qu'il se retourna : le Grand Inquisiteur quittait la salle, accompagné de deux sbires, suivi du président Pisani, des gouverneurs députés, du semainier et de la prieure.

— Quand est-ce arrivé ?

La voix calme de l'Inquisiteur contrastait avec l'agitation ambiante. Un homme gisait sur le ventre, à ses pieds, dans une mare de sang qui ne cessait de s'étendre.

— Il y a moins d'une demi-heure, monsieur, je faisais une ronde dans le bâtiment et je l'ai surpris à l'étage. Il courait dans le couloir et nous avons failli nous percuter.

Le garde faisait partie des cernides qui avaient été réquisitionnés pour la surveillance de la soirée.

— Je l'ai blessé au bras ; il a lâché sa rapière mais a refusé de se rendre et m'a attaqué avec une dague. Je n'ai pas eu le choix.

D'un geste, le magistrat demanda que l'on retourne le corps. La veste blanche du costume de Brighella avait viré de couleur. Un sbire ôta le masque, découvrant un visage qui leur était inconnu.

— Vous ferez venir Scarpion, peut-être pourra-t-il l'identifier.

— Monsieur, je crois qu'il respire encore, dit le garde qui s'était penché sur son visage.

— Allez chercher le chirurgien ! ordonna le Grand Inquisiteur à un autre garde qui venait d'arriver en compagnie de Pisani.

Il se pencha sur le blessé inconscient, lui tourna la tête et porta la main sous sa nuque. L'homme gémit.

— Étrange, remarqua-t-il, avant d'essuyer ses doigts poissés de sang sur un mouchoir que Pisani lui tendait.

— Qu'avez-vous trouvé, Excellence ? s'inquiéta le président de la Pietà.

— Dépêchez-vous avec le chirurgien, il aura plus de travail que prévu, annonça l'Inquisiteur sans répondre.

— Gouverneur, il manque une fille de l'orchestre ! s'écria la prieure depuis l'extrémité du couloir qu'elle remontait en courant. Maria Dalla Viola a disparu !

— Dieu du ciel, en êtes-vous sûre ? s'affola Pisani.

— Elle était dans sa chambre et n'était même pas en état de marcher. Elle est atteinte d'influenza, expliqua-t-elle à l'adresse de l'Inquisiteur.

— Où est cette chambre ?

— Juste après l'angle du couloir, répondit la surveillante en reprenant son souffle.

— Et d'où venait votre assaillant ? demanda-t-il au garde.

— Du même endroit, Excellence.

— Quand je l'ai quittée, elle se trouvait avec notre chirurgien, confia la prieure à regret.

— Mais où est-il, celui-là ? maugréa Pisani, qui voyait s'accumuler les manquements au règlement précisément le jour où tout se devait d'être parfait.

— Fermez toutes les issues et envoyez des hommes patrouiller dans les rues. Si maître Cornelli a disparu, il deviendra suspect. Et bouclez la rade, on ne sait jamais, ajouta-t-il en fixant le Brighella inanimé.

— Que se passe-t-il ?

Tous se tournèrent vers Azlan, qui venait d'arriver.

— Qu'a-t-il ? insista-t-il en désignant l'homme au sol.

— Nous comptions sur vous pour nous le dire, maître, répondit l'Inquisiteur de sa voix grave et atone.

— J'étais à l'infirmerie en train de préparer une mèche nasale pour la violoniste quand le garde est venu me chercher, expliqua le chirurgien avant de s'accroupir près du corps et de prendre son pouls. Je dois y aller, elle saignait du nez.

— Votre malade a disparu, annonça le magistrat.

— Disparu ?

Le chirurgien s'était relevé vivement.

— Plus exactement elle a été enlevée. Apparemment, cet individu a un complice. Sauvez-le et il pourra nous dire ce qui est arrivé à Dalla Viola.

— Je vais faire mon maximum, Excellence, mais que vos hommes la retrouvent. Portez-le à l'infirmerie ! intima-t-il aux gardes présents.

Le magistrat se fit conduire à la chambre de Marie et s'y enferma avec le président Pisani, au grand dam des suiveurs.

— La soirée du doge doit se poursuivre comme si rien ne s'était produit, indiqua-t-il au gouverneur. Une fois le concert fini, il ne doit pas revenir dans ce bâtiment. Vous le raccompagnerez jusqu'au quai. Si l'on vous questionne sur la raison de notre départ, inventez une excuse. Dernier point : gardez toutes vos pensionnaires dans la chapelle au moins pendant une heure. Mes hommes vont fouiller partout. Allez !

Une fois seul, le magistrat examina la pièce. La porte de l'armoire était entrouverte et l'intérieur ne contenait que quelques vêtements pliés et rangés, qu'il supposa appartenir à celle avec qui Marie partageait la chambre. Le lit de la violoniste était défait et les draps gisaient sur le sol. Par terre, il trouva une bande de tissu imbibée de sang à peine séché. L'Inquisiteur était perplexe. Il avait noté que le Brighella avait été frappé à l'arrière du crâne par un objet lourd qui avait fracturé l'os du rocher. Il y avait donc eu lutte, pourtant la pensionnaire semblait avoir eu le temps de rassembler ses affaires dans le calme. Si le chirurgien disait vrai, il l'avait laissée seule une vingtaine de minutes, pendant lesquelles elle avait été enlevée contre son gré alors qu'elle était prête à fuir. Tout cela n'avait pas de sens.

Il s'assit sur le lit d'Apollonia. La couche sentait le parfum, mais il n'avait pas découvert de flacon en fouillant dans l'armoire, ce qui renforça sa conviction que Dalla Viola s'était préparée à partir. Les gardes étaient formels : depuis que le cortège avait rejoint l'église pour le concert, personne n'avait quitté le bâtiment par l'entrée principale. Toutes les autres issues étaient fermées à clé et seuls les malades étaient présents à l'intérieur. Le Grand Inquisiteur tenait là sa première conclusion : ou les ravisseurs avaient bénéficié d'une complicité à la Pietà, et il se faisait fort de le découvrir rapidement, ou Marie était encore présente dans le bâtiment. La soirée commençait à lui plaire.

71

La lame avait pénétré dans le corps en deux endroits. Deux petites plaies, nettes et précises, étaient visibles sur le ventre du Brighella, d'où le sang continuait à sourdre. La première se situait entre deux côtes, au niveau du cœur. La seconde, dans l'abdomen, avait visé le foie. L'homme n'avait pas repris connaissance, sa respiration était régulière et son pouls filant. Azlan avait tenté d'arrêter l'hémorragie avant de se rendre compte que le liquide s'accumulait dans la plèvre.

Il avait préféré le laisser s'évacuer. Il espérait qu'un caillot se formerait, mais rien de tel ne s'était produit.

Le cernide, qui était resté près de lui, ne cessait de ruminer tout en se justifiant.

— Il est foutu, c'est ça ? C'est de sa faute, il a refusé de se rendre, je n'avais pas le choix ! C'était lui ou moi. Il a bougé, non ?

Azlan vérifia l'état de conscience du blessé et le pinça pour obtenir une réaction.

— Non, conclut-il. C'était juste un réflexe.

— Qu'allez-vous faire ? L'opérer ?

— Je crois qu'il n'y a rien d'autre à faire que de le surveiller. Vous devriez aller vous reposer.

— J'ai ordre de ne pas le quitter. On doit le faire parler ! Il doit nous dire qui l'a envoyé.

— Si l'hémorragie se stabilise, il est possible qu'il se réveille. Mais je crains de graves lésions.

— Je n'aurais pas dû viser le cœur. C'est arrivé si vite… Je me suis défendu.

Le blessé émit un étrange sifflement en expirant.

— Vous avez aussi traversé le poumon, expliqua Azlan. Mais, pour l'instant, c'est le moins inquiétant.

Il se sentait impuissant face à ce genre de blessure profonde.

— J'ai participé à la guerre de la Ligue d'Augsbourg, ajouta-t-il tout en tamponnant les plaies. Un jour, sur le champ de bataille, un soldat lorrain a eu le cœur traversé par un coup d'épée. Il a continué à se battre et a poursuivi son adversaire sur au moins cinq cents pas. Quand on nous l'a amené, il parlait sans confusion et ne se sentait pas oppressé.

— C'est incroyable… Et vous l'avez sauvé ?

— Il est mort au bout de cinq heures, conclut le chirurgien avant de jeter le linge imbibé. Au moins, il a eu le temps de dicter une lettre pour sa famille.

— Si celui-là pouvait parler, on saurait où est la fille.

Azlan ne cessait de penser à Marie. Il ne faisait plus de doute qu'elle s'était délibérément rendue malade afin d'éviter d'être présente au concert. Son enlèvement avait été prémédité avec son consentement. Puis tout avait dégénéré. Sarah allait être furieuse.

Il remarqua qu'une grosseur avait pris forme sur l'abdomen du blessé, à un pouce de la plaie externe qui ne suintait plus qu'au goutte à goutte. Il sortit une série de pinces, rugines et scalpels et les aligna sur sa table de travail, ainsi qu'un fil de soie d'un calibre fin, qu'il avait fait fabriquer spécialement par un industriel milanais pour un coût qui avait fait s'étrangler le gouverneur responsable du budget. Azlan voulait tenter une manœuvre que personne n'avait jamais réalisée. Et pour cause : il l'avait lue dans une des pages du Codex que possédait Sarah, mais il manquait une partie de sa description et il devrait improviser. Le blessé avait perdu beaucoup de sang, souffrait encore d'hémorragies internes et n'avait pas repris connaissance. Les chances de réussite étaient infimes.

Le cernide fut pris d'un bâillement irrépressible juste au moment où le Grand Inquisiteur entrait.

— Avez-vous du nouveau ?

L'homme se redressa dans un garde-à-vous approximatif et balbutia :

— Non, Excellence, il est toujours… mais qu'est-ce que c'est ?

Un flux ininterrompu de sang foncé s'écoulait de la plaie abdominale.

— La veine porte, commenta sobrement Azlan. C'est ce que je craignais.

— Mais encore ? s'impatienta le magistrat.

— Votre homme n'en a plus pour longtemps. Le vaisseau qui irrigue son foie vient de céder.

Avec un scalpel, il pratiqua une large ouverture en « L » sur la partie droite de l'abdomen. Le cernide se détourna, pris de nausée. L'Inquisiteur ne cilla pas. Azlan localisa rapidement la plaie sur le tronc principal de la veine et entreprit de la ligaturer. Le sang dégoulinait du ventre sur la table puis sur le sol dans un bruit de gouttière percée. Le chirurgien saisit le vaisseau avec les mors de deux pinces à disséquer, en amont et en aval de la large plaie. L'écoulement cessa rapidement. Il fit une suture à points séparés selon le dessin qu'il avait vu, sans jamais avoir répété l'opération, et obtint un résultat imparfait. La partie déchirée n'était pas partout suturée bout à bout, mais il n'avait pas le temps de s'appliquer davantage. Azlan retira lentement la pince en amont alors que la peau de l'homme avait pris une teinte grise. Comme il l'avait espéré, le raccord des tissus était suffisant pour que l'hémorragie devienne minimale. Seules quelques gouttes s'échappaient d'entre les fils. Il décida de garder la seconde pince fermée le temps que se forme un caillot à l'intérieur de la plaie. Azlan constata avec satisfaction que respiration et pouls ne s'étaient pas dégradés, puis il se désintéressa du blessé.

— Avez-vous des nouvelles de la musicienne ? demanda-t-il au magistrat en se lavant les mains au baquet qu'il avait fait apporter.

— Pas encore, mais mes hommes progressent vite. Nous avons découvert qu'elle recevait des billets cachés par l'intermédiaire du concierge. Nous l'interrogeons et il finira par avouer que c'est lui qui a fourni la clé qu'on a trouvée sur votre homme. Elle ouvre la porte de sortie de l'office.

Le chirurgien plaignit le surveillant – un bon bougre, toujours de bonne humeur et prêt à rendre service à la communauté – que les sbires avaient emmené au palais des Doges. Il n'y avait pas de doute qu'il finirait par avouer et terminerait sous les Plombs. Azlan prépara une aiguille et un nouveau fil, de plus gros calibre cette fois, et manipula la veine porte au niveau de la plaie suturée. Le sang n'en sortait plus. Il retira la seconde pince précautionneusement et sentit le flux sanguin en pressant sur le vaisseau. Il nettoya l'ensemble et déposa de la charpie sur la suture. Le chirurgien referma l'abdomen, ligatura les chairs et prit soin de laisser dépasser d'un pouce une extrémité du fil lié à la veine porte. Il jeta ses instruments dans le baquet, s'essuya les mains et soupira :

— Je ne peux rien faire de plus, messieurs. Maintenant, c'est à Dieu de le guérir.

72

Le sbire avait participé à la fouille du bâtiment, qui n'avait rien donné. Puis il avait été appelé à l'infirmerie où quelque chose d'inattendu s'était produit et où régnait une agitation intense. Il devait prévenir le chirurgien et grimpa au pas de course les escaliers qui menaient aux chambres. Azlan s'était installé dans celle de Marie, dont il avait interdit l'accès en raison des draps souillés par l'influenza. Le sbire n'en avait pas peur, la fièvre catarrhale n'était pas la peste, il le savait pour l'avoir déjà contractée. Mais il obéissait aux ordres et il toqua sans entrer, alors qu'il entendait le chirurgien grommeler. Le silence se fit, puis Azlan vint ouvrir, le visage ensommeillé.

— Désolé de vous réveiller, maître, vous devez descendre.

— Il est mort ? demanda le chirurgien en se massant le visage.

— Non, il s'est réveillé. Mais il y a un problème.

L'Inquisiteur était toujours présent à l'infirmerie.

— Vous avez la main de Dieu, cher maître, vos talents sont incroyables, dit-il pour l'accueillir.

Azlan évita de croiser le regard du blessé. Il souleva le drap qui recouvrait l'abdomen opéré : les sutures avaient tenu et le sang séché indiquait que l'hémorragie externe s'était arrêtée. Il prit le pouls aux deux bras, puis à la carotide. Le pouls supérieur était inégal, et le pouls hépatique rebondissant, ce qui n'avait rien d'étonnant après la tempête que l'homme avait subie.

— Quel est le problème ? questionna-t-il en cherchant à isoler un pouls pectoral.

Le magistrat donna une bourrade sur l'épaule du blessé, qui maugréa. La langue qu'il parlait leur était totalement inconnue.

— Nous attendons l'archiviste de la Biblioteca Marciana. Il connaît de nombreux dialectes de toute l'Europe.

Le chirurgien compléta son examen avant de sortir sur le quai respirer les dernières volutes de nuit. La silhouette de Santa Croce se découpait sur l'horizon blanchissant. Après une semaine de fraîcheur et de ciel laiteux, la journée promettait d'être belle. La soirée n'avait pas été à la hauteur de ses attentes : alors qu'il espérait interroger Marie sur la *Malheureuse Loyauté* et rejoindre Sarah, il avait dormi deux heures, pratiqué une opération impossible, l'hôpital et la ville étaient ratissés par les sbires du pouvoir, et l'Ordre du Graal était de plus en plus menaçant.

L'érudit arriva aux premiers rayons de l'aube. Azlan le suivit à l'infirmerie, où il aurait à protéger son patient de la rudesse de l'interrogatoire. Il s'installa derrière le blessé. Le fonctionnaire, flatté de l'importance qui lui était donnée, prit un air de circonstance qui le fit ressembler à un ordonnateur de pompes funèbres. Il écouta révérencieusement le Grand Inquisiteur lui expliquer que son prisonnier ne comprenait ni l'italien, ni le français, ni l'anglais, puis manifesta sa surprise d'un haussement de sourcils maîtrisé lorsque celui-ci fit parler le blessé. La phrase qu'il répétait en boucle allait se révéler plus compliquée à traduire qu'il ne l'avait imaginé. L'archiviste entreprit de le questionner en allemand puis en hollandais et en flamand. À chaque fois, l'homme faisait signe de la tête qu'il ne comprenait pas.

— Pourrait-il venir de la république de Raguse ? interrogea le magistrat.

L'archiviste traduisit la question en dalmate, mais, derechef, le captif manifesta son incompréhension et répondit dans sa mystérieuse langue.

— Je suis perplexe, dit le fonctionnaire. On dirait un mélange de tatare et de finnois. Voyez-vous, le finnois emploie des mots tout en douceur et harmonie, alors qu'ici votre… invité utilise plus de consonnes, ce qui me fait penser à un dialecte mélangé ou à une branche bulgarique de la famille finnoise. Mais ce n'est pas du tchouvache. À moins que ce ne fût du tchérémisse ou du mordve.

Le pontifiement de l'archiviste agaça l'Inquisiteur :

— Essayez-les et surtout faites vite !

— C'est que je ne les possède pas toutes, objecta le fonctionnaire dont les mains se mirent à trembler. Je vais lui parler en magyar.

La tentative arracha un semblant d'intérêt au blessé, qui répéta la même phrase.

— Alors ?

— Je crois qu'on progresse, Excellence.

— Que dit-il ?

— Je ne sais pas, mais les sonorités de ce dialecte lui sont familières. Comme vous le constatez, j'ai pu attirer son attention. Nous sommes sur une base commune, entre slave et magyar. Votre homme vient peut-être d'une région de Hongrie, Excellence.

— Je me moque de sa généalogie, débrouillez-vous mais je veux communiquer avec lui !

— C'est que… je ne maîtrise pas le hongrois. Il faudrait que je retourne à la bibliothèque. Alors je pourrai analyser sa phrase et découvrir de quel dialecte il s'agit.

— Cet homme a faim, intervint Azlan.

Tous se tournèrent vers lui d'un air interrogateur.

— Vous parlez sa langue ? demanda l'archiviste.

— Non, mais il a perdu beaucoup de sang. Cet homme est épuisé et il a faim.

L'Inquisiteur fit une mimique en portant ses doigts à sa bouche. Le blessé acquiesça d'un signe de tête et prononça une nouvelle phrase.

— Cela va m'aider dans mes recherches, remarqua le fonctionnaire.

— Apportez-lui à manger et à boire, indiqua le magistrat au cernide. Maître, peut-il être transporté ?

— Pas encore, sa santé est très fragile, répondit Azlan, inquiet de son état général et de sa respiration difficile.

— Alors nous reprendrons cet interrogatoire dans une heure ici même.

— Parfait, conclut l'archiviste. Cela me laisse le temps de consulter mes ouvrages.

Il fila sans demander son reste et gagna d'un pas pressé la bibliothèque toute proche. Il savait ce qu'il cherchait et s'était mentalement répété en chemin les quelques paroles arrachées au prisonnier jusqu'à les savoir par cœur. Il demanda trois livres à son assistant et consulta une carte géographique en attendant son retour. L'archiviste chercha la traduction phonétique de chaque mot et finit par la trouver dans deux des ouvrages. Le troisième lui confirma l'intuition qu'il avait eue.

Le temps avait glissé sur lui et l'heure s'était écoulée comme l'eau sur les plumes d'un héron. Le soleil avait pris assez de hauteur pour inonder son bureau d'une lumière chaleureuse. Le fonctionnaire s'était rasséréné : il allait pouvoir communiquer avec le prisonnier et, surtout, informer le magistrat de sa découverte. Gonflé de l'orgueil du travail bien fait, il fit le trajet en sens inverse. Mais l'infirmerie était déserte, tout comme le couloir principal du rez-de-chaussée dans lequel il erra avant d'être hélé par le seul garde présent.

— Que s'est-il passé ? s'inquiéta l'archiviste tout en tenant précieusement ses deux ouvrages contre lui.

— Je vous attendais, monsieur. Je dois vous conduire au palais où Son Excellence vous attend pour vos conclusions.

— Mais l'interrogatoire ?

— C'est fini : le prisonnier est mort.

— Comment ça, mort ?

— C'est arrivé d'un coup : son cœur s'est arrêté. Le chirurgien est en train de l'autopsier.

73

Azlan n'avait rien pu faire. Le blessé avait poussé un gémissement avant de rendre son dernier soupir. Le chirurgien soupçonnait une nouvelle hémorragie interne au niveau de la veine porte. Il s'était isolé dans la salle dédiée aux autopsies et avait enlevé la suture abdominale afin d'inspecter la région hépatique. Il constata que les deux ligatures étaient intactes, ainsi que la suture du vaisseau en dessous de laquelle un caillot s'était formé : l'intervention, telle que décrite dans le Codex, avait réussi. L'inspection du cœur lui révéla, en revanche, que la lame avait entaillé le ventricule gauche, une plaie de petite taille mais qui n'avait pu coaguler et par laquelle le sang avait envahi le péricarde jusqu'à empêcher ses battements. Azlan était persuadé qu'une autre page du Quanum contenait la solution à ce qu'il n'avait pu traiter. Il recouvrit le macchabée d'un drap, puis nettoya et essuya ses instruments lorsqu'il se rendit compte qu'il tenait là une occasion unique de poursuivre ses investigations. L'autopsie avait été autorisée par le Grand Inquisiteur et personne n'y trouverait à redire s'il pratiquait une trépanation. Il retourna le corps avec difficulté et constata le bris de deux os fait avec un objet. La nature du coup ne faisait aucun doute : Azlan en était l'auteur.

L'archiviste n'était jamais allé dans cette partie du palais. Il n'avait jamais dépassé le couloir au milieu duquel trônait la *Bocca della verità*. Il était impressionné de fréquenter l'endroit le plus secret de la République et remarqua la faible hauteur sous plafond ainsi que l'absence de fenêtres. Le fonctionnaire n'attendit pas longtemps avant de se retrouver face au Grand Inquisiteur, accompagné des deux sbires qui ne le quittaient pas. L'archiviste lui fit un résumé de ses découvertes. La phrase répétée par l'inconnu était un sabir mêlant plusieurs dialectes de l'est de l'Europe, comme il l'avait supposé.

— Et avez-vous traduit ce qu'il nous disait ?

— D'après moi, il s'agirait d'une sorte de litanie dont le sens serait : « Le Grand Maître me protège. »

— Le Grand Maître me protège ?

— Mais le plus important n'est pas là, ajouta l'homme, fier de son effet. J'ai lu dans un ouvrage sur les sociétés secrètes que certaines utilisaient des langues qui leur étaient propres afin qu'elles ne soient comprises que d'eux seuls. L'une de ces sociétés aurait inventé un mélange de dialectes qui pourrait correspondre à celui-ci.

Le fonctionnaire venait d'éveiller l'intérêt de son interlocuteur.

— Son nom ? Quel est son nom ?

— Ils se font appeler l'Ordre du Graal. Ils veulent égaler Dieu en recherchant l'immortalité du corps. Ils ont des rituels d'initiation et des grades, d'apprenti à maître, déroula doctement l'archiviste.

— Est-ce une branche de la Maçonnerie ?

— Non point, ils sont bien plus secrets, et ceux qui veulent en sortir le paient de leur vie. Ils seraient très introduits dans les hautes classes de la société et dans certaines cours européennes. Il est à remarquer qu'au plus haut grade se trouve un Grand Maître, ce qui corrobore les propos du prisonnier.

— Intéressant, très intéressant, approuva l'Inquisiteur. Mais il pourrait quand même s'agir de Maçons, nous savons qu'une loge est en train de s'implanter à Venise. Mes hommes vont enquêter. La République saura se montrer reconnaissante avec vous, conclut le Grand Inquisiteur en s'éloignant.

— Il y a autre chose, Excellence, ajouta l'archiviste, enhardi par son succès. Ce n'est peut-être qu'une coïncidence, mais il y a quelque temps une personne a consulté les trois ouvrages dont je me suis servi pour résoudre cette énigme. Je m'en suis souvenu, car c'est moi-même qui les lui ai apportés. Et cette personne était présente ce matin à l'hôpital.

— Dieu, mais qui est-ce ?

— Le chirurgien de la Pietà.

Chapitre 8

Venise, 1689

Nous sommes la république des Arts et des Chiffres, et moi, Niccolò Guarducci, j'ai réussi la fusion de ces ors en une parfaite alchimie. Des vers de Veronica Franco et d'une partition d'opéra j'ai fait un code inviolable, une véritable œuvre d'art. Chaque note de musique indique quelle grille de substitution utiliser. Sept grilles pour sept notes. Les possibilités sont infinies et aucun esprit, à moins d'être une puissance divine ou démoniaque, ne pourra jamais déchiffrer ces textes où chaque lettre est remplacée différemment au sein de la même phrase. J'ai en tête l'air de cette musique, fa-sol-la-si, ré-do-do-si-la...

Je rêve d'un avenir où ces clés ne seront plus couchées sur le papier, mais où poèmes et notes seront conservés dans la mémoire de leur porteur. Mon ami Giovanni Elvigo, dans son malheur, m'a permis de créer une arme absolue.

Venise, avril 1713

74

Marie se réveilla fatiguée au bout de quelques heures passées à errer dans l'intimité de sa conscience. Elle s'assit, nauséeuse, sur la paillasse qui lui servait de lit. La fièvre avait disparu et les douleurs musculaires s'étaient grandement atténuées. Elle se retint de tousser et but à même le goulot ce qu'il restait d'eau avant de reposer doucement la bouteille. Elle ne devait pas attirer l'attention au dehors.

La pièce était exiguë et la jeune femme y tenait à peine debout. De toute façon, elle n'avait pas la force de se lever. Elle entendait la ville se charger de l'énergie matinale de ses habitants. Elle attendit dans la pénombre que le brouhaha grandisse ; elle se l'imaginait comme une armée d'ogres se rapprochant d'elle, lents géants sur le point de la dévorer qui constituaient sa hantise d'enfant, une hantise que sa mère avait sciemment entretenue pour l'empêcher de s'éloigner de leur maison, à l'orée de la forêt.

Les premiers cris s'échappèrent du maelström extérieur. Le Bruit débuterait bientôt, inquiétant, imprévisible, par-delà les cloisons qui la protégeaient. La veille, à son arrivée, il avait rôdé jusqu'au soir avant de s'éteindre à petit feu. Puis les ogres étaient rentrés chez eux. La nuit, elle avait entendu le clapotis de l'eau dans les canaux. Un *codega* était passé non loin, accompagné de ses clients, de jeunes patriciens rentrant éméchés d'une soirée dans une salle de jeu clandestine. Marie aussi était devenue clandestine. En voulant s'échapper de la Pietà, elle n'avait pas mesuré le danger encouru. Fuir Venise n'était pas une bagatelle.

Les voix venaient de partout. Ils étaient maintenant des centaines autour d'elle. Marie avait peur mais réussit à se convaincre que personne ne pouvait la voir, qu'elle était invisible. Elle décida de remettre de l'ordre dans son sac et en sortit toutes ses affaires, qu'elle étala sur la paillasse posée à même le sol. Ses vêtements se résumaient à quelques jupons, des paires de bas dont une en soie, deux chemises et deux robes neuves ainsi que cinq mouchoirs brodés. Elle ouvrit sa boîte à bijoux et enfila une bague en or et une autre ornée d'un petit diamant, le premier cadeau que lui avait offert son arlequin amoureux lors d'un séjour sur la Terre Ferme. Elle sentit son parfum sans oser ouvrir le flacon, de peur d'attirer l'attention du monde extérieur. Au-dessus de sa tête, le Bruit se réveilla. Marie agrippa son coffret et se figea en fermant les yeux. Mais les ogres avaient d'autres occupations et le Bruit s'évanouit.

Elle compta toutes les pièces de son trésor, trente-cinq ducats, les rangea avec ses bijoux et posa le tout sur ses vêtements, dans le sac en cuir usé. C'était le seul présent qu'elle ait reçu d'Amadori Guarducci, il avait appartenu à son père, et l'homme semblait content de s'en débarrasser. Il le lui avait remis à son arrivée à la Pietà, et elle n'avait compris que bien plus tard qu'il ne s'agissait pas pour elle d'un simple séjour dans une école de musique, mais d'un enfermement de plus de dix ans au terme duquel il avait l'intention de l'en sortir pour exploiter ses talents à son propre compte. Elle l'avait détesté de tout son être, bien plus encore que son père brutal. Pourtant, elle aimait ce sac et ce qu'il représentait pour elle : le symbole de sa liberté par la fuite. Marie finit de plier et de ranger ses affaires. Elle regarda longuement son balluchon. Il était tout ce qu'elle possédait. Au lieu de l'attrister, cette pensée la remplit de légèreté. Elle regrettait seulement de ne pas avoir pu emporter son violon. Mais on lui en offrirait un autre dans le monde libre.

Elle feuilleta un ouvrage, le seul qu'elle possédait avec Apollonia, un traité de cuisine écrit en français que son amie avait dérobé à l'office un jour de fête. *Le Cuisinier français, par le sieur de La Varenne. Enseignant la manière de bien apprêter & assaisonner toutes sortes de viandes, grasses & maigres, légumes & pâtisseries en perfection*. Comme il était de petite taille, elles l'avaient caché sous leur armoire et, les soirs de tristesse et d'abattement, elles se lisaient les recettes en imaginant le goût des mets qui leur semblaient plus délicieux les uns que les autres. Marie choisit la tourte à la franchipane et murmura :

— Prenez un chaudron de lait bouilli…

Elle sentait le goût des ingrédients fondant dans sa bouche, les pistaches et les amandes mélangées aux blancs d'œufs, l'arôme de la cuisson dans la tourtière, et, pour tromper sa faim, se promit de confectionner la recette dès leur retour en Lorraine.

Le Bruit se réveilla soudain et ce fut un tourbillon de coups et de hurlements au-dessus de sa tête. Marie se boucha les oreilles, faillit crier elle aussi et se réfugia dans la pensée d'un concerto du prêtre roux, le dernier qu'elle ait joué avant l'accident. Le Bruit ne cessa pas.

75

Le jeune malade était guéri de la danse de Saint-Vite. Il quittait l'hôpital entouré de ses parents, du docteur Pellegrini et de nombreux confrères venus contempler ce miracle de la médecine. La *trépanation de Pellegrini* figurerait parmi les enseignements de la faculté de Padoue et de toutes les universités d'Europe, selon le président Pisani qui s'était fendu d'un discours au goût de triomphe bienvenu après les événements de la semaine précédente. Avant de partir, le médecin en personne avait rempli un verre d'eau dont le garçon s'était emparé et qu'il avait bu sans encombre. Puis, chacun était retourné à ses activités, et Azlan avait demandé au président l'autorisation d'aller s'occuper d'un patient à son domicile, ce qui lui avait été accordé à condition qu'il fût revenu en fin de matinée pour la visite aux malades.

Azlan pénétra dans le Ghetto Nuovo et se rendit dans un bâtiment situé à l'angle nord, qui faisait office d'entrepôt pour les marchandises. Sarah l'y attendait et le conduisit au sous-sol, après avoir soigneusement verrouillé les portes. Iseppo était assis, comme à son habitude, à regarder les crabes se repaître sur les tas d'ossements provenant des tueries[1] voisines. Il les accueillit d'un bonjour détaché et se tut.

— Je te remercie de nous recevoir, Iseppo, cette conversation est importante pour nous, dit Sarah qui s'était plantée devant lui.

1. Abattoirs.

— J'ai accepté en tant que *parnas*, uniquement parce que je suis le représentant de la communauté.

— Ce n'est pas à ce titre que je t'ai sollicité, et tu le sais.

— Je n'ai rien à te dire au sujet d'Amadori Guarducci.

Iseppo était resté impassible, droit sur sa chaise, les mains jointes sur sa canne. Dans ses habits élimés, il donnait l'impression d'être le prince d'une cour des Miracles imaginaire.

— Monsieur Guarducci, votre aide peut nous être essentielle, intervint Azlan, qui était resté légèrement en retrait.

— Monsieur de Cornelli, je ne tolère votre présence que par respect pour Sarah, qui m'a demandé de vous recevoir. Mais vous l'avez entraînée dans une aventure que je réprouve et qui peut lui causer le plus grand tort, ainsi qu'à toute notre communauté.

— Si vous nous aidez, vous n'entendrez plus parler de moi.

— Je ne vous aiderai pas et je n'entendrai plus parler de vous, rétorqua Guarducci en se tournant vers Azlan pour la première fois.

— Que savez-vous au sujet de la *Malheureuse Loyauté* ?

Le *parnas* reprit son attitude de sphinx. Seul le sommet des monticules osseux dépassait de l'eau. C'était le moment qu'il préférait, celui à partir duquel les crustacés allaient jouer leur rôle de nettoyeur.

— Vous ne voulez pas répondre ?

Iseppo voulait surtout ne pas avoir à rouvrir cette plaie vieille de trente ans. Devant lui, les crabes commençaient à se battre pour les maigres restes de viande ou de tendons.

Il s'adressa à Sarah en hébreu. La conversation était tendue, Iseppo avait adopté un ton sec et cassant, mais la jeune femme n'était pas impressionnée et répondait avec calme à ce qui semblait être des accusations. Elle allait et venait sur les marches, l'obligeant à la regarder, elle, au lieu des tumuli animaux. Puis, en deux phrases, elle renversa la discussion, sans forcer la voix, le questionnant, argumentant sans attendre ses réponses, l'acculant, le pressant, étouffant ses justifications jusqu'à ce qu'il s'avoue vaincu d'un hochement de tête.

— *B'Ezrat Hashem*, lâcha-t-il. Qu'Il te protège... Monsieur de Cornelli, demanda-t-il sans bouger de son siège. Venez.

Azlan descendit jusqu'à la lisière de la marée et se tint derrière Sarah. Elle avait croisé les bras et fixait le *parnas* comme si elle s'apprêtait à lancer une nouvelle joute oratoire. Mais Iseppo avait bel et bien abdiqué. Il avait toujours pensé qu'il devait se taire pour la protéger et, par facilité, il rendait Azlan responsable du péril qu'elle courait. Elle l'avait convaincu que, même sans le chirurgien, elle se serait jetée dans la gueule du loup. Le Quanum était toute sa vie, et tous deux savaient le dénouement proche. Iseppo devait désormais tout faire pour l'aider à affronter les dangers qui prenaient forme.

— Je t'ai dit que je n'ai jamais connu mon père, Sarah. En cela je t'ai menti. La première fois que je l'ai rencontré, il m'a remis le message codé et quatre pages du Codex. Il disait vouloir compenser ce qu'il ne pourrait jamais me donner. Il tenait à m'expliquer la valeur qu'avait cet ouvrage à ses yeux. Moi, je me moquais bien de cet héritage, mais je ne voulais pas qu'il revienne à ce demi-frère qui m'avait toujours ignoré. Méprisé. C'est pour cette raison que je l'ai remis à ton père, Sarah. Quant au mien, je l'ai revu. Plusieurs fois. Il m'a parlé de son travail au palais. Son fils préféré l'avait trahi en embrassant une autre carrière, alors il s'était mis en tête de m'apprendre le métier de déchiffreur. Malgré ma bâtardise, malgré ma religion. Heureusement, il n'a pas eu le temps de parvenir à ses fins : il est mort avant. Je l'aurais déçu, je n'avais aucun don pour les codes. Et lui n'en avait aucun pour la famille. Nous n'étions pas faits pour nous entendre…

— Comment Amadori savait-il pour le Codex ? l'interrompit Sarah.

— Notre père s'était mis en tête de nous rapprocher en nous donnant à chacun une partie du secret. Mais je me suis débarrassé de la mienne et Amadori a tenté de vendre la sienne. Quelle ironie du sort, n'est-ce pas ?

— La *Malheureuse Loyauté*, c'est votre frère qui la possédait ? voulut savoir Azlan.

— Je n'ai jamais su ce qu'il avait au juste. Il m'a traîné en justice pour récupérer ce qu'il estimait être à lui et n'a obtenu qu'un vieux sac de cuir. Je ne savais pas qu'il était mort avant que tu me l'apprennes, Sarah. Aujourd'hui, je ne regrette qu'une chose : ne pas avoir détruit…

Iseppo s'interrompit : quelqu'un avait crié depuis la place. Il attendit, aux aguets, mais le calme était revenu.

— … ne pas avoir détruit tous ces documents qui ont pourri votre vie, à toi et à ton père.

Il s'interrompit à nouveau et se leva :

— Mais que se passe-t-il ?

76

La librairie était minuscule, à l'image de l'étroite ruelle des Assassins dans laquelle elle se trouvait et dont le nom plaisait beaucoup à Zeppo. C'était surtout la seule boutique à posséder un exemplaire de l'ouvrage qu'il recherchait. Juste en face, un café, qu'il supposait être un repaire de brigands, avait installé dans la pièce principale un jeu de billard autour duquel s'affairait un groupe de joueurs. Zeppo adorait le principe de ce jeu récent que peu de gens appréciaient ou même connaissaient. Il aimait particulièrement la carambole, sa variante française, qui exigeait de faire rebondir sa bille sur trois bandes avant de toucher la dernière boule. Et la recherche du Codex lui semblait se dérouler telle une immense partie de carambole. L'Ordre du Graal avait enfin identifié la femme qui accompagnait maître Cornelli, la fille d'un ancien médecin du Ghetto, dont la discrétion, attestée par l'absence de rapports de l'Inquisition, lui paraissait suspecte. Zeppo possédait aussi assez d'informations sur le chirurgien de la Pietà pour lancer les services du Secret à ses trousses si sa propre situation venait à être compromise, puisque la rumeur avait circulé qu'un des faux sbires de l'hôpital était un agent du palais.

— Je l'ai enfin trouvé ! Pardonnez-moi de vous avoir fait attendre.

Le libraire le tira de ses pensées en agitant devant lui le recueil de poésies de Veronica Franco et le lui tendit. Zeppo paya et sortit sans un mot. Il s'arrêta à la table de billard pour regarder la partie en cours. Le Lorrain avait fini par avouer que le livre constituait la clé de chiffrement, tout en jurant ne pas savoir comment l'utiliser. Quelques jours plus tard, à force de privations, il avait lâché les numéros de sept poèmes de l'ouvrage. Zeppo avait été convoqué au palais Corner Spinelli où un Hugues de Fresne jubilant l'avait accueilli pour lui communiquer la nouvelle. L'homme du Chiffre avait été le seul à ne pas s'en réjouir. Il avait aussitôt compris que les sept poèmes codaient pour sept grilles de substitution et qu'il aurait besoin d'une autre clé pour savoir quelle grille utiliser pour chaque lettre. Il était persuadé que le Lorrain ne dévoilerait jamais la seconde clé. Lui ne l'aurait pas fait.

Il quitta le café alors que la partie s'envenimait et flâna au cœur de San Marco, profitant de ses dernières heures de liberté. Il savait qu'il allait s'enfermer au palais des Doges pour une longue période et que *l'anti-secreto* serait son seul horizon. Zeppo avait facilement identifié, parmi les comptes rendus médicaux volés chez Visconti, un texte qu'il suspectait de contenir le message codé. Il en avait extrait les premières lettres de chaque mot selon la méthode la plus courante. Son intuition ne le trompait jamais et faisait sa grande force. Il ne doutait pas d'avoir raison. Il allait devoir essayer chaque grille de substitution pour chaque lettre, ce qui représentait des centaines de combinaisons pour chaque mot. Arrivé devant la porta della Carta, il inspira profondément et se jura de ne pas en ressortir tant qu'il n'aurait pas décodé le message.

Une fois dans son bureau, il lut les poèmes tout en mordant à pleines dents dans la cuisse de poulet froid de son déjeuner, à laquelle il n'avait pas encore touché. La chair était à la fois ferme et tendre, sensation qu'il trouva délicieuse. Il sonna le secrétaire afin d'en réclamer une autre, rangea ses notes et déverrouilla la serrure. Zeppo se posta à la fenêtre, une lucarne de petite taille donnant sur un ciel où s'entremêlaient toutes les nuances de bleu d'une journée alternant averses et éclaircies. Il ne prit pas la peine de se déplacer lorsque la porte s'ouvrit et ordonna :

— Apportez-moi encore du poulet et une bouteille de vin français, celui de la réserve de Son Excellence.

Devant l'absence de réponse, il lança un coup d'œil hautain par-dessus son épaule : le Grand Inquisiteur en personne lui faisait face, les traits empreints de son impassibilité habituelle.

— Voulez-vous vous joindre à moi ? demanda Zeppo en se retournant sans montrer la moindre gêne.

— Seulement si vous avez du nouveau à m'apprendre. Est-ce le cas ?

— J'ai décodé les deux messages que la cour d'Autriche destinait à son ambassadeur. Vous les aurez ce soir sur votre bureau.

— Je parlais de l'affaire qui nous préoccupe tous au plus haut point. Cette organisation secrète qui a frappé notre République. C'est bien vous qui avez demandé à participer à cette enquête, n'est-ce pas ?

— Asseyez-vous, Excellence, proposa Zeppo en l'invitant du geste.

— Je préfère rester debout. Alors ?

Zeppo retourna à son bureau et posa des feuillets sur l'ouvrage de Veronica Franco.

— L'Ordre du Graal est une société des plus discrètes. J'ai cependant découvert qu'en plus d'un navire mouillant à Raguse, leur Grand Maître a ses foyers dans une vallée alpine d'Europe centrale.

— Tout cela est bien maigre, monsieur.

— Je soupçonne un invité du palais Corner Spinelli d'en faire partie et je l'ai moi-même interrogé il y a peu, lâcha Zeppo, pour qui le « monsieur » était un signe d'avertissement. Mais je ne peux rien affirmer.

— Je sais. Nous devons être prudents et ne pas froisser la famille Spinelli. Pouvez-vous me dire pourquoi vous l'avez interrogé avant même la tentative d'assassinat de notre sbire Scarpion ?

— J'ai des doutes depuis l'écroulement du balcon, Excellence. Pour moi, ce n'était pas un accident. Voilà pourquoi j'ai pris cette liberté. J'ai aussi une autre information, mais elle est plus… délicate.

— Nous sommes dans le bureau le plus protégé du palais, fit remarquer l'Inquisiteur. Aucun son ne peut s'en échapper. Parlez sans crainte.

— Intéressez-vous au chirurgien, Azlan de Cornelli.

— De quoi l'accusez-vous ?

— À chaque fois, il était présent.

— Tout comme moi.

— Il est le dernier à avoir vu la musicienne Maria Dalla Viola.

— Il la soignait.

— La prieure de la Pietà nous a confirmé qu'ils se connaissaient avant qu'elle arrive à Venise. Elle est venue témoigner.

— Tout cela, nous le savons, Zeppo, vous nous faites perdre notre temps.

— Il était l'hôte d'un certain Visconti, à Mestre, tous les samedis.

— Cela est noté dans l'enquête de moralité. Et il y pratiquait des soins aux nécessiteux.

— Sauf qu'il y a rencontré un émissaire du duc de Lorraine. Un spécialiste des codes.

L'Inquisiteur resta silencieux. Ses yeux fouillaient ceux de son chiffreur à la recherche de la vérité.

— Je n'avais pas encore eu le temps de le porter à votre connaissance, se justifia Zeppo. Un autre confident nous a indiqué que ce même chirurgien a été aperçu un long moment devant le palais Corner Spinelli et qu'un valet est venu lui remettre un billet. Qui plus est, je suis en mesure de prouver que la noix vomique utilisée contre le sbire Scarpion provenait de la Pietà.

— Tout cela ne tient pas. Il lui a sauvé la vie, vous faites fausse route, objecta l'Inquisiteur, qui avait joint les mains dans son dos pour cacher son impatience.

— L'infirmière est allée chercher l'apothicaire. C'est lui qui a administré l'opium salvateur. Nous avons un rapport.

Zeppo sentit qu'il venait de prendre l'ascendant. Il s'approcha du magistrat et lui dit à mi-voix :

— Excellence, rien ne résiste à l'analyse des faits. Cornelli a un comportement suspect.

— Tout cela n'est guère convaincant, répliqua le magistrat, à court d'arguments. Le chirurgien n'appartient pas à cette société secrète. Je sais qu'il s'y intéresse, tout comme nous.

— Et s'il le fait, est-ce pour le bien de la Sérénissime ? Ou pour celui d'une puissance étrangère ? Permettez-moi d'investiguer sans rien négliger.

— Ce sont les autres pistes qu'il ne faut pas négliger. C'est à cette seule condition que je vous autorise à continuer. Ai-je été clair, Zeppo ?

Le chiffreur s'était figé. Son esprit semblait soudainement absent et ses yeux bougeaient comme à la lecture d'un ouvrage invisible. Il venait de comprendre. En une fraction de seconde, le lien entre toutes les informations éparses qu'il possédait s'était établi, telle une révélation, et tout était devenu évident.

— Zeppo ? répéta le magistrat.

Sarah Koppio était non seulement le passeur du Codex Quanum, mais aussi cette amante pour laquelle on lui avait demandé de créer un code à base de portées musicales. Les deux femmes étaient une seule et même personne, et la seconde clé était une composition musicale. Tout comme lui, elle avait réussi à pénétrer dans les hautes sphères du pouvoir de la Sérénissime. Elle était l'adversaire à sa hauteur qu'il attendait depuis longtemps.

— Mais enfin, qu'avez-vous ? s'impatienta le Grand Inquisiteur.

Zeppo daigna enfin le regarder.

— Au fait, Excellence, êtes-vous satisfait de la partition que j'ai utilisée pour fabriquer votre code ?

77

Au-dehors, un homme avait à nouveau crié, déclenchant des bruits de pas et des cliquetis. Le *parnas* se plaça à l'angle de l'escalier afin d'observer une partie du *campo*.

— Les soldats du palais. Je vais voir ce qu'ils veulent, ne bougez surtout pas.

Sarah s'assit à la place d'Iseppo.

— Vous croyez qu'ils sont là pour nous ? s'inquiéta Azlan.

— Ce doit être à cause de cette jeune violoniste qui a disparu. Chaque fois qu'il y a un meurtre ou un enlèvement, les dénonciations nous désignent systématiquement. Ils sont déjà venus hier.

Un rai de lumière s'était glissé dans la cave à travers le soupirail et éclairait le plus haut tas d'ossements aux deux tiers immergé. Les révélations du *parnas* avaient contrarié Sarah.

— Il ne vous aura pas échappé qu'Amadori possédait réellement un élément du Codex, qu'il était maître de musique et que la *Malheureuse Loyauté* est sans doute une œuvre musicale, résuma-t-elle.

— Possible, dit Azlan, qui semblait plus intéressé par le tumulus central que par la démonstration de la jeune femme.

— Possible ? Il ne vous aura pas échappé non plus que sa protégée, la musicienne, vient d'être enlevée et que j'y vois la main de l'Ordre du Graal.

— Pas de conclusions hâtives.

— Au contraire, tout semble limpide : ils ont maintenant tous les éléments en main pour retrouver l'ouvrage.

Un enfant passa la tête par la porte entrouverte et appela Sarah. Azlan songea à Piero, qu'il avait négligé depuis quelques jours et qui le lui avait reproché. Le *codega* s'ennuyait ferme aux Incurables, alors que le chirurgien y passait peu de temps.

— Ils vont fouiller tous les entrepôts. Il ne faut pas qu'ils vous voient ici en ma compagnie.

— Comment sort-on ? demanda Azlan en remontant les marches.

— Justement, on ne sort pas. Il n'y a qu'une issue et elle donne sur la place.

Sarah congédia l'enfant après qu'il lui eut remis une clé.

— Faites-moi confiance, dit-elle en descendant les degrés en direction des monticules osseux.

La jeune femme émit un petit gémissement au contact de l'eau fraîche mais ne s'arrêta pas. Elle s'avança jusqu'au plus grand tumulus avant d'en faire le tour. Azlan la suivit, tandis qu'à l'extérieur l'agitation montait d'un cran et qu'Iseppo tentait de ramener le calme entre les soldats et la foule qui les encerclait.

— Je cherche un endroit précis, expliqua Sarah en tâtonnant la surface du maillage serré d'humérus et de tibias. Le voilà.

Elle prit la clé et introduisit son bras par un interstice juste assez large pour lui.

— J'ai cru voir un éclat de lumière tout à l'heure, y a-t-il une serrure à l'intérieur ? demanda le chirurgien.

Le clic d'un pêne lui répondit.

— Il va falloir me faire confiance, maintenant, annonça-t-elle. Je viens d'ouvrir une trappe qui se trouve toujours en dessous du niveau de l'eau, à la base de ce tas d'os. L'intérieur du monticule est creux et nous tiendrons à deux. Il faut juste ramper pour y entrer. Faites comme moi.

Sans lui laisser le temps de réagir, elle disparut sous l'eau turbide. Les pas rythmés des soldats s'étaient rapprochés. Azlan prit son inspiration et la suivit.

Lorsqu'il rouvrit les yeux, il se trouvait à l'intérieur d'une cage métallique en forme de sarcophage, au cœur de la puanteur humide qui imprégnait la pièce. Les os imbriqués ne laissaient passer qu'une pénombre grisâtre. Il se releva lentement et, une fois debout, son corps épousa celui de Sarah. Ils ne pouvaient plus bouger.

— Rassurez-moi, chuchota-t-il, ce refuge n'a été prévu que pour une personne ?

— S'ils m'avaient trouvée seule dans cet entrepôt, ils auraient fouillé partout. Nous n'avions pas le choix. La muraille d'os est si épaisse que, de l'extérieur, il est impossible de se douter de l'existence d'une cache. Nous sommes en sécurité.

L'eau formait un halo de vapeur autour d'eux. Azlan sentait la chaleur de Sarah, il sentait son cœur battre contre le sien. À chaque inspiration de la jeune femme, sa poitrine effleurait la chemise mouillée d'Azlan. Leurs visages étaient si proches que leurs lèvres se touchaient presque. Il songea que bien des hommes se seraient battus à mort pour vivre un tel moment avec la femme la plus courtisée de Venise, mais il n'en conçut qu'une grande gêne, tandis que leurs regards ne cessaient de se chercher et de s'éviter.

Ils attendirent, silencieux, immobiles. Le bruit des recherches s'était intensifié. Quelqu'un ouvrit la porte extérieure du bâtiment puis celle menant aux escaliers. Les soldats étaient entrés et s'étaient arrêtés aux dernières marches sèches. Les commentaires allaient bon train. L'un d'eux, qui était déjà venu, expliqua aux autres qu'ils ne trouveraient personne dans un tel charnier. Aucun ne voulait mettre le pied dans l'eau vaseuse et le plus gradé décida d'aller fouiller ailleurs. Le bruit de leurs pas s'éteignit rapidement.

Sarah fit un signe de tête à Azlan : ils devaient patienter jusqu'à leur retrait du Ghetto. Le silence pouvait être un piège. Au bout de quelques minutes, leurs membres froids et endoloris leur faisaient mal. Les soldats semblaient s'être rassemblés sur le *campo* dans l'attente d'un ordre.

— Allons-y, souffla-t-elle.

— Avant de sortir, il y a quelque chose que je voulais vous avouer.

— Ne trouvez-vous pas que ce n'est pas l'endroit pour une telle conversation ?

— Ce n'est pas ce que vous croyez.

— Alors vous m'inquiétez… Craignez-vous tant que cela ma réaction ?

Le visage fermé de Sarah creva la surface de l'eau. Elle grimpa les marches et vérifia que personne n'était resté dans l'entrepôt avant de s'approcher des tumuli. Lorsque Azlan sortit enfin, elle tenta de le gifler mais il retint son bras.

— Pourquoi ? Pourquoi avoir fait ça ? fulmina-t-elle.

— Je n'ai pas eu le choix, Sarah. J'étais obligé, répliqua-t-il en la lâchant.

— Si nous échouons par votre faute, je demanderai à Iseppo de vous enfermer dans cette cage jusqu'à ce que les crabes aient raison de vous ! menaça-t-elle en se dirigeant vers le couloir.

— Je ne serais pas le premier, lâcha-t-il.

Elle revint sur ses pas.

— Pourquoi dites-vous cela ?

— J'ai trouvé ça dans notre cachette, coincé entre deux tibias, dit-il en lui montrant l'extrémité d'un os de petite taille.

— Et alors ?

— Je suis chirurgien et je connais suffisamment l'anatomie pour reconnaître un acromion. Tout comme vous.

Il le lui tendit pour qu'elle l'examine.

— Sarah, Iseppo a caché des restes humains dans ce monticule.

78

Scarpion avait quitté la Pietà deux jours plus tôt. Sa femme était venue le chercher en compagnie de son frère Ludovico, gondolier lui aussi ; ce dernier les avait raccompagnés jusqu'à leur appartement du Cannaregio. Scarpion avait passé la journée assis sur le pas de sa porte à regarder le trafic sur le rio del Gesulti. Il avait totalement récupéré l'usage de ses jambes, même s'il traînait les pieds en marchant, mais n'avait plus aucune sensation dans sa main et son avant-bras droits. Les médecins avaient préconisé des saignées qui n'avaient eu aucun effet, sinon celui d'augmenter sa fatigue encore grande. Son beau-frère était passé le matin même pour lui dévoiler le geste des membres de sa corporation : ils avaient fait payer par leur caisse de secours une *forcola* supplémentaire pour sa gondole.

Scarpion cala avec difficulté sa rame dans un des mors de la fourche neuve qui avait été placée à la gauche de la poupe.

— Ainsi, tu vas pouvoir manœuvrer de ta seule main gauche, feignit de s'enthousiasmer Ludovico. Comme le père Rizzi, qui était manchot.

Scarpion le foudroya du regard sans répondre.

— Viens, on va naviguer un peu. Emmène-moi sur le Grand Canal, demanda le beau-frère en s'asseyant à l'avant.

Le gondolier donna deux petits coups de rame et l'embarcation quitta le quai sans saccade, sous les encouragements du parent par alliance. Ils avaient longtemps navigué ensemble sur la même gondole, avant que Scarpion ne cède à la mode des embarcations à un seul gondolier qui permettaient des profits supérieurs. Ludovico ne lui en avait pas tenu rigueur et s'était fait engager chez un patricien qui avait gardé deux bateliers pour chacune de ses gondoles.

Quand ils arrivèrent au premier pont, Scarpion tenta la manœuvre habituelle afin de ralentir et de se placer au centre du canal, mais la rame lui échappa, sortit de son mors et tomba à l'eau. Le bateau vint frotter au ralenti le dessous du tablier alors que les deux hommes s'étaient baissés pour éviter le choc avec la pierre. Silencieux depuis le départ, Scarpion poussa un juron dont l'écho ricocha sur les murs en brique délimitant le petit canal.

— Ne t'inquiète pas, on va la récupérer, le rassura son beau-frère en prenant appui sur le pont pour pousser l'embarcation. J'ai pris la mienne.

Il se plaça à l'arrière et rétablit rapidement la situation. Une fois la rame à bord, il la tendit à Scarpion qui la coucha au fond de la gondole.

— Fini tout ça, je ne pourrai jamais plus naviguer. Emmène-moi sur le Grand Canal, Ludovico, demanda-t-il en se postant à la proue.

Ils passèrent sous le Rialto et se fondirent dans la circulation des bateaux de marchandises qui occupaient le canal et ses quais à cette heure de la journée. Scarpion croisa quelques confrères qui le saluèrent avec force démonstration et s'enquirent de sa santé. Il répondit à chaque fois d'un geste mais se lassa vite de ces effusions excessives.

À la hauteur du campo San Vio, l'attention de Scarpion fut attirée par un garçon assis au bord du quai. Il semblait traîner son ennui, un chien affalé sur ses genoux. Le batelier les reconnut aussitôt. L'enfant, qui se sentit épié, fixa la gondole qui glissait à peine à deux toises devant lui. Scarpion détourna le regard. Le *codega* ne pouvait pas se souvenir. Il n'avait aperçu qu'une ombre fuyante, quatre ans auparavant, alors qu'il cherchait son père, disparu dans le canal près du Ghetto juif. *C'était un accident*, *un accident*, se répéta Scarpion, comme chaque fois que l'histoire le hantait. Pendant qu'il surveillait le chirurgien, il avait plusieurs fois remarqué le gosse en sa compagnie et, invariablement, la vue du *codega* l'avait projeté dans cette nuit de novembre 1709. Cette fois, le souvenir le toucha moins, non que le temps en eût effacé la trace, mais son handicap actuel en atténuait la culpabilité, comme si sa propre douleur avait été le prix à payer pour celle qu'il avait causée.

— Arrête-toi là, dit-il d'un ton décidé.

Ludovico obéit sans rechigner. L'embarcation se trouvait à quai près de la Biblioteca Marciana.

— On pourrait reprendre une gondole à deux, suggéra son beau-frère. J'en ai assez de travailler pour ce nobliau qui ne me respecte pas plus que sa valetaille. Tu as beaucoup d'habitués qui utilisent tes services.

— Qui utilisaient mes services… C'est fini, Ludovico, je ne veux pas me rendre ridicule comme le vieux Rizzi.

Scarpion massa sa main morte tout en contemplant les préparatifs des régates à venir. Un bateau tirait une construction éphémère ressemblant à une estrade flottante où prendraient place les magistrats chargés de juger l'arrivée des rameurs. Quatre rangées de drapeaux de couleurs différentes y étaient déjà installées : rouge pour le vainqueur, puis bleu et vert pour les suivants. Le quatrième se voyait remettre un drapeau jaune, sur lequel un porc était peint.

— Combien de fois y as-tu participé ? demanda son beau-frère, debout à la poupe, mains sur les hanches.

— Dix, répondit le gondolier, envahi par une émotion qu'il refoula sans ménagement.

— Et combien de drapeaux as-tu gagnés ?

— Autant.

— Rouges ou bleus, n'est-ce pas ?

— Tu le sais très bien, Ludovico. J'étais malade et affaibli l'année de mon unique bleu.

— Alors, tu ne peux pas abandonner si vite. Tu es le meilleur, tu vas t'accrocher et retrouver ton état de forme.

— Pas question de me ridiculiser pour avoir un jaune. Au mieux.

— Mais tu es la septième génération de Polpeta à être gondolier ! finit par lancer son beau-frère à court d'arguments.

— Il faut bien une fin à tout. Le dernier, ce sera moi. Dieu m'a envoyé une épreuve. Je vais accepter son offre.

— De quoi parles-tu ? Dieu t'a fait une offre ? s'inquiéta Ludovico.

Scarpion se leva lentement et grimpa sur le quai avant de se retourner vers celui qu'il considérait comme son propre frère.

— Non, quelqu'un au palais, dit-il en désignant le bâtiment ducal d'un mouvement de tête. Ils m'ont proposé d'y travailler.

— Toi ? Gratter du papier à longueur de journée ?

Impossible de lui révéler que le *Misser Grande*, à la demande du Grand Inquisiteur, lui avait proposé d'intégrer définitivement son armée de sbires. La réaction de son beau-frère finit de convaincre Scarpion d'accepter : sous couvert d'une activité de subalterne, il serait un des hommes de l'ombre de la République. L'idée lui plaisait d'autant plus qu'il s'était juré de retrouver celui qui avait attenté à sa vie.

— Peux-tu ramener la gondole ? Je vais rentrer à pied, annonça-t-il pour toute réponse.

— Je viens avec toi…

— Non, je vais marcher. Retrouvons-nous à la *scuola*[1], dit le batelier en lançant à son beau-frère un salut de sa main valide.

Scarpion traversa la place Saint-Marc, encombrée de tréteaux déserts et de tentes fermées, où seuls quelques commerçants et bonimenteurs préparaient leur journée. Un marchand faisait cuire des *frittelle* qui lui mirent l'eau à la bouche.

---

1. Confrérie d'une corporation.

— Combien ? demanda-t-il en cherchant de la monnaie dans sa poche.

— Je ne peux pas vous en vendre, monsieur, attendez le début de la foire.

— Avec moi, vous ne risquerez rien, de personne, répliqua Scarpion d'un ton plein d'autorité.

Le pâtissier jeta un coup d'œil alentour avant de lui en préparer un cornet.

— Six sous, dit-il en le lui tendant.

Un coup de canon tiré depuis la berge fit sursauter le marchand et s'envoler une nuée de pigeons.

— Tous les ans, c'est pareil, mais je ne m'y habituerai jamais, expliqua-t-il en souriant. Vous irez voir les régates demain ?

Scarpion paya et partit sans répondre. Sa main était morte pour permettre sa rédemption. Sa future situation lui plaisait déjà. Il mordit à pleines dents dans les beignets et entra dans sa nouvelle vie par la porta della Carta.

79

Le canon l'avait réveillée. D'ennui, Marie avait sombré dans le sommeil, comme plusieurs fois au cours de la matinée, le Bruit ne s'étant pas manifesté depuis la veille. Elle s'était habituée à son environnement et savait que celui qui l'avait sauvée viendrait bientôt la chercher. Elle lui avait promis d'être patiente. Elle mangea à midi ses dernières réserves de poisson séché. L'influenza n'était plus qu'un souvenir. Elle ne regrettait pas un seul instant d'avoir fui la Pietà, mais

Apollonia lui manquait. Elles avaient été l'une pour l'autre un soutien indéfectible dans tous les moments de détresse ou de difficulté, et cela depuis leur adolescence. Elle se persuada qu'elle pourrait revenir, un jour, arracher à son tour son amie à son quotidien de recluse.

Marie ne connaissait rien de la vie hors les murs de la Pietà, mis à part la villa des rives de la Brenta où elle avait passé des journées merveilleuses en compagnie de son arlequin. Le monde autour d'elle, tel qu'elle l'entendait se construire puis se détruire chaque jour de l'aube au crépuscule, lui paraissait inquiétant, et celui de la nuit lui semblait peuplé d'êtres vulgaires et braillards. Elle défit à nouveau son sac de voyage, déballa toutes ses affaires qu'elle étala sur sa couche, avant de tout remettre en ordre. Le geste était devenu un rituel qui lui permettait de tenir bon. Son quotidien dans l'institution n'avait été que répétition des mêmes activités, jour après jour, mois après mois, pendant dix ans. Sa liberté n'était, pour l'instant, qu'un grand désœuvrement dans une pièce ressemblant à une cellule. Elle décida de tromper son ennui et commença par les prières des matines, puis reproduisit mentalement le dernier exercice que le maître de chant leur avait fait répéter. Le temps redevint son ami.

Le Bruit avait repris au-dessus d'elle, précédé par le bourdonnement de la foule. Ils étaient des milliers et elle, Marie, était invisible au milieu d'eux. Elle était Jonas dans le ventre de la ville baleine. Quelqu'un toqua trois coups à la porte et glissa un papier par-dessous. Le moment tant attendu était arrivé. Les mains tremblantes, Marie lut le mot de passe et déverrouilla la porte.

80

Sarah ne décolérait pas contre Azlan mais, au fond d'elle-même, elle savait qu'elle aurait fait le même choix. Elle s'était déguisée en *gnaga* pour sortir du Ghetto, avait pénétré dans une habitation du campo san Geremia où elle avait une cache – une chambre prêtée par un ami de l'ambassade d'Espagne qui ne l'occupait que pour ses rencontres galantes – et où elle s'était changée en homme avant d'enfiler le mantelet de dentelle de soie noire, le masque blanc et le tricorne caractéristiques de la *bauta*. Elle se sentait à présent en sécurité sous son déguisement préféré, lequel, en tant que femme et que juive, aurait pu lui valoir un séjour sans fin sous les Plombs.

Elle avait rejoint la place Saint-Marc alors que toutes les attractions battaient leur plein, puis s'était rendue sur la scène où les astrologues avec leurs longs tubes blancs prédisaient l'avenir. Elle avait glissé le billet sous la porte, avait vérifié une dernière fois qu'elle n'avait pas été suivie, puis était entrée.

— Qui êtes-vous ?

Marie recula devant l'homme à la *bauta* qui venait de fermer le loquet derrière lui.

— N'ayez aucune inquiétude, lui dit Sarah en enlevant sa *larva*, je suis envoyée par Azlan de Cornelli. Je suis votre amie.

— Qui êtes-vous ? répéta la jeune fille, sur ses gardes.

— Je m'appelle Sarah. Azlan est surveillé et nous n'avons pas voulu prendre de risque. Il m'a donné le mot de passe, ajouta-t-elle alors que Marie tenait encore fermement le billet.

À cette remarque, les traits de la musicienne se détendirent un peu.

— Asseyons-nous, proposa Sarah, tandis que les souliers des charlatans claquaient sur la scène juste au-dessus d'elles.

Elle laissa passer la salve de bruit avant de reprendre :

— Azlan a eu tort de vous aider à fuir la Pietà. Mais il a eu raison de vous soustraire des griffes de celui qui se prétend votre amoureux. Vous avez plus à craindre de l'Ordre du Graal que de tous les sbires et cernides de Venise.

Marie baissa les yeux sans répondre.

— Je sais que vous doutez encore, mais vous avez fait le bon choix.

— Tout s'est passé si vite, avoua la jeune fille tout en pliant machinalement sa chemise préférée.

Elle suspendit son geste et fixa le vêtement sans le voir.

— J'attendais maître Cornelli quand ce Brighella est entré dans ma chambre, raconta-t-elle. Il voulait m'emmener auprès de mon arlequin. Mais j'avais donné ma parole et j'ai refusé. Il a insisté, il a pris ma main pour m'entraîner et je l'ai vu s'écrouler. Maître Cornelli l'avait assommé avec une bouteille d'esprit-de-vin.

Marie posa la chemise au-dessus de la pile dans son sac.

— J'étais affolée, j'avais peur… je n'osais plus bouger, je tremblais. Mon Dieu…

La jeune musicienne porta les mains à sa bouche et se tut pour laisser passer l'émotion qui l'étreignait. Depuis le dimanche où les événements s'étaient produits, elle n'avait pu se confier à personne. Elle se maîtrisa et continua :

— Maître Cornelli m'a prise dans ses bras, il m'a rassurée. J'avais un choix à faire. Il m'a dit que l'occasion était unique, que, si je disparaissais maintenant, tout le monde soupçonnerait cette société secrète et que je pourrais regagner la Lorraine sans être inquiétée. Oh, mon Dieu, tout s'est passé si vite, répéta-t-elle.

— Azlan a bien fait de vous amener ici. Cette cache est la plus discrète que je connaisse. Je lui avais montré où se trouvait la clé. Au cas où.

Sarah laissa filer un silence avant d'annoncer :

— Vous allez devoir rester ici plusieurs jours encore. Nous profiterons de la parade offerte au comte d'Innsbruck pour vous emmener sur la Terre Ferme, dans une propriété où vous serez en sécurité avant de regagner la Lorraine.

Marie lui serra les deux mains en signe de remerciement.

— Vous avez de jolis doigts fins, remarqua Sarah. Azlan m'a dit que vous étiez la plus grande violoniste de la Sérénissime. Prenez-en bien soin. L'Europe s'offrira à vous, mademoiselle.

Les deux femmes s'étreignirent alors que la foule au-dehors applaudissait un des astrologues dont la prédiction s'était révélée exacte.

— Comment avez-vous fait pour sortir de la Pietà, Marie ?

Azlan avait refusé de répondre à Sarah sur ce point, ce qui avait piqué la curiosité de la jeune femme.

— Toutes les issues étaient surveillées, comment s'y est-il pris ? insista-t-elle.

Les clameurs avaient cessé. Les astrologues devaient attendre que les funambules aient terminé leur numéro sur la place avant de reprendre. La jeune violoniste se pencha vers elle et lui chuchota quelques mots à l'oreille.

— Non ?! commenta Sarah. Mais c'était incroyablement risqué ! Il savait que l'hôpital allait être fouillé de fond en comble.

— J'ai refusé deux fois avant d'accepter. Le Brighella allait se réveiller.

— Azlan a eu l'audace qu'il fallait, mais vous avez eu beaucoup de chance. Votre cauchemar prendra fin bientôt, je vous le promets.

Elles attendirent patiemment que les diseurs de bonne aventure puissent à nouveau débiter leurs prédictions. Alors, Sarah se leva et enfila le mantelet de soie.

— J'avais une dernière question : connaissez-vous la *Malheureuse Loyauté* ?

— Non, qu'est-ce que c'est ?

— Sans doute le titre d'une pièce musicale. Cela ne vous dit rien ?

— J'aimerais vous aider, mais, non. Je suis désolée.

— Et cet air, le connaissez-vous ? demanda Sarah.

Elle entonna la partition qui leur servait de clé. Marie ferma les yeux pour mieux se concentrer et joignit sa voix à celle de Sarah.

— Oui, j'ai déjà joué ce morceau, assura-t-elle. C'était il y a très longtemps, lors de ma première année de violon. Nous l'avions répété, mais je serais incapable de le retranscrire en entier. Vous pouvez le demander à notre cher prêtre roux, c'est lui qui nous l'avait apporté.

81

Piero tenait sa lanterne bien droite et balisait le chemin de sa lumière avec le sérieux du *codega* consciencieux qu'il était. Arrivés au campo dei Santi Filippo e Giacomo, il se tourna vers Azlan tout en pointant du doigt la maison qui dominait les autres d'un étage.

— Je peux venir avec vous ? implora-t-il alors que le chirurgien manipulait le heurtoir.

Le garçon avait retrouvé le sourire lorsque Azlan lui avait demandé de le conduire chez la famille Vivaldi, et le chirurgien n'eut pas le cœur de refuser.

— Mais laisse ton chien sans nom dehors, exigea-t-il.

Il avait envoyé un billet au prêtre roux pour le prévenir de sa visite, et ce dernier avait demandé à son unique servante, qui remplissait également la fonction de cuisinière, de l'introduire dans la pièce faisant office de salon et de lieu de répétition, une petite salle au sol lustré de tomettes rouges. Elle alla prévenir Antonio Vivaldi, qui se trouvait dans son bureau en compagnie de son père et de Francesco Santurini.

— Nous sommes près d'un accord, déclara l'impresario du théâtre Sant'Angelo, une fois la domestique partie. Tout près, mes amis.

Antonio Vivaldi relut la proposition écrite de la main de Santurini dont il avait fait modifier certaines clauses, puis la tendit à son père.

— Francesco, nous ne signerons qu'à une condition préalable : que vous payiez à mon père l'argent que vous lui devez depuis plusieurs années.

— Giovanni Battista, assura l'impresario en s'adressant à ce dernier, vous aurez votre dû, vous savez que je suis homme de parole. Mais j'ai besoin de cette somme pour le théâtre de Vicence. La première d'*Ottone in villa* fut un beau succès, n'est-ce pas ?

— Grâce à Antonio, répondit Giovanni Battista. Il s'est mis en congé de la Pietà pour diriger les répétitions, il a pris des risques pour en faire ce succès. N'oubliez pas que les gouverneurs ne lui ont pas toujours été favorables.

— L'avenir de la musique se trouve dans les théâtres d'opéra, pas à la Pietà, vous le savez !

— Nous savons aussi que son mandat à ce poste fut attribué à un autre pendant deux ans. Ce fut un avertissement terrible, assena Giovanni Battista en tapant le sol de sa canne.

— Ce que mon père veut dire, cher Francesco, c'est que, pour continuer à faire vivre notre famille, nous avons besoin de ma position de maître de musique à la Pietà, tout comme nous avons besoin des gains que vous avez omis de lui payer. Sans cela, je ne signerai pas cet accord, décréta Vivaldi en lui rendant les feuillets. S'occuper du Sant'Angelo m'offrira certes de belles perspectives dans le monde de l'opéra, mais fragilisera ma position dans l'institution.

Le musicien se leva, ainsi que son père.

— Nous devons aller retrouver notre invité, notre cher chirurgien. Nous nous verrons bientôt, Francesco.

Les Vivaldi accueillirent chaleureusement Azlan, et Antonio s'enquit des recherches pour retrouver Marie.

— C'est incompréhensible, dit le musicien en invitant tout le monde à s'asseoir. Pour quelle raison irait-on enlever une de nos filles, même la plus talentueuse ?

— Pour moi, c'est une aventure galante, suggéra Giovanni Battista, ce n'est pas la première fois que cela se produit, vois-tu. Qu'en pensez-vous, maître ?

— J'ai vu un de ses ravisseurs, j'ai tenté de le soigner avant qu'il ne succombe.

— Je suis heureux que vous le confirmiez, intervint Antonio. Mon père avait du mal à me croire.

Un enfant pleura à l'étage, sitôt consolé par sa mère.

— Ma belle-sœur Elisabetta a fort à faire avec sa progéniture, expliqua Antonio avant de signifier à la servante de leur apporter à boire. Que me vaut le plaisir de votre visite, maître ?

— Je cherche la partition d'une œuvre ancienne que vous avez enseignée à vos élèves il y a huit ans environ.

— Mon Dieu, nous en jouons des dizaines chaque saison ! En savez-vous plus ? demanda le prêtre roux en déboutonnant le haut de sa soutane.

— Elle pourrait s'appeler la *Malheureuse Loyauté* ou être liée à ce titre.

Passé un moment de surprise, Vivaldi s'esclaffa et se tourna vers son père, qui lui décocha un clin d'œil complice.

— J'en connais effectivement l'auteur, maître. Et j'avais complètement oublié l'avoir fait travailler à la Pietà, avoua le maître de musique en enlevant son col blanc.

— Savez-vous qui l'a écrite ? questionna le chirurgien, qui contenait avec peine son excitation.

— Non seulement je le sais, mais il est même présent dans cette pièce, s'amusa le prêtre roux. Mon père n'est pas seulement un des meilleurs violonistes de Venise, il a également composé.

— Mon seul opéra, confirma Giovanni Battista. Il date de 1688 et fut joué une semaine au Sant'Angelo. Mon unique titre de gloire. N'est-ce pas, Camilla ? dit-il en s'adressant à la femme qui venait d'entrer et se tenait discrètement debout, à l'écart.

— J'ai toujours su que tu étais meilleur instrumentiste que compositeur, mon cher époux, dit-elle d'une voix timide. Mais je ne m'en plaindrai pas. Grâce à tes dons et à ceux d'Antonio, nous avons toujours mangé à notre faim.

Le prêtre roux en profita pour présenter sa mère à Azlan. Piero, qui s'était désintéressé de la conversation, jouait avec des osselets trouvés sur la commode.

— Emmène donc ce petit avec les enfants, proposa Antonio. Il n'a pas de maladie ? demanda-t-il au chirurgien.

— Nous sommes venus à bout des poux et de la gale, Piero n'est pas contagieux, confirma Azlan.

Le *codega* haussa les épaules et suivit madame Vivaldi jusqu'à l'étage.

— Avez-vous une copie de la *Malheureuse Loyauté* ? reprit Azlan, qui rongeait son frein. J'ai promis à une amie de la lui offrir. C'est très important pour elle.

— J'aurais aimé faire plaisir à votre amie, assura Giovanni Battista, ragaillardi par l'intérêt qu'on lui portait, mais cette partition n'a jamais été éditée, d'ailleurs elle ne le méritait pas. Et je n'en ai moi-même plus aucune copie.

— En es-tu sûr ? interrogea Antonio. Et celle que tu m'avais prêtée pour la Pietà ?

— Tu as raison, mon fils… Mais je me demande si elle n'était avec tous ces papiers que j'ai brûlés lors de notre dernier déménagement. Il y en avait une caisse entière. Ou alors elle sera dans ce coffre au grenier. Je regarderai à l'occasion, conclut-il à l'adresse d'Azlan.

— Monsieur Vivaldi, je me permets d'insister, l'affaire est d'importance pour mon amie.

— Vous excitez notre curiosité, maître, déclara Antonio avant de jeter un regard en direction du couloir. Mais que fait Leonina ? s'agaça-t-il envers la domestique qui n'était pas réapparue. Montons au grenier, nous viderons cette malle aux souvenirs tout en buvant un verre de valpolicella !

82

Les Vivaldi père et fils s'amusaient beaucoup. Ils avaient installé des chaises et plusieurs candélabres autour du coffre, et chaque document qu'ils extrayaient de la malle était une strate supplémentaire du millefeuille de leurs vies, qu'ils commentaient abondamment, aidés par le vin de Vérone.

— Santurini le fait venir du domaine des frères Bertani, expliqua Antonio. J'en buvais rarement à cause de mon resserrement de poitrine, mais votre remède est un véritable miracle pour ma santé !

— Et celle-là, lui dit son père en lui tendant une liasse de feuillets reliés, je suis sûr que tu l'avais oubliée.

— *La Folia* ! Une de mes premières sonates éditées chez Bortoli. Je l'avais jouée chez l'abbé de Pomponne, l'ambassadeur de France, commenta-t-il à l'intention d'Azlan qui sentait la situation lui échapper.

Camilla les interrompit et s'adressa de sa voix douce au chirurgien :

— Je suis désolée de vous déranger, maître, mais il s'agit de mon petit-fils, Carlo Stefano. Il n'arrête pas de se plaindre de sa bouche, il a mal et je crois qu'il a de la fièvre.

— Ne dérange pas monsieur Cornelli, ce doit être une dent, dit Giovanni Battista tout en sortant une pile de papiers reliés par un ruban soyeux.

— Vous ne me dérangez pas, je vous suis, madame, répondit Azlan, à qui l'inaction pesait.

— Antonio, regarde, lui lança son père qui était déjà retourné à ses recherches, le *Laetatus sum*, ta toute première œuvre. 1691, tu avais treize ans !

Azlan les abandonna à leurs souvenirs et descendit avec Camilla les deux étages qui les séparaient de la chambre où la mère tentait de calmer son enfant. Elle le berçait sous le regard inquiet de Piero qui, à force de traîner aux Incurables, avait pris l'habitude de considérer tous les malades comme des cas désespérés.

— Quel âge a-t-il ?

— Six ans, répondit le *codega* à la place de la mère. Et il a une boule sous la langue, là, dit-il en ouvrant sa bouche pour montrer l'emplacement.

Azlan s'amusa de l'intérêt que Piero commençait à porter à son art. Il prit plusieurs pouls et s'assura que la fièvre n'était pas élevée. Les téguments du visage étaient roses et les joues exagérément rouges. Il identifia un abcès à la gencive de la mâchoire inférieure. Il était de petite taille mais déjà arrivé à maturité.

— Alors, il va mourir ? s'impatienta Piero.

— Non, bien sûr que non. Tout va bien se passer. J'aurais besoin de linge et d'eau bouillie, ainsi que de plus de lumière, demanda-t-il à Camilla. Piero, peux-tu aller me chercher ma trousse d'instruments ? Tu sais où elle se trouve ?

— Oui, bien sûr, j'y vais.

— Et demande à Cecilia de la charpie et tous les remèdes que j'utilise pour les abcès, elle comprendra. Précise bien que c'est moi qui t'envoie, ajouta-t-il, la relation entre l'infirmière et le *codega* ne s'étant pas améliorée.

Dans l'attente de son retour, Azlan expliqua à Carlo Stefano la cause de sa douleur et comment il allait la soigner. D'une voix posée et avec des mots familiers, il rassura l'enfant et sa mère, ce qui étonna Camilla qui n'avait jamais vu un médecin ou un chirurgien agir de la sorte, en particulier avec un enfant.

— Ça va faire mal ? voulut savoir Carlo Stefano.

— Juste un peu. Comme une piqûre d'ortie. Mais tu seras sur les genoux de ta maman. Ensuite, tu auras des remèdes à prendre chaque jour afin de retrouver une bouche toute neuve. Tu veux bien m'aider ?

Le garçon opina de la tête. Au grenier, Antonio et son père continuaient leur remontée dans le temps, qu'ils ponctuaient régulièrement de joyeux éclats de voix.

Piero revint avec le matériel en compagnie de Cecilia, qui avait insisté pour proposer son assistance au chirurgien.

— Tu vois, tu as autant de monde à ton service que si tu étais le doge, fit remarquer Azlan à l'enfant.

Celui-ci se sentit gonflé d'une importance qu'on ne lui avait jamais accordée et décida de se montrer à la hauteur. L'opération dura moins d'une minute. Azlan avait choisi une lancette à saignée, plus adaptée à la taille de la bouche. Il perça l'abcès, le vida, nettoya avec de la charpie sèche et posa un emplâtre de diachylon. Il prépara des onguents et des dessicatifs que la mère aurait à appliquer les jours suivants jusqu'à cicatrisation complète. Cecilia se proposa pour venir faire les soins. Même Piero était ravi de sa contribution. Chacun d'eux avait ses raisons pour chercher à contenter Azlan, qui l'avait bien compris. La sollicitude de l'infirmière, qui tenait lieu de déclaration sentimentale muette, était devenue un sujet de rumeur aux Incurables, et Azlan, qui appréciait la jeune femme sans ressentir d'attirance pour elle, ne savait comment y mettre fin sans la heurter. Il se promit de demander conseil à Sarah.

— Que se passe-t-il ici ?

Antonio Vivaldi, qui venait d'entrer, découvrit toute l'équipe penchée autour de son neveu à la joue gonflée par l'emplâtre. Sa mère lui résuma l'intervention et le prêtre roux fit un large signe de croix.

— Vous êtes le sauveur de toute la famille ! s'exclama-t-il. J'ai une bonne nouvelle pour vous : nous avons retrouvé ceci.

Il fourra fièrement une feuille roulée dans la main encore humide du chirurgien. Azlan essuya sa paume sur sa chemise et découvrit la première page de la partition. Celle qu'il possédait déjà.

— Je suis désolé, maître, c'est tout ce qui nous reste, s'excusa Vivaldi. Les musiques ne sont pas faites pour durer et c'est mieux ainsi. Ce serait pécher par vanité, seule l'œuvre du Seigneur est éternelle.

83

Giovanni Battista Vivaldi avait eu du mal à trouver le sommeil. La malle remplie de souvenirs et le valpolicella l'avaient maintenu éveillé une partie de la nuit. Sa vie avait défilé dans les flammes de l'âtre face auquel il avait installé son fauteuil : son enfance à Brescia dans la boutique de tailleur de son père ; son installation à Venise à la mort de celui-ci ; ses débuts comme barbier ; son mariage plutôt heureux, tant Camilla l'avait toujours soutenu dans ses choix ; la naissance d'Antonio ; sa propre carrière de violoniste, qui l'avait sorti de la taille des barbes et cheveux, une activité qu'il détestait ; puis celle de son fils, à qui il vouait une admiration sans bornes, carrière à laquelle il s'était associé depuis le début… Tout concourait à le rendre heureux et à lui faire penser que Dieu avait béni sa famille. Mais la remarque d'Antonio sur la vie éphémère des œuvres le contrariait. Il voulait que la musique de son fils puisse traverser le temps et que Carlo Stefano, ses enfants et ses petits-enfants puissent écouter les pièces de leur oncle et aïeul. Il voulait que les partitions d'Antonio soient jouées dans les siècles à venir, de même que lui jouait encore Monteverdi ou Frescobaldi, sans avoir à rechercher d'hypothétiques copies comme l'avait fait maître Cornelli avec sa partition.

La nuit était avancée. Camilla s'était endormie auprès de son petit-fils et, dans la chambre, les flammes de la cheminée léchaient goulûment le bois rougeoyant. Giovanni Battista se promit de copier systématiquement tout le travail de son fils, qu'il ait été joué à la Pietà ou pas. La proposition de Santurini de lui succéder à la direction du théâtre Sant'Angelo allait aussi leur permettre de mieux diffuser leur musique. Une bûche qui s'était consumée par le milieu se rompit en deux, faisant s'envoler des escarbilles dans le conduit de la cheminée. Giovanni Battista sursauta. Il venait de se rappeler où trouver un exemplaire de sa *Malheureuse Loyauté*.

— Maître… psst, maître, réveillez-vous !

Azlan souleva à demi les paupières.

— Piero, il fait encore nuit, va te coucher.

— J'ai un billet pour vous.

— Ça peut attendre le lever du soleil.

Le *codega* fourra le papier sous le nez du chirurgien.

— C'est le père du maître de musique, il vient de passer. J'étais sur le quai, il me l'a donné pour vous. Ça a l'air urgent. Et le soleil vient de se lever.

Azlan ouvrit grand ses yeux.

Santurini contint un premier bâillement, puis en poussa un autre bruyamment. Il s'éventa le visage avec un exemplaire de *Pallade Veneta* avant de s'intéresser à son contenu. Un des articles évoquait le succès d'*Ottone in villa* à Vicence en se plaignant du choix d'une autre ville que Venise pour la première. Le chroniqueur égratignait l'impresario et épargnait Vivaldi. Santurini ricana et jeta la gazette sur la table. Il quitterait bientôt cette ville qui l'insupportait autant qu'elle le séduisait. Quand les Vivaldi seraient aux commandes du théâtre, ils draineraient à leur tour les foudres des bien-pensants et lui, Santurini, serait loin, là où il pourrait mener ses activités sans attirer l'attention. Il avait compris un peu tard que les masques à Venise n'étaient qu'un leurre, la vie privée n'y existait pas et il y avait toujours quelqu'un pour vous dénoncer aux autorités, valet, voisin, ami, famille… Tous étaient les confidents de la République.

— Monsieur, il y a quelqu'un pour vous, annonça le concierge, qu'il n'avait pas entendu frapper et qui venait d'entrer.

— Sbire ou huissier ?

— Ni l'un ni l'autre. Un chirurgien.

— Chirurgien ?

— Vous êtes malade, monsieur ? s'inquiéta le concierge, redoutant de ne pas être payé de sitôt.

— Non, je vais très bien, assura Santurini en souriant à pleines dents. Faites-le entrer, ajouta-t-il en tirant sur les pans de sa longue robe de chambre.

Il accueillit Azlan avec affabilité, débita quelques banalités puis se dirigea vers la porte, qu'il ouvrit avec vigueur pour chasser le concierge qui écoutait derrière.

— Maintenant, nous pouvons discuter, maître, dit-il en invitant le chirurgien à s'asseoir. Que me vaut votre visite ?

— Le théâtre Sant'Angelo possède un coffre dans lequel se trouvent les partitions de toutes les œuvres jouées depuis son ouverture.

— Ce n'est pas un secret si je vous réponds par l'affirmative, déclara Santurini en imaginant la suite avec délectation.

— Je suis à la recherche d'une partition d'opéra de Giovanni Battista Vivaldi qui fut jouée ici. Je voudrais en faire une copie et j'ai son accord, ajouta Azlan en lui tendant le billet du père d'Antonio.

— Puis-je savoir pourquoi ? demanda Santurini, qui ouvrit un tiroir pour y ranger le billet.

— Une affaire d'ordre privé.

— Je vais accéder à votre requête, maître, dit l'impresario en sortant un trousseau de clés du même tiroir. Mais ces documents sont notre trésor et leur conservation est onéreuse. Vous comprendrez qu'il me faut une compensation.

— Combien voulez-vous ?

Santurini se leva pour vérifier que personne n'écoutait à la porte. Le couloir était désert.

— Ne parlons pas d'argent entre nous. Avez-vous réfléchi à ma proposition ? Il vous suffira de réparer quelques visages abîmés et la partition sera à vous pour une semaine.

— Les sbires ?

— Aucun risque. Celui qui pourrait nous dénoncer est grassement payé par mes soins. Et vous serez masqué.

— Quel jour ? questionna Azlan en guise d'assentiment.

— Mercredi prochain. Venez pour la représentation de la veille, je vous donnerai toutes les informations nécessaires.

Le chirurgien le quitta sans le saluer. Santurini ne s'en offusqua pas. Il jubilait intérieurement de ce coup de pouce du destin. Les gains de la soirée lui permettraient de rembourser toutes ses dettes. Et il n'avait pas l'intention de laisser le coffre des partitions aux Vivaldi après la cession du théâtre. Il emporterait son trésor avec lui.

84

La confrontation durait depuis plus d'une heure. Sarah avait demandé à Iseppo de fermer la porte de son entrepôt à clé derrière eux. Ils s'étaient installés sur les marches, comme à leur habitude, et la jeune femme avait prévenu le *parnas* de la gravité du sujet qu'elle voulait aborder. Elle lui avait présenté le bout d'omoplate humaine qu'Azlan avait trouvé dans la pyramide d'os.

— Je te le répète une fois encore, Sarah : je ne sais pas d'où vient ce… comment l'as-tu appelé, déjà ?

— Acromion. Iseppo, il n'est pas arrivé au cœur de ce tumulus tout seul. Que s'est-il passé ?

Le *parnas* souffla pour manifester son impatience, mais il connaissait suffisamment la fille du docteur Koppio pour savoir qu'elle n'abandonnerait pas avant d'avoir obtenu une explication qui la satisferait.

— Je vais chercher toute cette matière à la tuerie voisine, je ne vérifie pas la provenance de chaque os !

— Te rends-tu compte que ce n'est pas du mouton qui a remplacé du bœuf dans ta livraison, mais bien des restes humains ! s'emporta-t-elle.

Iseppo lui fit signe de baisser le ton. Les lucarnes n'étaient équipées que de grilles et, même si son entrepôt donnait sur une partie excentrée du rio di Ghetto Nuovo, il ne voulait pas que pareilles affirmations donnent lieu à des rumeurs.

— Rumeurs ? Il n'y a aucun doute sur la nature de cet os, insista-t-elle tandis que le *parnas* manipulait nerveusement l'acromion.

— Est-ce à dire qu'une personne de la tuerie s'est débarrassée d'un corps ? suggéra-t-il.

— Iseppo, arrête de me mentir, s'impatienta-t-elle. Tu l'aurais forcément remarqué, la taille des os n'est pas comparable.

— Dans une charrette entière…

— Tu bâtis tes pyramides en les empilant. Tu l'aurais vu.

Il frappa plusieurs fois sa cuisse de la paume de sa main pour calmer sa colère avant de répondre :

— Je te le dis pour la dernière fois : je suis innocent de ce dont tu m'accuses. Maintenant, cette conversation est terminée, conclut-il en lui rendant le morceau d'omoplate.

Sarah se posa devant lui pour lui barrer le chemin.

— Alors, si ce n'est toi, quelqu'un d'autre l'a fait. Qui a la clé de ton entrepôt ?

— Mais… je ne vois pas ce que tu veux dire.

— Qui d'autre ?

L'apprenti barbier empocha les six sols pour son travail, remercia son client et héla Iseppo dont la silhouette se détachait dans l'encadrement de la porte donnant sur les arcades. Le *parnas* lui fit signe de venir. N'ayant plus personne dans sa boutique, l'apprenti la ferma avec un plaisir manifeste. Son patron ne venait jamais le surveiller, ce qui lui permettait de travailler à sa guise.

— Vous arrivez à point nommé, *parnas*, dit-il. J'en ai appris de belles qui devraient vous plaire sur Carvaglio et la confrérie des *Shomrim Labboqer*.

— À l'entrepôt, répliqua Iseppo, maussade.

Le barbier fut le seul à parler durant le trajet.

— Hé, Sarah, comment vas-tu ? demanda-t-il joyeusement en découvrant la jeune femme au bas de l'escalier.

Le *parnas*, qui avait refermé avec soin toutes les portes à clé derrière eux, l'invita à s'asseoir sur sa chaise, ce qu'il ne lui avait jamais proposé auparavant. Le barbier hésita avant de s'exécuter.

— Tout va bien ? s'inquiéta-t-il.

— Qu'est-ce que c'est ? interrogea Iseppo en lui montrant l'acromion que tenait Sarah.

— Un futur bouton ? plaisanta l'apprenti en accompagnant sa repartie d'un ricanement sec.

Iseppo lui résuma les faits et conclut d'une accusation sans ambages :

— Nous sommes tous deux les seuls à avoir la clé de l'entrepôt, et ce n'est pas moi qui ai introduit cet os ici.

— Et alors ?

— Alors, j'aimerais que tu me dises ce qui s'est passé.

Le barbier eut un nouveau ricanement nerveux :

— Comment veux-tu que je le sache ?

— Ces dernières années, tu as déjà déchargé des livraisons pour moi. Et tu es souvent venu seul.

— Je le fais pour t'aider, Iseppo, pourquoi est-ce que tu m'accuses ? Tout ce que j'ai toujours fait, c'est pour t'aider !

L'apprenti n'arrivait plus à contenir son malaise. Son regard allait et venait d'Iseppo à Sarah, à la recherche de soutien.

— Tout ce que tu diras restera entre nous trois, assura le *parnas*. Tu as ma parole. Rien que nous. Mais nous devons savoir.

Le barbier n'osait plus les regarder en face. Il fixait silencieusement le sol, semblait hésiter, se raviser, puis se reprendre. Sur son visage, des rides étaient apparues, lui donnant un air grave qu'il n'avait jamais eu.

— Sacha…, dit simplement Iseppo.

Il ne l'avait jamais appelé par son prénom. Tout le monde disait « le barbier » ; l'apprenti était réduit à sa fonction, il taillait cheveux et poils et connaissait la moindre rumeur sur chacun, mais personne n'avait jamais songé à l'honorer de son prénom.

Sacha se leva et descendit jusqu'aux tumuli. La marée était basse et l'eau ne mouillait que le bas de ses chausses. Il se posta devant le mur d'enceinte avant de se tourner vers Iseppo et Sarah.

— Il était là, dit-il en montrant une des fenêtres au ras du sol. Quand je suis entré, je n'ai pas compris tout de suite ce que c'était. Je voyais une masse sombre qui obstruait l'entrée et l'eau qui ne coulait plus. J'ai pensé à des déchets de la tannerie, alors j'ai enlevé la grille et j'ai tiré. C'était un macchabée, *oy vaï*, un mort, un vrai ! Et il était sur le sol de ton entrepôt !

Il était resté hébété devant sa découverte puis s'était assis pour réfléchir, mais une peur panique s'était emparée de lui. La victime avait des hématomes sur le visage, on allait accuser la communauté, le Ghetto serait responsable et les sbires du doge trouveraient un coupable à tout prix.

— Ils nous auraient emprisonnés, Iseppo, pour sûr, et ils nous auraient condamnés. Tu te souviens de la pâque 1709 ?

Le *parnas* n'était pas près d'oublier : un *codega* avait disparu près du Ghetto après une nuit de joutes avec les gondoliers. L'homme n'avait jamais été retrouvé, et Iseppo avait dû intervenir auprès des autorités afin d'étouffer les ouï-dire sur leur responsabilité.

— Quelle que soit ma décision, on était d'avance coupables, expliqua Sacha en s'approchant d'eux. Le pauvre chrétien battu et tué par les juifs du Ghetto… Ils auraient mis le feu à nos maisons.

— Il a eu raison, Iseppo, intervint Sarah. Il n'y avait pas d'autre choix. Il nous a tous sauvés, toi le premier.

Le *parnas* contempla la pyramide dans laquelle Azlan avait découvert le fragment d'os.

— Mais comment as-tu fait ?

— J'ai fait ce qu'il fallait, c'est tout, éluda le barbier.

La remarque intrigua Sarah.

— Quelqu'un t'a-t-il aidé ? voulut-elle savoir tandis qu'une intuition lui traversait l'esprit.

— Sarah, restons-en là, je vous ai tout dit.

— Quelqu'un t'a forcément aidé. Tu n'avais ni les connaissances ni les instruments pour le faire.

— N'insistons pas, intervint Iseppo, mal à l'aise.

— Quelqu'un qui a quitté sa famille le jour de la pâque et qui est revenu épuisé à la tombée de la nuit. Quelqu'un qui a succombé à une pneumonie dix jours plus tard.

— Il suffit, Sarah ! s'emporta Iseppo. Tu vas trop loin !

— Elle… elle a raison, confirma Sacha. Tu as le droit de savoir, Sarah. Ce jour-là, je suis allé voir Isaac Koppio. C'est ton père qui m'a aidé à le faire disparaître.

85

Il avait abandonné à la troisième tentative. Azlan n'avait pas réussi à mettre de masque. Même la *larva* avait provoqué en lui une sensation d'étouffement. Il s'était résigné à porter un loup noir qui ne couvrait qu'une partie du visage, des fossettes aux sourcils, et ne garantissait pas l'incognito, mais dont il s'était accommodé. Il l'avait noué à l'arrière du crâne et s'était coiffé d'un bonnet de marin. Piero était parti guider un client dans les ruelles d'une nuit sans lune, et Azlan n'avait pas eu à lui mentir pour le dissuader de l'accompagner. Il avait quitté les Incurables par la sortie des cuisines et avait accroché la clé à sa ceinture par une épaisse cordelette.

Azlan se munit d'une lanterne à l'éclairage chiche et emprunta un trajet tortueux à travers les venelles les plus étroites, où tout suiveur n'aurait pu se soustraire bien longtemps à sa vue. Sarah lui avait appris à se méfier de la moindre ombre suspecte. Les boyaux obscurs de Venise lui rappelaient les rues de Peterwardein où il avait passé sa jeunesse. Tout en remontant en direction du Rialto, il se remémora sa première rencontre avec Nicolas Déruet dans l'abbaye de cette citadelle où lui et sa famille étaient la propriété des bénédictins. Azlan s'était tapi derrière la fontaine de la cour centrale, pour observer le drôle de chirurgien lorrain, si différent des autres soldats.

Il s'enfonça dans le quartier des Mercerie et s'arrêta sous un porche, non loin du Casino Venier. Azlan surveilla les arcades où, à intervalle régulier, des groupes de deux ou trois hommes pénétrèrent dans l'établissement. Le manège silencieux ne dura qu'une dizaine de minutes, puis la rue retrouva son calme. Le chirurgien quitta son poste de guet pour se présenter devant l'entrée. Avant même d'avoir actionné le heurtoir, il entendit le glissement d'une trappe au-dessus de sa tête. Un judas était installé dans le pavement de l'arche. Azlan souleva la lanterne au niveau de son visage. Un œil l'observa, puis un second et, sans qu'il eût prononcé la moindre parole, la porte s'ouvrit sur un vestibule aux tentures rouge garance brodées de fil doré.

Azlan voulait s'acquitter rapidement de son engagement. Il entra sans hésitation et fit quelques pas dans le salon d'accueil désert.

— Je vous avais envoyé une *bauta*, morigéna Santurini en sortant du recoin d'où, par un jeu de miroirs, il pouvait observer l'entrée.

— Avez-vous le matériel demandé ? répliqua le chirurgien sans daigner lui donner d'explications.

L'impresario lui enjoignit de le suivre. Ils entrèrent dans une pièce à dominante bleue, dans laquelle quatre tables de jeu étaient installées, prêtes à recevoir les invités.

— Le lieu est à nous pour la soirée, précisa Santurini. J'ai moi-même recruté les valets.

Il ouvrit une armoire d'angle qui contenait un passage secret. Les deux hommes traversèrent une seconde pièce servant d'entrepôt de caisses de marchandises, puis descendirent plusieurs marches jusqu'à un hangar clos ; durant la journée, c'était un quai de déchargement depuis le rio della Fava. L'eau de la lagune léchait le seuil des portes métalliques avec un bruit de clapotis. De chaque côté, des portes latérales menaient à d'autres entrepôts.

— Ne vous inquiétez pas, la marée a bientôt fini de monter, affirma l'impresario. J'aurais préféré l'Arsenal, mais à cause de cette musicienne qui a disparu, il est gardé jour et nuit. Je n'ai pas eu le choix, néanmoins cet endroit est sûr. L'immeuble d'en face n'est pas habité. Tout votre matériel est là, ajouta-t-il en indiquant le sac de jute posé sur une table à leur droite, au-dessous d'une torche qui dispensait une lumière chiche.

Le bourdonnement sourd des deux équipes leur parvint des entrées latérales du quai.

— Qui sont les combattants ? demanda Azlan tout en dénouant le sac.

— Les deux corporations de la lagune qui se haïssent le plus, indiqua Santurini d'un ton qui trahissait un plaisir manifeste.

La rivalité entre les ouvriers de l'Arsenal et les pêcheurs de San Nicolò dei Mendicoli remontait à plusieurs siècles, et leurs luttes aux poings étaient devenues légendaires à force de férocité. L'Arsenal avait fait des premiers une caste privilégiée et fort rémunérée, les « Castellani ». Les « Nicolotti » étaient restés l'une des corporations les plus pauvres, qui n'avait guère profité de la prospérité de la République.

— C'est leur faute si les combats ont été interdits : il y a huit ans, ils étaient tellement occupés à s'étriper qu'ils n'ont pas entendu le tocsin au feu. D'autres corporations ont aussi des contentieux, comme les *codega* et les gondoliers, mais jamais à ce point. Le matériel est-il à votre goût ? demanda Santurini qui observait la façon minutieuse dont Azlan déposait scalpel, pinces, fil et aiguilles sur la table.

— Vous leur poserez la question quand ils en auront tâté, répliqua le chirurgien en disposant les flacons de vulnéraires et les bandages.

— Vous m'expliquerez pourquoi vous avez ajouté une échelle dans votre liste.

— Il est préférable que je n'aie pas à l'utiliser.

Deux acolytes vinrent trouver Santurini : les combattants étaient prêts.

— Je vous présente nos juges. Ils n'ont aucun lien avec les deux *scuole* et n'ont pas participé aux paris. Je tiens à la probité de la soirée, ajouta l'impresario.

— Les Nicolotti porteront une ceinture de tissu noir, dit l'un d'eux. Rouge pour les Castellani. Ils combattent torse nu pour qu'on puisse apprécier l'état des blessures. Le combat est arrêté selon leur gravité ou en cas de perte de connaissance.

— Dernier point : je n'ai autorisé qu'un témoin par équipe, avertit Santurini. Interdiction de crier ou de hurler, pas question d'ameuter le voisinage. Messieurs, je vous laisse œuvrer, conclut-il avant de s'éloigner.

— Vous n'y assistez pas ? s'étonna Azlan.

Santurini répondit sans se retourner :

— J'attendrai au Casino, je déteste la vue du sang.

86

La première confrontation tourna rapidement court. Le Castellano assena à son adversaire deux coups de poing d'une force et d'une vitesse inouïes. Le pêcheur mordit le sol et, devant sa difficulté à se relever, il fut déclaré vaincu par les deux juges. Il en fut quitte pour la perte de deux dents et un gros hématome à la pommette gauche, sur laquelle Azlan appliqua un baume résolutif.

Le deuxième combat fut plus équilibré. Les deux hommes semblaient se connaître et se craindre, chacun se maintenait à distance de son adversaire, et les frappes manquaient souvent leur cible. Azlan observa leur ballet pataud ; ils se battaient pour une cause tellement ancienne qu'aucun d'eux n'aurait pu expliquer pour quelle raison le différend entre leurs communautés avait débuté. Peut-être même l'auraient-ils trouvée futile ou ridicule – une mésentente entre deux familles, une amourette interdite, un mot mal compris qui s'était transformé en une affaire d'honneur entre corporations et avait fait ressurgir toutes les frustrations des uns et des autres.

Dans un langage peu châtié, un des juges les exhorta à davantage d'initiatives, mais celle que prit le lutteur à la ceinture rouge, un large crochet du bras droit, fouetta le vide et lui valut un enchaînement de son adversaire qui lui démit la mâchoire. Il persévéra néanmoins, malgré la douleur et les appels d'Azlan à abandonner, et reçut un second coup sur la joue. Il fut pris d'une rage de violence incontrôlée, réussit à jeter le Nicolotto à terre et le battit avec acharnement tout en hurlant des mots rendus incompréhensibles par sa luxation. Les juges et les témoins des deux camps durent séparer les lutteurs et les calmer afin qu'Azlan puisse intervenir et remboîter l'arc osseux du blessé, lui arrachant un cri étouffé. L'homme voulut repartir au combat, mais les juges le disqualifièrent pour avoir frappé son adversaire à terre alors que ce dernier faisait soigner son arcade sourcilière fendue. Le témoin du Nicolotto vint le féliciter de sa victoire, ce qui le laissa indifférent. Il regarda le Castellano quitter l'arène et se trouva chanceux de ne pas être mort sous son déchaînement de violence.

Pendant que les combattants suivants se présentaient, Azlan s'inquiéta auprès des juges de la tournure de la soirée. Le premier haussa les épaules d'un air blasé.

— C'est plutôt calme comparé aux autres années, expliqua le second. Sans doute parce que les équipes sont séparées et ne peuvent pas s'invectiver. Rassurez-vous, maître, il n'y aura pas de bagarre généralisée.

Santurini n'avait pas reparu. L'eau s'était infiltrée dans le hangar par-dessous les portes et formait un liseré le long du mur d'enceinte sur lequel se dessinaient les ombres des participants à la lueur des flambeaux. L'odeur de moisi et de salpêtre saturait l'atmosphère et à chaque expiration s'exhalait un nuage de vapeur.

Le troisième duel amena rapidement les protagonistes auprès d'Azlan, qui enchaîna les soins sans plus s'arrêter. Les combats se succédaient et la victoire tardait à se décider pour l'un ou l'autre camp. Alors qu'il restait deux affrontements avant la fin, les Castellani avaient un avantage d'une victoire.

Celui qui se présenta devant les juges était un colosse connu dans tout l'Arsenal pour être l'unique ouvrier capable de porter seul des madriers de construction. Le pêcheur qui lui faisait face semblait par contraste ridiculement maigre et petit, alors que sa morphologie était comparable à celle du chirurgien. À force d'attente, d'alcool et d'excitation, les deux hommes avaient faim d'en découdre et, à la surprise générale, le Nicolotto porta les premiers coups. Plus vif et agile, il tournoyait autour du roc que constituait son adversaire, dont l'allonge suffisait à le maintenir à distance. Le pêcheur ne montrait aucun signe de fatigue, mais son agitation était aussi inefficace que spectaculaire. Au moment où il s'y attendait le moins, le géant fondit sur lui avec une surprenante vélocité et le ceintura si fort que son adversaire eut le souffle coupé. Azlan crut qu'il avait la colonne vertébrale brisée, mais le Nicolotto fit lâcher prise au géant en le frappant des deux poings au visage dans un enchaînement rageur. Alors que le Castellano portait la main à ses yeux, il lui assena un vigoureux coup de pied dans le pli du genou gauche, qui le fit vaciller. Le géant tituba, voulut se reprendre mais glissa sur la bande d'eau. Dans un réflexe, il tenta d'amortir sa chute de son bras gauche, qui toucha le sol le premier avec un craquement sec. Le combattant grogna plus qu'il ne cria et tenta de se relever, sans y parvenir. Le bras s'était rétracté en arrière, le coude fléchi, et une bosse était apparue au niveau de l'aisselle. Azlan demanda l'arrêt du combat, qui lui fut accordé par les juges, tandis que le Nicolotto sautillait devant le géant à terre. Le chirurgien se précipita en demandant de l'aide. Il n'avait pas besoin d'un diagnostic approfondi : la tête de l'humérus était sortie de sa cavité et s'était profondément enfoncée sous l'aisselle. L'homme était victime d'une luxation en dedans, la plus difficile à réduire.

Il rassura le géant, qui cachait sa douleur mais dont la pâleur exprimait la souffrance.

— Venez m'aider ! répéta le chirurgien. Et prenez l'échelle !

L'objet allait permettre de réduire la luxation. Azlan se félicita intérieurement de l'avoir ajoutée à sa liste au vu de la corpulence du Castellano. Il la placerait sous son aisselle et l'utiliserait comme appui. La manipulation était risquée mais efficace.

— L'échelle ? s'agaça-t-il en se retournant.

Lui et son blessé se retrouvaient seuls dans le hangar.

— Que se passe-t-il ? Où sont-ils ?

— Les sbires ! dit le géant. Ils arrivent. Fuyez.

Azlan ne pouvait l'abandonner sans soins. Les nerfs et les vaisseaux comprimés allaient provoquer des dommages irrémédiables.

— Allongez-vous ! ordonna-t-il en enlevant sa botte gauche.

— *Forza !* cria le géant pour le repousser, mais il se sentit défaillir et obéit.

Le chirurgien s'allongea contre lui, ses pieds près de la tête de l'ouvrier. Les pas dans le couloir étaient tout proches. Sa tentative était désespérée. Azlan appliqua la plante de son pied gauche sous l'aisselle et se retourna une nouvelle fois pour voir apparaître les premiers sbires sur le seuil de la porte. Il reconnut Scarpion, attrapa l'avant-bras du géant juste au-dessus du poignet, prit une longue inspiration et tira sur le bras de toutes ses forces. Le Castellano poussa un cri plus proche du rugissement que du hurlement. Au même moment, un autre rugissement, plus fort encore, lui répondit : les deux équipes de combattants investissaient l'entrepôt pour s'opposer aux représentants de l'Inquisition. La mêlée fut générale, aux coups de bâton des sbires répondaient les poings des lutteurs. Plusieurs hommes s'étaient postés devant Azlan et son blessé afin de les protéger.

La réduction n'avait pas eu l'effet escompté et la tête de l'humérus était encore en partie sous l'aisselle, mais la manipulation l'avait repoussée vers son logement.

— Je dois recommencer, annonça Azlan alors que l'homme n'avait plus de sensation dans la main.

Il plaça son pied plus bas sous l'aisselle du géant, agrippa à nouveau l'avant-bras, remplit ses poumons d'air et réitéra la manœuvre. Il changea plusieurs fois de position sans cesser de tirer, jusqu'à entendre le craquement caractéristique signalant que l'os était remboîté. Autour d'eux, le maelström de bruit et de fureur s'était amplifié. Quelques cernides avaient rejoint les sbires. Les lutteurs avaient reculé, formant une grappe humaine qui protégeait le blessé.

— Filez, dit le géant à Azlan, qui vérifiait le bon fonctionnement de l'articulation. Le quai de droite !

Le chirurgien se précipita vers la porte latérale sans un regard en arrière. Il pestait intérieurement du risque qu'il avait été obligé de prendre et de l'indigence de Santurini. La pièce était un second entrepôt, de plus petite taille, qui donnait sur une ruelle. À peine eut-il sorti la tête au-dehors qu'il fut repéré par deux cernides en faction. Les soldats se précipitèrent dans sa direction. Le chirurgien referma la porte, qu'il bloqua à l'aide de l'épar en bois qui traînait sur le sol. De l'autre côté, le combat avait perdu de son intensité ; les lutteurs se rendaient les uns après les autres. Le chirurgien avisa les marches qui s'enfonçaient dans le canal et donnaient sur une grille. Il descendit les trois premières. L'eau lui arrivait à la poitrine. Il pria pour que l'espace sous la grille soit suffisant et qu'il puisse se faufiler, retint son souffle et disparut dans l'eau au moment où le silence se faisait dans l'entrepôt.

Allongé sur la dernière marche, Azlan chercha à tâtons une issue sous la grille immergée. Il la repéra ; elle était à peine haute d'un demi-pied mais il n'avait pas le choix. Il engagea sa tête puis son corps, qui resta coincé au niveau du thorax. Il avait encore une petite réserve d'air dans les poumons. Il expira et fit une nouvelle tentative. Mais, même comprimée, sa poitrine était plus haute que l'ouverture par laquelle il voulait se glisser. La pointe de la herse entra dans ses chairs.

Il entendait, assourdis, les cris des officiers et les pas des sbires à sa recherche. Il choisit de se rendre, ses poursuivants auraient tôt fait de repérer sa forme dans l'eau peu profonde. Azlan tenta de se dégager, mais son buste resta bloqué sous la grille. Il força une première fois, puis une seconde et gémit de douleur : un des barreaux avait pénétré sous la peau et fissuré une côte. Les forces commençaient à lui manquer. Azlan leva le bras pour se signaler aux soldats. Ils le repéreraient et l'aideraient à sortir. Rien ne se produisit. Il tenta une nouvelle fois de se dégager, mais ses forces l'abandonnaient. Il frappa la surface de l'eau de sa main libre. Comment avait-il pu être aussi stupide pour se mettre dans cette situation et mourir dans moins de trois pieds d'eau ?

Le temps lui sembla s'étirer. Il crut voir des lumières dans l'entrepôt, mais elles disparurent aussitôt. Les images s'enchaînèrent devant lui : il était l'adolescent qui avait plongé dans le fleuve avec maître Déruet pour éviter un carrosse dont les chevaux s'étaient emballés sur le pont menant à la forteresse de Peterwardein. Nicolas l'avait poussé avec lui et tous deux avaient nagé dans l'eau boueuse jusqu'à la rive. Ils avaient attendu le lendemain pour être secourus, sous une froide pluie d'automne, alors que le pont-levis avait été levé pour se protéger des troupes ottomanes. À aucun moment il n'avait eu peur, il vivait une aventure et sa confiance en son maître était absolue.

Sa dernière pensée fut pour lui. Azlan avait échoué dans la promesse qu'il avait faite à Nicolas Déruet.

Chapitre 9

Venise, 1701

Niccolò, mon frère de cœur, vient de mourir. Dieu peut être fier de l'avoir près de lui, mais je pleure la perte d'un être cher. Grâce à Niccolò, le Codex Quanum est en sécurité pour le bien de tous. Moi, je ne suis qu'un petit imprimeur qui a craint la colère des hommes et voulu protéger les siens. Giovanni Battista Vivaldi nous a apporté, sans le savoir, la clé du code grâce à sa Malheureuse Loyauté. *Son opéra détient notre secret. Et, dans un siècle ou deux, si ses notes sont jouées, si ses paroles sont chantées, qui saura qu'elles étaient l'armure ayant protégé le plus beau secret de l'humanité ?*

Venise, avril 1713

87

L'aube se faufilait avec peine jusqu'aux fenêtres de l'étage du théâtre Sant'Angelo. Santurini n'avait pas fermé l'œil de la nuit. Il était le seul à avoir pu s'enfuir par une sortie secrète du Casino Venier à l'arrivée des cernides et des sbires. L'impresario était resté posté près du campo San Bartolomeo, il avait vu les lutteurs et les deux juges se diriger vers le palais des Doges, escortés par une haie de soldats. Le chirurgien n'était pas dans la longue file des prisonniers.

Comprenant que la situation allait très vite se gâter pour lui aussi, Santurini triait les affaires qu'il comptait emporter à Florence, dans l'attente de jours meilleurs. Il ouvrit le coffre-fort et en sortit plusieurs sacs de ducats qu'il jeta dans une malle, produisant un tintinnabulement caractéristique. Il n'avait payé personne depuis plusieurs mois et les recettes avaient été florissantes. Quant aux paris de la soirée, ils étaient déjà dans ses bagages.

— Vous nous quittez ?

L'impresario sursauta et porta la main au couteau qu'il cachait dans sa manche. Puis il se rassura : de tous les dangers, maître Cornelli était le moindre.

— Que vous est-il arrivé ? Ils vous ont frappé ? interrogea l'impresario en apercevant le bandage qui enserrait la poitrine du chirurgien sous sa chemise.

— Vous alliez partir sans me verser mon dû ? insista Azlan en se penchant sur le coffre-fort.

— Je ne vous cacherai pas que cette fin de soirée n'a pas arrangé mes affaires, répondit Santurini. Mais je suis heureux que vous ayez pu vous en sortir. Ne m'en veuillez pas si je ne vous propose pas de m'en conter les détails, je voudrais éviter de rencontrer des sbires, qui ne sauraient tarder. Les juges ignoraient ma véritable identité, mais lorsque les enquêteurs auront interrogé les propriétaires du Casino, ils finiront par remonter jusqu'à moi. C'est pourquoi…, dit-il en écartant Azlan pour attraper une première pile de feuillets, c'est pourquoi je tiens à garder une petite longueur d'avance sur mes poursuivants.

— Vous me devez la *Malheureuse Loyauté*, déclara Azlan en se postant devant la malle empêchant l'impresario d'y déposer les papiers.

— Elle se trouve sur le secrétaire. Prenez-la, je vous l'offre. De toute façon, elle ne sera jamais rejouée : cette partition n'a aucune valeur.

L'impresario enfourna ses derniers effets, claqua le couvercle et appela le concierge qui errait à l'affût, intrigué par l'agitation inhabituelle dès potron-minet. Il repartit en traînant tant bien que mal le lourd bagage sous l'œil indifférent de Santurini.

— Cette ville n'est pas faite pour vous, Cornelli, elle vous avalera tout cru, dit-il alors qu'Azlan s'était assis au bureau pour consulter la *Malheureuse Loyauté*. Il faut savoir partir à temps. Je laisse le théâtre aux Vivaldi. Saluez-les de ma part !

Resté seul, le chirurgien feuilleta les pages à la recherche de signes codés, puis il abandonna rapidement. Ses côtes lui faisaient mal. Le campanile de San Beneto sonna six coups. Il lui restait une heure avant que le Ghetto ouvre ses portes et que Sarah se rende à leur rendez-vous. Azlan observa la pièce en désordre. Les armoires et le coffre-fort étaient vides, toutes portes béantes, les tiroirs du bureau alignés sur le cuir du plateau et l'âtre bourré de cendres encore tièdes.

Il se massa le front. L'épuisement, que l'excitation du moment avait chassé, revenait au galop et avec lui les images de ce qu'il venait de traverser. Las, il se laissa envahir par elles.

Scarpion avait regardé la main s'agiter puis s'affaiblir, sans pouvoir réagir. Il avait reconnu Azlan au moment même où le chirurgien s'était enfui du hangar. Il savait qu'il l'y trouverait, puisque leur indicateur les avait prévenus de sa présence. Depuis qu'il travaillait pour le Grand Inquisiteur, Scarpion avait appris que le Lorrain avait un lien avec l'Ordre du Graal, lien dont il leur restait à découvrir la nature ; il avait vu Azlan les semer et se comporter de façon si suspecte qu'il pouvait passer pour un ennemi de la République. Mais cet homme l'avait aussi sauvé du pire causé par le même Ordre. Pour le gondolier, tout ce qui n'était pas le Bien était le Mal et chaque chose devait se ranger dans l'un ou l'autre camp, mais il n'arrivait pas à déterminer celui d'Azlan.

Lorsque la main avait disparu de la surface du canal, Scarpion avait regardé à droite puis à gauche : il était seul et, quoi qu'il décide, la sentence resterait entre lui et sa conscience. Il s'était senti incapable de faire le moindre mouvement, exactement comme le jour où le père de Piero s'était noyé sous ses yeux. Cette eau sur laquelle il était un héros, lui, le meilleur batelier de Venise, cette eau qui était sa matrice, qui le portait tous les jours, le paralysait dès qu'il devait en crever la surface. S'il ne savait pas nager, c'était à cause de sa peur du monde d'en dessous, qu'il éprouvait depuis son plus jeune âge, depuis le jour où ses parents l'avaient emmené pour la première fois se baigner au Lido. Il avait senti des doigts enserrer son pied et l'entraîner vers le fond. Il avait failli se noyer, à quatre ans, happé par les démons habitant dans l'eau de la lagune. Son souvenir le plus ancien était aussi son plus vif cauchemar. Aujourd'hui, il devait surmonter sa terreur.

Scarpion avait plongé le bras gauche dans l'eau pour agripper celui d'Azlan, qu'il avait soulevé de toutes ses forces. Mais le corps inerte était resté coincé sous la grille. Scarpion avait pris appui des deux pieds sur les barreaux et, à nouveau, avait tiré de sa seule main valide. Un craquement s'était fait entendre, puis le sbire avait pu remonter Azlan hors de l'eau et le hisser jusqu'à la terre humide de l'entrepôt.

L'effort l'avait essoufflé. Il avait constaté que le chirurgien respirait encore et l'avait giflé pour le ranimer. Azlan avait toussé et craché de l'eau. À bout de forces, il avait respiré plusieurs fois amplement avant d'ouvrir les yeux. Scarpion lui faisait face et le regardait intensément, parcouru de sentiments contradictoires.

— Vous l'avez trouvé ? avait crié un soldat depuis le hangar.

— Non, il a fui par le canal. On rentre ! avait annoncé le batelier sans quitter Azlan des yeux.

Les deux hommes étaient restés immobiles un moment. Puis Scarpion lui avait montré sa main droite, celle que le chirurgien avait sauvée de la paralysie et qui l'avait sauvé, lui, de la noyade.

— Nous sommes quittes, maître.

Azlan chassa cette dernière image de ses pensées. Sa blessure lui causait une vive douleur à chaque inspiration. Il avait lui-même suturé la plaie sur sa quatrième côte fracturée. Il glissa les feuillets de la *Malheureuse Loyauté* dans sa besace. Le chirurgien était persuadé que la solution se trouvait dans les paroles de l'opéra composé par le père du prêtre roux. Il devait rendre visite à Giovanni Battista pour savoir qui les avait écrites.

88

Zeppo étira ses membres et émit un rugissement. Il ne connaissait pas de plaisir plus jouissif. Même le plus joli connet de la plus talentueuse puterelle ne suscitait pas en lui une telle extase. Il avait réussi à déchiffrer le message sans la partition. Il avait travaillé plusieurs jours durant, enfermé dans l'*antisecreto*, presque sans dormir, se nourrissant de tous les excitants connus. Il avait recherché les mots « Codex » et « Quanum » à partir de toutes les combinaisons possibles issues des sept grilles de substitution. Et Zeppo avait fini par les repérer. Dès lors, il sut qu'il parviendrait à ses fins. Il lui avait suffi de dérouler les lettres comme le fil d'une bobine de rouet.

Ad te qui legere hos versus... Le style ressemblait bien à l'idée qu'il se faisait de Niccolò Guarducci. Seule ombre au tableau : le message n'était pas complet. Mais Zeppo avait compris dès la première lecture où se trouvait le Codex. Il n'avait eu besoin de personne. Il était le meilleur et se suffisait à lui-même. Le Grand Inquisiteur, qu'il trouvait incapable de réfléchir avec plusieurs coups d'avance, et son doge de pacotille l'apprendraient bientôt à leurs dépens.

Zeppo quitta l'*antisecreto* et gagna les bureaux des autres déchiffreurs afin de leur présenter la difficulté du code inventé par Guarducci et, par là même, la supériorité de son génie personnel pour avoir réussi à le casser. Il griffonna une phrase et la coda devant eux, tout en déclamant un poème et en improvisant une suite de notes de musique.

— Votre prédécesseur avait inventé un chiffrement presque parfait, leur signifia-t-il. Chaque note indique quelle grille utiliser et, sans la partition, il est impossible de décrypter le message. Sauf pour moi.

Tous s'esbaudirent et montrèrent leur intérêt en le questionnant jusqu'à ce qu'il mette fin à la démonstration pour les quitter d'un geste théâtral.

— Quel fat ! lança le premier dès que Zeppo fut dans le couloir.

— Quel outrecuidant cogne-fétu ! renchérit le deuxième.

— Dire qu'il ose nous donner des leçons, à nous qui représentons la plus grande école du Chiffre, s'offusqua le troisième. Lui qui n'est qu'un vulgaire palefrenier des codes !

— Paolo m'a dit qu'il avait le visage d'un Maure, continua le premier. Avec des cicatrices.

— Comment le saurait-il ? Ce type ne quitte jamais son masque.

— Mais qui est-ce ? demanda un autre qui s'était approché.

— Comment, tu ne sais pas ? Il s'agit de Zeppo, qui se proclame le plus grand chiffreur de tous les temps, qui dit avoir la « main de Dieu », mais qui a surtout l'oreille du Grand Inquisiteur ! Il ne sort jamais de son antre, tu as de la chance de le croiser, Scarpion.

— Oui, une chance incroyable, répliqua Scarpion en se massant la main.

Le sbire était assis à l'autre bout de la pièce en train de lire des lettres de confidents déclarant avoir aperçu la musicienne dans Venise lorsqu'il avait identifié la voix de l'homme qui était venu l'interroger aux Incurables. Scarpion n'oubliait jamais les voix et celle-ci était unique, à la fois par son timbre et ses intonations. Il avait ensuite reconnu sa gestuelle et sa morphologie. Il ne subsistait aucun doute.

Le sbire regagna sa place et tenta de réfléchir calmement malgré l'excitation qui l'avait envahi. L'homme était intouchable et Scarpion devrait apporter plus de preuves qu'une simple impression. Il devait attendre le bon moment pour porter son coup.

Le Grand Inquisiteur avait demandé qu'on ne le dérange pas. Il avait rédigé un billet codé à l'intention de Sarah et s'appliquait à déchiffrer le texte afin de vérifier qu'il n'avait commis aucune erreur. Il commençait à douter de jamais parvenir à convertir leur badinage en idylle malgré tous les efforts qu'il déployait.

> *Vos rares mots pour moi sont les baisers que vous refusez à ma bouche, je les chéris comme les enfants de notre union, ils me gardent vivant, Madame, alors que votre absence est une meurtrissure que je m'inflige chaque jour et que je vous offre comme une preuve de mon amour sincère. Mais le temps est venu de nous revoir. J'ai de grands desseins pour vous et je voulais*

vous en parler. J'ai organisé notre rencontre dans l'endroit le plus sûr de toute la lagune. Rejoignez-moi ce samedi à l'heure de la marée forte au couvent des bénédictines de Mazzorbo. À vous de me prouver que vos sentiments sont dignes de la passion que je vous porte.

Le magistrat hésita à supprimer la dernière phrase de crainte qu'elle ne déclenche un refus catégorique, puis décida de l'amender, avant de, finalement, la laisser inchangée. Il n'avait aucune influence sur Sarah et le savait, ce qui accroissait sa frustration de ne pas maîtriser la situation. Lui qui aimait à inspirer la peur se trouvait démuni face à ses propres transports amoureux. Si les femmes étaient les instruments du Démon, il aurait volontiers brûlé en enfer avec Sarah Koppio.

Le Grand Inquisiteur chassa cette pensée impie et fit couler de la cire fondue sur le billet plié avant d'y apposer l'empreinte de son monogramme. Il sortit et laissa le message à son secrétaire.

— À remettre au destinataire habituel, lui dit-il distraitement. Qu'on ne me dérange plus !

La porte claqua. L'assistant n'avait pas même eu le temps d'acquiescer. Il nota l'adresse pour le sbire qui irait porter le message et continua de recopier la liste des invités autorisés à participer au bal flottant de la momarie de juin.

Il sentit soudain le contact froid d'une pointe de métal sur son front et leva la tête : Zeppo le tenait en joue de sa dague posée entre les sourcils.

— Vous êtes mort, lui dit-il en retirant son arme. Comme à chaque fois !

Le secrétaire ne l'avait pas entendu arriver. Il se massa le visage et vit une trace de sang au bout de son majeur.

— Il faut toujours être sur ses gardes, mon ami, remarqua le chiffreur.

— Il ne veut pas être dérangé, anticipa l'assistant. Sous aucun prétexte.

— Tant pis pour lui, dit Zeppo en prenant le billet cacheté posé sur le bureau.

— Mais que faites-vous ?

— Je connais cette adresse, mentit le chiffreur en repartant, je m'en occupe.

— Non, vous ne pouvez pas !

Le secrétaire se leva pour l'arrêter. Zeppo, qui avait gardé sa dague en main, la lui fourra sous la gorge.

— Et pourquoi, donc ? Serais-je un messager pire qu'un sbire quelconque ?

— Non… mais…

— Alors, quoi ? N'auriez-vous pas confiance ? Me croyez-vous capable de briser ce cachet de cire ? Me croyez-vous fou au point de risquer ma vie pour un message sans importance ?

— Non…

— Car vous et moi savons qui est le destinataire, n'est-ce pas ?

— C'est-à-dire que…

— Voilà qui est réglé, conclut Zeppo en rangeant la dague dans son fourreau. Belle journée à vous, mon ami !

Je ne suis pas votre ami, pensa le secrétaire en regagnant son poste, pendant que Zeppo allait s'enfermer dans l'*antisecreto*. Le chiffreur décacheta le billet et le décoda sans même un regard pour les grilles de substitution qu'il avait inventées à la demande du magistrat. Zeppo sourit de la naïveté du texte, qui renforça sa conviction que tout homme amoureux était surtout victime de lui-même. Et il se félicita de l'information qu'il utiliserait à bon escient.

Il replia le papier et y apposa le sceau du Grand Inquisiteur – une copie parfaite du cachet, qu'il avait fait fabriquer à Raguse. Puis il changea de masque pour adopter une *bauta*, sortit par la porta della Carta et traversa la ville à pied d'est en ouest. Zeppo s'était plusieurs fois rendu dans le Ghetto afin de mieux connaître l'environnement de celle qu'il considérait comme sa plus dangereuse adversaire dans la recherche du Codex. Le chirurgien lorrain ne lui paraissait pas de taille à lutter avec lui. Trop dilettante. Sarah, elle, avait été éduquée depuis son adolescence dans le but exclusif de cette quête, et Zeppo savait qu'elle était capable de périr pour sa cause sans jamais rien avouer, ce qui la rendait encore plus précieuse à ses yeux. Il s'était plusieurs fois rendu au Ghetto habillé en *bauta*, la tenue que le magistrat utilisait lorsqu'il voulait se faire discret, mais n'avait pu localiser son appartement. Le secrétaire venait de lui en fournir l'adresse. Zeppo grimpa au dernier étage. Il se penchait pour glisser le billet sous la porte lorsqu'il entendit le craquement léger des lattes du parquet. Il se colla contre le battant et prêta l'oreille. Le froissement subtil d'une robe… Elle était là.

89

Sarah avait senti une présence. Elle avait pris son scalpel, posé sa main libre sur la porte et était restée immobile. Quelqu'un se tenait derrière. Il ne bougeait pas, ne cherchait pas à se cacher. Elle entendait sa respiration ample contenue sous un masque. Ce n'était pas son prétendant. Ce n'était pas un sbire. L'Ordre du Graal était venu la provoquer. Elle n'avait pas peur.

Elle tourna lentement la clé pour déverrouiller la serrure ; le pêne crissa légèrement. L'inconnu avait compris : la jeune femme le défiait d'entrer. L'attente se prolongea. Plusieurs fois, elle hésita à ouvrir la porte. Rien ne se produisait lorsque, dans un bruissement sec, un message glissa sous le battant. Sarah sentait toujours la présence insidieuse de l'autre côté de l'huis. De son pied, elle attira la lettre à elle et s'accroupit pour la récupérer sans cesser de surveiller la porte. Elle recula avant de la décacheter et reconnut un message codé du Grand Inquisiteur.

Le cognement du heurtoir la fit sursauter. Elle demeura plusieurs secondes interdite, posa la main sur la poignée, tendit son bras armé du scalpel et ouvrit brusquement.

— Hé, dit Azlan en reculant par réflexe, que se passe-t-il ?

— Avez-vous croisé quelqu'un en montant ?

— Juste un homme en *bauta*, au rez-de-chaussée.

— C'est un espion de l'Ordre du Graal ! dit-elle en se précipitant à la fenêtre.

Azlan voulut se lancer à sa poursuite mais s'arrêta net dans son élan. Il avait préjugé de ses forces et la douleur de sa cage thoracique était trop vive. Il rejoignit Sarah en tentant de contrôler sa respiration.

— Trop tard, dit-elle, il a déjà quitté le Ghetto. Que vous est-il arrivé ?

— J'ai récupéré la *Malheureuse Loyauté*, dit Azlan en sortant la partition de sa besace.

— Comment avez-vous fait ? Vous vous êtes battu pour l'avoir ?

Le chirurgien lui fit le récit de sa soirée, qu'elle parut à peine écouter tant elle était absorbée par le document.

— Je n'ai rien vu qui puisse nous aider, avoua-t-il en grimaçant.

— Qui vous a soigné ? demanda-t-elle en désignant les bandages.

— Ne vous inquiétez pas, je l'ai fait moi-même.

— C'est bien ce qui m'inquiète. Montrez-moi !

Il enleva la bande de tissu tout en scrutant la pièce.

— Alors, c'est ici que vous recevez votre galant ?

Sarah ne répondit pas. Elle avait retiré les pansements et observait la suture.

— J'ai fait les nœuds à votre manière, expliqua-t-il.

— Je ne vous ai jamais montré.

— Je vous ai regardée le soir de l'accident. J'apprends vite.

— Je ne voudrais pas blesser votre amour-propre, mais ils ne tiendront pas ainsi. Il faut recommencer. Venez, allons chez moi, je vais vous montrer un vrai travail de chirurgien !

Ils empruntèrent les combles pour gagner son appartement, où Sarah prépara son matériel en silence.

Elle retira le fil posé et enduisit la plaie d'un baume de sa composition. Azlan se laissa faire sans protester. Elle lui montra alors le billet que l'homme du Graal avait déposé. La façon dont il l'avait fait constituait un triple avertissement : l'Ordre possédait des agents dans l'entourage du Grand Inquisiteur, il savait où elle habitait et était au courant de sa relation avec le magistrat. Elle lui résuma le texte du message.

— Heureusement, sans les deux clés ils ne peuvent pas le lire, se rassura-t-elle.

— Qu'allez-vous faire ?

— Je ne me rendrai pas à Mazzorbo. Il est temps de mettre fin à cette relation.

Sarah pinça Azlan au niveau des côtes.

— Hé, je ne sens plus mes chairs ! s'inquiéta-t-il. Qu'avez-vous fait ?

— Une recette de la page du Codex que je possède. Ainsi, je peux coudre votre plaie. Je vous donnerai sa composition.

— Vous auriez dû le faire bien avant ! lui reprocha Azlan. C'est un sacré progrès ! Je pourrais l'utiliser au quotidien.

— Pour attirer l'attention de tout le monde ? Sûrement pas. Attendons d'avoir le Codex avant de révéler ses secrets.

Azlan observa Sarah lui expliquer comment obtenir le point qu'elle utilisait. Une fois la suture effectuée, elle la recouvrit d'un tissu imbibé de vulnéraire, fit un bandage spiral de la poitrine et noua les deux chefs ensemble.

— Mettons-nous au travail, proposa Azlan en boutonnant sa chemise. Je suis retourné voir Giovanni

Battista Vivaldi ce matin, expliqua-t-il tandis qu'elle étalait toutes les pages de l'œuvre sur la table. J'étais intrigué par le fait que Niccolò Guarducci ait choisi cet opéra inconnu comme clé de code.

— Pour la bonne raison que, justement, il n'en existait aucune copie officielle, répondit-elle, penchée sur les premières mesures.

— Saviez-vous qu'ils se connaissaient ? Niccolò était un grand amateur de musique profane. Il est allé voir toutes les représentations de la *Malheureuse Loyauté*.

— Pourquoi aurait-il fait cela ? Quel intérêt y aurait-il trouvé ?

— Regardez le nom de l'auteur du livret, dit Azlan en désignant une des pages.

— Amisello. Qui est-ce ?

— Un nom d'emprunt. Niccolò était l'auteur des paroles, Vivaldi me l'a confirmé.

Azlan écarta les six pages remplies de portées.

— Oubliez la musique, Sarah. Le chemin vers le Codex se trouve dans le texte.

90

À la mi-journée, ils n'avaient rien découvert. Exténué, Azlan s'allongea sur le lit et s'endormit aussitôt. L'œuvre, courte, était une succession d'arias se situant dans la boutique d'un barbier vénitien. Celui-ci recevait les confidences de tous ses clients. Accusé à tort de fomenter un complot contre la République, il aurait pu se disculper en trahissant le secret de l'un d'eux, ce à quoi il se refusait. Sa « malheureuse loyauté » l'entraînait en prison sous les Plombs, puis le poussait à l'exil, sans que personne lui vienne en aide.

Sarah ne décela aucun sens caché dans les phrases employées et, après avoir essayé de n'utiliser qu'un mot sur deux, puis sur trois, après avoir sélectionné la première lettre de ceux-ci, puis la deuxième, après avoir appliqué toutes les substitutions possibles, elle abandonna. Elle se servit un verre du vin qu'un diplomate français de passage lui avait offert pour la remercier d'avoir soigné sa pleurésie et le but à la fenêtre, tout en regardant l'activité sur le *campo*. Les marchands sous les arcades étaient la principale source du brouhaha, accompagnée, deux octaves plus haut, par les enfants qui jouaient autour de la citerne centrale. La file d'attente devant le Banco Rosso était plus longue qu'à l'accoutumée, signe que les temps allaient être difficiles, et Iseppo était assis, seul, sur une caisse retournée, à l'ombre du plus grand arbre de la place. Sarah ne l'avait pas revu depuis les aveux de l'apprenti barbier. Il s'était muré dans le silence et l'isolement, ce qui avait étonné toute la communauté. Les temps changeaient. Elle songea à une vie hors de la Sérénissime. Maintenant que le Codex semblait à sa portée, elle se trouvait confrontée à l'évidence qu'elle ne pourrait rester en ville. Si découvrir un secret à Venise était difficile, le garder était impossible.

Moisè avait rejoint sur la place Iseppo, qui avait levé les yeux vers Sarah et la fixait, tandis que le rabbin continuait de lui parler. Moisè leva finalement la tête et adressa un signe de la main à la jeune femme. Elle but une dernière gorgée du vin et descendit pour éviter de le recevoir chez elle. Le rabbin était porteur d'un message de sa nièce. Giulia avait besoin de son aide : une des matrones de la communauté lui avait raconté ses pires expériences d'accouchement, et la future mère avait ressenti des douleurs toute la nuit, persuadée que la main du fœtus était sortie entre ses jambes puis était rentrée sans que la poche des eaux se soit rompue. Sarah l'examina et la rassura : elle n'avait observé aucune dilatation et la position de son enfant était normale. Elle resta un long moment à écouter Giulia se plaindre de tous les maux dus à sa grossesse. Le Codex Quanum leur apprendrait bien des secrets sur cet état.

De retour chez elle, Sarah gagna la chambre, s'allongea à côté d'Azlan et le regarda dormir. Sa peau mate et ses longs cheveux de jais ondulés avaient le goût de la jeunesse et de l'ailleurs. Le bandage comprimait légèrement sa cage thoracique, rendant chaque expiration audible. Sarah cala son rythme respiratoire sur celui du chirurgien. Elle avait besoin de se concentrer, d'entrer dans la tête et les motivations de Niccolò Guarducci au moment où il avait conçu son code, qui était aussi celui où il avait voulu réunir ses deux fils. Ses pensées s'enchaînèrent, se transformant en images. Jusqu'au moment où tout devint clair.

Azlan se réveilla en sursaut. Un cauchemar l'avait emmené dans la salle des tortures du palais des Doges où, suspendu par les bras liés dans le dos, il se balançait au bout d'une corde. Son regard plongea dans celui de Sarah, allongée à côté de lui, qui lui sourit. Il s'assit vivement en prenant appui sur son bras droit et gémit de douleur.

— Que s'est-il passé ? s'inquiéta-t-il.

— Vous avez failli mourir noyé mais vous vous en êtes sorti avec une côte cassée, résuma-t-elle en s'asseyant à son tour.

— De cela je me souviens, mais que s'est-il passé… entre nous ? questionna-t-il en fronçant les sourcils. C'est que… j'ai tout oublié. J'avais pris de l'opium.

— Nous nous sommes embrassés, nous avons eu de fols ébats et vous avez promis de m'épouser, s'amusa-t-elle. Cela vous suffit-il ou avez-vous besoin de plus de détails ?

— Vous devez me trouver ridicule, n'est-ce pas ?

— D'habitude, les hommes tentent de forcer mon intimité, pas de la fuir.

— Je ne vous fuyais pas, mais ce n'est pas le moment de compliquer la situation, dit-il en se massant le torse. Nous avons un pacte de sang, conclut-il en se levant précautionneusement.

— Croyez bien que je saurais vous repousser le cas échéant, précisa Sarah en quittant la chambre. Même enlacés dans un ossuaire !

Il resta assis sur le lit tout en maudissant sa pudeur, qui l'empêchait de manifester ses sentiments les plus profonds. Rosa s'en était souvent moquée.

Sarah réapparut sur le seuil de la chambre :

— Que faites-vous ? Venez, nous avons du travail, j'ai découvert le secret de la *Malheureuse Loyauté* !

Après s'être abîmée dans toutes les combinaisons de codes possibles, Sarah avait compris que Niccolò n'avait probablement pas chiffré le texte de l'opéra. Le message était contenu dans la symbolique du livret.

— Vous souvenez-vous du sac qu'Iseppo a mentionné ? Je me suis toujours demandé pourquoi son père lui avait légué un grand sac de voyage en plus du message codé. Il est également question d'un bagage dans la *Malheureuse Loyauté*. Le barbier y dépose la preuve de son innocence et le donne à ses fils avant de fuir en exil. C'est dans ce sac que nous trouverons la solution. Et je crois savoir où il est.

91

Le Castellano titubait. Il avait échoué contre un pilier des Nouvelles Procuraties, face à la place Saint-Marc, après la soirée la plus avinée qu'il ait jamais vécue. La veille, il avait participé aux combats contre les Nicolotti, puis avait passé la nuit dans les cellules des Puits avec les autres lutteurs de sa confrérie, avant d'être relâché au matin. Ils s'étaient tous présentés à l'Arsenal, où ils avaient eu droit aux remontrances d'usage et à des menaces de renvoi, puis s'étaient retrouvés après le travail au *Ridotto*, maison de jeu proche de leur *scuola*. Les Castellani avaient fêté ce qu'ils considéraient comme une victoire sur les Nicolotti, bien que ces derniers eussent fait de même. Enfin, après s'être fait expulser du *Ridotto* pour leur comportement trop expansif, ils avaient investi la boutique d'Andrea Contarini, où ils avaient pu acheter quantité de bouteilles de vin et revivre leurs exploits de la veille. L'homme avait fini au *Café de Cicio*, qu'il avait quitté après avoir rendu son chyme sur une table de clients. Il avait pu se traîner jusqu'à une arcade des Nouvelles Procuraties et, incapable de se relever, attendait des moments meilleurs.

La nuit était douce, mais la fraîcheur de la pierre pénétrait sa chair. Face à lui, les estrades et les *casotti* des saltimbanques ressemblaient à des géants qui dansaient sous le blanc lunaire de la place Saint-Marc. Le Castellano aperçut une lueur louvoyant entre les attractions désertes. Il frissonna. Alors que la lumière se rapprochait, il distingua une lanterne tenue à bout de bras par un spectre drapé de noir, au visage déformé, suivi par un démon masqué. Il tenta de s'enfuir, mais ses forces l'avaient abandonné ; il essaya de crier, mais sa mâchoire luxée lui faisait encore mal et aucun son ne sortit de sa bouche. Il sentit une douce chaleur entre ses cuisses : il venait d'uriner sans s'en rendre compte. Le décor tournoyait autour de lui, vertigineux, tandis que les deux fantômes s'approchaient en silence. Le Castellano perdit connaissance avant qu'ils ne l'emportent dans les limbes.

— Tout va bien, dit Azlan après avoir examiné l'homme. Ses humeurs sont juste noyées dans l'alcool. Il se réveillera avec le jour et un énorme mal de tête. En tout cas, il avait l'air très effrayé de votre *bauta*, s'amusa-t-il.

— Êtes-vous sûr qu'il ne vous a pas reconnu ? insista Sarah.

— J'avais un bandeau sur les yeux quand j'ai soigné sa mâchoire. Il n'y a aucun risque. Et demain il se demandera pourquoi il s'est réveillé allongé sous les Procuraties. Allons-y, maintenant.

Lorsqu'elle vit entrer Azlan, accompagné de Sarah, le cœur de Marie battit à tout rompre : ils venaient la chercher. Mais le chirurgien tempéra son enthousiasme.

Il déposa des vivres emballés dans des linges et une dame-jeanne d'eau.

— Ce sont les derniers, promit-il. Dans deux jours, vous serez sur la Terre Ferme.

Azlan lui demanda de vider son sac de cuir usé. Elle s'exécuta, intriguée, et lui tendit le bagage. Le chirurgien palpa les parois et le fond sans rien trouver d'anormal, pendant que Sarah soulevait la lanterne pour éclairer le sac. Puis ils échangèrent leurs rôles et Sarah s'agenouilla pour plonger ses mains à l'intérieur du bagage. Son attention fut attirée par une imperfection qu'Azlan n'avait pas remarquée lors de son inspection. Le fond intérieur avait été grossièrement cousu par des points qui n'étaient pas l'œuvre d'un artisan. La pièce de cuir rectangulaire avait une couleur plus claire et un grain différent de celle utilisée pour l'extérieur. Elle était aussi trop haute pour faire partie de l'ensemble d'origine : elle avait été ajoutée après sa fabrication. Sarah prit son scalpel et entreprit de couper les fils. Plusieurs fois elle se piqua, mais elle parvint à défaire toute la couture et souleva la pièce de cuir, découvrant un double fond dans l'épaisseur duquel deux clés étaient encastrées. La plus grande, de quatre pouces de long, possédait un anneau ciselé représentant un lion, et la seconde, plus petite d'un pouce, un anneau en forme de fibule. Les pannetons étaient très ouvragés, les rouets formant un double « S » pour l'un et un trèfle pour l'autre, et comportaient des pertuis en forme de peigne.

— Nous y voilà, murmura-t-elle. *Vous la sortirez grâce à la malheureuse loyauté...*

— Sarah, nous avons réussi ! s'exclama-t-il en les prenant.

— Qu'est-ce donc ? demanda Marie, qui était restée jusque-là silencieuse. Que font ces clés dans mon sac ?

La jeune femme ne répondit pas et continua sa fouille. Azlan prit la musicienne par les épaules.

— Elles sont la cause de la mort d'Amadori et de votre rencontre avec celui qui disait vous aimer, Marie.

— Qu'ils aillent tous au diable, lâcha-t-elle, les larmes aux yeux, en se blottissant contre lui. Je veux partir et oublier.

Sarah avait reposé le bagage, les lèvres pincées de contrariété.

— Il en manque une, dit-elle en se relevant. Azlan, nous avons un problème : il y a trois serrures à ouvrir jusqu'au Codex.

Le Castellano n'était plus sous les arcades lorsqu'ils s'y rendirent pour vérifier son état de santé.

— Vous aviez tort de vous inquiéter, commenta Sarah, qui poursuivit son chemin tandis qu'Azlan se penchait vers la colonne contre laquelle il avait calé l'homme. Il se sera traîné jusque chez lui.

— Croyez-vous ? Il y a du sang sur le marbre. Il ne saignait pas quand on l'a quitté.

Il se releva brusquement, les sens aux aguets. Il avait perçu des mouvements parmi les ombres des *casotti*.

— Fuyez, on a été suivis ! avertit Azlan en retournant vers la place.

Il marcha en direction du palais des Doges. Il sentait une présence plusieurs toises derrière lui mais ne se retourna pas. Sarah avait réagi très vite et il était persuadé que ses poursuivants ne l'avaient pas vue. Au moment où il dépassait le campanile, il faillit percuter deux cernides munis de lanternes qui faisaient une ronde devant la Biblioteca Marciana.

— Halte ! Qui va là ?

Azlan déclina son identité.

— Il est avec nous, lança une voix derrière lui.

Un homme masqué portant un chapeau à plume, accompagné de trois sbires, rejoignit le chirurgien.

— Suivez-nous, dit-il sans un regard pour Azlan.

Lorsqu'ils entrèrent dans le palais des Doges, le chirurgien ne se faisait aucune illusion sur sa destination.

92

La pièce ressemblait à celle de son cauchemar. Elle offrait un contraste saisissant avec les salles qu'il venait de traverser, aux boiseries laquées resplendissantes et aux peintures lumineuses. L'endroit était nu, dépouillé, et le bois, du parquet aux murs, était brut et terne. Au milieu trônait une caisse pourvue de deux marches permettant d'accéder à une plate-forme d'où pendait une corde qui semblait tenir seule dans le vide. L'effet s'estompait lorsqu'on s'approchait de l'échafaud : de là on découvrait une large ouverture dans le plafond, qui s'évasait à l'étage supérieur, situé sous les combles, où une poulie était installée, ainsi qu'un balcon destiné aux observateurs.

Zeppo s'installa au bureau situé en retrait, près des lucarnes qui constituaient la seule source de lumière naturelle. Il retira son chapeau à plume pendant qu'Azlan était amené et que les deux sbires se postaient de part et d'autre de la porte d'entrée. Le chirurgien n'était pas dupe de la manœuvre destinée à l'intimider, mais la corde immobile lui rappelait les paroles de Sarah. Il se préparait au pire.

— Que me voulez-vous ? Et qui êtes-vous, monsieur ? demanda-t-il d'un ton assuré.

— Qui je suis n'a aucun intérêt pour cet entretien. Je ne suis qu'un serviteur de la République et nous avons quelques questions à vous poser, annonça Zeppo.

Il se réjouissait d'avoir donné suite aux propos d'un ivrogne ramassé par ses sbires sous les Procuraties, affirmant que le spectre d'un chirurgien l'avait poursuivi sur la place, le même chirurgien qui l'avait soigné lors d'un combat clandestin. L'homme dormait à présent un étage au-dessus d'eux, dans une cellule des Plombs, et Zeppo avait retrouvé Azlan à l'endroit même où ils avaient appréhendé le Castellano. C'était amplement suffisant pour l'accuser et, surtout, instiller le doute dans l'esprit du Grand Inquisiteur : maître Cornelli complotait contre la Sérénissime.

— Il n'est pas interdit de se déplacer la nuit dans Venise, rassurez-moi, crâna Azlan. Ni d'aider son prochain.

— Je vous le confirme, vous n'avez enfreint aucune de nos lois en traversant la place Saint-Marc. Ni en portant secours à un ouvrier rongé par le mal de l'alcool.

Zeppo jouait avec son prisonnier comme un chat s'approchant à pas feutrés avant de griffer la souris.

— Pourquoi n'y a-t-il pas un secrétaire pour noter mes dires ? réclama le chirurgien.

— Parce que nous ne sommes pas au tribunal, maître. Ceci est une conversation informelle.

Le chiffreur avait sorti de sa poche un dé et le fit rouler à plusieurs reprises sur la table avant de continuer :

— Cet homme a déjà été votre patient, n'est-ce pas ?

— Je ne le connais pas.

— Ce n'est pas une question. Il affirme que vous l'avez soigné lors d'un combat.

— Il se trompe, voilà tout.

— C'est un Castellano, un homme d'honneur. Pourquoi mentirait-il ?

— Je n'ai pas dit qu'il mentait. Il doit me prendre pour quelqu'un d'autre.

— Quels sont vos liens avec Francesco Santurini ?

— Aucun. Il m'a été présenté par un de mes patients.

— Cela est exact. Nous avons interrogé le maître de musique de la Pietà. Vous marquez des points, cher maître. Mais alors…

Zeppo se leva et s'approcha d'Azlan, dont le regard ne trahissait ni peur ni colère. Juste de la détermination. Le chiffreur admirait la maîtrise du chirurgien. Toutefois, celui-ci ne tremblait pas assez pour être innocent.

— Mais alors, reprit-il, que faisiez-vous ce matin, dès l'aube, avec lui, au Sant'Angelo ? Et ne dites pas que le concierge vous aura confondu avec un autre.

— Il m'a fait venir avant de partir en voyage. Monsieur Santurini a des problèmes de santé.

— Lui aussi est un de vos patients ? Il est vrai que tout Venise vous tient pour un guérisseur miraculeux !

— Trouvez-vous à redire à l'enquête de moralité de vos services ?

— Il se trouve que monsieur Santurini a quitté précipitamment la lagune pour éviter d'avoir à répondre de divers griefs, et il se trouve que vous êtes la dernière personne à l'avoir rencontré. Il se trouve aussi que vous êtes le dernier à avoir vu la musicienne avant sa disparition et son ravisseur avant sa mort. Prenez place, intima-t-il en montrant la chaise qu'il avait quittée quelques minutes auparavant.

Azlan s'exécuta avant de répliquer :

— Prêtres et chirurgiens sont souvent dans ce cas, monsieur. Cela ne fait pas de moi un suspect.

— Une chose pourtant m'intrigue, dit Zeppo, faisant signe aux deux sbires de se lever pour se placer derrière la chaise. Les mitaines sur vos mains. Vous les portez en permanence.

— Je n'ai rien à cacher, rétorqua Azlan en enlevant ses bandages. Les mains sont le bien le plus précieux d'un chirurgien.

— Voilà ce qu'il me plaît d'entendre ! applaudit le chiffreur d'un air enjoué.

Les deux sbires ceinturèrent Azlan, l'empêchant de bouger. L'un d'eux lui maintint la main droite, paume ouverte, sur la table. Le Lorrain étouffa un cri. La douleur s'était réveillée.

— Nous avons trouvé cette arme sur vous, dit Zeppo en exhibant le scalpel du chirurgien.

— C'est mon instrument de travail, pas une dague.

— Vous travaillez de la main droite, n'est-ce pas ? demanda-t-il en s'accoudant en face d'Azlan.

— Vous n'avez pas le droit !

Zeppo effleura les doigts du chirurgien de la pointe du scalpel.

— Quel dommage…

— Arrêtez ! De quoi m'accusez-vous ?

— Quel dommage ce serait de perdre l'usage de votre bien le plus précieux.

— Je n'ai rien fait ! se débattit Azlan. Allez chercher l'Inquisiteur ! cria-t-il aux sbires. Vous n'avez pas le droit !

— Nous n'avons pas le droit ? Nous n'avons pas le droit ? s'amusa Zeppo. Mais nous sommes le droit !

Il prit le scalpel comme un couteau et leva le bras, prêt à le planter, avant de se raviser. Il venait de remarquer une tache sombre sur la chemise du chirurgien. Il trancha les boutons à l'aide du bistouri et découvrit la poitrine bandée.

— Voilà qui est intéressant !

— Je me suis cassé une côte en tombant, expliqua Azlan en serrant les dents.

— Quel dommage, je ne suis pas sûr que vous teniez bien longtemps au bout de cette corde avec une santé si fragile.

— Arrêtez !

La voix du Grand Inquisiteur figea tout le monde. Accompagné de deux gardes du corps, il paraissait encore plus glaçant qu'à son habitude. Les sbires lâchèrent Azlan qui rajusta sa chemise et se leva. Zeppo se précipita vers le magistrat mais n'eut pas le temps d'argumenter.

— Vous allez faire des excuses à cet homme puis le relâcher sans délai. Et je vous attends demain à la première heure dans mon bureau avec une explication. Sinon, tout Zeppo que vous êtes, la corde sera pour vous !

93

Sarah n'avait pas eu le choix. Elle s'était présentée à la porta della Carta et avait sommé le garde de déranger le Grand Inquisiteur afin qu'il la reçoive sur-le-champ. Elle lui avait montré une bague portant son sceau, que le magistrat lui avait donnée comme un sauf-conduit susceptible de lui ouvrir toutes les portes jusqu'à lui. Le garde avait alerté un capitaine qui, au vu du monogramme, avait couru au Secreto où le chef de l'Inquisition se trouvait encore, comme chaque soir. Le magistrat avait reçu Sarah sous l'arc Foscari, avait écouté sa demande, puis s'était rendu directement à la salle des tortures. Il avait laissé Azlan rentrer seul jusqu'à la Pietà et s'était ensuite retiré dans ses appartements, situés dans la même aile du palais que le département du Secreto. Il s'était couché tôt mais, partagé entre des sentiments contradictoires, n'arrivait pas à trouver le sommeil. Il avait du mal à croire l'explication de Sarah et, bien qu'il ne mît pas en doute la sincérité de l'affection que la jeune femme lui portait, il ferait vérifier la nature de sa relation avec le chirurgien. Mais il était heureux qu'elle ait accepté de le rejoindre à Mazzorbo.

Sarah avait refusé qu'il la fasse raccompagner et était arrivée au Ghetto après la fermeture des portes. Elle s'était réfugiée pour la nuit dans sa cache du campo San Geremia. La chambre se composait d'un immense lit aux draps soyeux et d'une baignoire en fonte émaillée qui faisait la fierté de son ami et l'attraction de ses soirées galantes. Un chaudron rempli d'eau et un tas de bois attendaient à côté de la cheminée, prêts à être utilisés. Elle fit chauffer l'eau, qui ne remplit que partiellement la cuve, dans laquelle elle s'assit et se lava avec un savon floral. La garçonnière empestait l'accumulation de tous les parfums portés avec outrance, mais Sarah s'y sentait en sécurité. Elle s'allongea avec délice dans les draps propres, d'une douceur inconnue, et s'endormit rapidement.

Azlan réveilla Piero, qui était rentré bredouille, et n'avait pas eu la patience d'attendre plus longtemps sur le quai. Le *codega* s'était installé dans la chambre du chirurgien où il passait plus de temps qu'Azlan. Ce dernier demanda au garçon de lui rapporter la trousse pour les soins et enleva la bande maculée de sang séché. Piero revint accompagné de Cecilia. Il arborait l'air penaud du gamin pris sur le fait.

— Ne le blâmez pas, c'est moi qui lui ai demandé ce matériel, dit Azlan qui avait remonté le drap sur son torse. J'en ai besoin.

— C'est moi que vous auriez dû alerter, répliqua-t-elle en s'asseyant au bord du lit. Montrez-moi. Allez, il m'a parlé de votre blessure, insista-t-elle en retirant elle-même le tissu.

— Je suis désolé de vous avoir réveillée, dit-il en se laissant faire.

— Je ne dormais pas. Petit, peux-tu retourner dans ta chambre ? demanda-t-elle à Piero tout en s'affairant.

Le *codega*, qui avait croisé les bras, ne bougea pas d'un pouce.

— Tu n'as rien à faire là, dit-elle en cherchant de l'aide du côté d'Azlan.

— Piero, file te coucher, ordonna le chirurgien. Demain, tu m'aideras à faire mon bandage.

— Promis ?

— Promis.

La porte claqua.

— Méfiez-vous, c'est un vaurien. Vous n'en tirerez rien, avertit Cecilia tout en imbibant un linge d'un mélange vulnéraire.

Elle tamponna précautionneusement la plaie autour de laquelle un hématome s'était formé.

— Sacrée blessure ! Puis-je vous demander ce qui vous est arrivé, maître ?

— Je suis tombé dans un escalier, éluda-t-il. Pas la peine de refaire la suture, cela devrait tenir, indiqua-t-il alors qu'elle cherchait une aiguille dans la trousse.

Cecilia termina les soins en silence et rangea les instruments pendant qu'Azlan tentait d'enfiler une chemise propre.

— Je vais vous aider, dit-elle en s'approchant.

— Non, je dois y arriver seul.

Azlan s'esquiva. Son geste sembla plonger l'infirmière dans un désarroi profond, comme si un nuage noir venait d'assombrir l'expression habituellement solaire de son visage.

— Désolé, je ne voulais pas vous offenser, regretta-t-il, bien qu'il trouvât sa réaction disproportionnée.

Cecilia ne répondit pas. Ce qui venait de se produire n'était qu'une manifestation supplémentaire du peu d'intérêt que lui portait Azlan. Elle s'était toujours évertuée à nier ce fait, mais, à ce moment précis, il lui sembla évident. Antonina avait raison : jamais le chirurgien n'aurait pour elle le moindre sentiment amoureux.

— Je suis désolé, répéta Azlan, je dois m'habituer à ne dépendre de personne pour m'habiller. Je ne voulais pas vous brusquer.

Les yeux verts tachetés d'ambre de Cecilia luttaient contre la marée de larmes qu'elle confinait depuis des semaines à coups d'espoirs insensés. Mais la vérité était plus froide que ses rêves n'étaient forts, et, cette fois, elle refusa de se bercer elle-même d'une illusion qu'elle savait vaine.

— Maître, que vous ai-je fait ? Vous semblez vous méfier de moi en permanence. N'ai-je pas mérité votre confiance ? N'ai-je pas… n'ai-je pas mérité plus ? Ne voyez-vous pas que mon dévouement n'est pas dû seulement à l'amour de mon métier ? Quelles ardeurs devrais-je déployer pour qu'enfin vous me regardiez, moi, et non l'infirmière ?

Piero était resté dans le couloir. Allongé contre le chien sans nom, roulé en boule, il avait posé sa tête sur le flanc chaud de la bête. Il aimait sa nouvelle vie aux Incurables ; les malades l'avaient adopté, ainsi que son animal, les musiciennes lui donnaient des messages à transmettre au monde extérieur, le concierge ne le frappait pas et même Cecilia, qui ne le ménageait pas, lui donnait souvent sa ration de pain. Parcourir les rues de Venise la nuit lui manquait de moins en moins et il se faisait à l'idée qu'Azlan lui enseignerait la chirurgie, même s'il ne vouait pas à cette discipline un intérêt débordant.

Cecilia faillit buter sur lui en sortant. Elle se cachait le visage dans un mouchoir, mais Piero vit qu'elle avait les yeux rougis et il l'entendit étouffer des sanglots.

Il la regarda s'éloigner. Le *codega* était triste pour elle. Si Azlan l'avait rejetée, c'était à cause de la femme du Ghetto, Piero en était sûr. Son père lui avait toujours dit de se méfier et il était mort. Piero se jura de protéger son mentor des griffes d'une ensorceleuse. Il bâilla et entra dans la chambre où flottait une rassurante odeur de camphre.

94

Debout à la proue de son bateau, le marchand dirigeait la manœuvre de déchargement. Il avait été obligé de patienter plus d'une heure sur le Grand Canal avant de pouvoir s'approcher du quai de débarquement. Les deux hommes d'équipage déposèrent les dix boisseaux de sucre en provenance de Chypre dans l'entrepôt d'une *casa fondaco*, puis l'acheteur paya son dû. La matière serait raffinée à Venise afin d'être vendue dans la péninsule entière. Le marchand vérifia l'exactitude du compte tout en gardant un œil sur l'homme au masque de Tartaglia qui l'observait depuis son arrivée. Celui-ci jeta un regard alentour avant de s'approcher. Le marchand, qui n'en menait pas large, recula en direction de l'entrepôt où se trouvaient encore ses marins. L'inconnu le rassura d'un geste de la main et l'aborda avec des manières de patricien qui chassèrent ses craintes. Il cherchait à louer une embarcation plus grande et confortable qu'une gondole pour une sortie dans la lagune et avait repéré celle du Chypriote qui venait de se vider. La somme proposée acheva de persuader le marchand qu'il pourrait rester trois heures de plus à Venise avant d'appareiller. L'affaire fut conclue d'une poignée de main et le Tartaglia quitta le quartier du Rialto pour gagner la place Saint-Marc.

Lorsqu'il pénétra dans la basilique par la grande porte, l'homme au masque avait déjà identifié quatre agents de l'Ordre du Graal dans les parages. Il remonta l'allée centrale, en repéra deux autres, puis tourna dans le bras méridional du transept. Il s'agenouilla à gauche d'un fidèle déguisé en Tedeschi allemand à l'extrémité d'une rangée et lança un regard vers les deux gardes du corps qui, un rang en arrière, faisaient semblant de prier.

— Vous êtes en retard, Zeppo, dit le Tedeschi. Pouvez-vous m'expliquer ce que nous faisons ici ?

— Vous m'avez manqué, cher Grand Maître, chuchota Zeppo, les mains jointes et les yeux rivés sur le sol.

— Avez-vous enfin du nouveau ? répliqua Frederick.

— Non seulement vous m'avez manqué, mais je voulais partager avec vous l'immense joie que procure cet endroit aux voyageurs. Magnifique, n'est-ce pas ? Cet or qui dégouline du ciel, qui tapisse les murs et les plafonds, ces matériaux précieux, partout, déguisés en œuvres d'art, ces richesses accumulées, dit-il en désignant une salle fermée par une épaisse grille, noyée dans la pénombre. N'avez-vous jamais été tenté ?

— Le trésor de Saint-Marc ? Ces vieilles reliques ne nous intéressent pas. Pour qui nous prenez-vous, Zeppo ? pour des pilleurs de tombe ? ironisa le nouveau Grand Maître de l'Ordre, qui masquait mal sa nervosité.

Le chiffreur se pencha vers Frederick et articula lentement :

— *Le Codex est protégé par l'amour de Dieu. Vous le trouverez là où sont les arts.*

— Vous… vous avez décodé le message ?

Zeppo acquiesça d'un lent signe de tête.

— Il est là, confirma-t-il, dans le saint des saints, parmi le trésor. À quelques mètres de nous.

Frederick ne pouvait détacher son regard du seuil du vestibule où l'extrémité d'une mosaïque était visible. Le trésor était la fierté de la République et, surtout, un capharnaüm de pièces d'orfèvrerie, d'argenterie et de verrerie, provenant pour la plupart des différents pillages de Constantinople. Si le chiffreur disait vrai, l'Ordre était tout près d'aboutir dans sa quête du Graal, après plusieurs décennies de recherches. Frederick eut une pensée pour son père, disparu avant de voir se réaliser son grand œuvre.

Zeppo laissa filer un silence recueilli puis reprit :

— L'original du Quanum venait de Constantinople, celui qui l'a placé ici a voulu en faire un symbole.

— Peu importe la raison, l'endroit est très protégé, observa Frederick, constatant que deux soldats immobiles en gardaient l'entrée. Quel est votre plan ?

— Une promenade en mer vous tenterait-elle ?

Frederick et toute sa garde embarquèrent avec Zeppo sur le navire marchand doté d'une tente pour se soustraire aux regards. Les hommes du Graal manœuvrèrent pour quitter le canal en direction de la pointe Sant'Antonio. Une fois au large, tous, à l'exception de Zeppo, enlevèrent leur masque et profitèrent de la brise de mer qui charriait des embruns odorifères. Le chiffreur, sûr de son fait, attendait que Frederick l'interroge. Il menait la partie et se délectait de la situation.

— Exposez-nous votre proposition, finit par demander le Grand Maître, qui avait saisi son manège.

— Nous pourrions tenter de passer en force par le corridor qui relie le palais à la basilique. Ou de crocheter les serrures la nuit, comme de vulgaires brigands. Mais nous entrerons par l'entrée principale et de jour. Aucun sang ne sera versé. Aucun joyau ne manquera à leur trésor. Nous allons leurrer la Sérénissime grâce à notre génie et à notre audace.

Le bateau filait le long du Lido sous la conduite des hommes du Graal, dont la plupart étaient des marins que la sortie en mer rendait d'humeur joyeuse. Une heure après leur départ, le Grand Maître sortit brièvement de la tente pour ordonner le retour au quai. À regret, le navigateur fit un demi-tour à la pointe sud de Poveglia, alors qu'ils arrivaient en vue de Malamocco. Pour avoir grandi à Venise, il connaissait par cœur le chenal et les rares endroits où une telle embarcation pouvait manœuvrer. Le sirocco avait gagné en force et la voile se gonflait avec orgueil. Le navire glissa entre les îlots de San Clemente et La Grazia avant de regagner la rive des Esclavons et le Grand Canal. Le Chypriote, qui attendait, vaguement inquiet, fut soulagé de voir son navire s'insérer dans la circulation devenue dense et manœuvrer avec prudence jusqu'au quai de déchargement. Il voulut aussitôt monter à bord, mais un des gardes du corps l'en empêcha : il devait attendre que son maître ait quitté la tente.

— Nous allons suivre votre plan, Zeppo, dit Frederick qui s'était levé, mais à une seule condition.

Le chiffreur avait été catégorique : l'opération ne pouvait réussir que s'ils intervenaient deux jours plus tard, à un moment précis, ce que Frederick avait considéré comme un chantage. Il avait besoin de plus de temps afin d'assurer leurs arrières en cas d'échec. Mais le plan de Zeppo était imparable et la date devait être respectée.

— Quelle est-elle ? voulut savoir le chiffreur en se levant à son tour.

— Vous dirigerez vous-même le groupe. Ce sera notre succès ou votre échec.

Le sourire de Zeppo donna un aspect plus inquiétant encore au masque de Tartaglia, creusé de rides. Le personnage de la commedia dell'arte était un homme fourbe à l'ego démesuré. Et Zeppo allait s'en montrer digne.

95

Le rédacteur de la *Pallade Veneta* fendit sa plume de cygne, en tailla la pointe et la trempa dans l'encre qu'il avait préparée le matin même. Assis à une table du *Café de Cicio*, il observait les préparatifs de la fête qui couronnerait les régates du jour, les dernières officielles du Carnaval.

> *Imaginez une scène flottante, large et haute comme un étage de nos plus beaux palais. Neptune se tient en*

plein milieu, tenant un trident, en compagnie d'un lion, alors qu'à l'arrière une coquille géante du plus bel effet semble les protéger tout comme les dieux protègent notre chère patrie. Tout autour, des chevaux marins et des sirènes font une ronde aquatique du plus bel effet. Une gigantesque machinerie permet de lancer des jets d'eau jusqu'à dix toises et la scène est tirée par des barques à figure de poissons. Certains diront que sa ressemblance avec la fameuse « machine de Protée », qu'il fut donné aux Vénitiens de voir il y a maintenant quelques décennies, n'est pas un hasard, et ils auront raison. Nous savons que cette machine fut rachetée voilà quelque temps par un souverain étranger et que nos meilleurs artisans ont travaillé à en faire cette nouvelle momarie flottante. Souverain que nous accueillons incognito cette semaine sous le nom de comte d'Innsbruck. La fête durera deux jours et promet d'être belle.

Il laissa sécher l'encre en buvant un verre de vin et alla déposer son texte à la gazette avant de retourner sur les quais au moment où débutaient les célébrations en l'honneur du comte d'Innsbruck. Elles s'achèveraient par une grande chasse au taureau libre. La parade rassemblait plusieurs centaines d'embarcations précédées d'une dizaine de péottes et, à leur tête, une *margarote* richement décorée menée par des rameurs costumés. Au coup de canon annonçant le début des festivités, de nombreux Vénitiens et étrangers s'assemblèrent le long du Grand Canal pour admirer la procession ; la place Saint-Marc s'était vidée, arrêtant net l'activité des boutiques et des attractions.

Le rédacteur avait du mal à progresser dans la foule et par deux fois il faillit se retrouver à l'eau en raison de bousculades. À chaque carnaval, il se rendait compte à quel point la ville était peuplée et enviait les riches patriciens qui abandonnaient la cité les jours de fête pour leur résidence en Terre Ferme. Mais ces mêmes privilégiés manquaient des spectacles qu'aucun autre État ne pouvait offrir, d'une beauté inouïe, et qui donnaient lieu à une liesse communicative. Arrivé en vue de Santa Maria della Salute, l'affluence était si grande qu'il ne put plus ni avancer ni reculer et décida de couper à travers les ruelles afin de rejoindre la rive des Esclavons. Lorsqu'il déboucha place Saint-Marc, toutes les attractions s'étaient interrompues dans l'attente de la fin des régates et l'endroit était presque désert.

Près de la scène des astrologues, il croisa un couple masqué qui s'engouffra dans une ruelle en direction des Mercerie. L'homme portait un sac de voyage et soutenait la femme qui progressait avec faiblesse. Il imagina qu'il s'agissait d'une jeune patricienne accompagnée de son sigisbée[1] fuyant les bruyantes manifestations par les petits canaux. Le rédacteur les suivit du regard jusqu'à ce qu'ils se perdent dans les méandres de la ville. Les clameurs de la foule lui parvinrent, portées par la bora : la première régate avait débuté.

Marie quitta Venise depuis Cannaregio dans la gondole apprêtée par Sarah, en compagnie d'un homme

1. Homme de compagnie chargé de servir une dame et de l'entourer de soins assidus. Pratique très répandue à Venise à cette époque, une femme de haut rang pouvant avoir plusieurs sigisbées.

qui avait voyagé avec le comte d'Innsbruck. Elle savait que son transfert était lié à la présence dans la Sérénissime de cet aristocrate mystérieux, mais, tant qu'elle n'était pas en sécurité, elle n'osait pas questionner son accompagnateur, qui parlait français mais s'était montré taiseux depuis leur sortie de sa cache. Elle avait relevé la fenêtre de toile et regardait les maisons aux murs colorés s'éloigner jusqu'à disparaître, remplacées par des bandes de sable ou des haies de tamaris aux grappes de fleurs roses. La brume s'était dissipée et le ciel immaculé avait pris des teintes orientales. Tout semblait délicieusement irréel et inclinait à la sérénité.

Ils se trouvaient à mi-chemin dans la lagune quand un bruit familier attira son attention. Un son qu'elle n'avait pas entendu depuis son enfance lorraine. Des beuglements. En face d'eux, venant de la Terre Ferme, deux immenses barges progressaient lentement, chahutées par les mouvements des troupeaux qu'elles transportaient. Elle sortit pour mieux les observer.

— Les taureaux pour la chasse de demain, expliqua son protecteur. Ils ont été choisis dans un élevage et sont transportés dans ces *burchi*. Ceux-ci ont été achetés par le comte d'Innsbruck, quarante-huit en tout, précisa-t-il en mettant ses mains en visière pour mieux les observer. Je suis son aide de camp.

— Êtes-vous…

— Rentrez sous le *felze*, mademoiselle, l'interrompit-il vivement. Sans précipitation mais tout de suite !

Marie, effrayée, s'exécuta et rabattit la toile.

— Je viens de repérer un bateau pavoisé d'une flamme rouge qui se dirige vers nous. Les sbires de l'Inquisition, précisa-t-il avant de se rendre à la proue pour discuter avec un des deux gondoliers.

Marie connaissait les nombreuses histoires des patrouilles de la lagune qui arrêtaient les fugitifs avant même leur arrivée sur la Terre Ferme. Elle se recroquevilla et pria.

96

Un des sbires fit signe au gondolier de cesser de ramer. L'homme obtempéra. À ses côtés, l'aide de camp, bras croisés, restait impavide malgré son jeune âge.

Le pavois rouge venait de dépasser les deux *burchi* lorsqu'un des taureaux réussit à enjamber le bastingage et sauta à l'eau. L'embarcation tangua dangereusement et une seconde bête, paniquée, bascula dans la lagune. Les éleveurs à bord calmèrent de la voix les animaux et tentèrent de reprendre le contrôle de la situation. Les deux taureaux nagèrent en direction des barges tout en beuglant de peur. Le bateau des sbires fit demi-tour afin de guider les naufragés vers un des nombreux bancs de sable qui bordaient le chenal. Mais la première bête était revenue au niveau d'une des barges et donna des coups de corne dans la coque, provoquant la panique à bord.

— C'est le moment, partons, dit l'aide de camp au gondolier, qui donna un coup de rame discret mais puissant.

Ils s'éloignèrent petit à petit et, lorsqu'un des sbires se retourna vers eux pour leur signifier d'attendre, l'aide de camp leur cria qu'il accompagnait le comte d'Innsbruck. L'effet fut d'autant plus radical que les taureaux nageurs s'étaient dangereusement rapprochés du bateau de la milice vénitienne. Ils pouvaient passer.

— C'est fini, dit-il en rentrant sous la tente. Ils ne pourront plus nous aborder avant la berge. Rassurez-vous, mademoiselle Génin.

Marie était agenouillée, les mains jointes. Elle le regarda, hébétée comme au sortir d'un mauvais rêve.

— C'est la première fois depuis que j'ai quitté mon duché que l'on m'appelle par mon nom. Êtes-vous… ?

— Oui, dit-il, je suis lorrain.

Ils débarquèrent à l'entrée de Porto Marghera, où un carrosse les attendait.

— Où allons-nous ? questionna-t-elle une fois à bord.

— Dans deux heures, nous serons au nord-est de Padoue, à Santa Maria di Sala. Vous pouvez vous reposer, je veille sur vous.

Marie n'avait pas envie de dormir, elle avait envie de s'emplir du paysage qui défilait sous ses yeux : une plaine sans fin, agricole et arborée, entrecoupée de rares hameaux et parsemée de palais perdus, que les patriciens qualifiaient de demeures de campagne, havre de paix auquel elle avait aspiré depuis la rencontre avec son arlequin. Elle chassa la pensée du personnage et s'aperçut qu'elle ne ressentait que de la colère à son égard. Elle se promit d'être plus vigilante à l'avenir envers ses prétendants et envers ses propres sentiments.

— Nous sommes arrivés, annonça l'aide de camp au moment où le carrosse s'engageait sur un chemin bordé d'épais feuillus.

La maison n'avait rien d'un palais palladien et ressemblait à un gros corps de ferme dont la façade était envahie de vigne. Marie fut conduite à sa chambre où elle put se laver dans une baignoire remplie d'une eau chaude et parfumée, ce qui ne lui était jamais arrivé et qu'elle trouva délicieux, y restant jusqu'à ce que la fraîcheur la pousse à en sortir. Alors que la nuit était tombée sur la plaine du Pô, l'aide de camp vint la chercher et la complimenta sur sa tenue, il lui apprit qu'elle provenait de la garde-robe de Rosa de Cornelli, ce qui émut Marie aux larmes.

— Je suis désolée, dit-elle en essuyant ses joues avec le mouchoir qu'il lui avait prêté, vous devez me trouver ridicule.

— Nous savons ce que vous avez vécu, mademoiselle Génin. À partir de maintenant, vous n'êtes plus une fille du chœur de la Pietà.

— Une partie de moi le restera toute sa vie, dit Marie en pensant à Apollonia. Excusez-moi, je ne vous ai même pas demandé votre nom, ajouta-t-elle en apercevant ses initiales sur le tissu.

— Je m'appelle Simon, répondit-il après une légère hésitation. Mon nom n'a pas d'importance. Maintenant, si vous le voulez bien, il vous attend dans le salon.

Lorsque Marie entra, le comte d'Innsbruck était tourné vers l'âtre qui délivrait une chaleur aux teintes dorées.

— Votre Altesse, Marie Génin, annonça Simon avant de se retirer.

Le titre employé fit bondir le cœur de la jeune femme. Le souverain s'était retourné et lui faisait face.

— Chère Marie, vous souvenez-vous de moi ?

Il était pareil à l'image qu'en avait conservée sa mémoire de petite fille. Jamais elle n'avait oublié ses yeux doux et son sourire de bonté. Marie exécuta une révérence maladroite.

— Vous rentrez chez vous, dit Léopold, duc de Lorraine et de Bar.

CHAPITRE 10

Milan, 1709

J'ai très vite compris que cette petite avait un don. Même avant qu'elle ne retrouve la parole. Dès que je l'ai vue, à Nancy, j'ai su qu'elle serait utile à mes desseins. L'argent qu'elle m'a coûté en allant à la Pietà est fort bien investi : ils ont fait d'elle une violoniste hors pair et, sans le savoir, ont protégé mon autre trésor. Je sais que ces clés ouvrent les portes qui mènent au Codex. D'ici à quelques jours je les aurai vendues à ces ribauds de l'Ordre du Graal au prix qui sera le mien, et je pourrai effacer tous mes revers de fortune. Puis Maria Dalla Viola deviendra ma femme et nous parcourrons l'Europe grâce à son talent. Et j'aurai ma revanche sur le bâtard que mon père a fini par préférer. Le médecin du Ghetto a refusé de me rendre le texte codé, mais celui-ci m'appartient, je suis le seul héritier légitime de Niccolò Guarducci. S'il refuse encore, je lancerai les chiens de l'Ordre du Graal à ses trousses.

Venise, 22 avril 1713

97

C'était une de ces journées où ciel et eau se confondaient dans la lagune en une teinte qui n'existait qu'à Venise. Une journée où la ville semblait engluée dans l'immobilité comme les pieux dans le limon, où les murs exsudaient l'odeur organique de la mer qui les embrassait de son poison lent. Une journée où les heures sans relief naissaient au rythme mécanique des marteaux sur l'airain. La journée de tous les dangers.

Zeppo avait passé une nuit libertine avec une courtisane de San Paolo et était rentré à l'aube au palais des Doges où il s'était enfermé dans l'*antisecreto*. Le Grand Inquisiteur avait écrit le discours qu'il tiendrait pour conquérir définitivement le cœur de Sarah, puis s'était poudré le visage après y avoir constaté les imperfections déposées par l'âge. Scarpion s'était levé de bonne heure et avait affûté le couteau de chasse qui ne le quittait plus. Le duc Léopold avait revu avec son aide de camp le protocole de la chasse aux taureaux à laquelle il allait participer. Sarah avait soupé chez Moisè où elle s'était montrée moins enjouée qu'à l'ordinaire et, une fois chez elle, avait détruit plusieurs liasses de papiers dans le feu de l'âtre.

Azlan s'était réveillé au cœur de la nuit, l'esprit acéré, et avait répété mentalement l'enchaînement des séquences qui les mèneraient au Codex Quanum. Ses côtes ne le faisaient plus souffrir lors de la plupart des gestes quotidiens. Il mit un soin particulier au nettoyage de sa plaie et au bandage, qu'il effectua seul. Après être rentré tard, Piero dormait encore. Cecilia évitait Azlan au point qu'elle avait demandé à s'absenter plusieurs jours, afin de visiter sa famille près de Trévise, mais Antonina avait avoué au chirurgien qu'elle l'avait accueillie chez elle. Il songea qu'au retour de l'infirmière il aurait quitté la ville.

Une fois le Codex découvert, Azlan repartirait en Lorraine avec le duc, là où l'ouvrage serait en sécurité. Il regretta d'avoir toujours évité le sujet avec Sarah tout en espérant qu'elle accepterait de l'accompagner le moment venu.

Azlan regarda l'enfant dormir. Il proposerait au *codega* de le suivre et de le former à la chirurgie. Il aimait l'idée d'être à son tour un passeur, comme Nicolas Déruet l'avait été avec lui.

Avant sept heures, il descendit visiter ses malades et réveilla la plupart d'entre eux. Aucun médecin n'était arrivé. Il compléta ses comptes rendus et prit son déjeuner avec le personnel de la cuisine. Il décida d'avancer sa venue à la Pietà. Il faudrait attendre la nuit avant leur tentative. La journée allait être interminable.

Sarah changea deux fois de tenue avant d'opter pour une robe marron aux arabesques mordorées qu'elle avait héritée de sa mère. Sa chemise au col court laissait apparaître son cou et sa nuque d'une blancheur de porcelaine. Elle avait posé sur ses cheveux une petite coiffe aux perles cousues, un des nombreux présents de son prétendant. L'ensemble, à la fois sobre et élégant, relevait sa beauté sans ostentation. Elle aurait aimé se passer du regard des hommes, mais, quoi qu'elle fasse, elle attirait leur concupiscence. Même les masques ne constituaient pas une barrière suffisante, ils excitaient plus souvent l'attirance qu'ils ne la décourageaient. Seul Azlan semblait ne pas voir Sarah comme une irrépressible tentation, il la considérait d'égale à égal, en matière médicale et sur le plan humain. Il était heureux d'apprendre d'elle et ne cherchait pas à s'approprier son corps dès que l'occasion se présentait. Le souvenir du tumulus fit sourire Sarah, d'autant qu'à ce moment précis elle avait elle-même ressenti un profond désir charnel. Alors qu'elle croyait l'avoir rapidement cerné à leur première rencontre, il s'était ensuite montré tout en nuances, parfois en esquives. Elle savait qu'il lui cachait une partie de ses motivations, mais au bout du compte cela lui était devenu égal. Elle regarda avec satisfaction la petite cicatrice qui barrait la pulpe de son index gauche : non seulement le chirurgien s'était montré loyal envers elle, mais il n'avait jamais essayé de la dominer.

Sarah savait exactement ce que le Grand Inquisiteur allait lui dire – son discours prévisible sur ses émois et sa demande de se convertir afin de l'épouser, qui se terminerait par un ultimatum. Elle devrait trouver les mots pour le faire patienter encore un peu, avant de décliner sa proposition. Ce n'était plus qu'une question de jours.

Son miroir à main lui confirma qu'elle était prête à rejoindre Mazzorbo et à affronter le magistrat. Elle choisit son masque de chat, le préféré du moment, qu'elle glissa dans sa bourse de tissu, et décida d'emprunter le chemin par le grenier afin d'éviter Iseppo, assis dans l'entrée. Les combles, où sa voisine avait pendu son linge propre, fleuraient bon le savon. Sarah aimait cette odeur : elle lui rappelait le contact des vêtements de ses parents quand, enfant, elle se lovait contre eux.

Elle entendit frapper à sa porte et appeler. Moisè la cherchait. Le moment était malvenu. Elle pressa le pas, enfila son masque avant de traverser le *campo* dans l'activité grandissante de la matinée et quitta le Ghetto par le pont de bois.

98

Les bottes s'enfonçaient dans le chemin meuble qui longeait l'îlot de Mazzorbo. Le Grand Inquisiteur avait choisi de s'y rendre accompagné de deux sbires, dont Scarpion, qui peinait à garder son équilibre dans la boue. Le magistrat savait les sarcasmes que les autres miliciens réservaient à sa nouvelle recrue aux capacités diminuées, mais il tenait Scarpion pour le plus loyal d'entre eux – un homme qui ne le trahirait jamais. Plusieurs fois, ils attendirent l'ancien gondolier avant de repartir en silence. Ils avaient débarqué sur l'île de Burato, qui possédait un quai et était reliée à Mazzorbo par un pont de bois. Le magistrat avait observé les embarcations présentes, mais la seule activité provenait de deux marins qui affalaient la voile rouge d'un bateau de pêche. Le couvent des bénédictines se trouvait à l'autre extrémité de la langue de terre maraîchère.

Le Grand Inquisiteur fut accueilli par la mère supérieure. Il eut avec elle un entretien privé avant d'être conduit dans une petite pièce à l'atmosphère intime et coquette, qui contrastait avec le lieu et que Scarpion eut l'honneur de garder. L'ancien gondolier connaissait les rumeurs liées à l'histoire de cette abbaye. L'endroit, surnommé « le noble vivier du plaisir », accueillait depuis plus de deux siècles les amours libertines des édiles de la République. L'attrait des nonnes pour la chair était devenu un sujet de plaisanterie, et le doge Santorini s'était même en son temps publiquement félicité d'avoir résisté à leurs tentatives de séduction. Scarpion était persuadé que le Grand Inquisiteur avait ses raisons de se trouver à l'abbaye de Mazzorbo en ce samedi matin, et qu'elles n'avaient rien à voir avec une quelconque bagatelle.

Une heure entière, ronde et pleine, fila sans que rien ne se passe. Tout juste entendait-il la litanie des prières ahanées par les religieuses, qu'il se mit à imaginer dans des poses lascives avant de regretter cette pensée lubrique et de se signer. Le magistrat quitta le boudoir, tel un loup affamé sortant du bois, s'enquit de l'arrivée de son invitée, qui tardait, puis demanda à son sbire de lui apporter une carafe remplie de l'eau réputée souveraine du puits de l'abbaye, ainsi que des figues sèches en provenance des vergers de l'île. Ravi de soulager les élancements qui commençaient à engourdir sa jambe, Scarpion chercha l'office dans l'enceinte du cloître mais n'y trouva que des portes closes. Il emprunta une galerie qui donnait à l'est et se dirigea vers l'endroit d'où lui parvenait un bourdonnement semblable à des voix d'hommes, ce qui l'intrigua. Il entra dans la salle capitulaire, une large pièce aux voûtes apparentes, au fond de laquelle un immense tableau représentait la crucifixion. Juste en dessous, un groupe d'une douzaine de sbires entouraient le *Misser Grande*, de dos, qui distribuait des ordres. La surprise figea Scarpion. Le bourdonnement cessa instantanément. Le commandant en chef des miliciens se retourna.

— Monsieur Polpeta, vous arrivez à point nommé, vous allez nous conduire au Grand Inquisiteur.

Sarah n'allait pas tarder. Elle lui devait la liberté du chirurgien. Et des explications. La dernière recrue des services du Secreto, confident motivé, lui avait appris qu'elle rencontrait régulièrement Azlan. Le Grand Inquisiteur eut un haut-le-cœur à la pensée que maître Cornelli ait pu se trouver dans son appartement du Ghetto, et il repoussa l'idée même que sa bien-aimée ait pu ouvrir leur refuge à un autre. Elle n'était pas une courtisane.

— Que fait-il ?

Scarpion était parti depuis trop longtemps à son goût, ce qui inquiéta le Grand Inquisiteur. Au moment où il s'apprêtait à sortir, le sbire ouvrit la porte, s'écarta pour laisser entrer le *Misser Grande* et referma derrière lui. Le magistrat comprit aussitôt ce qui se tramait.

— Excellence, dit le chef des sbires en se courbant dans une ample révérence, je suis porteur d'une mission qui me coûte mais dont je dois m'acquitter au nom de l'intérêt supérieur de la République.

Sans se départir de son impassibilité habituelle, le Grand Inquisiteur l'écouta dérouler les faits qui lui avaient été reprochés par des lettres déposées dans la *Bocca di leone* : l'existence d'une amante issue du Ghetto juif, qu'il couvrait de cadeaux aux frais de la cité et qui, par ses grâces, lui soutirait tous les secrets de la Sérénissime. Une trahison dont il connaissait la sentence pour l'avoir plusieurs fois requise à l'encontre des comploteurs et d'opposants.

Rien ne le fit sourciller. Puisque la milice était au courant du rendez-vous de Mazzorbo, la fuite provenait de ses propres services. En même temps que le *Misser Grande* égrenait les griefs supposés, le magistrat échafaudait un plan d'attaque. Celui ou ceux qui voulaient lui nuire auraient un châtiment exemplaire et finiraient pendus sous les arcades.

— Cette affaire m'est extrêmement pénible, comme vous pouvez l'imaginer, Excellence, et je ne m'y résous qu'avec la ferme conviction que vous allez apporter céans la preuve que tout cela n'est qu'un tissu d'affabulation.

— Rentrons au palais, je dois démasquer les scélérats responsables de cette infamie, dit le magistrat en avançant vers la porte.

— Excellence, nous n'avons d'autre choix que d'attendre à l'abbaye, objecta le milicien en chef sans se laisser impressionner. Je serai ensuite votre plus zélé serviteur afin de punir les auteurs de cette attaque contre votre personne.

Le Grand Inquisiteur l'observa sans répondre. Le *Misser Grande* convoitait sa charge depuis longtemps, mais jamais il n'aurait osé entreprendre un tel acte sans de solides éléments.

— Je ne peux rien vous révéler sur la cause de ma présence ici, finit par lâcher le Grand Inquisiteur. Raison d'État. Maintenant, pouvez-vous dire à mon sbire de m'apporter l'eau et les figues que j'avais demandées ?

99

La Marangona du campanile résonna sur la place Saint-Marc et jusque dans la basilique, où les deux gardes préposés à la salle des Trésors se détendirent.

— Vivement qu'on entende la Nona et on sera relevés de cette satanée faction, chuchota l'un.

— Tu as toujours mal au dos ? s'enquit l'autre, tout en vérifiant qu'aucun des chanoines du chapitre n'était présent, surtout le primicier, leur doyen, d'une susceptibilité extrême quant à la discipline.

— Plus que jamais…

— Quand même, quelle idée de faire le pénitent à la place de ton frère, alors que c'est le plus beau spectacle de Venise !

La cérémonie du saint sacrement s'était déroulée le vendredi saint en présence de participants des confréries et des paroisses de la ville, portant torches et flambeaux qui éclairaient la place de milliers d'étoiles lumineuses.

— Tu parles, c'est le plus douloureux, oui, répliqua le premier en se frottant le dos.

Selon la tradition, les pénitents précédaient le crucifix en se frappant jusqu'au sang au moyen de cordelettes armées.

— Mes brûlures se sont infectées depuis la procession, se plaignit le soldat.

— Tu aurais dû refuser, pour sûr !

— Mon frère aurait été chassé de sa congrégation.

— Il l'aurait mérité : il cuvait son vin, le sagouin !

— Ne parle pas comme cela de ma famille, tu n'es même pas un vrai Vénitien, se renfrogna le premier.

— Puisque tu le prends ainsi, je me tais, dit le second en mettant sa menace à exécution.

Le silence reprit ses droits et le temps s'étira. Le premier garde changeait régulièrement de position sans plus se plaindre, mais le moindre frottement lui donnait envie de crier. Un chanoine traversa l'allée depuis la crypte et sortit par la porte principale, après avoir laissé entrer un groupe de miliciens.

— Qu'est-ce que cette délégation ? s'inquiéta le premier garde.

Quatre sbires encadraient un homme portant une *bauta* au masque noir qui lui donnait un caractère inquiétant. Les gardes n'avaient jamais vu une *larva* d'une autre couleur que le blanc et jugèrent le personnage pour le moins important. Ils se mirent au garde-à-vous.

— Nous avons un ordre de mission du Grand Inquisiteur, annonça Zeppo en tendant un billet au plus nerveux des deux.

Le garde le décacheta en tremblant et le lut.

— Nous devons nous rendre dans la salle des Trésors, commenta Zeppo.

— Mais nous n'avons pas les clés, expliqua l'homme.

— Je le sais. C'est pourquoi vous allez trouver le procurateur avec ce message. Il viendra nous ouvrir.

— Mais…

— Faut-il aussi que je vous dise où le chercher ? s'énerva Zeppo, suffisamment fort pour que l'écho de sa voix se répercute sur les murs de mosaïque dorée.

— Nous devons en référer à notre gradé, intervint l'autre garde.

— Faites, référez à qui bon vous semble, au palais tout entier s'il le faut, mais dans une heure au plus tard notre magistrat suprême doit avoir entre les mains ce que nous sommes venus chercher. Est-ce clair ?

— J'y vais, acquiesça le second, comprenant qu'avec son dos flagellé son collègue ne pourrait s'acquitter rapidement de la mission. Je serai de retour bien avant, messieurs.

— Voilà ce que j'aime à entendre, approuva Zeppo en s'adressant au premier garde, qui baissa les yeux. En attendant, nous allons prier, enjoignit-il à ses comparses aux tenues de sbires.

Le chiffreur prit une chaise et une attitude dévote, tout en imaginant avec amusement la chaîne de réactions qu'il avait déclenchée. Le gradé, mis au courant, n'allait pas tarder à courir dans l'aile du Secreto et à comprendre que ni le Grand Inquisiteur ni le *Misser Grande* n'étaient présents et qu'ils ne reviendraient pas de la matinée. Il se précipiterait ensuite de l'autre côté de la place, chez le procurateur responsable des Trésors, lequel, sans confirmation formelle de l'ordre écrit, devrait prendre seul la décision d'accepter ou non de leur ouvrir. Zeppo s'était renseigné sur le titulaire de cette dignité attribuée à vie, qui offrait un titre de sénateur et était plus prisée que la charge de doge elle-même. L'homme était issu de la famille Mocenigo, l'une des plus anciennes et des plus influentes de la lagune, et avait été longtemps ambassadeur en Europe. Le chiffreur était persuadé qu'une fois sur place, comme tout bon diplomate, il finirait par accéder à sa requête.

De fait, trente minutes après son départ, le soldat revint, accompagné de l'édile qui avait revêtu sa tenue de fonction, une veste ducale tombant jusqu'au sol et aux manches larges, et qui arborait un air supérieur et suspicieux. Zeppo se présenta comme un membre du service du Secreto, sans donner son nom, comme cela était de règle. Même les personnages les plus hauts placés de la Sérénissime ignoraient qui étaient les espions de la République, et chacun se méfiait de tous. Le chiffreur indiqua qu'il cherchait un Codex ancien. Jouer franc-jeu était une tactique qu'il aimait utiliser, par provocation et par pragmatisme, car elle lui permettait de ne pas être pris en défaut au fil des questions. Celles-ci furent brèves et le procurateur fut rapidement convaincu du bien-fondé de sa démarche. Il sortit un couple de clés de sa toge en velours, ouvrit la grille et se tourna vers les sbires :

— Je vous demanderai de déposer vos armes aux pieds de mes gardes et de reculer jusqu'à la première colonne. Quant à vous, monsieur, dit-il en se tournant vers Zeppo, je vous accompagnerai à l'intérieur. Notre Grand Inquisiteur ne m'en voudra pas de vous traiter ainsi, ajouta-t-il en faisant tourner la plus grande clé dans la serrure de la lourde porte ouvragée.

Le chiffreur fit signe à ses hommes d'obéir et sortit sa dague, qu'il déposa près des autres armes.

— Cela risque de prendre un peu de temps, ajouta le procurateur, rasséréné. L'inventaire que j'ai proposé au doge n'a toujours pas été accepté. Il vous faudra fouiller ! Savez-vous quelles dimensions a cet ouvrage ? demanda-t-il à Zeppo.

La porte se referma lourdement sur eux et la clé actionna le pêne. Les mercenaires de l'Ordre du Graal s'assirent et ignorèrent les gardes. Le premier grimaça : la douleur de ses brûlures au dos s'était amplifiée.

100

Lorsque Scarpion s'était présenté avec l'eau du puits et une coupe de figues préparée par les bénédictines, le Grand Inquisiteur l'avait informé de la situation : des conspirateurs voulaient sa peau et bénéficiaient de complicités au sein du Secreto. Tout s'était alors mis en place dans l'esprit du sbire. Il parla au magistrat de celui qui se faisait appeler Zeppo, son tourmenteur, qu'il avait reconnu, et de son lien avec l'arlequin et sa société secrète. Il en avait désormais la preuve : un complot se tramait pour renverser la République. Scarpion avait alors juré fidélité au Grand Inquisiteur, qui lui avait demandé de lui livrer Zeppo vivant. Pour l'heure, il devait gagner le quai et prévenir une femme au masque de chat dès son arrivée, sans se faire remarquer des hommes du *Misser Grande*. Elle était un contact important du magistrat, et Scarpion devait l'aider à regagner Venise pour s'y cacher. Elle aurait pu être un suppôt de Satan qu'il aurait rempli sa mission. L'Inquisition avait besoin de lui.

La marée était montante, et le chemin de Mazzorbo devenu marécageux. Scarpion avançait difficilement, manquant de tomber à chaque pas. Tout au long du trajet, il garda les yeux fixés sur le quai de Burano et la voile rouge du bateau de pêche qui se détachait au loin. Le sbire ralentit l'allure afin de reprendre son souffle, puis traversa le pont entre les deux îlots. Il ne vit aucune nouvelle embarcation amarrée et évita le bateau du *Misser Grande*, sur lequel étaient restés deux miliciens occupés à le récurer. Une fois passée la barque avec laquelle ils avaient traversé, il continua son chemin vers l'extrémité sud du quai qui débouchait sur une berge sauvage formée d'un lais vaseux, peuplé de joncs denses et hauts, où un attroupement s'était formé.

Scarpion fut dépassé par deux marins qui s'empressèrent de rejoindre le groupe autour d'un homme agenouillé sur le limon solide. Les bribes de phrases qui lui parvenaient avec le vent laissaient entendre qu'un drame venait de se produire. Il s'approcha de son train cahotant, croisa les mêmes marins qui regagnaient le bateau à la recherche de couvertures, emprunta le chemin qu'ils avaient tracé sur le lais et, arrivé à quelques toises du lieu, s'aperçut que l'homme agenouillé priait. Le cœur de Scarpion s'emballa. Il avait un mauvais pressentiment, le magistrat avait été formel : la femme au masque devait être arrivée sur l'île.

À son approche, les marins présents s'écartèrent et l'homme se tourna vers lui. Il se signa et se releva, découvrant une masse sombre au pied d'un bosquet d'algues et d'herbes mêlées. Plusieurs vestes avaient été posées à la hâte sur un corps humain recroquevillé.

101

Le jour s'était paresseusement dressé à Santa Maria di Sala et les bougies brûlaient encore sur les chandeliers, ajoutant une nuance bleutée à la couleur provenant de l'âtre. Léopold de Lorraine relisait les notes de son aide de camp sur le déroulement de la soirée.

— Vous porterez une tenue de sultan, Votre Altesse, dit Simon, qui se tenait respectueusement en retrait. Il faut honorer le carnaval des Vénitiens.

— N'est-ce pas plutôt un clin d'œil à notre mascarade de retour d'exil, celle de 1700 ? La duchesse et moi étions déguisés en sultans. Et la petite Marie était sur un des chars. Faites-moi penser à lui montrer mon costume une fois que je serai en habits. Comment va-t-elle ? demanda-t-il en se tournant légèrement vers son assistant.

— Fort bien, ma foi. Elle est gaie comme un pinson et a joué deux pièces de violon qui ont enchanté la maisonnée.

— C'était une bonne idée d'emporter cet instrument pour elle, approuva Léopold. Pour l'amour de Dieu, venez vous asseoir en face de moi, Simon, je déteste me tordre le cou pour parler.

L'aide de camp s'exécuta, habitué à la simplicité du duc, et reprit :

— Vos deux heiduques porteront leur costume traditionnel, ce qui constituera un déguisement aux yeux de nos hôtes.

Les gardes du corps de Léopold étaient des combattants hongrois revenus avec lui de la guerre contre les Ottomans. Facilement reconnaissables à leur moustache large et épaisse et à leur bonnet vert à plume de faisan, ils étaient les plus fidèles de ses sujets et auraient sans hésiter donné leur vie pour Léopold de Lorraine.

— Et vous trois ?

— À la demande du chirurgien, j'ai fait tailler la même tenue, d'une couleur sombre, ajustée aux manches et aux jambes pour permettre une grande amplitude de mouvements.

La contrariété assombrit le visage de Léopold, dont la mâchoire se fit prognathe et accentua sa moue dubitative.

— Ils devront grimper sur des balcons et des toits, se justifia Simon. Est-ce la présence d'une femme qui vous heurte, Altesse ?

— Sarah Koppio est indispensable à la réussite du projet et, à Venise, il n'est pas choquant qu'une femme se travestisse en homme pour le Carnaval. Non, de cela je n'ai rien à redire. Mais cette infidèle ira prier dans la chapelle du doge. Notre position sera intenable si elle est découverte. Voyez à changer de plan.

— Nous avons trouvé un subterfuge afin qu'elle ne participe pas à la prière, Altesse. Il n'y aura aucune hérésie commise. Nous assumerons les risques et vous n'êtes au courant de rien dans cette initiative.

Léopold regarda longuement son jeune interlocuteur. Ce n'était pas un soldat, encore moins son aide de camp habituel, mais il s'était porté volontaire pour cette mission. Il avait dix-neuf ans et se destinait à devenir le bibliothécaire du palais ducal.

— Votre Altesse sait quelles sont mes motivations, ajouta Simon qui devinait les pensées de Léopold. Je le fais pour celle que je considère comme ma mère et pour maître Déruet. Je me dois de les aider dans cette épreuve.

— Je vous sais loyal, Simon de Cornelli. Vous et Azlan n'avez pas en commun que le patronyme.

— Grâce à la justice de notre duché, j'ai récupéré le nom qui m'avait été volé à ma naissance, alors que lui fut adopté par la veuve de mon père. Voilà tout de même une différence de taille.

— Mon ami…, commença Léopold.

Le duc se rapprocha de l'âtre et plaça ses mains au-dessus des braises du même rose que le crépuscule vénitien. Son aide de camp oubliait de préciser qu'il était le fruit d'amours ancillaires, que son géniteur était mort sans l'avoir reconnu, que l'homme qui l'avait élevé, Martin Varroy, était garde forestier à Pont-à-Mousson et que la justice du duché était le fait du monarque. Simon devait encore apprendre à se détacher de son passé pour s'en libérer.

— … j'ai l'impression de retrouver l'ambiance de mes années de guerre, lorsque nous devions redoubler d'ingéniosité pour envoyer des espions dans le camp ottoman qui nous assiégeait, continua le duc en l'invitant à s'asseoir sur une chaise à bras.

— C'est à cette époque que vous avez rencontré maître Déruet ?

— Pour mon plus grand bien. Ce jour-là, il m'a sauvé la vie. Y a-t-il d'autres points que je devrais connaître ?

— Non, Votre Altesse.

— Fort bien ! Alors, prenez cette bouteille de verdiso et servez-nous. Je vais vous raconter comment nous avons mis en déroute douze janissaires dans un champ de Hongrie.

102

Gandour Karam était parcouru de sentiments puissants et contradictoires. Grâce aux indications de maître

Cornelli, il venait de retrouver le corps de Bachir après un mois de recherches épuisantes dans la lagune. Il allait enfin pouvoir rentrer avec sa dépouille au Mont-Liban et reprendre le cours de sa vie. Il en éprouvait une certaine satisfaction qui se heurtait à la réalité de la mort de son jumeau, au visage boursouflé rendu méconnaissable par son long séjour dans l'eau salée. Il l'avait identifié grâce à l'autopsie du chirurgien, dont la découpe était visible à la base du crâne. Il n'avait plus aucun doute et la tristesse se mêlait au soulagement et à l'épuisement dans des larmes qu'il ne pouvait contenir. Les marins enveloppèrent le corps de son frère dans les couvertures qu'il avait achetées à cet effet.

Scarpion les regardait faire, rassuré de ne pas avoir à annoncer à l'Inquisiteur la mort de sa visiteuse, qui tardait toujours à arriver. Il s'était souvenu de l'histoire du Levantin – qui avait fait le tour de la ville – mais était persuadé jusque-là que l'homme était reparti bredouille au Mont-Liban. Gandour parut seulement alors s'apercevoir de sa présence et s'adressa au sbire.

— Je suis très reconnaissant envers vos autorités de vous avoir envoyé ici, dit-il à Scarpion. Comment avez-vous su que j'avais retrouvé mon frère ?

L'ancien gondolier hésita à lui révéler la méprise mais décida d'en profiter.

— Vous êtes à Venise, monsieur, rien ne nous échappe. Je vous accompagne.

Gandour donna le signal du départ. Ils suivirent les deux marins qui transportèrent le corps sur le bateau, en une procession funèbre improvisée. Après une prière collective, Scarpion s'adressa avec emphase au Levantin :

— Voulez-vous venir avec moi, monsieur ? Notre Grand Inquisiteur s'est déplacé en personne pour le dénouement de votre affaire et sera très heureux de vous saluer.

Le campanile de Santa Caterina avait égrené les quarts d'heure comme les nœuds d'un chapelet. Le Grand Inquisiteur n'avait pas tenté de parlementer et s'était posté à la fenêtre, face à la lagune. La mère supérieure n'avait pas été autorisée à le voir et s'en était plainte auprès du *Misser Grande*, tout comme elle avait protesté de la fouille de l'abbaye par les miliciens à la recherche de l'hypothétique amante du magistrat.

L'arrivée de Scarpion accompagné du Levantin laissa le *Misser Grande* perplexe. Mais il connaissait Gandour pour l'avoir rencontré chez son hôte, le patricien Buzzati. La gratitude qu'exprima le Levantin devant la présence des autorités sur l'île acheva de le convaincre et il l'accompagna auprès du Grand Inquisiteur. Le magistrat ne manifesta aucune surprise lorsqu'ils entrèrent en compagnie de Scarpion. Il laissa son sbire expliquer où et comment le corps avait été retrouvé, puis dirigea l'entrevue sans accorder la moindre importance au chef des miliciens et raccompagna lui-même Gandour Karam jusqu'au parvis de l'abbaye. Il le regarda s'éloigner tout en savourant la gêne du *Misser Grande*, qui se tenait derrière lui sans oser intervenir et dont il sentait la contrition forcée suinter par tous les pores de sa peau.

— Excellence, nous avons été abusés, finit-il par dire. Je n'ai fait que mon devoir…

Le Grand Inquisiteur se retourna vivement, l'interrompant par son seul geste.

— Nous avons perdu assez de temps, nous partons sur-le-champ à Venise, dit-il en s'adressant à Scarpion. *Misser Grande*, nous avons affaire à des comploteurs au sein même du palais. Une société secrète du nom de l'Ordre du Graal.

— Vous pouvez compter sur ma fidélité, jura le chef des sbires.

— La République en aura besoin. Pour l'heure, je réquisitionne votre navire et vos hommes, dit le magistrat, satisfait d'avoir transformé ses déboires en cause commune.

La barque était une *bissona*[1] à huit rameurs, la plus rapide des embarcations de la flotte que la milice utilisait pour ses interventions dans la lagune. La toge cramoisie de l'Inquisiteur, debout à l'avant, ressemblait à un fer de proue incandescent. Il ne croyait pas l'Ordre du Graal capable de fomenter un coup d'État, mais que son meilleur codeur en fasse partie était un coup dur pour le département du Secreto, et il devait se montrer impitoyable. Quant à l'opportunisme du *Misser Grande*, il n'en avait pas été surpris ; l'édile était semblable au lévrier qu'un marchand d'Orient lui avait offert : l'animal montrait parfois les dents mais revenait toujours lui manger dans la main. Le seul doute qui planait encore dans son esprit était la raison de l'absence de Sarah, bien que le magistrat se refusât à croire qu'elle fût délibérée et qu'elle signifiait la fin de leur relation.

Scarpion se tenait juste derrière lui, bras croisés, et savourait la sensation neuve et unique que procure la

1. Bateau long et effilé conçu pour les régates à Venise.

griserie du pouvoir, symbolisée par la vitesse et la puissance avec lesquelles ils fendaient la mer. Il ne regrettait pas de ne plus être à la place des rameurs dont il entendait le souffle court ou les ahanements. En quittant l'abbaye, le Grand Inquisiteur l'avait remercié et nommé à sa garde rapprochée.

En quelques minutes, ils arrivèrent sur le quai de la place Saint-Marc et gagnèrent le palais où aucune agitation n'était visible.

Un officier les interpella à mi-chemin de la loggia.

— Excellence, vos hommes en ont-ils fini dans la salle des Trésors ? Le doge doit participer à une messe à la mi-journée.

— Nous y voilà, murmura le magistrat. Scarpion, faites boucler toutes les issues. N'oubliez pas : il me le faut vivant !

103

Sarah était encore sur le pont de bois lorsqu'elle avait senti une main la tirer par la manche : Moisè, le souffle court et le front perlé de sueur, venait de la rattraper. Il était suivi à plusieurs toises par une femme au tablier maculé d'auréoles et aux ongles longs et sales, qui claudiquait en agitant les bras. Elle était la plus expériementée des matrones du Ghetto, mais aussi la plus rude, et toutes les parturientes la craignaient.

— *Gattina*, viens, viens vite ! avait dit le rabbin. C'est Giulia !

La nièce de Moisè était en train d'accoucher. À deux mois du terme de sa grossesse.

Les premières contractions avaient commencé pendant la nuit et n'avaient cessé de croître en fréquence et en intensité. Giulia était déjà épuisée quand la matrone était arrivée au point du jour, alors que la poche des eaux ne s'était toujours pas rompue. Elle avait d'abord attendu que la nature agisse seule et avait raconté à la jeune femme les pires délivrances auxquelles elle avait assisté. La liste des parturientes n'ayant pas survécu ou ayant accouché de nouveau-nés estropiés par l'acte n'avait pas rassuré Giulia sur son propre sort, bien au contraire. La matrone avait alors enfilé la main dans sa matrice avec rudesse et senti un corps qu'elle avait décrit comme mollasse et spongieux à la place de la tête de l'enfant. À l'annonce de la nouvelle, Giulia avait failli s'évanouir, mais la matrone l'avait souffletée en lui expliquant qu'il s'agissait du placenta ; l'enveloppe était trop épaisse pour se percer toute seule. Elle avait tenté de la déchirer en la pinçant entre deux ongles et, n'y arrivant pas, avait demandé des ciseaux avec lesquels elle avait taillé en pointe ceux de son index et de son pouce droits. La dernière tentative avait été la bonne et les eaux s'étaient répandues dans le lit, entraînant avec elles un tube blanchâtre gélatineux et torsadé. Giulia avait hurlé, la matrone avait juré toutes les obscénités de son répertoire, et Moisè, derrière la porte, avait proposé l'aide de Sarah. Lorsque cette dernière était arrivée, elle avait étudié la situation, rassuré tout le monde et demandé qu'on fasse chauffer du vin.

Sarah entoura le cordon ombilical d'un linge imbibé du vin chaud. Chacun avait recouvré ses esprits et les contractions avaient repris de plus belle chez Giulia. Avec d'infinies précautions, Sarah fit rentrer le cordon dans la matrice sans le comprimer. La tête de l'enfant n'était pas engagée, ce qui lui facilita la tâche.

— Il a fait la culbute ? questionna la matrone.

Sarah répondit d'un signe de tête affirmatif.

— Tant mieux, parce que le mioche de la fille Gallicci, lui, il ne s'était pas retourné et il a sorti un pied en premier. Quel travail il nous a fait, celui-là ! Je vous raconte…

Elle fut interrompue par une longue plainte de Giulia.

— Pouvez-vous aller chercher des linges chauds ? demanda Sarah.

— Je vais demander au rabbin, dit la matrone en s'essuyant les mains sur son tablier.

— Je veux que vous le fassiez vous-même, exigea Sarah. C'est important.

La femme comprit le message et sortit, vexée. Sarah en profita pour surélever la tête et la poitrine de Giulia sur des oreillers, puis elle en plaça un autre sous les reins de sa patiente, lui fit fléchir les jambes et appuya chacun de ses pieds contre l'assise d'un tabouret renversé et calé contre une colonne du lit à baldaquin.

— Maintenant, vous êtes prête à accoucher, annonça-t-elle à Giulia.

— Merci, mille fois merci, dit la jeune femme, le visage plissé de souffrance. Dites-moi que tout va bien se passer, que je ne vais pas mettre au monde un monstre !

— Oubliez les histoires de la matrone, conseilla Sarah en enduisant ses mains de graisse.

— Mais vous-même avez l'air soucieuse, ajouta Giulia.

Sarah tentait surtout de mesurer les conséquences d'un accouchement qui survenait au plus mauvais moment pour ses plans, même s'il se présentait plutôt bien, une fois la matrone écartée. Elle devait absolument faire parvenir un billet au Grand Inquisiteur afin de lui expliquer son faux bond. Elle avait besoin d'un allié au cas où leur expédition tournerait mal.

La parturiente poussa un cri de délivrance qui la ramena *illico* à la réalité.

— Je sens la tête. Cette fois, il arrive, Giulia !

Sarah avait remarqué à l'inspection une grande saillie de l'os du sacrum dans le bassin. Le rétrécissement intérieur serait un obstacle important au passage naturel de l'enfant. Elle introduisit sa main graissée dans la matrice, saisit la tête de l'enfant et, avec de grandes précautions, la fit tourner de côté. Lentement. Elle devait se concentrer sur son geste, évacuer les cris et les mouvements de la nièce de Moisè, elle devait oublier que, le soir même, elle allait jouer sa vie pour un ouvrage dont elle ne savait presque rien. Le nouveau-né parut comprendre l'aide qu'elle lui apportait et se laissa faire en douceur. La manœuvre permit à la tête de s'engager en entier. Sarah passa trois doigts de sa main gauche sous les fesses de Giulia, appuya sur la fourchette avec les deux petits doigts et écarta les lèvres avec les pouces, ce qui lui permit d'attirer la tête au-dehors. Elle posa ses mains sous les aisselles de l'enfant et hissa l'épaule droite, puis la gauche, hors de la matrice. Les bras se déployèrent et tout le corps apparut, glissant et luisant, qu'elle sortit sans précipitation.

— C'est une fille, dit Sarah en vérifiant l'intégrité de son anatomie.

Le nouveau-né toussa, cracha et inspira profondément avant d'expirer son premier pleur.

— Les linges ! appela-t-elle à l'adresse de la matrone qu'elle entendait piaffer d'impatience derrière la porte.

La commère emballa la fillette tout en émettant moult commentaires, puis la posa sur le ventre de la mère, pendant que Sarah prenait soin du cordon qui plongeait encore dans le périnée de Giulia.

— Pouvez-vous prévenir toute la maisonnée de la bonne nouvelle ? Et que personne ne vienne avant que je sois sortie, intima Sarah.

Giulia était dans l'état extatique de la délivrance, mélange d'épuisement et d'énergie, joie et tristesse, fin et début, elle était une bulle qui venait d'éclater et remplissait l'espace de vide et de plénitude à la fois. L'enfant était là, si présent sur son ventre et déjà loin d'elle. Tout ce qu'elle redoutait n'était pas arrivé.

Sarah essuya ses mains sur une des serviettes encore chaudes. Elle devait parler à Giulia. Elle n'aurait pas d'autre occasion de se retrouver seule avec elle. Quelque chose clochait. Sarah posa l'enfant sur ses genoux et la tourna vers elle afin de ligaturer le cordon. La fillette avait cessé de pleurer et semblait gagnée par la fatigue.

— Giulia, si vous me disiez tout, maintenant ?

104

Scarpion les avait repérés. Quatre hommes en tenue de sbire qui attendaient non loin des deux gardes de la salle des Trésors. Il n'en avait pas vu d'autres. Zeppo était encore à l'intérieur en compagnie du procurateur. Le Grand Inquisiteur avait exigé la plus grande discrétion et la garde du palais n'avait pas été prévenue. Ils disposaient de moins d'une heure avant la venue du doge pour une messe privée. Le magistrat avait délivré à son nouvel homme de confiance un document lui donnant autorité sur nombre d'occupants du palais et, en un temps très court, Scarpion eut à sa disposition près de trente sbires, qui furent assignés à toutes les portes de la basilique, des cinq grandes entrées de la façade principale aux plus petites issues annexes, afin d'empêcher les visiteurs d'y pénétrer et d'en contrôler l'issue. Fort heureusement pour lui et ses hommes, les fidèles avaient été priés de quitter l'autel en prévision de la cérémonie. Il ne restait à l'intérieur qu'une dizaine de chanoines et de séminaristes travaillant au service de l'Église. La priorité était d'éviter que le sang soit versé dans la maison du Seigneur.

Un archiviste, réquisitionné, avait apporté les plans du bâtiment. Scarpion constata à quel point la salle des Trésors était une construction tampon entre la basilique et le palais des Doges. En plus de son entrée officielle depuis la partie méridionale du transept, elle possédait, du côté opposé, une porte ouvrant sur un corridor, lequel débouchait directement dans l'aile Renaissance du palais. Le Grand Inquisiteur loua la grande sagesse de ses prédécesseurs qui avaient confié l'ouverture de cette seconde porte à un autre des trois procurateurs de la Chambre haute. Ce dernier fut mis dans la confidence par le magistrat en personne et lui livra la clé sans rechigner. L'homme lui était redevable et saurait être discret. L'Inquisiteur donna ses ordres et laissa à Scarpion le soin de leur exécution. Si Zeppo ne sortait pas avant, ils attendraient midi et l'heure de la relève pour agir. Un groupe de sbires pénétrerait dans la salle depuis le corridor, repoussant le chiffreur vers l'entrée où le reste des hommes seraient postés. Zeppo n'avait aucune issue. Rasséréné, le magistrat remonta à son bureau. Il devait évaluer l'ensemble des dégâts causés par la traîtrise de son Chiffreur et en dissimuler la plus grande part avant l'enquête officielle. Zeppo était entré au service du Secreto sur sa recommandation.

La Nona vibra douze coups, au grand soulagement du garde au dos meurtri.

— Enfin la relève, dit-il en désignant les deux soldats qui remontaient l'allée latérale.

Les hommes du Graal, en tenue de sbire, s'animèrent quelque peu. Ils étaient restés à distance, près d'une colonne de marbre gris-blanc en bout de rangée, et avaient ignoré les deux sentinelles pendant la longue attente.

— Tiens, c'est drôle, je ne les connais pas, remarqua le garde.

Les complices de Zeppo se rapprochèrent. La remarque les avait rendus nerveux et méfiants.

— Je croyais que Zonzi devait en être, ajouta la sentinelle à l'adresse de son collègue qui fit une moue interrogative.

Un des mercenaires comprit la menace et se précipita sur leurs armes déposées au sol. Les hommes de la relève dégainèrent leurs épées. Ce fut le signal qu'attendaient Scarpion et ses sbires pour intervenir. La trentaine de miliciens jaillit de toutes les issues de la basilique. L'assaut fut bref et le cliquetis des lames cessa rapidement. Un des hommes du Graal fut tué alors qu'il se jetait sur les sbires, une dague dans chaque main ; un autre eut le temps de crier dans une langue inconnue en direction de la salle. Deux assaillants furent blessés, ainsi qu'un des deux gardes, qui avait tardé à réagir, surpris par l'échauffourée, et qui fut évacué à la Pietà.

Scarpion s'était rapproché de la porte, entouré des autres miliciens, les lames pointées vers le battant de bois. Aucun éclat de voix ne parvenait de l'intérieur. Tout était figé dans le silence. Soudain, le glissement du pêne dans la gâche fit entendre son cliquetis caractéristique. La porte s'ouvrit.

Les lames se tendirent puis s'abaissèrent à la vue du sbire qui apparut.

— Le procurateur est vivant, annonça ce dernier. Il a reçu un coup et reprend conscience.

— Vous avez capturé le félon ? s'impatienta Scarpion.

— Non, monsieur. Le procurateur était seul. Il n'y avait personne d'autre dans la pièce.

— Mais en êtes-vous sûr ? Il ne peut pas avoir disparu, c'est impossible !

Zeppo n'était plus dans la salle des Trésors.

105

L'infirmerie était déserte. Azlan était arrivé de bonne heure à la Pietà en compagnie de Piero, à qui il voulait commencer à inculquer quelques rudiments du métier, mais seul Antonio Vivaldi était passé, inquiet d'avoir épuisé sa potion à base d'extrait de thé qui lui était si bénéfique.

— C'est toujours ainsi, leur rappela le maître de musique. Le jour de la plus grande chasse aux taureaux, il n'y a aucun malade. Personne n'a envie de rater une telle fête, d'autant que cette année un certain comte d'Innsbruck en a acheté quarante-huit. Vous verrez que, demain, vos deux hôpitaux seront pleins comme ma fiole ! dit-il en montrant le récipient qu'Azlan avait rempli. Je vous laisse à votre solitude médicale, les filles du chœur m'attendent pour la répétition. Apollonia a remplacé Maria comme soliste.

Il laissa passer un silence digne d'une de ses œuvres avant de reprendre :

— Elle fera l'affaire, avec beaucoup de travail. Mais elle semble inconsolable. Dieu seul sait où se trouve Dalla Viola en ce moment, conclut le maître de musique en tentant de percer le regard du chirurgien.

Azlan hocha la tête sans répondre. Il se promit d'écrire à Vivaldi, une fois arrivé en Lorraine, pour lui donner des nouvelles de sa protégée et lui fournir la recette qui le délivrait de ses crises d'asthme. Le Quanum et tous ses secrets étaient faits pour être partagés et le moment était venu. Cette pensée rassura Azlan.

Il entreprit de montrer à Piero les bandages les plus simples, circulaires, obliques ou croisés, et le laissa s'exercer sur ses bras. Son protégé se montra d'abord brouillon ; aussi, lorsque la Nona sonna midi, Azlan lui interdit tout repas tant que les tissus ne tiendraient pas correctement en place. La remontrance aiguillonna le garçon, qui s'appliqua et réussit à nouer les chefs correctement. Azlan contempla le résultat, fit des moulinets avec les bras et s'apprêtait à rendre son jugement quand les deux gardes de la basilique entrèrent.

— De l'aide, vite, il y a un blessé, dit l'un d'eux. Vous attendez le chirurgien ? demanda-t-il à Azlan, déclenchant le rire de Piero.

— Je suis le chirurgien, déclara Azlan en se débandant. Et ce rieur est mon assistant. Décrivez-moi ce qui est arrivé, monsieur.

— Un coup d'épée dans le ventre, expliqua l'autre. Je n'ai pas eu le temps de réagir.

Le chirurgien lui fit enlever sa chemise sur laquelle une auréole de sang séché de faible taille n'inspirait pas l'inquiétude. À l'exploration, il observa une plaie petite, nette et excentrée à la hauteur de l'ombilic. La lame avait pénétré dans la graisse abdominale et, avec un peu de chance, n'avait pas transpercé le côlon. L'examen du dos révéla au chirurgien les meurtrissures dues au fouet.

— Mais qu'est-ce donc ?

— Cela n'a rien à voir, c'est… personnel, avança le garde pour toute explication.

— Piero, peux-tu sortir, s'il te plaît ?

— Pourquoi ? Montrez-moi, dit l'enfant, soudain intéressé.

— Non, intima Azlan en le repoussant. Va chercher l'infirmière et demande-lui des baumes vulnéraires et de la charpie pour des plaies pourrissantes.

Piero sortit sans insister.

— Je ne suis pas inquiet pour votre blessure, mais il faut que je soigne vos brûlures, monsieur. Certaines sont en train de s'infecter. Comment est-ce arrivé ?

— J'en suis le seul responsable.

— Vous vous les êtes infligées ?

— Tu peux lui dire, intervint l'autre.

— Non.

— C'est votre droit, mais vous devriez arrêter. Sinon, l'infection recouvrira votre dos, lui conseilla Azlan.

— Il a joué au pénitent, expliqua l'autre. Mais il n'était pas entraîné. Et voilà le résultat : puni par Dieu !

— Arrête là ! dit le garde en tentant de se lever.

La douleur et Azlan l'en empêchèrent.

— Je retourne à Saint-Marc, dit le soldat qui sentait l'hostilité monter. Ils vont avoir besoin de moi à la basilique. Soignez-le bien, maître.

Sitôt l'homme sorti, Piero revint avec l'infirmière et un plateau rempli de flacons et de larges bandes.

— Je vais m'en occuper seul. Allez prendre votre repas tous les deux, ordonna Azlan.

Il nettoya la blessure par arme puis chaque plaie causée par les fouets, et enleva à la pince les brins de corde qui s'étaient incrustés dans la chair.

— Vous n'avez pas mal ? demanda-t-il au soldat qui supportait les soins sans broncher.

— Un peu. Mais il a raison : je n'étais pas entraîné.

— Que s'est-il passé dans l'église ? enchaîna le chirurgien d'un ton égal.

— C'était étrange, vraiment.

Le garde se confia sans rien omettre de ce qu'il avait vu.

— Et l'homme masqué ? Il est aux Plombs ? voulut savoir Azlan en lui rendant sa chemise.

— Pensez-vous ! Avant qu'on m'amène ici, j'ai entendu un sbire annoncer qu'il s'était échappé.

Sur ce, il remercia le chirurgien et lui promit de revenir pour les soins.

— Vous rendez-vous compte ? Ces gens cherchaient un ouvrage. Je protège le trésor de la République et j'ai failli mourir pour un livre, conclut-il.

Après son départ, Azlan débarqua au réfectoire :

— Piero, j'ai besoin de toi, c'est urgent !

106

La fillette n'était pas née à sept mois de grossesse mais à terme. Sarah avait suffisamment l'expérience des naissances pour le constater sans avoir besoin d'une balance ou d'une toise.

— Vous devez vous tromper, s'étonna Giulia. Je sais exactement quand mon mari m'a honorée de sa semence. En octobre, le jour de son retour de voyage. Et, dès ce soir-là, j'ai su que je portais la vie en moi.

Sarah lia le cordon ombilical par un fil, près du ventre du nouveau-né, et fit un double nœud avant de rétorquer :

— Giulia, je vous parle d'un fait qui ne peut être contesté. Votre fille pèse deux à trois livres et mesure quatre pouces de plus qu'un enfant né à sept mois.

— Je ne sais pas, répliqua la jeune mère. Peut-être l'ai-je trop nourrie ? Peut-être est-elle malade ?

— Elle a des proportions parfaites. Votre enfant est saine, dit Sarah en faisant une nouvelle ligature à trois travers de doigt de la première.

Les larmes se mirent à couler sur le visage de Giulia. Sarah coupa le cordon entre les deux ligatures.

— Le père n'est pas votre mari, c'est cela ? Il n'était pas rentré de Chypre l'été dernier.

— Vous êtes une accoucheuse, pas un confesseur ! s'emporta la nièce du rabbin. Donnez-moi mon enfant.

Sarah déposa sa fille emmaillotée sur la poitrine de Giulia. Elle dormait toujours.

— Préparez-vous à l'allaiter quand elle se réveillera, dit-elle en entourant autour de son index le cordon qui sortait du corps. Maintenant, je vais vous délivrer de l'arrière-faix.

Sarah tira doucement, par de petites tractions successives en différentes directions, pour sortir le placenta.

— Pour le reste, ne vous inquiétez pas. Dans quelques semaines, il n'y aura plus aucune différence dans sa croissance. Où est votre mari actuellement ?

Giulia hésita avant de répondre :

— Il est retourné à Chypre pour un chargement de sucre. Il sera rentré à la Saint-Jean.

La voix du rabbin leur parvint depuis l'escalier d'où il prévenait tout le voisinage de la bonne nouvelle.

— Vous savez, ce n'est pas ce que vous croyez.

— Je ne crois rien, Giulia.

La jeune femme éclata en sanglots, posa l'enfant à côté d'elle pour ne pas la réveiller et essuya ses joues avec le drap.

— Promettez-moi de n'en rien dire à personne, même à Moisè. Jamais.

— Ce n'est pas mon intention. Voilà, j'ai fini, dit Sarah en se relevant.

— Mon mari n'est pas un homme facile, et si souvent absent. Alors, oui, j'ai succombé à la passion amoureuse l'année dernière. Oui, j'ai fauté avec un Vénitien qui était client de notre Banco Rosso. Un patricien qui n'était même pas de la communauté, ajouta-elle en soupirant. Il m'appelait sa « belle lionne ». Jamais je n'ai autant aimé ni me suis sentie autant aimée. Il possède des appartements dans le Ghetto Vecchio et nous nous cachions dans l'un d'eux. Je me sentais tellement en sécurité avec lui ! Il voulait me convertir au christianisme, il voulait faire de moi sa reine, il me témoignait du respect. Et le malheur est arrivé, dit-elle en caressant machinalement la peau de son enfant. J'ai refusé d'abjurer ma religion. Il m'a abandonnée à mon état.

Elle se tut avant de poursuivre :

— Quelle insensée j'ai été ! Le Ciel m'a punie de mon infidélité. Et je n'ai trouvé que ce subterfuge pour éviter la honte et le déshonneur. Qu'avez-vous ?

Sarah s'était assise sur le lit. Ses jambes ne la soutenaient plus. Le Grand Inquisiteur, l'homme qu'elle croyait duper, l'avait choisie, elle, tout comme il avait choisi Giulia et sans doute d'autres femmes du Ghetto, pour les pousser à se convertir au christianisme et les abandonner ensuite pour une autre femme à convertir. Il s'était comporté en amour comme un soldat de Dieu en mission. Mais qu'aurait-elle pu attendre d'autre du plus grand des manipulateurs ?

— Sarah ? répéta Giulia alors que sa fille se réveillait.

— Sarah ! appela Moisè, derrière la porte. Pouvons-nous entrer voir l'enfant ? Et il y a quelqu'un qui t'attend dehors !

107

Il n'avait jamais vu autant de richesses en un seul lieu. Scarpion faisait son possible pour ne pas montrer sa stupéfaction devant tant de merveilles. Il connaissait toutes les histoires liées au trésor, il connaissait des Vénitiens qui l'avaient approché et le lui avaient décrit, mais le voir ainsi, de ses propres yeux, était fort différent. La majeure partie était réunie dans une grande armoire centrale aux tablettes recouvertes de velours noir. Le moindre objet était en or ou en argent et décoré de pierres précieuses, de perles ou de diamants : corselets, couronnes, tiares, sceptres, vases, tasses, tout un ensemble hétéroclite de pièces d'orfèvrerie où chacune était absolument unique et avait appartenu aux familles régnantes de Constantinople. Sur la tablette supérieure était posée la corne ducale, que chaque doge portait le jour de son couronnement et qui était ceinte d'une rangée de perles en poire dont la valeur à elle seule dépassait celle des autres pièces réunies. Scarpion se sentit envahi d'un malaise et se détourna de l'armoire.

Deux châsses d'or et d'argent serties de pierreries encadraient le meuble. Le procurateur s'était assis sur l'une d'elles pendant qu'il recouvrait ses esprits, sans mesurer le côté sacrilège de son geste. Il avait déjà répondu à leurs questions et confirmé qu'il ne manquait apparemment aucun objet précieux ni aucune œuvre d'art. Zeppo avait surtout fouillé un ensemble de coffres et de malles auxquels les visiteurs ne s'intéressaient jamais. Certains contenaient des livres fort anciens de la bibliothèque de Constantinople, d'autres les archives de plusieurs dynasties d'empereurs byzantins, qui n'avaient jamais été triées.

— Il cherchait un ouvrage, mais je n'en sais pas plus, je vous l'ai déjà dit, s'agaça le procurateur. Je rangeais des croix garnies de diamants lorsqu'il m'a étourdi d'un coup de masselotte. Voyez, elles sont toujours là, il ne les a même pas prises.

— C'est à n'y rien comprendre, avoua Scarpion. On ne disparaît pas d'une salle fermée comme celle-ci. Avez-vous une idée du temps qui s'est écoulé avant qu'il vous agresse ?

Le procurateur soupira. Sa tête était douloureuse, une ruche entière bourdonnait dans ses oreilles et ses souvenirs se mélangeaient comme les cartes d'une partie de pharaon.

— Pas plus d'une heure, finit-il par dire.

— Vous êtes resté inconscient un long moment, Votre Excellence. Il sera bientôt une heure après midi.

— Dans ce cas, peut-être avait-il la clé du corridor. Et il sera parti bien avant votre arrivée, suggéra le procurateur en se levant. Maintenant, qu'on me ramène chez moi et qu'on fasse venir mon médecin, ordonna-t-il en constatant que ses vertiges n'avaient pas diminué. Tout cela m'a ébranlé les sens.

Scarpion le raccompagna jusqu'à l'autel où l'édile s'assit pour prier en attendant sa chaise à porteurs. Le second procurateur avait été formel : il n'existait qu'un seul exemplaire de la clé, et c'était celui avec lequel les sbires étaient entrés lors de l'assaut. Scarpion demanda à tous les hommes présents de sonder à nouveau les murs et le sol à la recherche d'un passage secret ou d'une cache par laquelle le chiffreur aurait pu se glisser. Il retourna devant l'armoire et considéra avec circonspection les croix serties de diamants. Il aurait suffi à Zeppo d'en glisser une dans sa poche pour être à l'abri du besoin pour le restant de ses jours. Quel était donc l'ouvrage qui pouvait avoir davantage de valeur que le trésor le plus accessible ? Tout cela n'avait aucun sens et dépassait sa compréhension.

Un objet crissa sous sa semelle : il trouva, fiché dans l'épaisseur du cuir, un petit éclat de verre. Aucune des vitres du meuble ni l'unique fenêtre extérieure, enchâssée dans le mur épais, n'avaient été brisées. Scarpion déplaça une des châsses et découvrit d'autres bris de verre au sol, ainsi que quelques morceaux, plus gros, sur le dessus de l'armoire. Il leva la tête et comprit.

Le Grand Inquisiteur voulait se rendre compte par lui-même. Accompagné par ses gardes du corps, il monta depuis les terrasses extérieures sur les toits en plomb de la basilique et rejoignit Scarpion et ses hommes près d'une coupole attenante à l'arc Foscari. Ces derniers entouraient un corps en tenue de sbire qui baignait dans une mare de sang.

— C'est un homme à nous ? demanda le magistrat.

— Non, un membre de l'Ordre du Graal, précisa Scarpion. Zeppo est passé par là, dit-il en désignant un câble qui descendait du sommet du dôme.

Les débris de verre provenaient de la lucarne supérieure de la coupole, qui avait été brisée pour permettre le passage. L'ouvrage était situé à l'aplomb de l'armoire de la salle des Trésors.

— Zeppo a assommé notre procurateur, puis son complice lui a envoyé la corde pour qu'il grimpe jusqu'à la lucarne.

— Quelle hauteur ? demanda le Grand Inquisiteur.

— Au moins dix toises, Excellence. Je sais que cela peut sembler improbable mais…

— Rayez ce mot de votre vocabulaire quand il s'agit de Zeppo. Ce diable d'homme l'a fait.

— Mais pourquoi ce meurtre ?

— Je crois que Zeppo n'a pas seulement trahi la République, il a aussi trahi l'Ordre du Graal. Il nous faut absolument le retrouver avant eux, Scarpion. Et mettre la main sur ce livre qui semble posséder tant de valeur. Vous m'avez bien compris ? Vous disposerez de tous les moyens nécessaires.

— Nous allons commencer par interroger les prisonniers.

— Ils ne vous diront rien. Faites, puis nous les pendrons comme comploteurs, ainsi que celui-ci, ajouta-t-il en désignant le cadavre.

Le Grand Inquisiteur se tourna vers la mer d'où le vent leur apportait une bruine fine et fraîche. Il avait beau chasser sans cesse Sarah de ses pensées, sans cesse elle revenait le hanter. Le campanile sonna. Le doge quittait le palais pour sa messe. Les préparatifs de la fête du soir débutaient et la place se colorait d'une foule chatoyante.

— Où peut-il être maintenant ?

107

Piero se tenait sur le pont du Ghetto Nuovo. Il tendit le billet à Sarah, qui lui chuchota la réponse à l'oreille. Il détala et disparut dans le dédale de ruelles, suivi sans empressement par le chien sans nom. La jeune femme s'aperçut qu'elle portait encore le tablier de l'accouchement, maculé de sang et d'humeurs. Elle rentra se changer à son appartement avant de gagner la synagogue du Levantin. Installée dans le sanctuaire du premier étage, elle attendit face à la fenêtre. Elle ne pouvait détacher sa pensée du Grand Inquisiteur. Elle comprenait à quel point Giulia avait pu se sentir aimée et considérée par un homme aux deux visages antagonistes, et ressentit pour elle une peine infinie.

Azlan la rejoignit moins d'un quart d'heure plus tard. Il était coiffé d'un *mazzocchio* passé de mode, qu'il avait déniché dans les réserves de la Pietà, mais avait gardé le visage découvert. L'angélisme du Lorrain la fit sourire. Il traversait toutes les épreuves avec une candeur insolente qui lui avait réussi jusque-là, mais Sarah remarqua que la contrariété avait durci ses traits. Il verrouilla la porte derrière lui et s'installa sur un banc. Elle l'écouta sans l'interrompre.

— L'Ordre du Graal a trouvé le Codex avant nous, conclut-il. Et nous nous sommes trompés d'endroit. Nous avons fait fausse route sur toute la ligne !

Elle ne répondit pas et continua d'observer la rue désertée pour le shabbat. La jeune femme détestait les contraintes imposées par les religions, par les lois, par les puissants, par la fatalité. Rien ne pouvait faire plier sa détermination. Elle n'avait jamais suivi les préceptes du Talmud, elle ondulait entre les règles imposées par la République, elle se jouait des princes de la cité et elle avait toujours maîtrisé son destin, guidée par la conviction que rien ne pouvait arrêter une volonté inébranlable. Sarah n'avait pas assez peur pour connaître la prudence. Elle n'avait pas vécu assez d'échecs pour connaître le doute.

— Et que voulez-vous faire ? demanda-t-elle soudain.

— Sarah, il n'y a plus rien à faire. Je vais rentrer en Lorraine. Et faire de mon mieux sans le Quanum.

— Alors, vous abandonnez ? Vous rendez les armes ?

— Je me rends surtout à l'évidence.

— Quelle évidence ? Azlan, je vous affirme que le Codex n'était pas dans la salle des Trésors. L'avez-vous vu ? Ce garde l'a-t-il vu ? L'Ordre s'est trompé. L'endroit indiqué par le message n'est pas la basilique Saint-Marc, souvenez-vous de ce que je vous ai montré !

Deux semaines plus tôt, à leur retour du Lido, ils s'étaient arrêtés devant les gibets dressés sous les arcades du palais avant de s'éloigner en direction de la basilique mais avaient bifurqué juste avant pour entrer au palais par la porta della Carta. Ils avaient traversé la cour intérieure jusqu'à l'escalier des Géants, encadré par les statues de Mars et de Neptune, qu'ils avaient gravi sans hâte. Sarah avait entraîné Azlan vers la droite et s'était arrêtée à la troisième arcade, en tournant délibérément le dos à la cour. Le palais était peu fréquenté à cette heure du jour déclinant, seuls deux voyageurs levantins s'attardaient encore après une audience au sujet d'un différend commercial.

— Voyez-vous ce bâtiment en forme d'arc de triomphe, juste derrière moi ?

Mélange de styles gothique et Renaissance, l'édifice était ceint à l'étage, ainsi que sur ses deux toits pyramidaux, d'une forêt de statues posées sur des rangées de pilastres. L'ensemble était le résultat improbable de plusieurs siècles d'ajouts architecturaux successifs.

— Mon père, du temps où il était un des *parnas* de notre communauté, m'a plusieurs fois emmenée dans ce palais. Nous nous arrêtions ici même et il me racontait l'histoire de mon ancêtre, le petit sculpteur juif qui avait participé à la réalisation de cet arc Foscari, symbole de la puissance de la Sérénissime, il y a deux cent cinquante ans. Maintenant, regardez bien les statues de la façade qui donne sur la cour. Les premières, les plus basses, ne nous intéressent pas.

— Je les vois, dans des niches, avait dit Azlan en jetant un coup d'œil discret.

— À l'étage de l'arc se trouve une entrée avec un balconnet. À son sommet, une première rangée de trois personnages féminins.

— L'une tient un luth, la deuxième un rouleau ouvert et la troisième une sorte de codice…

— Elles symbolisent les arts libéraux : musique, rhétorique et mathématiques. Plus haut, une rangée de guerriers et, au sommet du toit qui s'ouvre sur la cour, une statue isolée.

— C'est une femme tenant une sorte de sébile enflammée. Quel art représente-t-elle ?

— Aucun. Elle symbolise l'*Amor Dei*.

— *Protégé par l'amour de Dieu. Vous le trouverez là où sont les arts…*, avait soufflé Azlan.

Sarah s'était retournée afin de contempler la façade. Pour quitter le palais, les deux Levantins étaient passés devant eux avant de s'engouffrer sous le porche en marbre de l'arc Foscari, où avait résonné leur conversation bruyante.

— Qu'y a-t-il derrière l'entrée de l'étage ?

— Personne ne le sait vraiment. Sans doute un grenier désaffecté. La cache idéale.

Une porte claqua au rez-de-chaussée de la synagogue, ramenant le chirurgien à la réalité.

— Moisè, précisa Sarah. Il prépare la cérémonie du soir. Il ne montera pas ici. Azlan, ils n'ont pas trouvé le Codex parce qu'ils se sont trompés ! Il est dans ce grenier. Je le sais, je le sens. Pour quelle raison Guarducci aurait-il composé un code si complexe si c'est pour cacher le Quanum dans le premier endroit auquel on penserait ?

Azlan resta silencieux.

— Une telle occasion ne se présentera plus jamais, insista-t-elle. Votre plan avec l'aide de Léopold de Lorraine est parfait, nous savons comment y accéder et nous avons les clés…

— Il en manque une.

Niccolò Guarducci n'avait pu prévoir que, vingt ans plus tard, une grille serait installée dans le couloir menant au balcon de l'arc Foscari.

— Nous pourrons la contourner. Que risquons-nous ?

— Le gibet.

— Au pire, vous serez expulsé après intervention de votre duc.

— Vous risquez le gibet.

— Je préfère la corde aux remords.

— Sarah…

Il se leva et la rejoignit devant la fenêtre.

— Prenez-moi contre vous, Azlan.

— Pourquoi ?

— Pourquoi ? Vous faut-il une raison ? Je n'en sais rien, pourquoi, juste parce que j'en ai besoin. N'est-ce pas suffisant ?

Il l'entoura de ses bras. Elle posa la tête au creux de son épaule et sentit le frisson de douleur qui le parcourut. Sa côte était toujours douloureuse. Elle voulut se reculer, mais il la retint et se lova contre elle. Au rez-de-chaussée, se croyant seul, le rabbin s'était mis à entonner à tue-tête un chant religieux.

— Selon le Talmud, nous recevons une âme supplémentaire à chaque shabbat, dit Sarah. Nous devrions en avoir assez à nous deux pour affronter le Graal.

108

Assis sur une caisse, à l'abri des arcades de la Biblioteca Marciana, le jeune Tiepolo observait les couleurs et les ombres de la place Saint-Marc au coucher du soleil. L'astre projetait tous ses feux sur la façade du palais, la teintant d'une carapace cuivrée avant que la nuit ne vienne la recouvrir de son tulle foncé. Le haut du clocher brillait comme un phare dans le jour déclinant. L'exercice avait été exigé par son maître, dans l'atelier duquel il étudiait depuis trois ans et où il piaffait d'impatience de participer enfin à une œuvre digne de ce nom. Tiepolo en avait profité pour emprunter des fusains et une toile qu'il avait tendue sur un petit cadre de bois récupéré dans un entrepôt du Rialto. Il croquait les visages des passants, leurs attitudes, leurs déguisements, en attendant de pouvoir pénétrer dans le palais, interdit au public pendant la préparation de la chasse aux taureaux qui allait avoir lieu dans la cour intérieure. Un moment unique dont Tiepolo voulait capturer l'essence pour s'en servir dans ses futures compositions.

Son attention fut attirée par le groupe qui remontait les Procuraties en direction de la basilique. Les six personnes qui le composaient formaient un essaim aux couleurs contrastées, qui se déplaçait avec une sorte d'unité qu'il trouva gracieuse. Le personnage central, paré comme un Ottoman, la tête enturbannée, semblait être la source et le cœur de ce mouvement. Les autres dessinaient une couronne protectrice flottant autour de lui au gré du balancement de ses pas. À la proue et à la poupe de ce bateau fantôme, deux soldats en tenue de parade militaire, qu'il aurait crus sortis de la garde du Tsar. Tiepolo remarqua la sobriété des trois autres, qui portaient le même costume, composé de bottes hautes, d'un justaucorps et d'une culotte bleu nuit, d'une veste cintrée de brocart noir et d'un tricorne sous lequel le visage était masqué par un large loup. *Sans doute le comte d'Innsbruck, ses gardes et sa suite*, pensa prosaïquement l'apprenti peintre. À peine eut-il le temps de capter l'image à coups de fusain que le groupe était entré dans le palais par la porta della Carta. Il se précipita à leur suite et fut arrêté par le garde en faction.

— Je suis avec le comte d'Innsbruck, avança-t-il avec aplomb.

— Alors, pourquoi ne vous ont-ils pas attendu ? s'amusa le garde, incrédule.

— J'ai fait des croquis sur la place, répondit-il en montrant sa toile. Monsieur le comte, cria-t-il en direction du groupe, on m'empêche de passer !

Un des membres se retourna pour voir d'où venait le bruit, puis s'en désintéressa et rejoignit les autres qui gravissaient l'escalier des Géants.

— Ils n'ont pas l'air de vous connaître aussi bien que vous le prétendez. Revenez dans une heure, le palais ouvrira au peuple. La prochaine fois, mettez des habits corrects avant de vous faire passer pour un homme de cour.

— J'ai besoin d'avoir une bonne place pour faire mes esquisses, tenta Tiepolo.

— Revenez dans une heure !

Le premier écuyer du doge attendait ses invités au sommet de l'escalier des Géants. Leur visite n'apparaîtrait dans aucun protocole, ainsi que l'exigeait l'incognito, même si chaque activité avait fait l'objet de nombreuses discussions, les jours précédents, par les canaux diplomatiques. La demande du duc de Lorraine n'était parvenue à la Sérénissime que deux semaines auparavant, et il avait fallu secouer toute l'administration vénitienne pour intégrer cette soirée aux festivités en cours. Mais tout serait prêt. Artisans et ouvriers s'affairaient dans la cour intérieure afin de la transformer en arène d'un soir. Des grilles avaient été posées pour protéger les arcades du rez-de-chaussée, et une tribune finissait d'être montée entre la façade de l'Horloge et le premier puits en bronze, d'où une centaine d'invités pourraient assister au spectacle. Les taureaux, qui étaient en réalité des bœufs, avaient quitté leur enclos de San Giobbe et arriveraient bientôt au palais.

Azlan ne pouvait détacher son regard de la façade latérale de l'arc Foscari qui faisait face à l'escalier des Géants. À l'étage se trouvait l'entrée qui allait leur ouvrir la voie vers le Codex. De son côté, Sarah repérait le chemin à parcourir pour y arriver. Cette partie de l'arc était située à l'endroit le plus excentré de la cour intérieure, une excroissance d'à peine deux perches de surface, coincée entre l'édifice et les appartements du doge. Les deux bâtiments étaient reliés par une petite aile d'un seul étage surmontée d'une grande terrasse.

Azlan serra la poignée du sac de voyage de Marie dans lequel il avait mis un exemplaire du *Opera omnia anatomica et physiologica* d'Acquapendente, et suivit le duc de Lorraine qui venait de demander à se recueillir dans la chapelle privée, avec trois membres de sa cour, avant le spectacle auquel il assisterait en compagnie du doge. Le groupe emprunta l'escalier d'Or jusqu'au second étage et traversa la salle du Sénat dans le claquement des semelles sur le marbre moucheté. Il la quitta par la porte latérale gauche et déboucha directement dans la chapelle. À l'intérieur, plusieurs valets empilaient des chaises qu'ils emportaient sur la terrasse attenante. Les deux heiduques s'installèrent chacun à une entrée.

— Je suis désolé, Votre Altesse, dit le premier écuyer, nous préparons encore les places pour le spectacle de ce soir. Nous n'avions pas prévu votre requête.

— Qu'à cela ne tienne, demandez juste à vos gens de sortir pendant nos prières, ordonna Léopold en s'agenouillant devant l'autel.

D'un geste, l'officier fit cesser toute activité.

— Vous aussi, ajouta Léopold à son intention.

L'écuyer failli protester puis s'inclina avec révérence et obéit. Une fois seuls, Léopold se releva et le groupe se rendit sur la terrasse. La nuit avait commencé à tomber et le duc aux couleurs chatoyantes semblait entouré de trois ombres. Sous les arcades, les domestiques allumaient des rangées entières de candélabres.

— Je quitterai le palais dans deux heures, avec ou sans vous, dit Léopold. Rendez-vous à la chapelle. Maintenant, je vais prier pour que Dieu vous garde et que vous soyez ponctuels !

109

Tout en observant le débarquement des taureaux sur le quai de la place Saint-Marc, Tiepolo ruminait sa contrariété envers le garde zélé qui l'avait refoulé à l'entrée du palais. Il terminait un croquis des bêtes qui attendaient en file indienne, reliées par des cordes, lorsqu'un des éleveurs qui escortaient les taureaux le reconnut.

— Hé, Giambattista, comment vas-tu, l'ami ?

L'homme était un voisin de rue de la famille Tiepolo et d'un naturel affable. L'apprenti peintre lui expliqua ses déboires, ce qui le fit rire.

— Tu ne comprends pas, se plaignit Tiepolo, je vais me retrouver derrière les grilles des arcades et deux rangées de spectateurs. Avec ma taille, je ne verrai rien.

— C'est bien ce que tu as dessiné, apprécia l'éleveur en tapotant la toile de son doigt large et calleux. Tu pourrais m'en faire un avec le plus beau taureau de mon élevage ? Une bête de foire, commenta-t-il en ouvrant largement les bras.

— Je te le ferai pour rien si je peux assister à la chasse de ce soir.

L'homme rit à nouveau et lui donna une bourrade dans l'épaule.

— Enlève ton chapeau de peintre et mets celui-ci, dit-il en lui tendant un canotier noir. Je vais te faire entrer, moi. Viens, tu auras la place de ton choix !

Simon s'était posté au centre de la terrasse, d'où il pouvait observer la cour et les rangées de fenêtres de la façade Renaissance. Aucune activité n'était visible, invités et public n'étaient pas arrivés tandis que les fonctionnaires de la République étaient rentrés chez eux. Il adressa un geste à Azlan et Sarah qui s'étaient postés au bout de la plate-forme, contre un des murs d'enceinte de la basilique. Ils enjambèrent la balustrade et se retrouvèrent sur le toit de l'escalier couvert qui menait à l'arc Foscari. Azlan sauta d'abord sur le balcon de l'arc, après s'être suspendu par les bras, et se retrouva de l'autre côté de la grille. Sarah lui lança le sac puis effectua la même manœuvre. Azlan l'aida à amortir sa chute. Simon leur fit un signe rassurant : personne ne les avait vus. Il entra dans la chapelle, alors que Léopold de Lorraine avait eu pour tâche d'éloigner le premier écuyer dans les appartements du doge, à l'étage inférieur.

Sarah ouvrit le sac et sortit la plus grosse des deux clés du double fond.

— Nous allons enfin savoir, dit-elle.

Un meuglement retentit depuis la place Saint-Marc, suivi de plusieurs autres. Les bêtes arrivaient par la porta della Carta. Il n'y avait plus un moment à perdre.

En cinq pas, ils furent devant la porte. La clé fit deux tours dans la serrure, le pêne sortit de la gâche. Ils entrèrent.

Sarah verrouilla la porte depuis l'intérieur. Ils restèrent silencieux et immobiles, le temps de s'accoutumer à la pénombre. Elle eut un petit rire argentin.

— Que vous avais-je dit ? Nous sommes au bon endroit ! Ils n'ont pas trouvé le Codex !

Azlan enleva son loup et posa son chapeau par terre. Il ne parvenait pas à se réjouir.

— Ça ne sent pas la pourriture et l'air n'est pas vicié, remarqua-t-il. Ce grenier est régulièrement visité.

Sarah remarqua la tension du chirurgien à sa respiration rapide.

— L'escalier est en face de nous, dit-elle, alors qu'elle commençait à distinguer des contours. Et la lueur qu'on aperçoit tout en haut provient des fenêtres du grenier. Suivez-moi, dit-elle en comprenant que la répulsion d'Azlan pour les masques n'était qu'une des formes de son aversion pour l'enfermement.

Ils gravirent les marches, presque aussi raides que les barreaux d'une échelle, et s'approchèrent de la double fenêtre par laquelle pénétrait la lumière des candélabres extérieurs. Les taureaux avaient été parqués dans un enclos établi sous l'arc, quelques mètres au-dessous d'eux. Ils seraient envoyés par groupes de cinq dans la cour. Les beuglements des bêtes, qui n'avaient pas été nourries afin de leur conserver une excitation maximale, leur parvenaient comme si elles se trouvaient avec eux.

— Maintenant, le plus difficile, annonça Sarah en déposant sur le plancher une toile de chanvre noire, une pierre à fusil, une pièce d'acier, une mèche d'amadou et un cierge.

Ils s'étaient entraînés à allumer la bougie dans l'obscurité et avaient effectué l'opération au mieux en dix minutes, le plus souvent en une demi-heure, les derniers essais n'ayant pas été les plus concluants.

Azlan prit à tâtons la pièce métallique en forme de « B », dans laquelle il passa le majeur et l'index. Il frappa la pierre en silex à l'aide de son double anneau d'acier, pendant que Sarah tenait la mèche de champignon inflammable. Plusieurs fois, ils crurent que l'amadou allait s'enflammer, mais la quantité d'étincelles était insuffisante. Au-dessous, les bêtes étaient de plus en plus nerveuses et leur boucan couvrait celui des coups portés.

Ils firent une pause au bout d'un quart d'heure et échangèrent leurs rôles, ainsi qu'ils l'avaient répété.

— Celui qui, un jour, inventera le moyen d'allumer à coup sûr une flamme en moins de temps qu'il n'en faut pour une respiration deviendra l'homme le plus riche du monde, râla-t-il.

— Arrêtez, dit Sarah en posant sa main sur le poignet d'Azlan.

— Pourquoi ?

Elle lui fit signe de se taire. Un bourdonnement sourd avait envahi la cour.

— Le public arrive, commenta-t-il.

— Nous allons avoir un problème.

— Nous avons encore une heure devant nous.

— Ce n'est pas cela, dit-elle en entrouvrant une des deux fenêtres.

Des bruits de pas, accompagnés de voix criardes lançant des ordres, résonnaient juste au-dessous d'eux, sur le balcon par lequel ils étaient entrés. Des soldats ou des sbires s'étaient postés sur l'arc Foscari.

Sarah repoussa l'espagnolette sous la gâche. Azlan frappa plus doucement l'acier contre le silex, mais il craignait que le bruit n'alerte la garde. Il changea de méthode et les frotta l'un contre l'autre le plus vite qu'il put, alors que Sarah tenait la mèche si près de la pierre à fusil que la friction en écrasait le bout. Les étincelles n'étaient plus projetées par gerbes mais disparaissaient rapidement tout autour du métal. Il accéléra le rythme, faisant jaillir une grappe de particules incandescentes qui fut absorbée sur l'amadou. Ils soufflèrent tous deux sur la mèche avec l'énergie du désespoir. Une minuscule fumée en sortit, suivie d'un rougeoiement caractéristique. Azlan s'empara de la bougie et posa la mèche de coton sur celle, noire, de l'amadou. Une toute petite flamme apparut, vacillante, qu'ils entourèrent de leurs mains comme le plus précieux des trésors. Elle grandit et se tint droite à l'extrémité du bâton de cire. La lumière mangea l'obscurité peu à peu, ce qui permit à Sarah de tendre la toile de chanvre devant la fenêtre à l'aide de fines lancettes à veine. Azlan promena le cierge devant lui. Les ombres qu'ils avaient entrevues prirent forme.

— Sarah, qu'est-ce que ça veut dire ? Mais qu'est-ce que tout cela ?

110

À l'aide de sa lunette à longue vue, le Grand Inquisiteur scrutait les trois façades intérieures du palais depuis le balcon de l'arc. L'endroit était le meilleur observatoire de toute la cour. Scarpion se tenait à ses côtés et lui transmettait les informations des sbires qui quadrillaient le palais et la place depuis la mi-journée. Le magistrat était persuadé que Zeppo était déjà loin, mais il devait orchestrer cette démonstration de force afin de ne pas perdre la confiance du Conseil des Dix. Malgré ses efforts, tous étaient au courant de la tentative de vol et de la présence d'un espion au sein du département du Secreto. La seule bonne nouvelle résidait dans le billet de Sarah, qu'il gardait précieusement dans la poche de son gilet. Il avait quand même fait vérifier par ses hommes la réalité de l'accouchement de la nièce du rabbin, bien qu'il sût que seul un événement majeur avait pu empêcher la jeune femme de le rejoindre. Elle n'était pas comme les autres, elle l'ensorcelait plus encore, il songeait à elle jour et nuit. Il ne l'abandonnerait pas une fois qu'elle se serait convertie, il en ferait sa reine tout comme il ferait de la Sérénissime son royaume, lorsque tout le monde se serait mis au pas.

Le Grand Inquisiteur respira profondément. Il avait l'impression de sentir son parfum et sa présence près de lui. Il s'était toujours juré de ne jamais se laisser affaiblir par des transports amoureux mais, cette-fois, il en était convaincu, ses sentiments le rendaient plus fort. Il se sentait invulnérable, l'épisode de Mazzorbo en était la preuve.

En dessous du balcon, les invités avaient rempli toutes les travées de la tribune d'honneur. En quelques minutes, des visages étaient apparus aux fenêtres des trois ailes du palais. On n'attendait plus que le doge et le comte d'Innsbruck pour commencer les festivités. Scarpion se rendit à l'enclos des taureaux où les vachers patientaient avant de lâcher les premières bêtes en compagnie des chiens qui les exciteraient en leur mordant les pattes et les oreilles. Les candidats pour ces joutes étaient toujours très nombreux ; un combat avec les taureaux leur procurait pour longtemps une aura d'intrépidité et de courage qui leur permettrait d'obtenir un travail ou des fonctions jusque-là convoités sans succès. Le quintette de combattants, portant la coiffe noire des gens du peuple, se tenait déjà dans l'arène. Les animaux parqués sous l'arc Foscari étaient de plus en plus bruyants, mugissant et frappant du sabot, alors qu'un halo de brume s'était formé autour d'eux et que les chiens, encordés à quelques mètres de l'enclos, s'époumonaient en aboiements rauques. Un bruissement de la foule indiqua l'arrivée des deux souverains. L'agitation cessa. Même les bêtes semblaient attendre le début de la chasse.

Scarpion avait quitté l'arc et s'était placé près de la porta della Carta pour surveiller les allées et venues.

Il aperçut le *Misser Grande* en compagnie de plusieurs sbires et leur tourna le dos. Une clameur salua l'arrivée des premiers taureaux, suivis par les chiens. La chasse avait commencé et elle se terminerait par le sacrifice des bovins.

— Polpeta, c'est vous que je veux voir !

Le *Misser Grande* l'avait interpellé. Même si Scarpion en référait directement au Grand Inquisiteur, le chef des sbires n'en demeurait pas moins un personnage incontournable qu'il fallait ménager.

— Nous venons d'avoir des nouvelles d'un de nos informateurs, ajouta ce dernier.

— Zeppo a été repéré ? s'anima l'ancien batelier.

— Il s'agit d'un confident très spécial. Une personne des Incurabili. Vous devez la rencontrer et ne rien dire à notre Grand Inquisiteur. Dans votre intérêt, Polpeta.

111

Des coffres. Le grenier était rempli d'une quinzaine de coffres dont certains avaient la taille d'un meuble. Tous étaient composés de planches du bois le plus dur, entièrement recouvertes d'épaisses lames métalliques cloutées.

— Il est là, dit Sarah. Dans l'un d'eux.

— Mais où sommes-nous ?

La sidération d'Azlan l'empêchait de réagir. Sarah, munie de la seconde clé, avisa le plus petit coffre, lui-même posé sur un autre.

— Savez-vous où nous sommes ? insista-t-il.

— Je crains que oui, répondit-elle alors que la serrure ne correspondait pas. Cette pièce est le coffre-fort du palais. Toutes les réserves monétaires de la République. Un trésor bien plus grand que celui de la basilique. J'en ai entendu parler, mais je le croyais dans un sous-sol du palais protégé par des dizaines de gardes armés. Voilà qui est futé. Qui imaginerait l'endroit le plus secret de Venise dans ce grenier ?

Elle tenta d'ouvrir un second coffre, sans succès. Azlan restait interdit.

— Mais comment pouvez-vous être aussi calme, Sarah ? Vous comprenez ce que cela signifie ? Le seul fait d'avoir pénétré dans ce lieu nous condamne à mort ! Le duc Léopold ne pourra rien pour nous.

— Au moins, cela nous oblige à réussir, rétorqua-t-elle en se dirigeant vers un autre coffre. Vous m'aidez ou vous comptez me regarder sans rien faire encore longtemps ?

La clé ne l'ouvrit pas. Elle avisa le plus gros meuble, large comme une armoire, qui occupait un angle entier de la pièce. De l'extérieur leur parvenaient les aboiements des chiens entrecoupés des cris des spectateurs.

— Pour vous, cela change la donne, remarqua-t-elle. Mais pour moi, non. Azlan, je suis une juive du Ghetto et je risque ma vie pour n'avoir pas porté une coiffe distinctive ou m'être mal adressée à un citoyen vénitien. On peut m'accuser de tout à n'importe quel moment, et ma parole n'aura aucune valeur contre celle d'un chrétien. Alors, tout ce que j'ai fait ce soir ne peut même pas aggraver mon cas. Oui, nous sommes dans la gueule du tigre, mais la différence entre vous et moi, c'est que, depuis ma naissance, je vis dans la mâchoire du fauve. Pouvez-vous éclairer la serrure ?

— Veuillez m'excuser, je dois vous paraître ridicule, dit Azlan en s'approchant avec la bougie. Prenons le Codex et filons d'ici.

La clé rentra à fond dans son logement. Tous deux échangèrent un regard. Un homme hurla dans la cour, bientôt imité par d'autres à la tribune : un Nicolotto venait de se faire embrocher par une corne. Sarah tourna la clé par deux fois, faisant fonctionner le lourd mécanisme d'ouverture, et ouvrit les battants. L'intérieur était divisé en trois parties par deux tablettes. La plus haute et la plus basse contenaient des papiers empilés ou roulés. Un coffre plus petit était posé au milieu.

— Fermé, constata Sarah. Et la serrure est trop petite.

— Donnez-moi les deux clés, demanda Azlan en échange de la bougie.

Il entreprit de les essayer sur tous les coffres restants. Aucun ne correspondait. Dehors, de nouveaux taureaux avaient été lâchés et cinq hommes entraient dans l'arène sous les encouragements de la foule.

— Il y a forcément une solution, dit Sarah en plaçant le cylindre de cire sur un pique-cierge posé près de l'armoire fortifiée.

Elle s'assit à même le sol et consulta une première pile de papiers.

— Les Vénitiens et leurs énigmes…, maugréa le chirurgien en s'asseyant à côté d'elle. Que cherche-t-on, maintenant ?

— Un mécanisme caché. Il y en a forcément un. Niccolò l'a peut-être noté parmi ces feuillets.

On s'agitait en bas. Le groupe présent sur le balcon s'éloigna mais fut aussitôt remplacé par un autre.

Azlan abandonna rapidement la lecture des secrets de la Sérénissime, car la plupart étaient rédigés en code ou dans un vénitien qu'il avait du mal à comprendre. Il réfléchit en jouant avec la clé dont il admira la finesse. L'intérieur de l'anneau était ciselé et représentait une lyre surmontée d'une clé de sol qui dépassait de l'ensemble. Il était attaché à une large bossette dans laquelle était enchâssée la tige.

— Nous perdons notre temps, lança-t-il. Le Quanum n'est pas dans ce coffre. Il aurait attiré la curiosité de ceux qui ont eu la charge de cette salle depuis trente ans. Ils l'auraient déjà ouvert. Combien de temps nous reste-t-il ?

— Si j'en crois la taille de notre bougie, nous sommes ici depuis presque une heure, répondit Sarah tout en continuant la lecture d'un rouleau qu'elle avait décacheté. Que proposez-vous ?

— Est-il possible qu'il soit entre deux parois ? interrogea Azlan en palpant les lattes en bois du grand coffre-fort.

Sarah plia soigneusement en huit le papier qu'elle avait en main et le fourra dans sa botte.

— Vous n'allez pas emporter tous les secrets de la République ?

— Juste celui-là, il me servira de sauf-conduit. Vous avez raison, oublions le coffret, dit Sarah en examinant à son tour la clé.

Elle tenta de la dévisser au niveau de la bossette et du panneton, avant de s'intéresser à la clé de sol qui formait le sommet de l'anneau.

— Avez-vous inspecté toutes les parois ?

— Je n'ai rien trouvé qui puisse ressembler à un fond creux.

— Une ouverture ?

— Non. Juste une fente entre deux panneaux de bois, dit-il tandis que Sarah examinait à son tour le coffre-armoire. Tout en haut, précisa-t-il.

Sarah tâta le plateau supérieur, identifia l'endroit et y introduisit la clé de sol. Elle la manipula de droite et de gauche, mais la manœuvre, limitée par l'enchâssement, n'eut aucun effet. Elle empoigna la tige et tenta de l'enfoncer plus profondément dans l'ouverture. L'anneau s'y engouffra en entier et un claquement retentit, un son bref ressemblant à celui du bois mort qui rompt à force d'être plié. Sarah insista mais rien d'autre ne se produisit. La clé semblait coincée.

— Laissez-moi essayer, proposa Azlan qui tira fortement pour la dégager.

Un second déclic se fit entendre et les deux lattes tombèrent sur le plateau, laissant apparaître la reliure en peau d'un ouvrage.

Chapitre 11

Lunéville, 1710

Chers Nicolas Déruet et Azlan de Cornelli,

Dieu m'a mis sur votre route et je L'en remercie. Malgré vos soins, je sens la vie me quitter et je sais que cette nuit sera ma dernière. Je dicte ces paroles à votre bibliothécaire, le jeune Simon, qui vous les transmettra après mon dernier souffle. Vous seuls êtes dignes de recevoir ce cadeau infini que j'ai moi-même reçu de mon père, Giovanni. Vous trouverez dans ma besace les clés du Chiffre d'un message qui vous mènera à Venise. Mais je vais vous livrer un premier secret : la Sérénissime n'est qu'une étape dans la quête du Codex. Mon père et son ami Niccolò, dans leur grande sagesse, ont réparti les révélations du Quanum dans trois lieux, et je ne connais que le premier. Mon seul regret, au soir de ma vie, est de ne pas avoir eu le courage de le chercher moi-même, mais le moment est venu. Les épidémies nous déciment et ne cesseront de nous assaillir dans les temps à venir. Et, que le Seigneur me pardonne, je ne pense pas qu'elles soient une punition divine. Le Codex ne m'appartient plus, il est comme les reliques dispersées d'un saint. Seul celui qui en détiendra une partie pourra, tel Thésée, en retrouver une autre. Le Quanum est une bénédiction pour l'humanité. Prenez-en le plus grand soin.

Angelo Elvigo

Venise, 22-23 avril 1713

112

Scarpion avait écouté la personne lui délivrer les mêmes informations qu'au *Misser Grande*. Pour avoir été lui-même un confident de la République, il connaissait les limites de l'exercice et n'avait pas envie d'accorder foi à ce qu'il venait d'entendre. *Ça pue la vengeance*, songea-t-il en la remerciant sèchement. Le sbire s'isola sur un banc à l'arrière de la *Bocca della verità* des loggias. Sa jambe lui faisait mal, la journée avait été longue et il venait de sillonner une partie du palais. Il se refusait à montrer le moindre signe de faiblesse et faisait son possible pour cacher sa claudication, précaution inutile, puisque tous, au département du Secreto, en connaissaient la raison. Il se rassura au contact du manche en nacre de son couteau et se remit en marche, bien que la douleur n'ait pas disparu.

Scarpion confirma au chef des sbires qu'il irait lui-même le lendemain vérifier la véracité des propos qu'il venait d'entendre. L'ancien gondolier savait que le *Misser Grande* l'utilisait pour faire comprendre au Grand Inquisiteur qu'il avait les moyens de s'opposer à lui. Les luttes pour le pouvoir faisaient rage sous les Procuraties. Scarpion se rendit au balcon de l'arc Foscari, où le magistrat se trouvait toujours et d'où il se délectait des combats de taureaux en cours, et lui relata son entrevue. L'homme le plus puissant de Venise blêmit sans se départir de sa froideur légendaire. Mais la crispation de ses doigts, qui avaient empoigné la balustrade et la serraient comme s'il s'agissait du cou du *Misser Grande*, trahissait sa colère. Ainsi, au bout du compte, le lévrier ne voulait plus de sa main pour être nourri et menaçait de la mordre…

— Je vous interdis d'obéir au moindre commandement de cet homme. Il nous a juré fidélité le matin même et veut me nuire à travers ce témoignage sans valeur. Ses jours sont comptés. Nous trouverons des preuves qu'il faisait partie du complot, croyez-moi, et je ferai se réunir le Conseil dans la semaine !

Le magistrat avait déjà digéré l'affront et préparait son coup suivant.

— Vous m'avez prouvé une nouvelle fois votre loyauté et la République vous en sera reconnaissante, Scarpion. J'y veillerai personnellement. Pour l'heure, nous devons concentrer nos efforts sur le complot qui nous menace. Maintenez vos hommes aux issues et demandez à voir tous les visages sous les masques. Vous avez carte blanche !

113

Lorsque Azlan avait sorti le livre de sa cache et le lui avait remis, Sarah avait touché du doigt le rêve de toute sa vie, et de la vie de son père. Elle avait posé ses mains sur la première page, comme pour s'assurer de sa réalité. L'ouvrage était de belle facture, en papier de Fabriano, et d'une taille légèrement inférieure à celle habituellement utilisée pour les traités médicaux contenant des planches d'anatomie. Le titre s'étalait, flamboyant, en caractères gras, sur trois lignes : *Codex Medicus Quanum*, surmonté du nom de l'auteur, Ibn al-Nâsim ; Francesco Elvigo était cité comme étant le traducteur. L'éditeur n'était pas mentionné, seul le millésime y figurait, 1688, ainsi qu'une gravure d'un lion de Venise devant le *Bucentaure*. Le frontispice représentait l'anatomie d'un corps humain telle qu'elle n'en avait jamais vu, avec une précision inégalée et de nouveaux organes.

L'espace d'un instant, Sarah avait eu l'impression d'être une ignorante aux portes du savoir, une affamée devant la corne d'abondance. Puis elle avait tourné la première page et avait compris. Le foliotage ne laissait aucun doute sur les intentions de Niccolò Guarducci : seule une feuille sur trois avait été reliée et le livre était inutilisable sans les informations manquantes.

Assise à même le sol à côté du traité, prostrée, le visage défait, Sarah ressemblait aux poupées de cire des bimbelotiers vénitiens. Azlan n'avait pu déposer l'ouvrage d'Acquapendente, trop grand, dans la cache et s'était contenté d'emboîter les planches avant de refermer le coffre. Il s'était assis à côté d'elle et feuilletait silencieusement le Quanum amputé des deux tiers.

Au-dehors, la passion du public semblait retomber et les derniers taureaux, moins combatifs, finissaient sacrifiés dans une indifférence grandissante. Le chirurgien lut la dernière page, qui expliquait dans quelle ville se trouvait le second volume. Sarah le dévisagea puis demanda :

— Vous et votre duc saviez que le Quanum était en trois parties, n'est-ce pas ? Vous aviez prévu de l'emporter en Lorraine et de continuer votre quête des autres tomes… Je me suis doutée de quelque chose quand vous m'avez appris que Léopold viendrait à Venise. Vous m'avez bernée.

— Sarah…, commença-t-il avant de pousser un soupir. Ce n'est pas ce que vous croyez. Oui, c'est vrai que je n'ai pas osé. Je craignais que vous n'abandonniez les recherches.

— Et vous aviez besoin de moi !

— Mais j'ai toujours besoin de vous, plus que jamais !

— Sachez que ce Codex, même amputé de sa substance, ne quittera pas Venise, maître Cornelli, dit-elle en le lui reprenant des mains.

Azlan la regarda le ranger dans le sac de Marie avant de répondre :

— Il ne vous sera que de très peu d'utilité et vous mettra en danger.

— Ce ne sera plus votre problème. Je vais reprendre ma vie d'avant et, croyez-moi, elle sera bien plus sûre que celle que j'ai menée depuis votre arrivée.

— Mais votre quête n'est pas finie. Venez avec moi, nous trouverons les deux autres tomes du Codex ensemble !

— Je ne vais pas traverser l'Europe pour une chimère. Elvigo et Guarducci ont bâti une forteresse imprenable autour de leur ouvrage. Je ne ferai pas comme mon père à m'échiner toute ma vie pour une utopie. J'ai toujours pensé que je m'échapperais de Venise pour voir le monde. Mais ma vie est ici.

Ils restèrent mutiques un long moment. Une musique retentit depuis la cour intérieure, annonçant les derniers combats. Azlan déposa la pierre à feu dans le sac. Sarah le ferma et le garda ostensiblement contre elle.

— Léopold de Lorraine quittera Venise demain à l'aube depuis le quai des Esclavons. Je l'accompagne et il y aura une place pour vous, Sarah. Venez, je vous en conjure !

114

Le duc demanda la grâce des dernières bêtes. Lorsque le doge eut donné son accord, celles-ci purent quitter l'arène sur leurs pattes. La nuit s'était avancée et la terre de la cour avait absorbé assez de sang pour la soirée. Léopold remercia son hôte pour le spectacle et sollicita l'autorisation de se recueillir à nouveau. Le doge les accompagna jusqu'à l'étage et se retira dans ses appartements, étonné du zèle religieux de ces Lorrains qu'il trouvait aussi bigots que son prêtre roux.

Une fois encore, Léopold demanda au premier écuyer de leur laisser l'intimité de la chapelle. Simon prit un des cierges allumés et se rendit sur la terrasse délaissée par les invités de la fête. Il aperçut sur le balcon de l'arc Foscari un groupe de sbires entourant une toge rouge, dont la présence contrariait leur plan. L'aide de camp attendit plusieurs minutes, les pressant mentalement de s'en aller, mais les miliciens restaient sur place, observant à la longue-vue les derniers spectateurs qui désertaient la cour. Parfois, l'un d'eux descendait les escaliers, interpellait un homme dans la foule et l'obligeait à se démasquer avant de le laisser continuer son chemin.

— Simon.

Le duc l'avait rejoint sur la terrasse et n'eut pas besoin de compte rendu pour comprendre la situation.

— Le premier écuyer s'impatiente dans le couloir, murmura Léopold, nous ne pouvons pas le faire attendre au-delà d'une ultime prière.

Au même moment, le groupe quitta son promontoire en silence ; les valets avaient commencé à éteindre les candélabres de la cour, que la pénombre envahissait.

— Du bon usage des prières… Dieu est avec nous, commenta le duc. Maintenant, faites qu'ils sortent, Seigneur…, dit-il en levant les yeux au ciel.

— Regardez, dit Simon en touchant le bras du souverain. Oh, pardon, Votre Altesse, se reprit-il aussitôt, conscient de sa familiarité.

— Gardez vos révérences pour le protocole, Simon, et racontez-moi : je n'y vois rien dans cette soupe de nuit.

La grille menant à l'escalier couvert fut à peine refermée par le dernier sbire que la porte du balcon s'entrouvrit. L'aide de camp porta la bougie droit devant lui, faisant signe que la voie était libre. Une ombre en sortit.

— Azlan, chuchota-t-il au duc, je le reconnais.

La silhouette regarda dans leur direction et leva le bras droit, poing fermé puis ouvert.

— Ils l'ont, commenta Simon, qui avait du mal à contenir son excitation. Ils ont trouvé le Codex !

— Je vais calmer les inquiétudes de notre écuyer, déclara le duc en rentrant dans la chapelle. Retrouvons-nous en bas.

Soudain, venue de nulle part, une seconde silhouette, plus grande, fondit sur le chirurgien, le ceintura et le fit basculer dans le vide.

115

Sarah n'entendit pas le bruit sourd de l'impact. Il avait été couvert par le tumulte de la foule massée entre l'arc Foscari et la porta della Carta, qui attendait de pouvoir quitter le palais.

Juste avant d'ouvrir la porte, Sarah et Azlan s'étaient disputés et elle regrettait ses paroles. Elle s'était emportée mais elle savait qu'il avait raison. Elle rajusta son masque, souffla sur la bougie, serra la poignée du sac et quitta la pièce.

L'homme qui l'attendait sur le balcon n'était pas le chirurgien. Dans un réflexe de surprise, Sarah recula et pointa son scalpel. Il rit.

— Le Grand Inquisiteur a raison : vous êtes une lionne.

— Que voulez-vous ?

— Je tenais à me présenter, dit Zeppo en retirant son masque. Je suis votre cauchemar préféré. Et je voulais vous remercier pour le Codex, ajouta-t-il en lui montrant l'ouvrage qu'il avait arraché à Azlan. Vous avez été mon adversaire le plus digne et je vous en sais gré.

Il esquissa une révérence avant de reprendre :

— Je ne vous oublierai jamais, Sarah Koppio. Mais je vous laisse. Votre chirurgien va avoir besoin de vous. Vous croyez qu'on peut survivre après être tombé de trois étages ?

Il avait assisté, impuissant, à la chute d'Azlan. Simon était resté debout, interdit, incapable de bouger. Il avait vu Sarah faire face à l'inconnu. Puis l'homme avait quitté le balcon en verrouillant la grille derrière lui. L'aide de camp avait alors senti que son corps recouvrait ses moyens et s'était précipité sur le toit de l'escalier afin d'aider Sarah à y parvenir. Ils avaient enjambé la balustrade, traversé terrasse, chapelle et couloirs pour retrouver la cour désertée, rendue à la noirceur d'une nuit sans lune. Le chirurgien gisait derrière l'escalier des Géants. Léopold de Lorraine les avait devancés et les attendait, les mains sur les hanches.

— Décidément, Dieu est vraiment avec nous, constata, incrédule, Léopold.

— Il est vivant ! s'exclama Simon à l'adresse de Sarah. C'est un miracle !

La chute avait été amortie par les carcasses d'animaux, qui avaient été entassées au seuil de l'arc, en dessous du balcon. Azlan s'était enfoncé entre deux bêtes mais n'avait pas perdu connaissance. Le chirurgien s'extirpa avec difficulté du monticule de taureaux décapités. Sa côte, en voie de guérison, s'était à nouveau brisée. Après un examen rapide, il constata qu'il n'avait pas d'autres blessures, mais ses vêtements étaient imbibés du sang et de l'odeur des cadavres.

— Vous l'avez ? demanda-t-il à Sarah.

Elle se contenta d'un signe de tête et lui montra le sac de voyage qu'elle n'avait pas lâché. Zeppo s'était emparé d'un traité d'anatomie centenaire dont on pouvait trouver une édition dans toutes les bibliothèques d'Europe.

— Votre Altesse ! Ah, je vous trouve enfin !

Accompagné de deux valets équipés de bougeoirs, le premier écuyer descendit l'escalier des Géants jusqu'à eux.

— Mais que s'est-il passé ? Nous vous avons cherché partout, je vous ai cru parti !

— J'en suis le seul responsable, répondit Léopold de Lorraine. J'ai organisé pour mes amis une petite escapade dans le palais, un amusement *incognito*, résuma-t-il en une formule hermétique.

— Vous auriez pu être enfermés par mégarde, Votre Altesse, protesta mollement l'homme du protocole.

— Heureusement vous êtes là, n'est-ce pas ?

— Je dois vous accompagner, les sorties ont été bloquées par nos sbires. Chacun doit se démasquer. Personne n'en connaît la raison. J'en suis navré. Considérez-le comme une partie de votre amusement.

116

Scarpion patientait à l'extérieur de la porta della Carta entre les quatre Maures de marbre rouge et les deux heiduques du comte d'Innsbruck qui attendaient leur maître. Tous les spectateurs avaient été invités à découvrir leurs traits devant les miliciens, ce qui avait suscité la grogne discrète de la foule.

Le premier écuyer vint s'entretenir avec un des gardes afin d'obtenir un passe-droit pour le comte d'Innsbruck et sa suite. Après un refus, l'échange s'anima. Le garde chercha Scarpion du regard afin qu'il lui vienne en aide, mais celui-ci fit semblant de ne pas le voir et se détourna. Il n'avait aucune idée de la manière dont régler ce conflit qui nécessitait de la diplomatie. Les hommes du Grand Inquisiteur avaient le pouvoir de perquisitionner chez le doge sans que celui-ci puisse s'y opposer, mais l'ancien gondolier ignorait qui se cachait derrière l'incognito du comte d'Innsbruck. Pendant que le ton montait avec l'écuyer, Scarpion repéra un individu qui venait de sortir, une large toile sous le bras, et le rattrapa sur la place Saint-Marc. Tiepolo avait passé la soirée à dessiner les participants à la chasse ou à croquer des visages anonymes dans le public.

— J'avais une place de choix, juste en haut des escaliers, debout sur le socle de Mars, expliqua-t-il. Est-ce que vous cherchez quelqu'un en particulier ? demanda-t-il à Scarpion, qui s'était emparé de la toile pour examiner en détail la trentaine de personnages représentés.

Mais le fol espoir du milicien fut bien vite déçu : il ne reconnut pas Zeppo.

— Peut-être pouvez-vous me le décrire ? osa le jeune peintre.

Scarpion décrivit la tenue et le masque que portait le déchiffreur à la basilique.

— Ah, celui-là ! Oui, je l'ai vu il y a peu, répondit Tiepolo sans hésiter. Il s'était tapi dans un recoin de l'arc, en face de moi. Puis il a jeté un homme par-dessus le balcon et s'est enfui.

— Par où ?

— La galerie qui mène à l'aile du doge.

— Mais pourquoi n'avoir rien dit ?

— Pardi, j'ai cru que c'était un *bravo*[1] ! Vous savez comment sont ces soudards. Je suis parti sans demander mon reste !

Scarpion lui rendit sa toile et retourna à la porta della Carta où la discussion s'envenimait. Il fit taire l'assistance et lança d'un air d'autorité :

— Présentez nos excuses au comte d'Innsbruck. Faites sortir tout le monde et fermez les portes !

117

Les bouchers avaient été autorisés à entrer dans la cour avec deux larges charrettes afin d'évacuer les carcasses des bovins sacrifiés. Les cinq taureaux restés en vie avaient été nourris et parqués à l'opposé de l'arc, dans l'attente de leur transfert le lendemain matin à San Giobbe.

Assis sur le rebord d'un des deux puits centraux, le Grand Inquisiteur écoutait Scarpion égrener les résultats des recherches à la lueur d'une torche qui délivrait une flamme vive. Sur ordre du magistrat, toutes les pièces au rez-de-chaussée des trois ailes avaient été fouillées et celles du premier étage étaient en cours, à l'exception des appartements du doge.

— Puis nous investirons les étages supérieurs jusqu'aux toits s'il le faut, conclut Scarpion.

1. Meurtrier professionnel sévissant à Venise pour le compte de qui pouvait le payer et le protéger.

— Je ne comprends pas, marmonna le Grand Inquisiteur dont les traits paraissaient plus durs encore à la lumière du flambeau.

— Pardon, Votre Excellence ?

— Il a commis son forfait à la basilique ce matin. Pourquoi traînerait-il encore ici des heures plus tard ? Il devrait être loin. Que cherche-t-il au palais ?

— Nous le ferons parler, une fois arrêté.

— Ne le sous-estimez surtout pas. Il est plus rusé que nous tous réunis. Je me retire dans mes appartements, tenez-moi informé quelle que soit l'heure.

Le magistrat fit signe à son garde du corps, qui se tenait à distance, et s'éloigna avec lui. Resté seul, Scarpion s'assit à son tour sur la margelle en bronze. Les bêtes, après s'être reposées, se montraient nerveuses. Elles étaient attachées par les cornes et tentaient de se dégager. L'odeur de la mort flottait partout dans la cour. Les bouchers, qui avaient fini d'entasser les carcasses dans les charrettes, tiraient les bœufs vers la sortie. L'ex-gondolier, pris d'une intuition, se hâta vers la porta della Carta et demanda aux gardes de transpercer à coups d'épée chaque cadavre afin de s'assurer que Zeppo n'avait pas pu s'y réfugier. Cela provoqua la colère des hommes des Tueries, qui allaient devoir patienter. Mais la fouille ne révéla rien et les bouchers quittèrent le palais en maudissant le sbire du retard causé.

Scarpion retourna dans la cour. De nombreux objets jonchaient le sol, des chapeaux noirs ou rouges, des morceaux de vêtements arrachés par les bêtes, des pointes de cornes qui avaient cassé lors d'un choc, des talons, bouts de semelles ou bottes. Près de son pied traînait un ruban bicolore, sans doute donné par une femme à l'un des participants pour lui porter chance. Il se pencha pour l'attraper mais dut s'y reprendre à deux fois pour y arriver sans perdre l'équilibre et, comme toujours quand la réalité lui rappelait son état, il se jura de pendre lui-même Zeppo dans la salle des tortures. Le ruban sentait le parfum. Le sbire espéra que celui à qui il était destiné ne faisait pas partie des éclopés de la soirée et qu'il se trouvait en ce moment même dans les bras de sa belle.

Son attention fut attirée par un objet plus gros, près du second puits, non loin des cinq taureaux. Il découvrit un ouvrage de grande taille et s'agenouilla pour l'examiner. La page de titre, un traité d'anatomie d'Acquapendente, était souillée de traces de sang.

— La bête est blessée, remarqua Scarpion. On va la suivre à la trace.

Il sentit soudain le contact dur et froid d'une lame sur sa gorge.

— Ce n'est pas encore l'hallali, mon ami, dit la voix de Zeppo dans son dos. Le cerf sacré est toujours vivant ! Lève-toi. Doucement.

Le sbire s'exécuta. C'était impossible. La cour était déserte quelques secondes auparavant. Cet homme était le diable en personne.

Zeppo ricana. Il semblait lire dans ses pensées.

— Votre Inquisiteur a raison : personne n'est de taille à lutter contre moi. Mais la prochaine fois, surveillez vos puits. On peut tenir longtemps avec une corde et un bon harnais.

— Que voulez-vous ? murmura Scarpion, alors que la pression du coutelas entaillait sa chair.

— J'ai rendez-vous avec une femme que j'ai sous-estimée. Elle possède un objet qui m'appartient. Je ne dois pas la faire attendre et vous allez m'aider à sortir d'ici.

Derrière eux, les cinq taureaux, apeurés, mugissaient de plus en plus fort.

— Je ne peux pas, articula le sbire.

— Tss, tss, parfois je regrette de n'avoir pas fait du meilleur travail aux Incurables. Je vais vous expliquer comment nous…

Zeppo ne put finir sa phrase. Les deux hommes furent soudain soulevés de terre et projetés en avant.

118

Sarah avait refusé de passer la nuit au palais Bembo où Léopold et sa suite allaient séjourner avant de regagner Santa Maria di Sala. Elle jugeait ce genre d'endroits pleins d'informateurs et trop dangereux pour une femme du Ghetto. Elle avait aussi refusé de se séparer de son volume du Codex. Tout juste avait-elle accepté la présence d'un heiduque à ses côtés jusqu'à sa cachette du campo San Geremia. L'intransigeance de la jeune femme avait fini par irriter le duc. Azlan avait tenté jusqu'au bout de la convaincre de partir avec eux, en vain, puis il avait regagné les Incurables.

En entrant dans sa chambre, Azlan trébucha sur le chien sans nom et réveilla Piero. Le *codega* ne sortait plus la nuit depuis quelque temps et se contentait de sa vie à l'institution. Le chirurgien monta à l'étage de la salle des bains et remplit un fond de baquet avec les seaux d'eau inutilisés de la journée. À l'aide de savon et d'une éponge, il débarrassa sa peau du sang séché et lava les quelques plaies superficielles consécutives à son accident. Avant de le quitter, le duc de Lorraine l'avait qualifié de miraculé, moins en raison de la hauteur de sa chute que du fait qu'il était tombé sur un amoncellement de corps sans tête, ce qui lui avait évité de s'empaler sur les cornes comme sur une herse. Il frissonna à cette évocation et enfila des vêtements propres en attendant les bandages que Piero était parti chercher. Le garçon le rejoignit rapidement et l'aida à poser les pansements et à nouer les chefs.

— Tu progresses bien, Piero. Dis-moi, si un jour je quittais Venise, serais-tu prêt à partir avec moi pour devenir chirurgien toi aussi ?

— Je sais pas, répondit l'enfant en haussant les épaules. On est bien ici, non ? Pourquoi partir ?

— Tu sais, je suis venu ici pour apprendre. Mais un jour je retournerai en Lorraine, parce que c'est là que sont mes proches. Ils m'attendent.

— Et la femme du Ghetto, elle viendra aussi ?

La remarque fit rire Azlan.

— Ça te plairait, mon garçon ?

— Je sais pas, répéta une nouvelle fois l'enfant.

— Écoute, dit le chirurgien en le prenant par les épaules, pour l'instant, je dois accompagner le duc en Europe pendant quelque temps.

— Ah bon ?

— Je reviendrai vite, promis. Mais il a besoin de mes services. Et moi, j'ai besoin de ton aide.

— Ah ? Bon.

— Pourras-tu transmettre un message à Sarah demain matin, à l'ouverture des portes du Ghetto ? Notre duc veut la convaincre de nous suivre.

— D'accord, dit Piero en bâillant. Mais vous revenez bientôt ?

119

Le chaudron de la chambre n'avait pas été rempli d'eau et Sarah s'installa tout habillée dans la baignoire vide, face à l'âtre éteint. La tension de la journée était retombée d'un seul coup et son corps pesait soudain aussi lourd qu'une balle de marchandises, mais elle avait besoin de réfléchir et se sentait bien dans la cuve de fonte émaillée. Elle entendait le ronflement régulier du heiduque qui s'était allongé devant la porte pour la nuit. Elle avait tenté de le dissuader de rester, mais le soldat ne parlait pas l'italien et sa présence la rassurait. Elle jeta un regard vers le sac contenant le Codex et s'aperçut que, depuis leur sortie du palais, elle n'avait pas eu une seule pensée pour Zeppo. L'homme au visage inquiétant, s'il ne pouvait la trouver dans sa cache du campo San Geremia, connaissait son adresse dans le Ghetto. Azlan avait raison : sa communauté n'était plus un refuge et ils devaient mettre le Codex en lieu sûr loin de la Sérénissime. Pourtant, elle avait du mal à faire confiance aux Lorrains dont le seul but était de rapporter le traité dans leur duché. Sarah regarda la petite cicatrice sur son index et la mordilla comme pour l'effacer. Le chirurgien n'avait pas respecté leur pacte du sang. Malgré tout, elle n'arrivait pas à être en colère contre lui. Il était le seul à l'avoir comprise et respectée. Il ne restait que quelques heures avant le lever du jour, mais sa décision fut prise rapidement. Sarah s'endormit aussitôt.

Lorsqu'elle se présenta le matin, peu après l'ouverture des portes du Ghetto, Piero l'attendait sur le pont de bois. Il lui souffla à l'oreille le message d'Azlan, inquiet du personnage au feutre vert et à la plume de faisan qui se tenait en retrait derrière elle. Sarah lui chuchota sa réponse et lui donna une tape amicale.

— Va, maintenant, va le prévenir.

Elle confia le sac à l'heiduque, dont elle savait qu'il donnerait sa vie plutôt que de le lâcher, et entra dans le Ghetto à sept heures.

Le guerrier hongrois, qui connaissait mal la ville, choisit de gagner le Grand Canal et de le longer jusqu'au quai des Esclavons. Il repéra facilement les deux gondoles qui attendaient la délégation lorraine au niveau de San Zaccaria. Seul Azlan était présent. La vue du sac de voyage de Marie le remplit d'espoir. Il en vérifia le contenu et s'adressa à l'heiduque en hongrois :

— Bogdan, a-t-elle donné une réponse avec cette mallette ? Un billet ?

— Non. Juste le garçon. Elle lui a parlé.

Azlan inspecta les alentours mais ne vit ni le *codega* ni son chien.

— Voilà Son Altesse, dit Bogdan en apercevant le duc de Lorraine accompagné du second heiduque et de Simon, qui venaient de dépasser la Biblioteca Marciana.

Ils furent bientôt sur place et Azlan leur résuma la situation.

— Pouvons-nous attendre jusqu'à neuf heures ? demanda-t-il au duc.

— Je crains que non, intervint Simon. Le palais sera bientôt prévenu que vous quittez Venise avec nous, et nous voulons éviter tout incident.

— Tout le monde dans les gondoles, décida Léopold. Mettons-nous à l'abri sous les tentes. Nous partirons quand le clocher sonnera la demie de huit heures. Nous ne pouvons pas faire plus, Azlan.

— Tout de même, je ne comprends pas, grogna l'heiduque.

— Quoi donc, Bogdan ?

— L'enfant. Il aurait dû être ici bien avant moi.

120

Scarpion s'en était tiré avec un gros hématome au-dessus de l'œil droit et une douleur lancinante à la nuque. Il n'avait pas compris tout de suite ce qui s'était passé. Un des taureaux s'était détaché et avait chargé les deux hommes, encornant Zeppo dans le dos et les projetant une toise plus loin. Le sbire s'était retrouvé plaqué au sol. La tête lui tournait, ses oreilles sifflaient et le sang coulait sur ses yeux. Il avait entendu les gardes en faction accourir, l'un d'eux avait crié et Scarpion apprit plus tard que l'homme avait été poignardé par Zeppo, lequel avait réussi à s'enfuir par la porta della Carta. Le sbire avait été transporté à l'intérieur où il avait repris ses esprits et où le médecin du doge avait constaté que son cas n'inspirait pas d'inquiétude. Il avait dormi au palais pendant que tous les sbires et cernides disponibles avaient quadrillé la ville sans retrouver la trace de celui que la rumeur matinale surnommait déjà « *il diavolo* ». Scarpion avait envoyé un mot à sa femme pour la rassurer, pris un déjeuner frugal aux cuisines du palais, puis était monté au département du Secret où il avait demandé la clé de l'*antisecreto*.

La pièce était un indescriptible capharnaüm. Les tiroirs avaient été vidés, des papiers jonchaient le sol et des cendres remplissaient l'âtre. Zeppo avait réussi à s'y rendre juste après son action à la basilique, alors que personne au département n'était encore prévenu. Scarpion entreprit de chercher des indices sur l'endroit où le déchiffreur pouvait se terrer.

Le Grand Inquisiteur fit irruption au moment où le sbire venait d'extirper de la cheminée un document presque intact. Le texte mettait en cause Hugues de Fresne comme complice de l'Ordre du Graal.

— Nous allons faire une perquisition de sa demeure, Zeppo s'y trouve sûrement, annonça le sbire après que le magistrat l'eut parcouru d'un œil agacé.

— Laissez ce soin à d'autres, Scarpion, et foncez toutes affaires cessantes au Ghetto. Vous devez mettre en sécurité la personne dont le nom et l'adresse figurent sur ce billet, puis revenir m'en rendre compte.

— Mais c'est..., dit-il en lisant le bout de papier.

— Notre contact de Mazzorbo, oui. Madame Koppio est très importante pour nous. Elle est en danger, je viens d'intercepter le confident du *Misser Grande*.

— Je pars sur l'heure !

— Surtout, ne prenez personne avec vous et n'en parlez pas à quiconque. Il n'y a qu'en vous que je puisse avoir confiance. Vite !

Le Grand Inquisiteur retourna à son bureau. Il y pénétra sans répondre à son secrétaire qui l'interpellait, avant d'en ressortir aussitôt pour le questionner :

— Le gosse qui était dans mon bureau, où est-il ?

— Mais, c'est que, Votre Excellence…

— Où est-il ? hurla le magistrat.

— Ils… ils l'ont emmené.

— Qui ? QUI ?

— Le *Misser Grande* et ses hommes.

121

Vingt minutes après avoir quitté le palais, Scarpion arriva en vue du Ghetto. Il traînait la jambe encore plus que d'habitude et son cœur semblait vouloir sortir par sa gorge. Il ne prit même pas le temps de reprendre son souffle avant d'entrer sur le campo di Ghetto où son apparition lui valut des regards insistants et hostiles. Avec ses blessures et dans ses vêtements de la veille, il devait avoir l'air d'un fou ou d'un mendiant, mais il s'en moquait. Rien ne pourrait l'arrêter dans sa mission. Il demanderait à son beau-frère de l'aider et ils navigueraient jusqu'à Torcello, la grande île au nord-est de la lagune, où il avait de la famille et où Sarah Koppio serait en sécurité. Scarpion identifia l'immeuble et grimpa jusqu'au dernier étage, où se trouvait l'appartement. Lorsqu'il toqua à la porte, elle s'entrouvrit. Il remarqua que le battant avait été forcé. Le sbire sortit son couteau et appela Sarah. N'obtenant aucune réponse, il entra et visita les pièces dans lesquelles meubles et objets étaient en pagaille. Cette vision de chaos lui rappela l'*antisecreto*.

— Qui êtes-vous ? Que voulez-vous ?

Il ne les avait pas entendus venir. Iseppo et Moisè se tenaient dans l'entrée, à la tête d'un groupe d'au moins vingt ou trente hommes.

— Je suis le représentant du Grand Inquisiteur, répondit-il en se redressant. Je viens au nom de la République.

— Que voulez-vous, monsieur ? répéta Iseppo.

— Je dois me rendre auprès de Sarah Koppio. Savez-vous où elle se trouve ?

La question sembla plonger ses interlocuteurs dans la perplexité.

— Elle court un grand danger. Je suis venu la mettre à l'abri, insista-t-il.

Moisè se laissa choir sur la seule chaise qui n'avait pas été renversée.

— Vous arrivez trop tard, monsieur, dit-il, l'air démuni.

— D'autres l'ont arrêtée, compléta Iseppo.

— Étaient-ce les hommes du *Misser Grande* ? voulut savoir Scarpion. Répondez-moi, insista-t-il devant leur mutisme.

— C'étaient des miliciens habillés comme vous, intervint Moisè. Et ils l'ont fait dans ma synagogue ! Ma *gattina* se trouvait dans la salle d'étude…

Le rabbin ne put continuer et se détourna pour cacher son désarroi.

— Ils l'ont accusée de vouloir fuir Venise et d'être complice d'un traître. Partez, maintenant, implora Iseppo, partez !

Les épaules de Scarpion se voûtèrent. Il avait échoué.

— C'est un complot, leur marmonna-t-il avant de sortir. Elle est innocente.

Sa silhouette dégingandée traversa le couloir et disparut dans les escaliers.

122

La cloche de l'église de la Pietà sonna le glas des espoirs d'Azlan : Sarah n'était pas venue et Piero était invisible. Le chirurgien se précipita sous le *felze* de la gondole où Léopold de Lorraine patientait, faisant sursauter Bogdan qui faillit sortir sa dague de son fourreau.

— J'ai une faveur à demander à Votre Altesse. Je vous prie de la considérer comme très importante pour moi. Je dois m'assurer de la réponse donnée au *codega*.

— Trente minutes, pas une de plus. Et interdiction de vous rendre au Ghetto ou d'approcher du palais.

— Je vous remercie infiniment.

— Dernier point : Bogdan vous accompagnera. Pas question de partir sans vous. Trente minutes, Azlan.

Il connaissait tous les endroits où Piero avait l'habitude de traîner dans la journée, des ponts qui donnaient sur les quais jusqu'aux ruelles en impasse. Il les parcourut au pas de charge, mais l'enfant n'était nulle part. Il leur restait dix minutes et ils n'auraient pas le temps de se rendre aux Incurables, le dernier endroit de sa liste.

— Nous rentrons, décida-t-il. C'est fini, Bogdan.

L'heiduque se grattait le menton d'une mine dubitative.

— Qu'y a-t-il ?

— Je repense à une chose : le garçon avait peur de moi tout à l'heure. Et s'il s'était caché en me voyant avec vous ?

Azlan dévisagea le guerrier, qui dominait de deux têtes tous les passants et dont la mâchoire large et prognathe lui donnait un air carnassier, faisant se retourner les Vénitiens sur leur passage.

— J'enlève mon chapeau, ajouta Bogdan en retirant son feutre à plume de faisan. Ça a dû l'effrayer.

— Retournons au premier endroit, c'est l'heure où il s'y trouve souvent.

Les émotions avaient creusé l'appétit de Piero. Il était venu une première fois à la Pietà mais avait failli tomber nez à nez avec le Barbare qui accompagnait la femme du Ghetto. Il s'était caché, avait attendu et s'était rendu à l'office où le cuisinier avait toujours pour lui un bout de pain et du lait frais. Il se sentait soulagé de s'être rendu au palais. Ce n'était pas la première fois qu'il faisait le confident, mais, en raison de son jeune âge, certains sbires ne le prenaient pas au sérieux. Ce matin, il avait prévenu que Sarah Koppio allait s'enfuir et ils l'avaient enfin cru. Grâce à son intervention, la femme du Ghetto n'accaparerait plus le chirurgien et Azlan n'abandonnerait pas son jeune assistant.

Lorsque le visage de l'heiduque apparut à la porte de l'office, Piero prit ses jambes à son cou et sortit par l'annexe qui donnait sur la calle della Pietà. Il buta sur le chien sans nom et fut attrapé par le bras.

— Te voilà enfin ! dit Azlan en le tenant fermement. Que se passe-t-il, Piero ?

— Le Barbare ! s'écria le gamin alors que Bogdan apparaissait sur le seuil.

— C'est mon ami et tu n'as rien à craindre de lui. Piero, as-tu oublié le message que tu devais me transmettre ?

Le *codega* se calma, fit non de la tête. Azlan le lâcha.

— Que t'a dit Sarah ?

Il baissa les yeux et fixa ses pieds sans répondre.

— C'est important, Piero.

— Elle… elle a dit qu'elle ne partirait pas avec vous. Vous revenez bientôt me chercher ?

123

Le cernide hissa un pavois rouge sur le mât de son bateau et fit signe aux quatre rameurs de se rapprocher de l'embarcation qui avançait paresseusement en direction de Mestre. Le bateau de la milice vénitienne fondit sur elle et l'accosta en douceur.

— Qui êtes-vous et que faites-vous dans la lagune, monsieur ? demanda le chef de l'équipe à l'unique passager.

— Je m'appelle Domenico Filiasi, je suis un citoyen de la Confédération des XIII Cantons, mais j'habite près d'ici.

— Il dit vrai, je le connais, commenta un des rameurs. Bonjour, *il professore*, ajouta-t-il à l'encontre de Filiasi. La pêche a été bonne, ce matin ?

— Des mulets, quelques anguilles et une *spigola*, déclara l'homme en montrant un baquet rempli d'eau saumâtre.

— Nous recherchons un fugitif, continua le chef. Un homme mauresque avec des cicatrices sur le visage. L'auriez-vous aperçu dans la lagune ?

— Non, ça ne me dit rien. Mais si cela avait été le cas, vu la description que vous en faites, je me serais certainement enfui de suite !

— Désolé de vous avoir dérangé, professeur, et bonne pêche ! conclut le chef en indiquant à ses hommes la direction de la Giudecca.

Le bateau s'éloigna rapidement. L'équipage devait escorter les gondoles du comte d'Innsbruck et était en retard.

Filiasi les suivit longuement du regard puis débarrassa son matériel de pêche de la toile de jute qui recouvrait la coque intérieure à tribord et la souleva. Zeppo était allongé sur le côté et tenait un linge ensanglanté au niveau de ses reins.

— Vous ne risquez plus rien, annonça Filiasi avec un flegme consommé. Ils étaient les seuls de toute la lagune.

— Normal, j'ai envoyé tous les autres sur la piste d'Hugues de Fresne.

— Je comprends mieux. Pauvre homme, un peu falot mais très bon leurre !

— Je crains davantage le chirurgien que vous m'emmenez voir.

— Il n'est pas chirurgien, c'est un guérisseur. Il vous aidera sans vous dénoncer.

— Peu importe, mais que j'arrête de saigner ! s'exclama le chiffreur.

La corne était entrée dans le dos, en dessous de la cage thoracique, et avait causé un large trou dans lequel il avait pu glisser plusieurs doigts. Il avait quitté le palais dans la panique qui avait suivi, puis s'était réfugié chez une courtisane qu'il fréquentait régulièrement. À la vue de sa blessure, elle avait failli s'évanouir avant de faire appel à une ancienne matrone pour les premiers soins, qui s'étaient limités à bourrer la plaie de linges imbibés d'alcool.

— Qu'avez-vous à me regarder ainsi ? demanda Zeppo à Filiasi, qui le fixait.

— Il est vrai que vous êtes assez effrayant, mon cher, s'amusa le citoyen des XIII Cantons. Mais il est admirable que vous ayez survécu jusqu'à maintenant. Nous arrivons bientôt, vous sentez le parfum de la Terre Ferme ?

Le chiffreur opina longuement. Il était le premier surpris d'être encore en vie et tous ses sens étaient exacerbés. La douleur, qui ne l'avait pas quitté, l'absence de sommeil et l'alcool ingéré l'avaient transporté dans un état d'exaltation quasi mystique.

— Je n'oublierai pas l'aide précieuse que vous m'apportez, Domenico.

— Ne nous méprenons pas, tempéra Filiasi. Je n'approuve pas votre initiative de vous emparer seul du Codex. Mais je n'approuve pas non plus la prise de contrôle de l'Ordre par Frederick. Nous devons bannir le népotisme et vous m'y aiderez, vous m'êtes redevable. Si vous survivez.

— Je vais survivre, puisque je suis immortel, Domenico ! lança Zeppo en se relevant.

Filiasi se signa et lui lança la toile de jute :

— Nous arrivons dans le canal, cachez-vous !

124

Les deux gondoles quittèrent le quai au moment même où la cloche de la Pietà sonna neuf heures. Au passage de la pointe de la Douane, elles furent rejointes par deux embarcations au fanion rouge qui allaient les accompagner jusqu'à Mestre.

Azlan avait pris place près du duc sous le *felze*, tandis que Bogdan s'était assis à l'avant et que Simon et le second heiduque occupaient l'autre embarcation. Le chirurgien resta silencieux un long moment, ce que Léopold respecta. Azlan n'arrivait pas à comprendre la décision de Sarah et ressassait inlassablement ses arguments. Le duc finit par briser la roue de ses pensées :

— J'ai eu des informations de Lorraine. Il n'y a pas eu de nouvelle crise. Son état s'est même amélioré, légèrement.

— J'en suis heureux, répondit Azlan avec un sourire sincère.

Il s'en voulut d'avoir oublié, ne serait-ce qu'un instant, le but de sa mission. Il sortit du sac le premier tome du Codex et le présenta au duc.

— Même si tout est incomplet dans cet ouvrage, chaque page nous ouvrira des horizons nouveaux sur l'art de guérir, expliqua-t-il, et nous permettra de progresser dans l'étude de cette mystérieuse maladie. Ce séjour à Venise nous a été très utile.

— Fort bien. Nous n'allons pas nous arrêter en si bon chemin, n'est-ce pas ?

— J'irai là où mon devoir et Votre Altesse me commanderont d'aller.

— Cessons là les paroles de circonstance et parlons franchement, Azlan. Je sais ce que vous ressentez. Mais l'enjeu n'est pas seulement la transmission d'un nouveau savoir. Une âme qui nous est chère doit être sauvée. Avec ou sans Sarah Koppio.

— Je trouverai les deux tomes restants, dussé-je y passer des années.

— Avez-vous des indices ?

Azlan ouvrit le Codex à la dernière page.

— La localisation du second est révélée dans cette phrase, dit-il en la pointant du doigt.

Léopold dodelina d'un air dubitatif.

— C'est à plus de trois cents lieues au nord d'ici.

— Je ferai une halte en Lorraine.

— Alors, vous repartirez avec Simon. Il vous accompagnera.

— Simon ? Votre Altesse…, supplia Azlan.

— Il n'a pas les mêmes dispositions que madame Koppio, répliqua le duc non sans malice, mais il vous sera utile. Et plus question de m'entreprendre sur le sujet.

Les gondoles se positionnèrent au bout du quai de Mestre. La ville était figée dans le calme d'un dimanche matin, et seule une femme agitait son battoir au lavoir tout proche, déchirant le silence de ses coups réguliers.

Azlan s'éloigna le long des bateaux amarrés pendant que les heiduques transféraient les bagages dans les deux carrosses qui les attendaient. Simon vint le prévenir lorsqu'ils furent prêts à partir.

— Qu'avez-vous ? demanda l'aide de camp alors que le chirurgien observait une barque de pêcheur au fond de laquelle traînaient des linges maculés d'un sang encore frais. Quelque chose ne va pas ?

— Je ne sais pas.

Azlan scruta les alentours. Il n'arrivait pas à se départir de la sensation qu'il était observé.

— Sans doute l'effet que Venise a sur moi. Je ne m'y suis jamais habitué, conclut-il.

— Alors, vous faites bien de la quitter, renchérit Simon.

Il hésita un instant avant de reprendre :

— Le duc m'a prévenu que je vous accompagnerai dans cette mission. J'en suis honoré et je voudrais que nous mettions de côté nos différends à propos de Rosa de Cornelli.

— Il faut que je parle à Bogdan, dit soudain Azlan, plantant là l'aide de camp sans lui répondre.

Le chirurgien prit l'heiduque à part et s'adressa à lui en hongrois.

— Que t'a dit Sarah en te donnant le sac ?

— Vous me l'avez déjà demandé, Azlan, mais je ne comprends pas sa langue.

— Fais un effort. Y a-t-il un ou plusieurs mots que tu aurais reconnus ? C'est important pour moi.

Le guerrier fronça ostensiblement les sourcils et lui décrivit la scène.

— Elle m'a tendu la mallette en répétant votre nom plusieurs fois. Puis elle m'a montré son doigt…

— Lequel ?

— Celui-ci, répondit Bodgan en désignant son index gauche. J'en suis sûr, ajouta-t-il pour anticiper la question d'Azlan. Et elle a parlé en italien.

— Rien d'autre ?

— Non. Après, on s'est quittés. Ah, si, elle a prononcé le mot *sinagoga*, deux fois. Je m'en souviens, ça sonne comme en français. Je me suis dit qu'elle voulait aller prier. Et aussi *padre*, comme pour les curés d'ici. Mais je croyais que les juifs avaient des rabbins ?

— Nous partons ! cria Simon à l'adresse des deux hommes.

Ils montèrent dans les carrosses qui s'ébranlèrent en laissant un fin nuage de poussière. La femme les regarda passer avant de finir de battre son linge. Quand elle se releva, le dos fourbu, les véhicules s'étaient arrêtés, au bout de quelques foulées, près du palazzo Podestarile. Elle essora les vêtements mouillés et les entassa dans un baquet en bois. Lorsqu'elle sortit du lavoir, les deux berlines se tenaient toujours au même endroit. Elle vit un homme en descendre, qu'elle reconnut. Il grimpa sur le toit afin de prendre un bagage, fit un signe au cocher et regarda le convoi s'éloigner. La femme s'approcha et l'aborda joyeusement :

— Bonjour, maître. Comment allez-vous aujourd'hui ?

Azlan reconnut la cuisinière du palazzo Visconti.

— Je suis allée nettoyer mes tabliers, ajouta-t-elle. Je vais préparer le repas pour Monsieur. Je vous compte comme invité ?

Il mit le baluchon sur son dos avant de répondre :

— Je crois bien que vous allez m'avoir à demeure pendant un moment.

Azlan avait enfin compris ce que Sarah voulait dire à Bogdan : la jeune femme lui avait montré la cicatrice sur la pulpe de son doigt pour signifier qu'elle tiendrait leur pacte du sang, puis elle lui avait expliqué qu'elle devait aller chercher les comptes rendus de son père, cachés à la synagogue. Il n'avait plus aucun doute : elle avait décidé de les rejoindre sur le quai. Piero lui avait menti et Sarah était en danger.

Il regarda son index et posa la phalange sur ses lèvres. Il ne faillirait pas à leur serment.

Venise, visible au loin, semblait flotter sur l'eau comme un mirage et le défier.

FIN DU TOME 1

NOTE DE L'AUTEUR

Ils me manquaient terriblement. Depuis que je les avais quittés, en décembre 1702, fuyant Nancy occupée par les troupes lorraines, leur présence n'avait cessé de me hanter. Tout comme elle était constante dans les discussions que j'avais avec certaines et certains d'entre vous, lors de salons ou de rencontres en librairie. Dix ans ont passé depuis *Le Soleil sous la soie* et il n'était pourtant pas question pour moi d'écrire une suite aux aventures de Nicolas, Rosa et Azlan. Mais l'envie de les retrouver, eux aussi, une décennie après, s'est installée et ne m'a plus quitté.

L'intrigue du *Soleil suivant* est purement romanesque, librement inspirée de la découverte de textes médicaux arabes par Andrea Alpago, médecin du consulat de Venise à Damas. J'ai voulu retrouver l'ambiance des romans d'aventures d'Eugène Sue ou d'Alexandre Dumas, qui m'ont fait rêver adolescent, et adopter cette forme du triptyque.

Le premier volet ne pouvait que se situer dans la cité des mystères qu'est Venise. La Sérénissime a créé les premiers services secrets de l'ère moderne, avec un département du Chiffre composé des meilleurs codeurs et déchiffreurs du monde, une véritable armée de l'ombre qui se cachait dans le labyrinthique palais des Doges. Elle a aussi initié, dans ses hôpitaux, une formation musicale unique pour les jeunes filles orphelines, qui ont composé des orchestres de très grande valeur dont la réputation s'est répandue dans l'Europe entière.

J'ai inventé le code secret utilisé dans *Les Filles du chœur* et je le livre à votre sagacité. La *Malheureuse Loyauté* (*Fedeltà sfortunata*) dont je parle dans ce livre a réellement existé, mais je n'ai trouvé aucune trace écrite de cette œuvre, sans doute n'a-t-elle jamais été éditée. La partition que vous trouverez ci-après a été spécialement créée par une musicienne et musicologue pour les besoins de ce roman, dans le style qui aurait pu être celui de Giovanni Battista Vivaldi en cette fin de XVIIe siècle à Venise. Vous trouverez aussi le texte codé ainsi qu'un lien vers les poèmes de Veronica Franco, autre clé de déchiffrement, mais je vous conseille de ne les consulter qu'après avoir achevé la lecture du roman…

Et, comme toujours, vous pouvez m'écrire à eric.marchal@caramail.fr, ainsi que vous en avez l'habitude. Même avec du retard, je vous répondrai. De cela aussi vous avez pris l'habitude !

L'Énigme du Codex Quanum

Message chiffré du Codex Quanum :

EXGHGHYAVLOSKEPGFALLPRLPZDGLS-
KQCVDMURHNMNTJCTYLDPZNICMYOPYO-
NEEFPBQPNNZVCIAZPEYTJFNQULZCETSAAE-
FPXCRUYGMNNRZHGFZNMEHCTVCLVJRSID-
FIJYHZOVNZOGYXSTIUFDVHRUIRMIRDZRUI-
ZYUHUMPLGVRZLGNKLXCESCNEODGPNYZE-
JUSVHJCHGI

Première clé du code telle qu'indiquée par Niccolò Guarducci :

Veronica Franco, Terze rime e sonetti
VIIVIIIXIIIXVXIXXXXXIII

Pour avoir accès à l'ouvrage de Veronica Franco, utilisez ce lien web :
https://archive.org/details/terzerimeesonett00franuoft

La substitution de l'alphabet se fait dans l'ordre suivant : le A sera remplacé par la première lettre de chaque vers ayant la plus forte occurrence dans le poème sélectionné, le B par la lettre ayant la deuxième plus forte occurrence, et ainsi de suite. En cas d'égalité d'occurrence, la lettre choisie sera celle la plus proche de la lettre ayant la plus forte occurrence (lorsque celles-ci sont placées sur un cercle), ou de la deuxième en cas de nouvelle égalité.

La partition est la seconde clé du code. Chaque note de musique indique, dans l'ordre, la grille de substitution à utiliser pour chaque lettre (le *do* la première, le *ré* la deuxième, etc.). Cette partition étant l'extrait d'une œuvre, il y a plus de notes que de lettres dans le message codé. Lors du décryptage, il ne faudra tenir compte que des 201 premières notes.

Seconde clé du code :

PRINCIPALES RÉFÉRENCES BIBLIOGRAPHIQUES

ARMAO Yvonne, « Le Trésor de Saint-Marc de Venise », *Vie des Arts*, volume 29, n° 118, mars-printemps 1985, pp. 68-69.

BARTHEZ Paul-Joseph, *Consultations de médecine*, Michaud Frères imprimeurs-libraires, Paris, 1810.

BELLIN Jacques-Nicolas, cartographe, *Carte des lagunes de Venise*, 1771. *Plan de Venise*, XVIIIe siècle.

BERTRAND Gilles, *Histoire du carnaval de Venise, du XIe siècle à nos jours*, Tallandier, Paris, 2017.

BERTRAND Gilles, « Masque et séduction dans la Venise de Casanova », in *Dix-Huitième Siècle*, « Mouvement des sciences et esthétique(s) », n° 31, 1999, pp. 407-428.

CALIMANI Riccardo, *Histoire du ghetto de Venise*, Denoël, Paris, 1997.

CASANOVA Giacomo, *Histoire de ma fuite des prisons de la République de Venise, qu'on appelle les Plombs, écrite à Dux en Bohême l'année 1787*, Chez le noble de Schönfeld, Leipzig, 1788.

CAZENAVE DE LA ROCHE Édouard, *Venise et son climat*, Henri Plon imprimeur-éditeur, Paris, 1865.

Collectif (Direction du palais des Doges), *Le Palais des Doges, guide historique et artistique*, Officine Grafiche C. Ferrari, Venise, 1953.

Collectif, *Mémoires de l'Académie royale de chirurgie*, tomes 2 à 15, chez P. Fr. Didot le jeune, libraire-imprimeur, Paris, 1753-1781.

COMISSO Giovanni, *Les Agents secrets de Venise au XVIIIe siècle*, Grasset, Paris, 1944.

COSTE M., *Traité des maladies du poumon*, Hérissant fils, Paris, 1767.

CROISSANT DE GARENGEOT René-Jacques, *Nouveau Traité des instruments de chirurgie les plus utiles, et de plusieurs nouvelles machines propres pour les maladies des os*, tomes 1 à 4, Guillaume Cavelier, Paris, 1727.

DACHEZ Roger, *Histoire de la médecine de l'Antiquité à nos jours*, Tallandier, Paris, 2008.

DARU Pierre, *Histoire de la république de Venise*, tome 5, Firmin Didot père & fils libraires, Paris, 1821.

DIONIS Pierre, *Cours d'opérations de chirurgie*, partie 2, Méquignon l'aîné, Paris, 1782.

FABIANI Jean-Noël, *Trente Histoires insolites qui ont fait la médecine*, Plon, Paris, 2017.

FRANCO Veronica, *Terze rime e sonetti*, Rocco Carabba éditeur, Lanciano, 1912.

GALIBERT Léon, *Histoire de la république de Venise*, Furne & Cie, libraires-éditeurs, Paris, 1854.

GELIS Jacques, « Sages-femmes et accoucheurs : l'obstétrique populaire aux XVIIe et XVIIIe siècles », in *Annales. Économies, sociétés, civilisations*, 32e année, n° 5, 1977, pp. 927-957.

GENTY Fabien, *Étude sur le traitement des hématomes récents*, Alphonse Derenne, Paris, 1882.

GIRON-PANEL Caroline, *À l'origine des conservatoires : le modèle des ospedali de Venise (XVIe-XVIIIe siècles)*, thèse de doctorat en histoire, université de Grenoble en cotutelle avec l'université Ca'Foscari de Venise, 30 octobre 2010.

GOURDAULT Jules, *Venise et la Vénétie*, Librairie Hachette, Paris, 1891.

HEISTER Lorenz et PAUL François, *Institutions de chirurgie*, tome 1, J.-J. Niel imprimeur-libraire, Avignon, 1770.

HOUSSAYE Arsène, *Voyage à Venise*, Ferdinand Sartorius éditeur, Paris, 1849.

IORDANOU Ionna, *Venice's Secret Service. Organizing Intelligence in the Renaissance*, Oxford University Press, 2019.

JAMAIN Alexandre, *Manuel de petite chirurgie*, Germer Baillière libraire-éditeur, Paris, 1853.

JANNET Claudio, *Les Sociétés secrètes*, Librairie de la Société bibliographique, Paris, 1878.

JONARD Norbert, *La Vie quotidienne à Venise au XVIIIe siècle*, Famot, Genève, 1978.

KNEZEVICH Michela, *Le Palais des Doges à Venise*, Electa, Milan, 1994.

LAVILLE Marine, *Accoucher au XVIIe siècle : les observations sur la grossesse et l'accouchement des femmes et sur leurs maladies et celles des enfants nouveau-nés du chirurgien-accoucheur François Mauriceau*, master de recherche « Culture, arts et société », UFR des lettres, langues, sciences humaines et sports, université de Pau et des pays de l'Adour, juin 2014.

LEBÈGUE Raymond, « Sensibilité dans les lettres d'amour au XVIIe siècle », in *Cahiers de l'Association internationale des études françaises*, n° 11, 1959, pp. 77-85.

LECLERC Lucien, *La Chirurgie d'Abulcasis*, J.-B. Baillière, Paris, 1861.

LEHNING Hervé, *La Bible des codes secrets*, Flammarion, Paris, 2019.

LEON Donna, *Gondoles. Histoires. Peintures. Chansons*, Calmann-Lévy, Paris, 2014.

LÉRIS G. de, *Le Monde pittoresque et monumental. L'Italie du Nord*, Maison Quantin, Paris, 1889.

MAURY Édouard, *Aux portes de l'Orient : la lagune de Venise, Istrie et Dalmatie, Herzégovine et Bosnie, Montenegro, la côte turque, Corfou*, Librairie Fischbacher, Paris, 1896.

MISSON Maximilien, *Voyage d'Italie*, tomes 1 et 2, Clousier, David, Durand & Damonneville, Paris, 1743.

MÜLLER Didier, *Les Codes secrets décryptés*, City Éditions, Bernay, 2007.

MUSEI CIVICI VENEZIANI, *Le Palais des Doges de Venise*, Electa, Milan, 2004.

LA VARENNE François-Pierre de, *Le Cuisinier français, enseignant la manière de bien apprêter & assaisonner toutes sortes de viandes, grasses & maigres, légumes et pâtisseries en perfection*, Chez la veuve de Jacques Oudot, imprimeur et marchand-libraire, Troyes, 1714.

PINCUS Debra, *The Arco Foscari : the Building of a Triumphal Gateway in Fifteenth Century Venice*, Garland Publishing Inc., New York & London, 1976.

REATO Danilo, *Les Masques de Venise*, Herscher, Paris, 1991.

RENAN Ernest, *Histoire générale et système comparé des langues sémitiques. Première partie : Histoire générale des langues sémitiques*, Imprimerie impériale, Paris, 1855.

RICHARD (abbé), *Description historique et critique de l'Italie*, tome 2, Delalain libraire, Paris, 1770.

ROBBINS LANDON H. C., *Vivaldi (1678-1741). Biographie*, Lattès, Paris, 1994.

ROUGHOL Sophie, *Antonio Vivaldi*, « Classica », Actes Sud, Arles, 2005.

SAILLANT Charles-Jacques, *Tableau historique et raisonné des épidémies catharrales, vulgairement dites la grippe*, Didot Jeune, Paris, 1780.

SAINT-DIDIER Alexandre-Toussaint Limojon de, *La Ville et la république de Venise au XVIIe siècle*, Librairie Charles Delagrave, Paris, 1891.

SCHLEICHER August, *Les Langues de l'Europe moderne*, Ladrange imprimeur, Paris, 1852.

SINGH Simon, *Histoire des codes secrets. De l'Égypte des Pharaons à l'ordinateur quantique*, Lattès, Paris, 1999.

SUE Jean-Joseph, *Traité des bandages et appareils propres à chaque maladie*, D'Houry père et fils, Paris, 1746.

TARDIEU Ambroise, *Trois Mois à Venise, impressions de voyage*, Pitrat aîné, Lyon, 1884.

TELINGE Jacques, *Cours d'accouchement, en forme de catéchisme, par demandes et par réponses. Contenant des principes certains sur la théorie & la pratique, en faveur des sages-femmes & de ceux qui veulent exercer cette partie de la médecine & de la chirurgie*, D'Houry, Paris, 1776.

THORBURN Sandy, « What News on the Rialto ? Fundraising and Publicity for Operas in Seventeenth-Century Venice », *Canadian University Music Review*, volume 23, n° 1-2, 2003, pp. 166-200.

TOSO FEI Alberto, *Légendes vénitiennes et histoires de fantômes*, Editrice Elzeviro, Milan, 2003.

TRINCANATO Egle, *Le Palais des Doges*, Grange Batelière, Paris, 1972.

TRIVELLATO Francesca, BORGHETTI Maria-Novella, « Salaires et justice dans les corporations vénitiennes au XVIIe siècle : le cas des manufactures de verre », in *Annales. Histoire, Sciences Sociales*, 54e année, n° 1, 1999, pp. 245-273.

VALENTIN F., *Histoire de Venise*, Alfred Mame et fils, Tours, 1870.

VIGARELLO Georges, *Le Sain et le malsain depuis le Moyen Âge*, Seuil, Paris, 1993.

REMERCIEMENTS

À mes filles et mes parents, pour leur soutien de chaque instant, avec tout mon amour.

À Emmanuelle Lombard, un énorme merci pour l'écriture de la partition de la *Fedeltà sfortunata* et pour les conseils en matière musicale.

À Anne, ma lectrice alpha, je te suis reconnaissant de me donner de ton précieux temps.

À Pierre et Florence, à qui Azlan doit beaucoup.

À toute l'équipe des éditions Anne Carrière, qu'un hérisson de moins d'un micron m'a empêché de voir depuis plus d'un an, vous me manquez mais nous nous retrouverons un jour prochain. Merci de cette fidélité partagée.

À vous tous qui avez fait vivre Azlan, Nicolas et leurs proches dans votre imaginaire depuis dix ans et m'avez donné cette formidable envie de prendre de leurs nouvelles, un immense merci. Je vous donne rendez-vous bientôt pour la suite de cette aventure.

Composition et mise en pages
FACOMPO, Lisieux

Imprimé en France par

MAURY IMPRIMEUR
à Malesherbes (Loiret)
en avril 2022

Pocket - 92 avenue de France, 75013 PARIS

N° d'impression : 262135
Dépôt légal : avril 2022
S32678/01